Valentina Fast

Secret Academy – Verborgene Gefühle

Über die Autorin:

Valentina Fast wurde 1989 geboren und lebt heute im schönen Münsterland. Beruflich dreht sich bei ihr alles um Zahlen, weshalb sie sich in ihrer Freizeit zum Ausgleich dem Schreiben widmet. Ihre Leidenschaft dafür begann mit den Gruselgeschichten in einer Teenie-Zeitschrift. Ihre E-Book-Reihe ROYAL wurde zum Bestseller. SECRET ACADEMY ist nun ihr Debüt bei ONE.

Valentina Fast

SECRET ACADEMY

VERBORGENE GEFÜHLE

Für Regina

Valentina

one

MIX
Papier aus verantwortungsvollen Quellen
FSC® C014496

Dieser Titel ist auch als E-Book & Hörbuch-Download erschienen

Originalausgabe

Valentina Fast wird vertreten durch die Agentur Brauer

Textredaktion: Annika Grave
Umschlaggestaltung: Sandra Taufer, München
unter Verwendung von Motiven: © Creatopic/shutterstock; r.nagy/shutterstock;
Polar Vectors/creativemarket; tomertu/shutterstock
Satz: 3w+p GmbH, Rimpar
Gesetzt aus der Adobe Caslon
Druck und Einband: GGP Media GmbH, Pößneck
Printed in Germany
ISBN 978-3-8466-0106-8

5 4 3 2 1

Sie finden uns im Internet unter: one-verlag.de
Bitte beachten Sie auch luebbe.de

Für Elena und Karina.
Weil ihr die besten Schwestern seid
und wir uns nahe sind,
egal wie viele Kilometer uns trennen.

Prolog

Wie alles begann …

»Lexiiiiii.« Meine kleine Schwester Cassie zog meinen Spitznamen flehentlich lang. »Spiel mit!« Ihre großen blauen Augen erinnerten mich so sehr an unseren Vater, dass ich kurz meinen Kopf abwenden musste und einmal mehr hoffte, dass sie es nicht bemerkte. Mein Blick glitt durch den Schlafsaal, den wir uns mit zehn anderen Mädchen teilten, die allesamt jünger als ich waren. Die Betten standen dicht nebeneinander aufgereiht, und dazwischen war gerade mal genug Platz, um dort entlang zu gehen. Dennoch spielten meine zehnjährige Schwester Cassie und drei andere Mädchen in ihrem Alter seelenruhig auf dem Boden mit Puppen, die unsere Eltern schon längst weggeworfen hätten. Nur waren diese Puppen alles, was meine Schwester außer mir noch hatte.

»Heute nicht.« Ich schenkte meiner Schwester ein kurzes Lächeln. Sie war fünf Jahre jünger und kam viel besser mit allem zurecht als ich selbst. Zumindest wollte ich, dass es so war. Vielleicht redete ich mir das auch nur ein, um mir nicht noch mehr Sorgen machen zu müssen.

Als unsere Eltern vor einem knappen Jahr bei einem Autounfall ums Leben kamen, verloren wir alles. Unsere Spielsachen, unsere Freunde, unser Zuhause. Wir hatten niemanden mehr, und der Staat steckte uns in ein Londoner Kinderheim.

Cassie mit ihren blonden Haaren und ihren freundlichen

Augen war so ein hübsches Mädchen, dass sich die Anfragen für sie schnell häuften. Da wir aber Schwestern waren und uns niemals trennen wollten, hätten die Leute uns gemeinsam adoptieren müssen. Wenigstens akzeptierte die Heimleiterin unseren Wunsch, zusammenzubleiben. Mir war klar, dass dies nicht immer üblich war.

Doch scheinbar wollte niemand eine brünette, hagere Teenagerin, die der Heimleiterin nach viel zu finster dreinschaute.

»Na gut«, seufzte Cassie, so wie Mom es immer getan hatte, wenn sie wusste, dass sie trotz allem ihren Willen bekommen würde. Kurz fiel ihr Blick traurig auf die Puppe, bevor sie mich wieder angrinste. »Machst du mir eine Blume?«

Ich lachte und nickte dann, bevor ich mich von meinem Bett erhob, auf dem ich gerade noch gelegen und gezeichnet hatte. Nicht, dass ich besonders talentiert war, aber es lenkte mich ab. Ich setzte mich auf den Bettrand, riss ein Blatt Papier aus meinem Block und strich es glatt, während die Mädchen mit dem Spielen aufhörten und vom Boden aus zu mir aufschauten. Sie waren alle so jung und jede von ihnen hatte diesen traurigen Ausdruck in den Augen, als hätten sie in ihrem jungen Leben schon zu viel mitgemacht. Ich lächelte, weil ich wusste, dass ein Lächeln die Seele mehr wärmen konnte, als es ein Kleidungsstück jemals könnte. Sie lächelten schüchtern zurück.

Ein letztes Mal strich ich das Papier glatt, bevor ich es zur Hälfte knickte. »Einst lebte in einem fernen Land eine schöne Prinzessin«, begann ich, wie immer, wenn ich die Blume faltete, so wie meine Mutter es mir beigebracht hatte. »Sie war so schön, dass die Prinzen von nah und fern kamen, um sie um ihre Hand zu bitten. Doch niemand von ihnen konnte sie beeindrucken. Ihr Vater fand, sie solle endlich heiraten, und ungeduldig wie er war, forderte er seine Tochter auf, sich endlich zu entscheiden.«

Meine Schwester kicherte, wie immer an dieser Stelle, und ich lächelte schief, während ich weiterbastelte. »Aber die Prinzessin war eigensinnig und wollte sich nichts vorschreiben lassen, deshalb entschied sie, dass nur derjenige Prinz sie zur Frau nehmen durfte, der ihr das schönste Geschenk machte.« Mir war plötzlich, als würde mir beim Erzählen das blumige Parfüm meiner Mutter in die Nase steigen, und mit einem Mal fühlte ich mich in die Vergangenheit zurückversetzt. Ich konnte mich noch genau daran erinnern, wie ich in Cassies Alter neben meiner Mom gesessen hatte und sie mir diese Geschichte erzählte. Die Erinnerung ließ mich kurz wehmütig werden, weil sie trotz allem zu schön war, um sie vergessen zu wollen. »Die Prinzen kamen in Scharen und brachten die wunderbarsten Geschenke. Doch kein Schmuck, keine schönen Kleider, keine prunkvollen Kutschen und auch nicht die schnellsten Pferde der Welt konnten sie begeistern. Aber die Prinzen kamen immer wieder, auch wenn es von Jahr zu Jahr weniger wurden. Denn irgendwann verbreitete sich das Gerücht, die Prinzessin sei gierig, hochmütig und würde sich niemals entscheiden können, weil sie sich so von den dargebotenen Reichtümern blenden ließ.«

Nun begann ich, die Blume zu formen. »Doch dann kam ein Prinz, der von einem Sturm überrascht wurde. All seine mitgebrachten Geschenke fielen in einen Fluss und wurden fortgespült. Gnädigerweise erhielt er bei einer Bauernfamilie Zuflucht für die Nacht. Am nächsten Tag sah er, dass seine edle Kleidung ruiniert war, doch da er kein eitler Mann war, machte es ihm nichts aus, die geflickte Kleidung des Bauers zu tragen. Sie liehen ihm einen alten Gaul, mit dem er weiterreiten konnte und warnten ihn noch, dass die Prinzessin ihn so niemals empfangen würde. Doch der Prinz lachte nur und machte sich auf den Weg zum Palast. Dort saß die Prinzessin auf ihrem Platz, neben dem Thron ihres Vaters, und war traurig. Nicht einer hatte sie als die Frau gesehen, die sie war, und es würde auch niemand mehr kommen. Dann aber trat der Prinz in den Saal. Die Wachen wollten ihn schon nicht vorlassen, doch die Prinzessin winkte ihn neugierig zu sich.« Ich machte eine Pause und schaute in die erwartungsvollen Gesichter der Mädchen, die sich voll und ganz auf mich konzentrierten. »Er hatte nichts bei sich, was er der Prinzessin schenken konnte, doch als er sie sah, verliebte er sich sofort in ihre strahlenden Augen. Der Prinz bat um ein Blatt Papier, und die Neugier der Leute wuchs. Mit geschickten Fingern faltete er eine Blume daraus und kniete sich dann vor die Prinzessin.« Ich hielt die fertig gefaltete Blume zwischen meinen Fingerspitzen und streckte sie den Mädchen entgegen, als wäre ich selbst der Prinz. »Meine Prinzessin, ich habe nichts bei mir, was Euch von einer Ehe mit mir überzeugen könnte. Doch ich möchte Euch diese Blume schenken. Sie wird niemals vergehen, genauso wie meine Liebe zu Euch, die in mir entfachte, als ich Euch zum ersten Mal in die Augen blickte. Nehmt diese Blume von mir an, das bitte ich Euch, selbst wenn Ihr mich abweisen wollt. Denn dann weiß ich, dass wenigstens ab und an ein kleiner Gedanke von Euch mir gehören wird.«

Cassie und ihre Freundinnen seufzten, und ich betrachtete lächelnd die kleine Blume aus Papier zwischen meinen Fingern. »In der Prinzessin entbrannte in diesem Moment eine ebenso große Liebe für den Prinzen, denn er war der Erste, der sie als Frau sah und nicht als Prinzessin. Überwältigt von ihren Gefühlen bat sie ihn selbst um seine Hand, zur Empörung aller

Anwesenden. Er lachte erfreut und sagte natürlich zu. Sie heirateten noch am selben Tag, und die Feierlichkeiten liefen eine ganze Woche lang. Gemeinsam lebten sie glücklich bis ans Ende ihrer Tage.«

»Ich will auch einen Prinzen«, seufzte meine kleine Schwester und brachte mich damit zum Lachen.

»Dafür bist du noch zu jung, aber stattdessen bekommst du eine Blume.« Ich legte ihr die Bastelei in die Hand und schaute dann zu den anderen Mädchen, die die Blume mit großen Augen betrachteten. »Und jetzt mache ich für jede von euch eine dieser besonderen Blumen, ja?«

Das darauffolgende Jubeln war mehr wert, als ich aussprechen konnte. Diese Mädchen hatten ihre Familien verloren oder waren ihnen aus gutem Grund entrissen worden – und dennoch freuten sie sich über so eine kleine Papierblume. Mit einem Lächeln begann ich, weitere Zettel aus meinem Block zu reißen und dann zu falten.

Als ich schließlich fertig wurde, war es bereits so spät, dass unsere Hausmutter kam und das Licht ausschaltete. Wir alle legten uns in unsere Betten, aber es dauerte noch lange, bis die Mädchen aufhörten sich leise flüsternd zu unterhalten.

Ich selbst war jedoch hellwach und betrachtete gedankenverloren die Decke. Knochige Finger kratzten an ihr entlang, und hätte ich nicht gewusst, dass es nur die Schatten des kahlen Baums vor unserem Fenster waren, hätte ich mich vielleicht gefürchtet. Doch diese Angst hatte ich abgelegt, als mir klar geworden war, dass die Realität noch viel grausiger sein konnte als meine Fantasie. Meine Eltern zu verlieren, war so ziemlich das Schlimmste, was hätte eintreffen können.

Als die Kirchturmuhr draußen Mitternacht schlug, wartete

ich noch einen Moment, bevor ich lautlos aus meinem Bett stieg und mich wieder anzog.

Seit dem Unfall litt ich an Schlaflosigkeit, und wenn ich schlief, dann quälten mich Albträume. Ich war nicht dabei gewesen, dennoch träumte ich davon, als wäre ich die einzige Überlebende.

Leise schlich ich aus dem Gemeinschaftszimmer und glitt in den leeren Flur, der in völliger Dunkelheit lag. Ich lief den mittlerweile bekannten Weg bis zu der Kammer, die sich direkt über den Garagen befand. Ich schloss hinter mir ab, bevor ich das Fenster öffnete und wie jede Nacht meinen Mund verzog, als die Scharniere knarrten. Ich hatte sie schon öfter heimlich geölt, doch der Erfolg hielt nie lange an. Mit einer fließenden Bewegung kletterte ich auf den Fenstersims und zog das Fenster hinter mir zu, bevor ich auf die Garage und anschließend auf die Straße sprang. Meine Landung war geübt und lautlos. Ich rannte sofort die Straße entlang, bis ich außer Sichtweite des Heims war und endlich langsamer wurde. Meine alten Schuhe waren kaum warm genug für den sich anbahnenden Winter, und meine Kapuzenjacke schützte mich nicht wirklich vor dem kalten Wind. Aber es waren die Sachen, die meine Eltern mir gekauft hatten, und deshalb gehörten sie zu meinen Lieblingsstücken.

Zitternd schob ich meine Hände in die Taschen meiner Jacke und zog die Schultern hoch, während ich über die Straße lief. Leichter Nieselregen setzte ein und benetzte meine Haut, doch ich spürte nur die pure Erleichterung, hier draußen zu sein. Obwohl es uns hätte schlechter treffen können, schienen mich die Mauern unseres Heimes mit jedem weiteren Tag ein wenig mehr zu erdrücken.

Ich fürchtete mich nicht in der Dunkelheit, denn sobald ich

um die Ecke bog, kam ich auf eine Hauptstraße, die voller Licht und Leben war.

Mein Vater hätte mich für den Rest meines Lebens eingesperrt, wenn ihm nur zu Ohren gekommen wäre, was ich tat. Immerhin war ich minderjährig, gerade mal fünfzehn Jahre alt, und lief durch die nächtlichen Straßen von London. Aber vielleicht wusste mein Dad es ja auch und schrie mich vom Himmel aus an. Bei diesem Gedanken musste ich lächeln.

Ich blieb auf der belebten Straße, lief vorbei an Restaurants, Bars und Hotels. Hier war alles voll, laut und bunt. Es lenkte mich ab, und wenn ich mich lang genug bewegte, wurde ich vielleicht müde genug, dass ich zu erschöpft zum Träumen war.

Die ersten Nächte im Kinderheim waren meine persönliche Hölle gewesen. Während Albträume, schmerzliches Vermissen und die Sorge um unsere Zukunft mich quälten, hatte ich es kaum eine halbe Stunde am Stück zwischen all den schlafenden Kindern ausgehalten. Sie hatten mir viel zu deutlich vor Augen geführt, dass wir nun zu ihnen gehörten. Wir waren einsame Seelen, die von ihren Familien aus den verschiedensten Gründen getrennt worden waren.

Unruhig hatte ich mich damals durch das Heim geschlichen und war irgendwann auf die Kammer gestoßen, von der aus ich über die Garage nach draußen klettern konnte.

Zunächst hatte ich nicht gewusst, was ich tun sollte, war einfach nur losgelaufen und wollte wenigstens für einen kurzen Moment diesem neuen Leben entfliehen. Als ich schließlich völlig erschöpft in den frühen Morgenstunden, kurz vor Sonnenaufgang, zurückgekehrt war, hatte mich ein müder Frieden eingehüllt.

Seitdem lief ich jede Nacht durch diese Straßen und konnte

mich wenigstens für wenige Stunden der Illusion hingeben, dass ich auf meinem Rückweg unser Zuhause ansteuern würde – und nicht diesen trostlosen Ort. Manchmal hoffte ein kleiner Teil von mir, dass wir irgendwann wieder ein Zuhause haben würden. Einen Ort, an dem wir uns geborgen fühlen könnten. Doch ein anderer, zynischer Teil von mir war sich sicher, dass es so einen Ort ohne unsere Eltern nicht geben konnte.

Ich sog tief die kühle, feuchte Nachtluft ein und lächelte grimmig. Aber vielleicht, irgendwann, würde ich so einen Ort erschaffen können. Für mich und meine Schwester. Nur für uns beide. Es wäre nicht dasselbe Zuhause wie früher, aber immerhin ein Zuhause.

Gedankenverloren betrachtete ich den Boden und wich gerade einem Kaugummifleck aus, sodass ich die Gruppe Feiernder erst im letzten Moment bemerkte. Einer von ihnen rempelte mich an. Ich stolperte, knickte um und spürte wie mein Herz einen Moment lang aussetzte, als ich in Richtung Straße fiel.

Jemand rief etwas, ich streckte meine Hände aus, wollte mich irgendwo festhalten, doch griff ins Leere.

Im nächsten Moment ertönte ein lautes Hupen. Ein Knall durchzuckte die Nacht. Schreie ließen mein Herz noch schneller schlagen, während ich spürte, wie mich etwas nach vorne schleuderte. Reifen quietschten. Ein Auto fuhr davon. Mein Gesicht brannte. Verschwommen sah ich Lichter. Beine kamen auf mich zu. Rauschen setzte in meinem Kopf ein. Jemand legte seine Hände auf meine Arme. Worte wurden gesagt. Ich verstand nichts.

Im nächsten Moment explodierte der Schmerz in meinem Kopf und ließ die Welt kippen. Ein letztes Mal sog ich Luft ein, spürte das aufkommende Zittern in meiner Brust, bevor alles um mich herum schwarz wurde.

*

Als ich aufwachte, war mir schummrig, doch ansonsten schien es mir gut zu gehen. Vermutlich hatte mir jemand ein Schmerzmittel gegeben. Ich erinnerte mich vage an den Unfall, daran, dass mich jemand angerempelt und mich ein Auto angefahren hatte.

Träge blinzelte ich und wartete einen Moment, bis sich meine Augen langsam scharf stellten und der müde Schleier über ihnen verschwand. Weiße Wände umrahmten ein Fenster, hinter dem Dunkelheit lag, und ein Piepen durchflutete den gesamten Raum. Ich lag im Krankenhaus.

Es dauerte einen Moment, bis der Gestank von Desinfektionsmittel meine Nase brennen ließ. Ich hielt kurz die Luft an, schob den Gedanken beiseite, dass Unfallopfer hierherkamen, und atmete dann einmal tief durch. Ich lebte. Also war alles okay.

Und es war noch mitten in der Nacht. Also hatte noch niemand mitbekommen, dass ich mich aus dem Heim geschlichen hatte. Cassie schlief und musste sich keine Sorgen um mich machen. Erleichterung überkam mich.

Das leise Quietschen eines Stuhls schräg hinter mir ließ mich zusammenzucken.

Ich drehte meinen Kopf und sah im Augenwinkel, wie sich jemand erhob. Eine Ärztin mit kurzen, blonden Haaren und einem freundlichen Lächeln ging um mein Bett herum, wobei ihr Kittel aussah, als wäre er ihr zwei Nummern zu groß. Fast, als hätte sie sich ihn in aller Hast übergestreift und nicht bemerkt, dass er jemand anderem gehörte. »Entschuldige, Alexis, wir wollten dich nicht erschrecken.«

Sie hatte mich beobachtet, dachte ich und öffnete gerade meinen Mund, um zu fragen, wen sie noch meinte, als ich kurz darauf hinter ihr einen Mann aufragen sah. Er lächelte ebenfalls leicht und betrachtete mich neugierig.

Meine Stirn legte sich in Falten, und ich spürte eine Woge aus Wärme, als ich ihn näher betrachtete. Gleichzeitig wusste ich, dass diese Wärme nicht von mir ausging. Ich kannte den Mann nicht, aber ich hatte ihn schon einmal gesehen, da war ich mir sicher. Aber wo?

Mein Blick zuckte zu der Ärztin, und ich spürte Neugier aufflammen. Sie tanzte wie ein Schwarm Ameisen über meine Haut, als würde sie mich kitzeln wollen. Sie war fremd, und dennoch spürte ich die Neugier, als würde sie aus meinem Inneren kommen. Dennoch war ich sicher, dass dieses Gefühl nicht von mir war.

Aber wie war das möglich?

»Wer-« Meine Stimme war ein leises Krächzen, und ich musste mich räuspern, damit ich von vorne anfangen konnte. »Wer sind Sie?«

»Ich bin Dr. Samantha Smith«, stellte sich die Ärztin vor und kam zu mir ans Bett. »Aber alle nennen mich Dr. Sam.«

»Okay.« Ich konnte nicht aufhören, sie anzustarren, während ich merkte, wie sich unter die Neugier, die in Wellen zu mir herüberschwappte, wachsende Panik mischte. Panik, die von mir selbst ausging.

Der Mann, der bisher geschwiegen hatte, stellte sich neben Dr. Sam, sodass ich ihn genauer betrachten konnte. »Hallo Alexis. Ich bin Charles Roberts.«

»Woher wissen Sie, wie ich heiße?«

»Du hattest einen Ausweis dabei«, antwortete mir Dr. Sam.

Mein Blick war weiterhin auf den Mann gerichtet. Charles Roberts. Der Name sagte mir nichts. Dennoch … »Ich kenne Sie«, entfuhr es mir leise, und ich spürte ein plötzliches Zittern in mir aufkommen, als ich die Überraschung in seinen Augen sah – und gleichzeitig *spüren* konnte. Dieses Mal war ich mir sicher, dass dieses Gefühl nicht von mir kam. Es musste von ihm ausgehen! Meine Brust hob und senkte sich schneller, während sich eine schmerzhafte Enge in meiner Kehle ausbreitete. Angst. Ein Teil von mir wollte schreien, doch ich zwang mich, ruhig zu bleiben. »Was passiert hier? Warum fühle ich mich so-« Ich verstummte, weil ich nicht wusste, wie ich es beschreiben sollte. Was war nur los mit mir? Hatte ich mir beim Unfall den Kopf angeschlagen? Das hier *musste* Einbildung sein.

Dr. Sams Blick war weich und doch drängend. »Alexis, bitte sag mir, wie du dich fühlst.«

»Ich … ich weiß es nicht.« Mein Mund verzog sich vor Angst und Frustration, und ich spürte plötzlich ein Brennen, das sich unnatürlich heiß durch meine Venen zog. Mein Blick senkte sich zu meinem Arm, an dem ein Zugang gelegt war – und ich bemerkte, dass mir eine rosa Flüssigkeit direkt in den Körper geleitet wurde. »Was ist das? Was machen Sie mit mir?« Meine Stimme klang unangenehm schrill in der Stille des Krankenhauszimmers.

»Ganz ruhig, Kleines«, versuchte mich Mr Roberts zu beruhigen, während Dr. Sam ein Klemmbrett von einem Beistelltisch nahm und etwas notierte.

»Was schreiben Sie da auf?« Ich atmete noch lauter, während mir Tränen in die Augen schossen. Und als ich meine

Arme heben wollte, spürte ich, dass ich am Bett fixiert worden war. »Warum bin ich gefesselt? Was wollen Sie von mir?«

Mr Roberts schob sich in mein Sichtfeld und zog meine Aufmerksamkeit auf sich. Er lächelte mich warm und verstehend an, und mir war, als würde er es wirklich ernst meinen, als würde er wirklich bedauern, dass ich gefesselt war. »Alexis, ich weiß, das ist jetzt alles ein wenig beängstigend, aber bald wirst du alles verstehen.«

Ich schluckte und wusste nicht, was ich sagen sollte, während mein Blick weiter nach unten wanderte. Meine Beine steckten in dicken Verbänden, als hätte ich sie mir gebrochen.

»Ich weiß, dass du mich erkennst, auch wenn du nicht weißt woher.« Er zog ein gefaltetes weißes Blatt aus seiner Jackentasche und beim näheren Hinsehen erkannte ich, dass es ein Foto war. Für einen Moment betrachtete er es mit einem warmen Lächeln, bevor er es umdrehte und ich das Bild sehen konnte. »Als wir uns das letzte Mal sahen, warst du ein paar Jahre jünger.«

»Sind das …« Meine Stimme versagte, als ich dieses alte Foto betrachtete, auf dem meine Eltern zu sehen waren. Sie lachten in die Kamera, und neben ihnen standen einige andere Leute, doch ich erkannte Mr Roberts direkt neben meinem Vater. Sie waren noch so jung und trugen Militärkleidung, die ich nur von alten Fotos kannte.

»Ja, das sind deine Eltern. Wir waren gute Freunde, und als sie starben …« Er schluckte sichtlich, bevor er mir ein gezwungenes Lächeln schenkte. »Wir wussten, dass ihr in ein Heim gekommen seid, aber wir konnten nichts unternehmen.« Sein Blick wurde ganz warm, nahezu liebevoll. »Ich weiß, es ist schwer zu verstehen, Kleines. Du bist noch so jung, aber ich bin mir sicher, du bist genauso schlau wie deine Eltern es waren.«

Ich blinzelte und starrte den Mann an, der mich anschaute, als würde er mich kennen – so, wie er scheinbar meine Eltern gekannt hatte. »Was soll schwer zu verstehen sein?«

Dr. Sam blickte derweil von ihren Unterlagen auf, und ihre Augen leuchteten leicht, als würde sie es lieben, die folgenden Worte auszusprechen. »Deine Eltern haben dir etwas ganz Besonderes vererbt.« Sie machte eine kurze Pause, bevor sie etwas leiser sagte: »Die perfekte Genstruktur.«

»Was?« Verwirrung ließ meine Lider flattern, und ich krallte meine Fingernägel in das Laken unter mir. Verrückt. Die beiden mussten verrückt sein. Aber er hat meine Eltern gekannt …

Mr Roberts nickte zustimmend. »Du weißt, dass deine Eltern beide bei der britischen Armee waren. Aber das ist nur ein Teil der Wahrheit. Sie lernten sich kennen, als sie sich beide freiwillig für ein Geheimprogramm meldeten. Dort wurde ihnen ein Serum gespritzt, mit dem es möglich ist, die körperlichen Fähigkeiten eines Menschen zu verstärken. Um es einfach zu erklären: Ihre genetischen Voraussetzungen dafür waren perfekt, und sie wurden quasi zu Superagenten.«

Ich öffnete meinen Mund und schaute Dr. Sam an, die jedoch nur lächelte und nickte, als würde sie seine Worte unterstreichen wollen.

Das ist doch Wahnsinn! Für einen kurzen Moment hatten ihre Worte über meine Eltern eine zarte Hoffnung in mir erweckt. Doch jetzt wurde mir klar, dass diese Menschen völlig irre waren! Mr Roberts ignorierte meine schockierte Miene und redete weiter. »Wir haben über die Jahre ein Mittel entwickelt, mit dem man die genaue genetische Zusammensetzung eines Menschen herausfiltern kann, um zu sehen, wer für das Programm geeignet ist oder nicht. Dabei haben wir festgestellt, dass es im Teenageralter am besten funktioniert. Deshalb konnten wir dich und deine Schwester nicht früher kontaktieren. Ihr seid beide zu jung gewesen. Doch du bist nun alt genug.« Er lächelte, und jedes seiner Worte klang so ehrlich, wohlüberlegt und ernst, dass sich plötzlich Zweifel in mir regten. »Du hast die perfekten Voraussetzungen, um in die Fußstapfen deiner Eltern zu treten.«

»Kann ich dasselbe wie meine Eltern?« Ich entspannte mich langsam, spürte, wie ich diesem Fremden glauben wollte, der scheinbar mit meinen Eltern befreundet gewesen war. Ich *wollte* es. So. Sehr. So sehr, dass es wehtat, denn plötzlich spürte ich ein flackerndes Licht, das mich meinen Eltern endlich wieder näherbringen würde. Zarte, naive Hoffnung regte sich in meiner Brust. Hoffnung darauf, mehr über meine Eltern zu erfahren und von ihrem Leben, das sie uns scheinbar verheimlicht haben sollten.

Das alles klang vollkommen wahnsinnig. Dennoch brachte dieser ernste und freundliche Ausdruck in seinen Augen mich dazu, ihm glauben zu wollen.

»Nicht genau dasselbe. Sie wurden durch das Serum sehr stark. Auch du bist nun stärker als vorher, doch du könntest noch weitere Fähigkeiten haben.« Mr Roberts nickte, und ich spürte so plötzlich Stolz und Erleichterung in mir aufkommen, dass ich zusammenzucken musste, weil es eindeutig nicht *meine* Gefühle waren.

»Was ist los?« Dr. Sam schob sich neben Mr Roberts und überprüfte meinen Puls. »Was war das gerade?« Sorge und Neugier schwappten in Wellen zu mir herüber, und ich kniff meine Augen zusammen. Mein Schädel pochte. Ich versuchte, diese Gefühle auszublenden, wegzuschieben, doch sie drängten sich bis in meine Brust.

»Du spürst oder hörst etwas, oder?« Dr. Sam legte ihre Hand auf meinen Arm. »Ja oder nein?«

Ich zögerte, nickte dann aber schließlich. »Ihre Gefühle. Ich spüre Ihre Gefühle.«

»Großartig«, murmelte Dr. Sam und trat zurück. »Das, meine liebe Alexis, ist deine Fähigkeit.«

Ich öffnete meine Augen wieder und sah in ihrem Gesicht Entzücken, spürte es sogar, als wäre das etwas Tolles. Ihre Freude war so stark und echt, dass ich einen Moment lang brauchte, um einen klaren Gedanken zu fassen, um zu realisieren, was sie gerade gesagt hatte. »Meine Fähigkeit …«

»Das ist großartig«, murmelte Dr. Sam lächelnd und notierte sich etwas auf ihrem Klemmbrett.

»Hör mir zu, ich weiß, das ist jetzt alles ziemlich viel für dich. Und du ahnst nicht, wie gerne ich dich eine Nacht darüber schlafen lassen würde, aber das wäre gegen die Regeln.« Mr Roberts wurde ernst. »Entweder du gehst zurück und wir löschen deine Erinnerungen, oder du kommst mit uns und wirst zu einer Agentin. Egal wofür du dich entscheidest, wir werden es akzeptieren. Aber du hast nicht mehr viel Zeit.«

»Wieso nicht?« Meine Stimme zitterte leicht, während ich meine Finger zwang, sich zu entspannen, die weiter an dem Laken unter mir zerrten. »Wieso habe ich keine Zeit?«

Dr. Sam lächelte mich beruhigend an. »Ich bin ebenfalls eine Agentin. Meine Fähigkeit ist, dass ich das zuletzt erlebte Ereignis aus deinen Erinnerungen auslöschen kann, wenn ich möchte. Entscheidest du dich gegen uns, werde ich genau das tun und du kannst weiterleben wie zuvor.« Sie blickte auf ihre Uhr. »Leider ist die Zeit gleich abgelaufen. Das nächste Ereignis wird folgen, doch ich muss deine Erinnerungen ab dem Zeitpunkt deines Erwachens löschen.«

»Aber was ist mit Cassie?«, fragte ich, obwohl ich gleichzeitig dachte, dass dies meine Chance auf ein besseres und bedeutendes Leben war. Eines, bei dem ich vielleicht nicht mehr Nacht für Nacht aus dem Fenster klettern musste, um meinen eigenen Gedanken entfliehen zu können. Ich würde Cassie beschützen können. Aber war es das wert? Konnte ich diesen Fremden vertrauen?

Mr Roberts presste kurz seine Lippen zusammen. »Deine Schwester muss im Heim bleiben.« Sein Bedauern war ehrlich, das spürte ich.

»Dann bin ich raus. Ich kann nicht ... sie wäre ganz allein.«

»Du könntest in die Fußstapfen deiner Eltern treten, und sobald du volljährig bist, kannst du deine Schwester adoptieren. Ihr ein gutes Leben bieten. Vielleicht hat sie sogar ebenfalls die perfekte Genstruktur und wird in einigen Jahren auch Teil unseres Programms. Aber das wissen wir heute nicht.« Er redete schneller und unterstrich damit die Eile, zu der sie mich drängen wollten.

»Aber Sie würden Cassie testen? Wenn sie älter ist? Sie würden testen, ob sie ebenfalls diese Gene hat?«

Dr. Sam nickte. »Sobald sie bereit ist, werden wir sie testen. Noch ist sie zu jung. Aber in ein paar Jahren wissen wir, ob auch sie die Chance auf dieses Leben hat.«

»Als Superagentin.« Ich biss mir auf die Unterlippe. »Ich weiß nicht ... meine Eltern ... Sie sagen, meine Eltern waren Superagenten?« Hoffnung fraß sich in meine Brust, ließ mein Herz pulsieren, so fest, dass ich es gegen meine Rippen schlagen spürte.

Wieder nickte die Ärztin und lächelte weich. »Sie waren

großartige Agenten, und wir sind sicher, dass du dies ebenfalls sein könntest.«

Mr Roberts hielt das Foto noch immer in seinen Händen und betrachtete es. »Du hast die Chance auf ein neues, aufregendes Leben. Du müsstest nicht mehr im Heim leben, sondern würdest in unserer Akademie wohnen, wo du auch ausgebildet wirst.«

Ich zögerte, denn ich wollte Cassie auf keinen Fall alleine lassen. Aber die Chance, etwas bisher Verborgenes vom Leben meiner Eltern zu erfahren, ließ meine Entschlossenheit wanken. Cassie könnte nachkommen ... vielleicht war sie auch so wie unsere Eltern. Vielleicht könnten wir gemeinsam ein neues Leben beginnen. »Wo ist diese Akademie?«

»Am Stadtrand von London«, antwortete mir Dr. Sam und lächelte mich an, doch gleichzeitig spürte ich auch ihre Ungeduld, während sie erneut einen kurzen Blick auf die Uhr warf. »Wie entscheidest du dich?«

»Warum wollen Sie *mich?* Wieso gerade mich? Wieso bin ich so wichtig, dass Sie mich überzeugen wollen?«

Mr Roberts stieß ein schnaufendes Lachen aus. »Weil ich deinen Eltern versprochen habe, ein Auge auf euch zu haben, sollte ihnen etwas passieren. Außerdem brauchen wir Agenten wie dich. Junge Menschen mit besonderen Fähigkeiten. Es gibt nicht viele, die so gute Voraussetzungen mitbringen. Du bist etwas Besonderes. So, wie es deine Eltern waren.«

Seine Worte ließen mein Herz flattern, und ich spürte plötzlich, wie sehr ich sie vermisste, wie sehr es wehtat, dass sie nicht mehr hier waren. Mit einem Mal wollte ich ein Teil davon sein. Teil dieser Organisation, der meine Eltern angehört hatten. Ich wollte dieses Gefühl, ihnen wieder nahe sein zu können, festhalten und nie wieder loslassen.

Ich könnte Cassie immer besuchen. Sie würde es verstehen. Irgendwann. Und meine Eltern … sie waren *Agenten.* Ich könnte so sein wie sie.

Nun schaute auch Mr Roberts auf seine Armbanduhr und mir war, als würde er die Luft anhalten. »Die Zeit läuft ab.«

»Wie haben Sie mich so schnell gefunden?« Ich stieß die Frage aus, als würde sie mich zum Ersticken bringen. Es war ein Unfall gewesen. Oder nicht? »Wie konnten Sie so schnell hier sein?«

»Wir haben dich überwachen lassen, als klar war, dass du nachts alleine herumläufst. Ich konnte doch nicht zulassen, dass Amandas und Davids Tochter etwas passiert.« Er sprach die Namen meiner Eltern mit so viel Zuneigung aus, dass mir Tränen in die Augen schossen. »Unser Agent sah den Unfall und informierte uns umgehend. Du wirst es überleben. Deine Beine sind gebrochen, doch das Serum wird die Heilung beschleunigen. Alles an dir ist nun stärker. So wie deine Eltern stärker waren. Du könntest das für immer mit ihnen teilen.«

»Ich mache es.« Drei Worte. Mehr brauchte es nicht, um meine ganze Welt zu verändern. Sie schossen nur so aus meinem Mund, als hätte ich sie sowieso nicht länger aufhalten können, und für einen kurzen Moment schloss ich meine Augen und hoffte, Cassie würde mir das irgendwann verzeihen.

Als ich meine Augen wieder öffnete, sah ich Dr. Sam und Mr Roberts lächeln, als hätten sie nichts anderes von mir erwartet. »Willkommen beim MI20, Miss Young.«

Vier Jahre später

1. Kapitel

Ich spürte die Anwesenheit einer anderen Person, noch bevor ich sie sah. Es war, als würde das Gefühl sich über meine Haut schlängeln, direkt in meine Poren hinein und mein Herz ein klein wenig schneller pumpen lassen. Meine Finger umschlossen die kleine handliche Waffe fester, die sich durch meine Berührung bereits warm und nicht mehr so fremd anfühlte. Pistolen waren zwar praktisch, aber ich war eher ein Freund von einem fairen Kampf.

Doch meine Befehle lauteten anders, und deshalb schlich ich jetzt durch das alte, leerstehende Hotel. Ich war nicht allein, vor wenigen Minuten erst hatte ich mich von meinem Partner getrennt, der in die entgegengesetzte Richtung des Flurs geschlichen war. Wir hatten in den unteren zehn Etagen schon viel zu viel Zeit vergeudet, und laut der schmalen Uhr an meinem Handgelenk würde in weniger als zehn Minuten das gesamte Gebäude in die Luft fliegen, wenn wir nicht endlich diese verdammte Bombe fanden!

Dies hier war die letzte und oberste Etage – eigentlich ein blöder Ort für einen Sprengsatz. Ich persönlich hätte sie ja im Keller deponiert. Und genau diese Annahme hatte uns wertvolle Zeit gekostet. Wenn wir sie nicht rechtzeitig entschärften, würde ich an allem schuld sein!

Ich lief ein wenig schneller und achtete gleichzeitig darauf, weiterhin lautlos zu bleiben. Die nächste Tür stand offen, und ich blieb nur einen Moment lang stehen, bevor ich den Raum betrat und sicherstellte, dass sich weder eine Person, noch die Gefahrenquelle darin befanden.

Schweiß lief mir über die Stirn, und ich atmete seit meinem vorherigen Aufeinandertreffen mit den zwei Terroristen noch immer viel zu schnell. Meine Seite brannte, weil mich einer von ihnen mit einem Messer erwischt hatte, aber wenigstens lagen sie nun ausgeschaltet in einer Abstellkammer.

Je weiter ich kam, desto deutlicher spürte ich die Anwesenheit einer weiteren Person. Sie schien entspannt – soweit ich das ausmachen konnte – und einmal mehr war ich unsagbar dankbar für meine Kräfte. Genauso wie für diesen Teppichboden, der meine Schritte zusätzlich dämpfte.

Mein Atem beruhigte sich langsam, und ich wusste, dass Panik mir überhaupt nichts bringen würde. *Ich bin eine gut ausgebildete Agentin. Ich bin mutig. Ich bin stark. Ich gehöre zu einer der geheimsten Organisationen, die es auf der Welt gibt. Ich bin–*

Plötzlich ertönte eine Sirene. So laut, dass ich zusammenzuckte und mich in einen Türrahmen duckte, während ich mich umsah. Der schrille Sirenenton kam von einer rot blinkenden Lampe an der Decke, nur wenige Meter von mir entfernt. Ich hob meinen Arm und zielte auf das Licht, in der Hoffnung, dass die Sirene dann verstummen würde. Doch im nächsten Moment gingen die Lichter an und tauchten den Flur in gleißendes Licht.

»Verdammter Mist! Nein! Zur Hölle!« Deans Gebrüll hallte durch den gesamten Flur, und ich sackte schockiert in mich zusammen, als mir klar wurde, dass wir versagt hatten.

Im nächsten Moment veränderte sich der Raum, wurde völlig schwarz und wieder zu dem Simulationsraum, den wir vor einer gefühlten Ewigkeit betreten hatten. Das Gefühl, eine andere Person in der Nähe zu haben, verflüchtigte sich, und auch der letzte Rest der Simulation verblasste. Ich wusste nicht, wie sie es schafften, aber unsere Ausbilder konnten selbst unsere mentalen Kräfte während einer Übung herausfordern. Normalerweise war dies kein Problem, denn ich ließ mich nicht so schnell ablenken. Doch dieses Mal war etwas gründlich schief gegangen.

Ich zwang mich, meine Scham und Fassungslosigkeit zu unterdrücken, auch wenn es das erste Mal seit einem Jahr war, dass einer von uns bei einer Simulation versagt hatte. Dean und ich waren die Besten in diesem Fach. Es wurden sogar schon Wetten geführt, wer von uns zuerst eine Simulation versaute. Aber dass uns dies gleichzeitig passieren würde, hätte vermutlich niemand gedacht. Ein leises, erbostes Schnaufen entfuhr mir, und ich zerrte die Simulationsbrille von meinem Kopf.

»Sehr schön«, schallte die höhnische Stimme unseres Einsatzleiters und Chinesischlehrers Mr Turner durch die Halle. Wut schlug mir entgegen, und sie war so stark, dass ich mich innerlich daran erinnern musste, dass es nicht meine eigene Wut war. Ich hob meinen mentalen Schild an und sperrte sie aus. »Wäre dies ein echter Auftrag gewesen, dann könnte man von euch jetzt nichts anderes mehr als Blutflecken unter dem Schutt des Hotels sehen!«

Ich hörte von hinten nahende Schritte und spürte Verärgerung, jedoch nur ganz leicht – wie immer, wenn es um Dean ging. Seine Gefühle und die einiger anderer Trainees konnte ich nur dann wahrnehmen, wenn sie besonders intensiv waren.

Dean war – ebenso wie ich – Trainee in der Akademie des MI20 und zwei Jahre älter als ich. Er war stark, sehr stark sogar, denn das Serum hatte ausschließlich körperlich bei ihm gewirkt.

Eigentlich waren wir ein verdammt gutes Team, mehr

noch, wir waren auch getrennt voneinander die Besten in den Simulationen. Egal wem wir zugeteilt wurden, wir schafften sie immer. Ich hatte keine Ahnung, wieso ich so dickköpfig gewesen war und darauf bestanden hatte, dass die Bombe im Keller sein musste. Das würde er mir ewig vorhalten!

»Am liebsten würde ich euch morgen gar nicht erst mitfahren lassen!« Mr Turner brüllte weiter und bekam einen hochroten Kopf, während ich Wut und Fassungslosigkeit in seinen Augen sah. Seine grauen Haare waren militärisch kurz geschnitten, und dennoch wirkte er deutlich jünger als seine achtundvierzig Jahre. »Heute habt ihr auf ganzer Linie versagt!«

Ich zwang mich, nicht zusammenzuzucken und seinen Blick zu erwidern. Ich wusste, dass es ihn nur noch wütender machte, wenn ich meine Augen abwenden würde. Dennoch spürte ich Nervosität in mir aufkommen, als seine Drohung sich in mein Bewusstsein drängte. Das konnte er nicht machen! Morgen hatten wir unseren ersten wichtigen Auftrag, und das durfte er uns nicht wegnehmen. Seit vier Jahren arbeiteten wir auf diesen Augenblick hin, und das konnte er uns nicht wegen eines einzigen Fehlers wegnehmen. Immerhin würde sich dieser Auftrag auf unsere Abschlussprüfungen auswirken.

Mr Turner drehte sich zu Dean und wurde sichtlich ruhiger, als hätte er entschieden, dass die Standpauke genug war. »Mr Nolan, für Ihre schlampige Arbeit haben Sie heute nach dem Abendessen die Ehre, die Sporthalle zu wischen.«

Unser Lehrer wandte sich mir zu, im selben Moment, als Dean sich neben mir anspannte. »Und Sie, Miss Young, hatten zwar das richtige Gespür für die Bombe, aber da Sie nicht darauf gepocht haben, weiter im Keller zu suchen, werden Sie sich mit ihrem Teamkollegen die Strafe teilen!«

Ich nickte knapp, zu überrascht, um etwas zu sagen. Ich hatte tatsächlich Recht gehabt! Aber was war dann schiefgelaufen? Wir hätten sie finden müssen!

»Jetzt verschwinden Sie hier und denken darüber nach, wie dumm dieser heutige Fehler war!« Er wirbelte herum und stampfte voraus.

Wir folgten ihm schweigend zur Tür, die kaum von dem Rest des völlig schwarzen Raumes zu unterscheiden war, in dem so viel Technik versteckt war, dass man damit sicher zum Mond fliegen könnte. Mr Turner stieß sie auf, und das helle Licht aus dem Überwachungsraum strahlte mir ins Gesicht, aber meine Augen gewöhnten sich innerhalb weniger Millisekunden daran.

Im Gegensatz zu der Schwärze des Simulationsraumes war der Überwachungsraum völlig in Weiß gehalten. Das Einzige, was sich davon abhob, waren die vier Schreibtische an der Wand, sowie einige Monitore und Stühle. Auf diesen saßen unsere letzten beiden Klassenkameraden und warteten darauf, ihre Simulation durchzuführen. Es war immer eine andere, sodass niemand vorher wusste, was ihn erwartete. Alle anderen Trainees waren schon vor uns dran gewesen und hatten bereits Freizeit.

Als sie uns eintreten sahen, sprangen Vivien und Thomas auf und folgten Mr Turner in den Simulationsraum. Unser Lehrer war der Einzige, der drinbleiben durfte. Und das auch nur für den Fall, dass jemand aufgrund der realistischen Darstellung durchdrehte. Das passierte jedem Trainee früher oder später, aber meistens im ersten Ausbildungsjahr.

Thomas grinste mich im Vorbeigehen an, bevor er hinter sich die Tür schloss und uns beide alleine zurückließ. Völlige Stille umgab uns, und ich atmete laut aus, um sie zu durchbrechen. Bedächtig ging ich zu dem weißen Schrank neben der Tür und legte meine Simulationswaffe in eine rote Box zu den übrigen, bevor ich meine Simulationsbrille in die dafür vorgesehene blaue Box legte. Schließlich ging ich zu einem der Schreibtische, um mir die letzte aufgenommene Übung anzusehen. Rechts auf dem Bildschirm sah ich einen Grundriss der Welt, in der wir uns vorhin vermeintlich befunden hatten, und links sah man das Bild, das auch ich durch die Brille gesehen hatte. Ich setzte mich, zog meine Beine an und klickte auf *Play*, während ich gleichzeitig Dean wahrnahm, der sich an den Schreibtisch neben meinem setzte.

Da ich keine Wut mehr aus seiner Richtung spürte, ging ich davon aus, dass er sich wieder ein wenig beruhigt hatte. Oder zumindest so weit, dass seine Emotionen nicht stark genug waren, um mich zu erreichen.

Ich konzentrierte mich auf das Bild, das auf dem Monitor vor mir abgespielt wurde. Dort sah ich mich selbst auf dem oberen Teil des Bildschirms und Dean auf dem unteren Teil. Zunächst liefen wir noch hintereinander durch die dunklen Flure des Hotels, bis wir uns trennten, um schneller die Zimmer überprüfen zu können.

Auf der Karte blinkte ein roter Punkt, der mir anzeigte, wo sich die vermeintliche Bombe befunden hatte. Es war einer der Räume, die Dean gesichert hatte.

Ich schluckte und konzentrierte mich auf sein Bild. Er machte alles richtig, bis zu dem Moment, als er in den besagten Raum kam. Doch er zögerte an der Tür, schaute zu Boden, als würde er etwas suchen – bevor er aus dem Raum wieder herausging, ohne sich richtig umgesehen zu haben.

»Wow«, stieß ich aus und drehte mich mit dem Stuhl zu Dean, ohne mir den Rest der Aufzeichnung anzusehen. Ein leichtes Zittern durchfuhr mich, als mir klar wurde, dass die Bombe nicht einfach super gut versteckt gewesen war, sondern dass Dean sich von irgendwas hatte ablenken lassen. Und sich ablenken zu lassen, war einem Todesurteil gleichzusetzen. »Was war los?«

Deans blaue Augen fixierten den Monitor, und obwohl er ruhig wirken wollte, hob und senkte sich seine Brust ein wenig zu schnell. Ich wusste, dass er sich schämte, dass er es hasste, derjenige von uns beiden zu sein, der für den Fehler verantwortlich war. Doch ich *musste* es wissen.

Er presste kurz seine Lippen zusammen, bevor er mir knapp antwortete. »Ein dummer Fehler.«

Ich lehnte mich in dem Sessel zurück und starrte den Einundzwanzigjährigen mit dem dunkelbraunen Haar an, der seit dem ersten Tag der Ausbildung mein größter Konkurrent war. »Erzähl mir bitte, welcher *dumme Fehler* unser beider Schnitt versaut hat.«

Er wandte seinen Kopf ab, als würde er nicht wollen, dass ich die Wahrheit in seinen Augen sah. Dabei war es nicht so, dass ich Gedanken lesen konnte – ich nahm lediglich die Gefühle anderer Menschen wahr. Auch wenn ich Deans Gefühle nicht so gut lesen konnte wie die unseres Lehrers, kannte ich ihn dennoch gut genug, um zu wissen, dass ihm meine Fragen jetzt gerade unangenehm waren. Sollten sie auch!

Er schluckte und setzte sein Pokerface auf. »Mein Handy hat vibriert.«

»Was?« Ein wütendes Zittern ergriff von meinen Händen Besitz. »Du hast dich von deinem *Handy* ablenken lassen? Das ist doch ein schlechter Scherz! Wieso hattest du es überhaupt dabei?«

»Ich habe nicht daran gedacht. Eigentlich wollte ich es hierlassen.«

»Super«, entfuhr es mir, und ich stand auf, um so viel Abstand zwischen uns zu bringen, wie es ging. »Und wer hat dir geschrieben? War es mal wieder eine von deinen Wochenendfreundinnen?«

Er antwortete nicht darauf, sah mich aber auch nicht an, weshalb ich davon ausging, dass es so sein musste.

»Ich fasse es nicht«, sagte ich nun leiser und machte einen weiteren Schritt zurück. »Du hast keine Ahnung, was du uns damit kaputt gemacht haben könntest! Wenn Mr Turner uns morgen wirklich ausschließt, dann werde ich dir die verdammten letzten Monate hier zur Hölle machen!«

Deans Kopf fuhr hoch, und seine blauen Augen, die schon so vielen Mädchen den Kopf verdreht hatten, starrten mich an. »Komm mal runter. Als ob er das machen würde. Der hat uns doch nur gedroht, und du bist drauf reingefallen.«

Ich stieß einen wütenden Laut aus, fuhr herum und marschierte aus dem Raum, konnte es mir aber nicht nehmen lassen, noch eine Beleidigung hinterher zu werfen. »Wieso muss ich mit so einem Volltrottel wie dir zusammenarbeiten?«

Mit einem kräftigen Ruck, den die Stahltür glücklicherweise aushielt, öffnete ich die Tür und schlug sie dann wieder hinter mir zu. Da ich mich im Keller des Herrenhauses befand, in dem unsere Akademie und auch die Basis des MI20 lagen, gab es hier keinerlei Tageslicht. Die Wände waren von kalkigem Weiß und die Böden mit grauen Fliesen verlegt worden, auf denen meine schwarzen Sportschuhe bei jedem Schritt ein Quietschen von sich gaben. Meine Fingernägel bohrten sich in meine Handflächen, während ich auf die Treppe zueilte und wünschte, ich könnte meine Wut unterdrücken.

Dean war der einzige, der es schaffte, meinen Puls derart in die Höhe schnellen zu lassen. Niemand konnte mich so rasend machen wie er. Das war von Anfang an so gewesen und würde vermutlich bis zum Ende unserer Ausbildung so bleiben.

Als ich die Treppe erreichte, verlangsamte ich mein Tempo. Nur mein lautes Atmen verriet, wie aufgebracht ich noch immer war. Dean war ein verdammter Aufreißer, der sich an den Wochenenden in Clubs herumtrieb und sich errötende und über jeden seiner dummen Witze kichernde Mädels anlachte, die aus einer völlig anderen Welt kamen als wir. Gerade das übte einen enormen Reiz auf Dean aus, das wussten wir alle, denn er liebte das *normale* Leben genauso sehr wie seine Ausbildung zu einem Agenten des MI20. Einem Agenten, der bald schon für den britischen Geheimdienst arbeiten würde. Und was tat er? Ließ sich von einer verdammten Nachricht ablenken!

Ein Fluchen entfuhr mir, als ich die nächste Etage des Treppenhauses erreichte. Hier wurde der Boden zu dunklem Parkett und die Wände zu sanftem Pastell. Alles wirkte mit einem Mal weicher und einladender, viel zu schick für meine Sportbekleidung.

Im Laufen tippte ich auf meine Uhr und rief die aktuelle Punkteverteilung ab. Ich hatte gerade 720 – damit lag ich nur zehn Punkte hinter Dean, und das nervte mich gewaltig.

Dicht hinter mir war Vivien, der zwanzig Punkte fehlten, um mich zu überholen. Nervös schloss ich die Anzeige wieder. Mein Ziel war es, als Beste meines Semesters die Ausbildung abzuschließen. Leider hatte Dean denselben Plan, sodass wir uns seit dem ersten Semester immer wieder gegenseitig überholten.

Wir waren zwar Konkurrenten, aber auch irgendwie befreundet. Auf eine schräge, seltsame Weise, die nichts Liebevolles an sich hatte. Er machte mich regelmäßig wahnsinnig, fast schon wie ein großer Bruder – *oder nein!* – eher wie ein Nachbar, mit dem man gemeinsam aufgewachsen war. Einen Bruder durfte man nicht mal ab und zu heiß finden. Das war Dean nämlich definitiv. Ein verboten heißer Idiot, der absolut verdient hatte, dass ich am Ende unserer Ausbildung die Auszeichnung für den besten Abschluss bekam – und ihm diese vielleicht unter die Nase rieb.

Ich lief an ein paar Erstsemester Trainees vorbei, von denen die meisten gerade erst ihre Ausbildung begonnen hatten. Sie machten mir sofort Platz, und ich spürte, dass sie eingeschüchtert von meinem Anblick waren. Natürlich. Sie waren gerade erst mit ihren Kräften konfrontiert worden und genauso verwirrt, wie ich es ebenfalls einst gewesen war. Wie wir alle hier es gewesen waren.

Ich lief weiter in den zweiten Stock. Momentan gab es an der Akademie neununddreißig Schüler, sieben davon gehörten zur Abschlussklasse, einschließlich mir. Zusätzlich gab es zwanzig Lehrer, unseren Schulleiter Direktor Roberts, unsere Ärztin Dr. Sam und diverse andere Angestellte. Es war eine kleine Akademie, verborgen in einem wunderschönen Herrenhaus, das die Außenwelt für ein teures Internat hielt. Eigentlich konnte man es aber eher als Palast bezeichnen, so riesig war das Gebäude. Die Akademie darin machte nur einen Teil davon aus, der Rest diente dem MI20 als Basis.

In der zweiten Etage befanden sich die Räume der Lehrer und aller anderen Angestellten, weshalb ich weiter in den dritten Stock lief, wo sich die Unterkünfte der Trainees befanden.

Dort angekommen bog ich nach rechts ab und lief weiter, bis ans Ende des Ganges, wo sich seit vier Jahren mein Zimmer befand. Da unser Jahrgang mit sieben Trainees recht klein war, hatte jeder von uns ein Einzelzimmer. Das war nichts Ungewöhnliches, da sich oft nur knapp fünf bis fünfzehn potenzielle Trainees fanden, die die perfekten genetischen Voraussetzungen für das Serum mitbrachten. Eines Serums, das das MI6 nach dem zweiten Weltkrieg den damaligen führenden Mächten entwendet und weiterentwickelt hatte. Es verstärkte die bisherigen Fähigkeiten eines Menschen und war so erfolgreich, dass sie eine eigene Abteilung dafür gründeten: das MI20.

Scheinbar war ich schon immer ziemlich empathisch gewesen, weshalb das Serum bei mir vor allem mental gewirkt hatte. Ich konnte nun nicht nur die Gefühle anderer Menschen wahrnehmen, sondern spürte sie, als wären es meine eigenen. Aber auch körperlich hatte es mich verändert, mich fitter und stärker gemacht. Ich war zwar noch lange nicht so stark wie Dean, bei dem das Serum vor allem körperlich gewirkt hatte, aber ich war stärker als die Menschen ohne Serum im Blut.

Ich stieß die Tür meines Zimmers auf und schlug sie wieder hinter mir zu. Mein Magen knurrte leicht und bedeutete mir, dass es bald Zeit für das Abendessen war, weshalb ich sofort ins Badezimmer ging, um mich zu duschen.

Erst als das warme Wasser auf mich niederprasselte, begann ich mich zu entspannen. Gedankenverloren betrachtete ich die weißen Fliesen, an denen dicke Wassertropfen abperlten. Sie überholten einander, während ich sie beobachtete und ihren Weg verlor, als ich nach meinem Shampoo griff. Apfelduft hüllte mich ein, als ich meine Haare einseifte und spürte, wie sich meine Muskeln langsam lockerten. Die Aufregung der Simulation verschwand, und zurück blieb ein dumpfes Grollen in meinem Bauch.

Ich rieb mir über mein Gesicht, versuchte auch dieses dumme Gefühl von unangemessener Wut zu bändigen. Ich hasste es, dass Dean es mit einer kleinen Bemerkung geschafft hatte, mich derart ausflippen zu lassen. Immerhin war ich nicht mehr im ersten Ausbildungsjahr und konnte mühelos in andere Rollen schlüpfen oder einen Angreifer auf sieben verschiedene Arten allein mit meiner rechten Hand ausschalten.

Mein Blick fiel auf einen Tropfen, perfekt geformt, der aussah wie gemalt. Sofort zuckten meine Gedanken zu meiner Schwester. Zu Cassie, die auch immer gerne gemalt hatte. Seit vier Jahren war ich nun hier. Vier Jahre, die ich ohne sie verbracht hatte, und in denen sie im Heim lebte. Mein Herz wummerte, und ich spürte erneut Schuldgefühle in mir aufsteigen. Obwohl ich nur das Beste gewollt hatte, ließ ich sie damals zurück. Doch ich klammerte mich an die Hoffnung, dass auch sie später eine Agentin sein könnte, dass sie hier eine Ausbildung machen dürfte. Bald schon, hatte Direktor Roberts mir versprochen, bald schon würden sie Cassie ebenfalls testen.

Ein Seufzen entfuhr mir, und ich spürte, wie ich mich bei diesem Gedanken innerlich anspannte. Mein Atem ging schneller, und ich wollte mir überhaupt nicht vorstellen, was sein würde, wenn sie nicht so war wie ich – und wie unsere Eltern. Dann würde für den Rest unseres Lebens eine Lüge zwischen uns stehen, denn sie dürfte es *niemals* erfahren. Nicht nur, weil es eine Regel war, sondern weil es ihr das Herz brechen würde.

In meinen pinken Bademantel gehüllt verließ ich das Bad und rubbelte meine Haare trocken. Gedankenverloren blickte ich aus dem Fenster und betrachtete den hübsch angelegten Park, der zum Gelände gehörte.

Ich hörte schwere Schritte vor meiner Tür und stöhnte auf,

als diese ohne ein Anklopfen aufgerissen wurde. Nur Dean war so unhöflich. »Was willst du?«

»Entschuldige«, sagte eine fremde Stimme.

Überrascht drehte ich mich um und entdeckte im Türrahmen einen Fremden, der mich stirnrunzelnd betrachtete. »Ich habe vergessen, dass dies nicht mehr mein Zimmer ist. Tut mir leid.«

Bevor ich etwas erwidern konnte, hatte er die Tür wieder zugezogen und war verschwunden.

Ein überraschter, fragender Laut entfuhr mir, während ich die Stelle anstarrte, wo er zuvor gestanden hatte. Ein Neuer? Er hatte älter ausgesehen als ich. Seltsam.

Kurz hatte ich an seinem Handgelenk dieselbe Uhr gesehen, die auch wir Trainees und Agenten des MI20 trugen. Diese waren so programmiert, dass sie erst nach Entschlüsselung unserer DNA funktionierten. Deshalb mussten sie auf jeden Einzelnen eingestellt werden. Bei jedem neuen Anlegen entnahm die Uhr eine winzige Blutprobe und entschlüsselte sie. Es bestand also kein Zweifel, dass er zu uns gehörte. Vielleicht war er besonders spät getestet worden und nun im ersten Ausbildungsjahr.

Ich stutzte.

Was meinte er damit, dass dies nicht mehr sein Zimmer war?

Ich überlegte gerade, ihm zu folgen, als abermals die Tür aufgestoßen wurde. Dean.

»Sag mal, steht auf meiner Tür *Bahnhofsklo* oder wieso klopft hier keiner an?«

»Komm schon!« Dean hielt mir seine Handflächen entgegen und trat ungebetenerweise näher. »Du übertreibst maßlos. Das solltest du wirklich lassen, denn das passt einfach nicht zu dir.« Seine Augen glitten über meinen pinken Bademantel und ein charmantes Lächeln erschien. Als ob das bei mir ziehen würde. »Schick siehst du aus.« Seine Stimme triefte nur so vor Sarkasmus.

Ich schob den Gedanken an den Fremden von eben beiseite. »Was willst du hier?«

»Mr Turner war nur sauer und hat ein bisschen übertrieben. Natürlich dürfen wir morgen mitkommen.« Dean blieb wenige Schritte vor mir stehen und schaute mich ungewohnt ernst an. Er war einen Kopf größer als ich und kam mir absichtlich so nahe, damit ich zu ihm aufsehen musste. Das hatte er schon immer gemacht, und es nervte mich gewaltig. Das tat er nur bei mir. Bei niemandem sonst. Meine trotzige Seite weigerte sich zurückzuweichen, denn er tat dies nur, um mich zu ärgern. Leider hatte er Erfolg damit, doch ich gab mir die größte Mühe, mir das nicht anmerken zu lassen. Stattdessen hob ich eine Augenbraue und wartete darauf, dass Dean endlich damit herausrückte, was er zu sagen hatte.

»Ich habe ihn gefragt und mir direkt noch eine Standpauke eingefangen.« Er grinste. »Der Mann sollte dringend mal wieder Dampf ablassen. Mit einer Frau. Nicht an uns Trainees.«

Ich verzog meinen Mund. »Das ist ekelhaft.«

»War doch nur ein Witz.« Dean hatte auch noch die Dreistigkeit mich auszulachen.

»Du hast unseren – meinen! – Schnitt wegen einer verdammten Tussi versaut!«

»Mr Turner weiß, dass es mein Fehler war«, sagte Dean nun mit erhobenen Augenbrauen und hielt meinem eiskalten Blick stand. Noch immer war er mir so nah, dass ich den intensiven Duft seiner Haut wahrnahm. Erdig und frisch, wie Zedernholz. Ich hasste es, dass er selbst nach einem langen

Schultag immer noch so gut roch. Nicht, dass ich das jemals laut ausgesprochen hätte. Ich schob energisch diesen Gedanken von mir und kniff meine Augen finster zusammen. »Das macht meine erste versaute Simulation im Abschlussjahr auch nicht ungeschehen!«

»Wieso musst du immer so anstrengend sein?«, entfuhr es ihm, und er stöhnte, als würde es ihm Schmerzen bereiten, wenn er sich noch weiter mit mir unterhalten müsste. Endlich trat er zurück und ließ sich schwerfällig auf meinen Schreibtischstuhl sinken.

»Du brauchst es dir hier nicht allzu gemütlich machen. Was willst du überhaupt noch hier?«

»Ich wollte nur sichergehen, dass du dir nichts antust, nur weil dein Schnitt versaut ist«, sagte er und betrachtete mit erhobenen Augenbrauen das Chaos in meinem Zimmer. Dann schüttelte er seinen Kopf, als könnte er nicht fassen, was er da gerade sah. »Du solltest dringend aufräumen.«

Ich warf genervt meine Hände in die Luft. »Und du solltest dringend verschwinden.«

Dean erhob sich lässig von meinem Schreibtischstuhl und grinste wieder so charmant wie eh und je. »Ich habe sowieso Hunger.«

Darauf konnte ich nichts mehr erwidern, denn er war schon aus meinem Zimmer verschwunden und hatte meine Tür bereits hinter sich zugezogen. Wieder flammte Ärger in meinem Bauch auf. Er hatte sich nicht einmal entschuldigt.

Am liebsten hätte ich etwas zertrümmert. Auf seinem Kopf.

Stattdessen knurrte ich die geschlossene Tür an und meinte kurz darauf Deans Lachen im Flur zu hören.

2. Kapitel

Nachdem ich mich angezogen hatte, ging ich zu meiner Klassenkameradin und Freundin Vivien, die im Zimmer direkt neben meinem wohnte.

Unsere Räume waren identisch ausgestattet, mit einem schmalen Bett, einem Schreibtisch, einem Schrank und einem eigenen Badezimmer. Dennoch war es, als würde man eine andere Welt betreten, wenn ich von meinem in ihr Zimmer ging. Während bei mir Klamotten herumlagen und sich Bücher neben meinem Bett stapelten, war bei Vivien immer alles ordentlich und sauber, geradezu steril. Ich war mir sicher, dass ich noch nicht einmal auch nur ein Staubkorn in der Luft herumschwirren gesehen habe.

Ihre Tür war nur angelehnt, und auch wenn ich sie vom Flur aus auf dem Bett sitzen sah, klopfe ich einmal kurz. Vivien hatte ihre blonden, mittellangen Haare zu einem Dutt hochgedreht. Sie waren noch nass, und es sah aus, als hätte sie ihre Haare noch strenger zusammengebunden als sonst. Auf ihrer Nase lag eine dicke, schwarze Hornbrille, die ihr ziemlich gut stand, und obwohl auf ihrem Schoß ein dickes Buch lag, schaute sie aus dem Fenster. Sie brauchte gar keine Brille, doch aufgrund einer kleinen, schräg unter ihrem Auge verlaufenden Narbe, trug sie diese zur Ablenkung. Diese Narbe hatte sie aus der Zeit vor der Akademie, von einem Training, zu dem ihre Mutter sie gezwungen hatte. Vivien sprach nicht viel darüber, doch sie hatte mal angedeutet, dass ihre Mutter eine Agentin im aktiven Dienst war und schon früh versucht hatte, Vivien körperlich auf die Zukunft vorzubereiten. Erst viel später, mit Eintritt in die Akademie und nach dem positiven Gentest war Vivien auch klargeworden, wieso.

Als sie mein Klopfen hörte, schaute sie zu mir herüber, lächelte aber nicht. Vivien lächelte nicht aus Höflichkeit. Nicht, wenn sie sich mies fühlte. Das war eine der vielen Sachen, die ich an ihr mochte. Sie pfiff auf die Meinung anderer und tat nichts nur aus Höflichkeit. »Ist es schon so spät?«

Ihre Stimme verriet deutlich ihre Wut auf sich selbst, die so stark war, dass ich sie fühlte, als wäre es meine eigene. Selbst nach vier Jahren war dieses Gefühl immer noch seltsam, weil ich mich manchmal immer noch davon überraschen ließ. Zumindest schaffte ich es mittlerweile, mir nichts anmerken zu lassen. Dafür hatte ich verdammt hart trainieren müssen.

Ich war mir sicher, dass ihre momentane Stimmungslage mit der vorangehenden Simulation zu tun haben musste. Danach war sie meistens schlecht drauf.

»War es so schlimm?« Ich setzte mich auf ihren Schreibtischstuhl und betrachtete meine Freundin. Sie war schlau. Nicht nur schlau, sondern unglaublich. Sie lernte Bücher innerhalb weniger Minuten auswendig und hatte ein fotografisches Gedächtnis, das es ihr möglich machte, sich an jede Einzelheit ihres Lebens zu erinnern. Das Serum hatte ihre schon vorhandene Intelligenz verstärkt, und auch körperlich hatte es sie ein wenig stärker gemacht. Dennoch war sie uns anderen in allen körperlichen Trainingseinheiten unterlegen – was sie abgrundtief hasste.

Vivien zuckte mit ihren schmalen Schultern. »Wir waren in einem Kriegsgebiet und sollten jemanden befreien. Es gab aber zu viele irreführende Hinweise, sodass ich zu lange gezögert habe und wir nach fünf Minuten beide erschossen wurden.« Sie seufzte, genervt von sich selbst. »Wieso kann ich nicht einfach Tatorte analysieren oder Profile von Serienmördern erstellen? Darin bin ich viel besser.«

Mein Mundwinkel zuckte, und ich wippte mit dem Stuhl vor und zurück. »Sie wollen eben, dass du in allen Bereichen besser wirst.«

Sie verdrehte ihre Augen. »Sicher wollen sie das. Dabei bin ich außerhalb des Schlachtfeldes viel besser. Daran wird sich in den letzten Monaten unserer Ausbildung auch nichts mehr ändern. Mr Turner war so wütend über meinen Misserfolg, dass er mir drohte, morgen nicht bei dem Einsatz mitmachen zu dürfen.«

»Dasselbe hat er uns auch gedroht.«

Ihre Augenbrauen schnellten hoch. »Weshalb?«

»Wir haben die Simulation vergeigt. Naja, eigentlich war es Dean, der sich von dem Vibrieren seines Handys hat ablenken lassen und deshalb die Bombe nicht gefunden hat.« Meine Stimme bebte vor Wut. »Dieser aufgeblasene Trottel!«

»Wirklich? Das ist mies.« Vivien schnaufte und warf das Buch neben sich, bevor sie von ihrem Bett aufstand und ihren Rock glattstrich. Vivien war zwar im Innern ein geradliniges Genie, aber optisch war sie das genaue Gegenteil. Sie trug eine schwarze Wollstrumpfhose, dazu einen dunkelroten Tweetrock und einen rosa Pullover. Das sah an ihr echt gut aus, doch ich selbst fühlte mich in Jeans und Lederjacke wohler.

»Das war es.« Ich schaute zu, wie sie zur Tür ging und daneben stehen blieb, wo sich ihr kleines Schuhregal befand. »Und dann kommt er noch so selbstgefällig in mein Zimmer und tut so, als wäre das alles keine große Sache.«

»Und was machst du jetzt?« Vivien schlüpfte in ein paar flache, schwarze Stiefel und schaute mich dann auffordernd an. Ich war nicht überrascht, als sie dabei das Buch von ihrem Bett nahm, um es mitzunehmen.

»Jetzt muss ich was essen.«

Sie lachte. »War ja klar.«

Ich ging voraus, und wir verließen ihr Zimmer, um nach unten ins Erdgeschoss zu gehen. Ich selbst trug wie immer eine enge Jeans, bunte Sneaker und dazu einen engen Pullover, der meine schmale Taille betonte. Mein langes, braunes Haar hatte ich zu einem unordentlichen Zopf hochgebunden, und der einzige Schmuck, den ich trug, war eine Silberkette, die ich an unserem letzten gemeinsamen Weihnachten von meinen Eltern geschenkt bekommen hatte. Der Anhänger bestand aus einem flachen Kreis, auf dessen Rückseite ein Y eingraviert war. Vorne war ein schlichtes Herz zu sehen. Cassie hatte dieselbe Kette, und immer, wenn ich den Anhänger berührte, musste ich lächeln. Young. Diesen Nachnamen hatte meine Mutter laut ihren damaligen Geschichten nur unter großem Protest angenommen. Hätte mein Vater ihren Mädchennamen akzeptiert, wären sie Mr und Mrs Smith gewesen. Ich verstand erst heute, warum meine Mutter diese Anspielung auf den Agentenfilm so lustig gefunden hatte.

»Wieso hatte Dean überhaupt sein Handy dabei?«, fragte Vivien, als wir gerade die Treppe hinunterliefen.

»Vermutlich hat er auf eine Nachricht seiner Wochenendflirts gewartet«, vermutete ich laut und verdrehte dabei meine Augen. Einmal im Monat hatten wir Ausgang, und meist gingen wir zusammen in einen der Londoner Clubs, um ein wenig Energie loszuwerden und unsere wenige Freiheit voll zu genießen. Das durften wir erst, seit wir im letzten Ausbildungsjahr waren, und laut den Worten unseres Direktors mussten wir sowieso lernen, uns draußen aufzuhalten, ohne aufzufallen. Und es war klar, dass wir dabei nicht aus den Augen gelassen wurden.

An besagten Wochenenden ließen die Jungs nichts anbrennen und flirteten, was das Zeug hielt. So auch beim letzten Mal. Seitdem schien Dean auch viel öfter von seinem Handy abgelenkt zu sein.

Und nun hatte er mir auch noch meinen bisher perfekten Schnitt versaut.

»Er war in den letzten Tagen schon sehr von seinem Handy abgelenkt«, stimmte Vivien mir zu. »Ich verstehe deine Wut. Dieses Verhalten ist unprofessionell.«

»Danke.« Jetzt musste ich lachen. Vivien sagte die Worte so wohlüberlegt, dass ich einfach nicht mehr ernst bleiben konnte.

Sie warf mir einen fragenden Blick zu, doch ich schüttelte meinen Kopf.

Als wir das Erdgeschoss erreichten, schwirrten schon einige Trainees herum, die ebenfalls auf dem Weg zum Abendessen waren.

Der Speisesaal lag in der Nähe der Treppen und war früher einmal ein Ballsaal gewesen. Dem Parkett sah man trotz intensiver Pflege sein Alter an, und an der Wand gegenüber der Fenster waren Spiegel angebracht, die den Raum größer erscheinen ließen. Blickdichte, dunkelrote Vorhänge hingen rechts und links von den deckenhohen Fenstern und mehrere goldene Kronleuchter spendeten warmes Licht. Links an der Wand befanden sich der Durchgang zur Küche, sowie die Essensausgabe, an der sich schon einige Schüler und Lehrer eingereiht hatten. Der Rest des Raumes war mit länglichen Tischen ausgestattet.

Wir holten uns an der Essensausgabe eine Portion Burger

mit Pommes. Die meiste Zeit war unser Speiseplan ziemlich ausgewogen, aber einmal die Woche gab es auch mal was Ungesundes.

Vivien begann ein Gespräch mit einer Lehrerin. Deshalb steuerte ich schon mal die lange Tafel bei den Fenstern an, wo der Abschlussjahrgang immer saß. Insgesamt gab es fünf lange Tafeln, eine für jeden Jahrgang und eine für die Lehrer.

An unserer saßen bereits Dean und Thomas. Sie blickten gleichzeitig auf, als ich mich an den Tisch setzte.

»Hey Simulationsverliererin, du wirst es nicht glauben«, sagte Thomas, kaum, dass ich sie begrüßen konnte. Sein dunkelblondes Haar war ein wenig zu lang und nach hinten gestrichen, was ihm ziemlich gut stand, und seine grauen Augen blitzten vergnügt.

»Das war alles Deans Schuld. Deine Spitznamen waren echt schon mal besser.«

»Mir ist nichts Besseres eingefallen, aber das ist jetzt auch völlig unwichtig«, sagte Thomas ungeduldig.

»Schön, also was werde ich nicht glauben? Dean hat sich eine Geschlechtskrankheit eingefangen? Das wundert mich nicht.«

Dean lachte trocken. »Wie witzig du doch bist.«

Ich schob meine Lippen zu einem Schmollmund vor, nur um das Grinsen zu unterdrücken, das meine Mundwinkel zucken ließ. »Habe ich da etwa ins Schwarze getroffen?«

Deans Augen blitzten vergnügt, und ich sah ihm an, dass er zu einer Erwiderung ansetzen wollte. Bestimmt wollte er wieder irgendwas Dämliches sagen, sodass ich lachen und ihm verzeihen würde. Aber so schnell wollte ich ihn noch nicht vom Haken lassen. Nicht, bevor er sich endlich entschuldigt hatte!

Glücklicherweise drängelte sich Thomas dazwischen. »Hört auf euch anzuzicken. Es gibt Neuigkeiten.«

»Wir haben einen Neuen in unserer Klasse«, sagte Dean gelangweilt und biss in seinen Burger.

Thomas nickte und beugte sich verschwörerisch zu uns vor. »Wir haben gehört, wie zwei Lehrer sich bei der Essensausgabe darüber unterhalten haben.« Er sah zu Vivien auf, die gerade mit ihrem Tablett an den Tisch kam und sich setzte. Als er jedoch sah, dass sie ungerührt ihr Buch öffnete und zu lesen begann, anstatt ihm zuzuhören, konzentrierte er sich wieder auf mich. »Keiner scheint etwas Genaues zu wissen, nur, dass er schon mal vor fünf Jahren an der Akademie war und dann verschwunden ist. Einige behaupten er wäre durchgedreht und eingesperrt worden.«

Dean verdrehte angesichts von Thomas' Eifer die Augen. »Angeblich ist er schon seit einem Monat wieder da und war die ganze Zeit auf der Krankenstation in der Basis. Was genau damals passiert ist, schienen die Lehrer auch nicht zu wissen. Offenbar hält Direktor Roberts alle Informationen unter Verschluss.«

Meine Augenbrauen hoben sich. Wie bei den anderen Trainees war auch mein Gehirn darauf ausgerichtet, sich allerhand Kleinigkeiten zu merken. Ich erinnerte mich an die Größe des Typen, der in mein Zimmer geplatzt war, die breiten Schultern, die herausblitzenden Narben und sein attraktives Gesicht. Ich war mir ziemlich sicher, dass sie von ihm redeten. Das würde erklären, wieso er früher in meinem Zimmer untergebracht worden war. Fünf Jahre. Das bedeutete, er war ein Jahr vor unserer Einschulung verschwunden.

Ein seltsames Gefühl breitete sich in mir aus.

»Ich erinnere mich daran«, sagte Vivien auf einmal, ohne

von ihrem Buch aufzusehen. »Ein Jahr bevor ich an die Akademie kam, hat mein Vater über einen verschwundenen Jungen gesprochen. Damals wunderte ich mich noch, weil darüber nicht in den Nachrichten berichtet wurde.«

»Bist du eigentlich jemals ein Kind gewesen?«, fragte Dean mit hochgezogenen Augenbrauen und biss ein weiteres Mal in seinen Burger.

Mit einem Stirnrunzeln blickte Vivien auf. »Damals war ich vierzehn. Hast du dich da noch nicht für das Weltgeschehen interessiert?«

»Ich wette, damals hat er noch mit Actionfiguren gespielt«, frotzelte ich und wurde prompt mit einer Pommes beworfen.

Lachend hob ich sie vom Boden auf und warf sie auf den Rand meines Tabletts. »Habt ihr sonst noch irgendwas gehört?«

»Nur, dass er ab morgen im Unterricht dabei ist«, sagte Thomas und schaute sich in der Cafeteria um. »Ich wüsste zu gerne, was das für einer ist.«

»Er ist groß, gut gebaut und attraktiv«, sagte ich.

Drei Augenpaare richteten sich verwirrt auf mich, und das fragende Gefühl, welches mich durchströmte, war so stark, dass ich erschauderte. Schnell hob ich meinen mentalen Schild, mit dem es mir möglich, war die Gefühle anderer auszusperren. Es hatte ewig gedauert, bis ich dies perfekt beherrschte, und bis dahin war es mir kaum möglich gewesen, den Speisesaal zu betreten.

Inzwischen war ich jedoch Profi darin, dies alles vor den anderen zu verbergen.

Nachdem ich zugesagt hatte, eine Agentin zu werden, brachten Direktor Roberts und Dr. Sam mich in die Akademie und begannen die Behandlung mit dem Serum. Es hatte eine

Woche gedauert, weil das Serum nur gering dosiert werden durfte. Mit jeder weiteren Dosis war meine Fähigkeit stärker geworden. In einem Herrenhaus voller hormongesteuerter Teenager war es die reinste Hölle gewesen.

Ich zuckte mit den Schultern und nahm meinen Burger. »Er ist vorhin in mein Zimmer geplatzt, weil es scheinbar früher seins gewesen ist.«

»Wann?«, wollte Dean wissen.

»Nach Ende des Unterrichts, kurz bevor du da warst.« Ich biss von meinem Burger ab und seufzte wohlig, als der Geschmack von Käse, Fleisch und Tomate sich in meinem Mund ausbreitete.

»Wieso hast du nichts gesagt?« Sein Tonfall klang irgendwie vorwurfsvoll. Seit er Semestersprecher war, führte er sich auf, als hätte er das Recht, *alles* zu wissen. Obwohl wir seit unserem ersten Tag an der Akademie einen immerwährenden Wettstreit führten, hatte ich diesen Posten nicht gewollt, und die anderen überließen Dean diesen langweiligen Job nur zu gerne – und das seit vier Jahren.

Ich schluckte mein Essen herunter und hob meine Augenbrauen. »Wie kommst du auf die Idee, dass ich dir überhaupt was erzähle?«

»Mir hättest du schon was sagen können«, meinte Vivien und unterbrach Deans anbahnenden Vortrag über die Wichtigkeit eines reibungslosen Informationsaustausches, den ich mir schon öfter von ihm hatte anhören müssen. Dabei wussten wir beide, dass er einfach nur neugierig war, auch wenn er es nicht zugeben wollte.

»Ich habe mir nichts dabei gedacht. Immerhin trug er eine Uhr des MI20. Irgendwie bin ich davon ausgegangen, dass er einfach ein Spätzünder aus dem ersten Jahrgang ist.«

»Also nur damit ich das richtig verstehe«, begann Dean und wedelte dabei mit einer Pommes herum. »Ein völlig Fremder platzt in dein Zimmer, und selbst wenn er sich im Gebäude aufhalten darf, bist du nicht neugierig genug, ihn zu fragen, was er hier tut?«

Augenrollend ließ ich meinen Burger sinken, den ich inzwischen zur Hälfte verputzt hatte. »Natürlich war ich neugierig. Aber dann bist du aufgetaucht, und meine Wut auf dich hat über meine Neugier gesiegt.«

»Meint ihr, wir sollten ihm mal Hallo sagen?« Thomas sah sich in der Cafeteria um, die sich immer weiter füllte. »Also, falls er hier nicht mehr auftauchen sollte.«

»Wie kann man nur so neugierig sein?« Vivien, die schon längst wieder ihre Aufmerksamkeit auf ihr Buch gerichtet hatte, schüttelte den Kopf und las weiter. Wir alle wussten, dass sie beides gleichzeitig konnte. »Wir werden ihn spätestens morgen früh sehen.«

»Und wie kann man nur so ein Streber sein und Bücher mit zum Abendessen nehmen, die man sicher schon auswendig kann?« Thomas hob seine Augenbrauen und deutete auf das Buch vor ihr.

»Ich lerne gerade Hindi.« Sie lächelte kurz und widmete sich dann wieder dem Buch. »Dir würde es auch guttun, dich ein wenig über den Tellerrand hinaus zu bilden und nicht ständig Party zu machen.«

Ein neckisches Grinsen erschien auf Thomas' Lippen. »Und dir würde es vielleicht guttun, ein wenig *mehr* Party zu machen.«

»Wozu?«

»Damit du etwas lockerer wirst.«

Ein abfälliges Schnauben entfuhr ihr. »Ich will Karriere machen und nicht locker sein. Diese Ausbildung hier läuft einzig und allein darauf hinaus, uns zu den Besten zu machen. Wenn du so weitermachst, wirst du am Ende nur ein super starker Durchschnittsagent.« Sie sagte es, als wäre es eine Beleidigung. Vivien konnte manchmal echt ein Superagentensnob sein.

Ein Seufzen entfuhr mir, und ich tauschte einen vielsagenden Blick mit Dean, als Thomas empört nach Luft schnappte. Glücklicherweise tauchte in diesem Moment ein weiterer Trainee an unserem Tisch auf und lenkte das Thema auf die heutigen Simulationen.

*

»Du kannst gehen«, wiederholte Dean nun schon zum dritten Mal, seitdem wir die leere Sporthalle betreten hatten. Es roch nach Schweiß und Verzweiflung. Eine Mischung, die Mr Turner gefallen würde.

Er war der strengste Lehrer an der Akademie und zusätzlich noch Vorsitzender des MI20. Durch seinen Vater, der vor ihm den Job hatte, war er an diese Position gekommen und gehörte, gemeinsam mit Dr. Sam, zur stellvertretenden Leitung des MI20. Damit stand er genau eine Stufe unter Direktor Roberts.

Wir hatten unsere Strafe angetreten, die Putzsachen aus der Besenkammer geholt und standen nun mit zwei Eimern und zwei Wischmopps am Eingang der Halle.

Genervt schaute ich zu Dean herüber. »Die Strafe galt auch mir. Weil ich nicht darauf beharrt habe, dass ich Recht hatte«, betonte ich und hob meine Augenbrauen. »Das wird mir auf keinen Fall noch mal passieren.«

Dean seufzte schwer, geradezu resigniert, was aber durch

das Blitzen seiner Augen gemildert wurde. »Es ist echt schon Strafe genug, mit dir meinen Abend verbringen zu müssen.«

»Könntest du aufhören rumzuheulen und einfach deine Arbeit erledigen?« Ich grinste ihn an, als er mich nun doch finster ansah. »Außer natürlich, du möchtest das hier in die Länge ziehen.«

Deans Lippen verzogen sich zu einem Grinsen, und er zwinkerte mir zu. »Nur, wenn du es auch willst.«

Ich drehte mich von ihm weg und tunkte meinen Wischmopp in den Eimer, während ich schnaubte. »Träum weiter.«

Dean schaffte es einfach immer, mir den Wind aus den Segeln zu nehmen – und das nervte mich unheimlich. Er hatte einfach diesen Charme, den man nicht erlernen konnte, sondern der einem angeboren war.

Jetzt lachte er auch noch. »Hat doch was. Wir beide. Ganz alleine.«

Ich machte ein wütendes Geräusch. »In einer muffigen Halle. Klar, das hat echt Potential.«

»Wusste ich es doch«, sagte Dean leise mit einem Lachen in seiner Stimme, das diesmal echt klang.

Ich erwiderte nichts darauf, musste aber schmunzeln. Das machte er immer. Einerseits war er ein Großkotz. Ein Idiot. Ein Blödmann. Alles zusammen. Und dann war er wieder geradezu ... *süß*.

Wir schwiegen, während wir arbeiteten. So wie immer. Egal wie sehr wir uns auch zofften, wie sehr wir um den ersten Platz kämpften, wir waren ein gutes Team. Keine Ahnung was das Universum sich dabei gedacht hatte.

Als wir nach zwei Stunden endlich fertig waren und uns auf den Rückweg zu den Schlafräumen machten, räusperte er sich. »Sorry.«

Mir fielen vor Überraschung beinahe die Augen aus dem Kopf, und ich musterte ihn irritiert von der Seite. »Wie bitte?«

Er stöhnte und schaute stur auf die Treppenstufen, die wir nun hochstiegen. »Hätte ich mal nichts gesagt.«

»Ach komm schon«, rief ich und lachte. »Du kannst mir keinen Knochen hinwerfen und ihn dann wieder wegnehmen.«

»Bist du ein Hund?«

»Du weißt, was ich meine«, erwiderte ich.

»Sorry, dass ich mich habe ablenken lassen«, stieß er aus, als hätte er sich verbrannt. »Das war nicht in Ordnung.«

Zuerst seufzte ich schwer, bevor ich kurz zu ihm hinübersah. »Ich vergebe dir.«

Er verdrehte seine Augen.

Ich grinste und genoss diesen kleinen Triumph über ihn, auch wenn ich dafür vorher eine Niederlage hatte hinnehmen müssen.

»Und du findest den Neuen attraktiv?«

»Wirklich? Von allem, was ich über ihn gesagt habe, interessiert dich das am meisten?«

Dean zuckte mit seinen Schultern. »Ich hätte nicht gedacht, dass du überhaupt auf irgendjemanden stehst.«

Ich lachte auf, so laut, dass uns einige Trainees überrascht hinterhersahen, die auf dem Flur standen. »Wie bitte?«

Dean zuckte mit seinen Schultern und hatte seine Augenbrauen leicht zusammengezogen, als würde er sich etwas in Erinnerung rufen. »Ich habe noch nie mitbekommen, dass du mit jemandem was am Laufen hattest.«

»Aha«, machte ich und verschluckte ein weiteres Auflachen. »Also bist du davon ausgegangen, dass ich, was, prüde bin?«

»Ja«, gab er kurz angebunden zu. »Davon bin ich ausgegangen.«

»Oh Mann«, murmelte ich und verdrehte meine Augen. »Wieso unterhalte ich mich überhaupt mit dir?«

Ich konnte das Grinsen in seiner Stimme hören, ohne ihn anzusehen. »Weil du auf mich stehst.«

»Oh bitte!«, rief ich entsetzt und schlug mir auf die Stirn. »Glaub mir. Der Neue ist tausendmal heißer als du und wenn ich auf jemanden stehen würde, dann auf ihn.« Ich hatte in Erinnerung, dass der Neue in der Tat ziemlich attraktiv gewesen war, allerdings reichte dieser kurze Moment nicht aus, um einen richtigen Vergleich anstellen zu können. Dennoch betrachtete ich Dean von der Seite, als wir die Treppen hochstiegen. Er war durchtrainiert, sah verdammt gut aus und hatte ein Lächeln, das schon einige Herzen gebrochen hatte. Seine Art, Menschen anzusehen und ihnen das Gefühl zu geben, die wichtigste Person im Raum zu sein, übte eine Anziehung aus, der man sich nur schwer entziehen konnte. Zumindest hatte ich das schon oft beobachtet. Mich hatte er noch nie so angesehen – und das war auch gut so.

Vermutlich würde ich vor Lachen ohnmächtig werden, wenn er es auch nur versuchen würde.

»Wie gut, dass ich nicht auf deine Anerkennung angewiesen bin«, sagte Dean trocken.

Ein Grinsen legte sich über meine Lippen, und ich überwand die letzte Stufe zu unserer Etage. Gemeinsam gingen wir in Richtung unserer Zimmer. »Insgeheim bettelst du doch nur darum, dass ich dir sage, dass dir niemand deinen Rang ablaufen wird.«

Dean legte seinen Kopf in den Nacken und schaute zur Decke. »Himmel, womit habe ich das nur verdient?«

»Karma«, sagte ich mit einem Lachen, als er in sein Zimmer abbog.

Sein frustriertes Stöhnen klang mir nach, bis auch ich schließlich in meinem eigenen ankam.

*

Gegen Mitternacht verließ ich das Gelände. Es war nicht so, dass ich mich rausschlich, auch wenn es so aussah. Ich tat es nämlich mit der widerwilligen Erlaubnis von Direktor Roberts, durfte mich aber nicht von anderen Trainees dabei erwischen lassen. Als *Mr Roberts* hatte er sich damals bei mir vorgestellt und mich davon überzeugt, eine Agentin zu werden. Er hatte mir aber nie gesagt, dass es mir verboten war, den Kontakt zu meiner Schwester zu suchen. Doch solange wir in der Ausbildung waren, hatte jeder von uns generelles Kontaktverbot zu unseren Familien, wenn es uns nicht ausdrücklich gestattet wurde. Und das war nur wenige Male im Jahr der Fall.

Wir fanden eine Alternative.

Mein Lauf wurde zu einem gemächlichen Gang, als ich am Tor ankam, das die Akademie von der Außenwelt trennte. »Hallo Mortimer, wie geht's Susan und den Zwillingen?«, fragte ich unseren Wachmann, der hinter einem Glaskasten saß und nun nach draußen trat.

Der Wachmann lächelte, als er mich sah. »Die beiden bekommen wohl gerade ihre ersten Zähne. Die Nächte sind die Hölle, sagt Susan. Zum Glück ist ihre Mutter gerade da.«

»Wer hätte gedacht, dass du das jemals sagen würdest«, zog ich ihn auf.

Mortimer verzog sein blasses Gesicht. Sein rötliches Haar wirkte unter dem künstlichen Licht unnatürlich hell, fast schon rosa. Er war fast dreißig Jahre alt und ein verdammt netter Kerl. Obwohl er das Serum in sich trug, war er laut eigenen

Angaben einfach nicht für das Agentenleben gemacht. Deshalb arbeitete er mit Freude als Wachmann an der Akademie. Zudem wurde die Nachtschicht wohl besser bezahlt, aber ich war mir nicht so sicher, ob *das* seine Frau noch immer so brennend interessierte. Scheinbar hatten sie keine Anfängerbabys bekommen, die mit sich selbst zufrieden waren, sondern fordernde kleine Bündel, die am liebsten Tag und Nacht auf Mamas und Papas Arm herumgetragen werden wollten. »Ich habe sie echt verflucht, aber jetzt bin ich schon froh. Ansonsten könnte ich Susan wirklich nicht alleine lassen. Gerade nachts.«

Automatisch senkte ich meinen Schild und spürte sein schlechtes Gewissen. Schnell sperrte ich seine Gefühle wieder aus.

Ich verzog mitleidig meinen Mund. »Ihr habt mein Mitgefühl.«

»Danke.« Mortimer lachte und ging zurück in sein Glashaus, wo er auf einen Knopf drückte. Ein Augenblick verging, bevor sich das Tor knirschend öffnete.

»Danke! Bis gleich.« Ich zog die Kapuze meiner Trainingsjacke tiefer ins Gesicht und rannte los. Meine Schritte wurden schneller, bis ich in ein angenehmes Joggen verfiel. Die kühle Nachtluft strich über meine Haut, während meine Schritte auf dem Asphalt kaum Geräusche verursachten.

Ich lief vielleicht zwei Minuten, als ich eine andere Person wahrnahm. Zwar spürte ich kein bestimmtes Gefühl, doch das Schöne an meiner Fähigkeit war, dass sie mich dennoch spüren ließ, dass sich jemand in meiner Nähe befand.

Irgendjemand aus der Akademie verfolgte mich. Einer von denen, deren Gefühle ich nicht so stark spüren konnte, wie die von anderen Menschen. Bei manchen Agenten oder Trainees nahm ich überhaupt nichts wahr, bei anderen nur wenig und bei einigen von ihnen alles. Diejenigen, die ich deutlich wahrnahm, konnte ich auch anhand ihrer Gefühle unterscheiden, ohne sie sehen zu müssen.

Meine Füße trugen mich in ein Waldstück hinein, und kaum hatte ich die erste Biegung genommen, sprang ich hoch, hangelte mich auf einen Ast und kletterte zum Stamm. Lautlos wartete ich und horchte in die Stille hinein.

Nur Sekunden später wurde ein Schatten sichtbar, der mir offensichtlich folgte.

Als er auf meiner Höhe war, sprang ich aus meinem Versteck, landete auf meinem Verfolger, riss ihn mit mir und drückte ihn zu Boden.

Innerhalb weniger Sekunden wurde mir klar, dass es ein Mann war. Groß und kräftig. Ein paar Jahre älter als ich.

Und ich kannte ihn.

Es war der neue Trainee, der heute schon versehentlich in mein Zimmer geplatzt war. Nun beschlich mich der Gedanke, dass dies gar kein Versehen gewesen war. »Warum verfolgst du mich? Was willst du von mir?«

Einen Moment lang reagierte er nicht, bevor er seine Arme hochriss, meine Schultern packte und mich so schnell herumdrehte, dass ich innerhalb eines Wimpernschlags unter ihm lag.

Ich riss mein Knie hoch, direkt in seinen Magen und nutzte sein Zusammenzucken, um ihn von mir zu stoßen. Als er wankte, sprang ich auf und brachte Abstand zwischen uns. »Du willst einen Kampf?«

Einen Moment lang wirkte er so, als würde er genau das wollen. Sein Gesicht wurde vom Mondlicht kaum beleuchtet, doch meine Augen brauchten nicht mehr, um den harten Zug um seinen Mund zu erkennen. Doch dann entspannte er sich plötzlich. Zumindest soweit, dass er seine Angriffsstellung aufgab. »Nein. Ich war neugierig.«

Ich ließ meine geballten Fäuste sinken, doch die Anspannung blieb. Mein Schild senkte sich, doch ich nahm kaum etwas von ihm wahr. »Wieso?«

»Du hast dich mitten in der Nacht aus der Akademie geschlichen«, sagte er, als bräuchte es keine weiteren Worte.

Ein spöttisches Lächeln legte sich auf meine Lippen. »Dann hast du sicher auch gesehen, dass ich mich beim Wachmann abgemeldet habe, oder?«

Er sagte nichts.

»Aha.« Meine Augenbrauen hoben sich, und ich stemmte meine Hände in die Hüfte. »Also hast du dich selbst rausgeschlichen, mich gesehen und dachtest dir dann was genau?«

Er verschränkte seine Arme vor der Brust und musterte mich. »Das Verlassen des Geländes ist verboten, und du als Trainee müsstest das wissen.«

»Ich habe eine Vereinbarung mit dem Direktor. Und was ist deine Ausrede?«

Der Fremde antwortete nicht.

Nun verschränkte auch ich meine Arme, dennoch war ich weiterhin für einen Angriff seinerseits gewappnet. »Außerdem bist du doch auch Trainee, wenn ich das richtig verstanden habe. Und du scheinst ja angeblich schon mal hier gewesen zu sein. Also müsstest du die Regeln ebenso kennen wie ich.«

Er betrachtete mich weiterhin schweigend.

»Und jetzt?«, fragte ich ungeduldig. Der Kerl war seltsam, aber er war Trainee, und ich wollte Cassie besuchen. »Kämpfen wir jetzt gegeneinander oder kann ich weiter?«

Der Fremde trat wortlos zur Seite, und ich ging an ihm vorbei. Gerade, als ich schon loslaufen wollte, hielt seine Stimme mich zurück. »Willst du gar nicht wissen, was ich hier mache?«

»Nein«, rief ich über meine Schulter hinweg. »Halte dich einfach aus meinen Angelegenheiten heraus. Außerdem bin ich mir sicher, dass du sowieso mit Erlaubnis des Direktors hier draußen bist. Niemand kommt so leicht aus der am besten bewachten Einrichtung des britischen Geheimdienstes, wenn der Direktor es nicht will.« Ich war schon viel zu spät dran. Einerseits interessierte es mich brennend, was der Neue hier draußen tat, und andererseits zog mich der Drang Cassie zu besuchen, von ihm weg.

Kurz rang ich mit mir, dann gewann meine Sorge um meine Schwester, und ich rannte los. Dabei spürte ich den Blick des Fremden auf mir, bis ich endlich abbog und er mich nicht mehr sehen konnte.

3. Kapitel

Die Akademie, die zugleich die Basis des MI20 war, lag nur wenige Meilen vom Londoner Stadtrand entfernt. Und von dort aus brauchte ich nur noch zwanzig Minuten, bis ich das Heim erreichte, in dem ich mittlerweile schon seit vier Jahren nicht mehr lebte.

Ich umging die Lichtkegel der Straßenlaternen, versteckte mich in den Schatten der Nacht und achtete penibel darauf, dass mich kein Mensch sah. Dabei kontrollierte ich immer wieder, ob der Neue mich vielleicht doch noch verfolgte, doch weder spürte, noch sah ich etwas von ihm.

Als ich direkt vor dem Heim stand, betrachtete ich einen Moment lang das in der Dunkelheit stehende Gebäude, das – so ganz ohne Licht – völlig verlassen wirkte. Vermutlich schliefen alle schon längst.

In meiner Brust entstand ein kurzer, scharfer Schmerz, während ich das alte Gebäude betrachtete, in dem ich meine kleine Schwester zurückgelassen hatte. Ich hasste die Schuldgefühle, genauso wie das Wissen, dass sie absolut berechtigt waren. Damals, als ich Direktor Roberts und Dr. Sam zugestimmt hatte, sagte, dass ich dabei wäre, hatte ich natürlich auch an meine Schwester gedacht. Doch mir war nicht klar gewesen, wie lang vier Jahre tatsächlich sein konnten.

Ich atmete tief ein und belächelte mich selbst. Auch im letzten Ausbildungsjahr war ich immer noch nicht die knallharte Agentin, die ich nach außen hin ausstrahlte. Ich war noch immer das kleine Mädchen, das ihre Schwester beschützen wollte, sich aber auch selbst nicht vergessen konnte. Ich liebte meine Schwester, und ich würde *alles* für sie tun. Schon damals wollte ich das. Und selbst wenn mich beim Anblick dieses Kinderheims Schuldgefühle heimsuchten, wusste ich einfach, dass es die richtige Wahl gewesen war. Es hätte niemandem genützt, wenn ich bei ihr geblieben wäre, nur um mit ihr gemeinsam dieses trostlose Leben zu führen.

Bald schon wären wir wieder vereint.

Mit lautlosen Schritten umrundete ich das Backsteingebäude, bis ich zu den Garagen kam und mit einem kraftvollen Sprung auf dessen Dach landete. Von dort aus kletterte ich weiter, griff in die winzigen Fugenlöcher zwischen den Steinen, die Wind und Wetter hineingeschlagen hatten. Ohne die Fähigkeiten, die ich dank des Serums hatte, wäre ich sicher schon zehn Mal abgestürzt.

Ich kletterte, bis ich das Zimmer meiner Schwester erreichte. Auch hier war es dunkel, doch mit meiner verbesserten Sicht konnte ich vage die Betten und die darin liegenden Kinder sehen. Mit einer Hand hielt ich mich fest, während ich mit der anderen Hand eine kleine, gefaltete Blume aus meiner Jackentasche zog. Obwohl es kalt draußen war, ließ meine Schwester scheinbar absichtlich das Fenster auf Kipp stehen.

Ich lächelte und warf die Papierblume hinein, bevor ich einen Moment lang verharrte. Im nächsten Moment ertönte das Knarzen eines sich biegenden Lattenrostes, und ich hörte, wie jemand aufstand. Schnell kletterte ich höher, bis ich das Dach erreichte, das sich direkt über dem Zimmer befand. Ich griff nach dem Vorsprung, hangelte mich hoch und krallte mich an den Dachpfannen fest. Nun konnte ich zwar das Fenster nicht mehr sehen, aber selbst auch nicht mehr gesehen werden.

Ich hörte, wie das Fenster geöffnet wurde. »Hey Lexi.« Die Stimme meiner Schwester klang entspannt, auch wenn ich spürte, dass sie wie jedes Mal vor Aufregung ganz nervös war. Aufruhr und Freude kämpften in ihrem Innern miteinander, und es erleichterte mich jedes Mal aufs Neue, dass da keine Spur von Wut zu finden war. Ich wüsste nicht, wie ich dem hätte standhalten sollen.

Die offizielle Version – auch für meine Schwester – war, dass ich ein Stipendium an einem Internat für Hochbegabte bekommen hatte.

Ein einziges Mal hatte ich Cassie danach besucht. Ihr in die Augen zu sehen und sie anlügen zu müssen, war so schwer gewesen, dass ich es seitdem nicht mehr übers Herz gebracht hatte. Deshalb besuchte ich sie nur noch nachts, denn dann konnte sie die Tränen in meinen Augen nicht sehen.

Sie war vor Kurzem vierzehn Jahre alt geworden.

Bald schon wäre auch sie bereit für den Test, der uns sagen könnte, ob sie genauso war, wie unsere Eltern und ich.

Natürlich war die Versuchung immer viel zu groß, mich ihr einfach zu offenbaren, ihr alles zu erklären, doch ich hatte Direktor Roberts ein Versprechen gegeben. Nur für den Fall, dass Cassie die genetischen Voraussetzungen nicht mitbrachte. Ich wusste, es würde ihr das Herz brechen, wenn sie nicht diese Gemeinsamkeit mit unseren Eltern teilte. Und bis dies nicht bewiesen war, durfte ich ihr nichts sagen. Mir war klar, dass ich es ihr in dem Moment erzählen würde, in dem ich ihr wieder in die Augen sah.

»Dass du an einem Donnerstag kommst, bedeutet wohl, dass du am Wochenende weg bist. Ich hoffe, dass es dir gut geht.«

Tränen schossen in meine Augen, als mir klar wurde, wie

erwachsen sie klang. Nicht mehr lange, dann würde ich eine vollwertige Agentin sein und könnte sie adoptieren, selbst wenn sie nicht das Gen in sich trug. Ich presste meine Lippen zusammen. Wie auch immer das funktionieren würde.

»Ich hab dich lieb. Bitte pass auf dich auf.« Wie immer verharrte sie noch einen Moment lang, bevor sie das Fenster schloss.

Mein Atem ging ein wenig zu schnell, und ich wünschte, ich könnte behaupten, dass diese Treffen mir nicht nahe gingen. Jede Woche aufs Neue kam ich hierher und erinnerte mich und sie daran, dass wir eine Einheit waren und uns nichts wirklich trennen konnte. Heute, genauso wie damals, würde ich mein Leben für sie geben. Sie war *alles* für mich. Sie war meine Familie.

Ich wischte mir über meine feuchten Augen und stieß ein lautloses, schnaubendes Lachen aus. In der Akademie war ich knallhart, doch hier draußen, in der schützenden Nacht, auf dem Dach meines ehemaligen Heims, überrollten mich jedes Mal die alten, verdrängten Gefühle. Hier oben vermisste ich meine Eltern noch ein klein wenig mehr als sonst – und hier oben fiel es mir schwerer, Cassie erneut zurückzulassen.

Ich atmete tief durch, bevor ich alles Schwere von mir schob und vom Dach auf die Straße sprang. Es war Zeit zurückzukehren. In mein neues Zuhause.

*

Der Freitag begann mit Informatik-Unterricht. Dort lernten wir Datenbanken zu hacken, auf Computer und Handys aus der Ferne zuzugreifen und ganze Länder auf den Kopf zu stellen. Natürlich war das alles rein hypothetisch, aber es zählte zu meinen liebsten Fächern.

»Guten Morgen«, ertönte es von vorne, als ich gerade den Computer hochgefahren hatte. Mein Kopf hob sich, und eine Mischung aus Überraschung und Neugier wallte um mich herum auf, als Direktor Roberts Stimme ertönte. Wie immer trug er einen schicken, schwarzen Anzug und strahlte eine Art von Autorität aus, die ich noch bei niemand anderem wahrgenommen hatte. Neben ihm standen Mr Saunders, unser Informatiklehrer, sowie der Neue, den ich bereits gestern Nacht *kennengelernt* hatte.

Nun, da die ganze Klasse es tat, konnte auch ich ihn in Ruhe betrachten. Er hatte schwarzes Haar, das militärisch kurz geschnitten war. Seine grauen Augen blitzten in der hereinscheinenden Sonne, und sein Blick war geradezu stechend. Er betrachtete uns alle nacheinander, fast, als würde er uns analysieren wollen. Als er bei mir angekommen war, betrachtete er mich einen Moment länger als alle anderen. Er war viel attraktiver, als ich zuvor wahrgenommen hatte.

Ich glaubte, Eva leise etwas von *Sahneschnitte* murmeln zu hören, und unterdrückte ein Lachen.

Er trug ein schwarzes Shirt, dunkle Jeans und dazu schwere, lederne Stiefel. An seinen Handgelenken und seinem Hals waren Narben zu sehen, die aussahen, als wären sie erst kürzlich verheilt. Ich fragte mich, woher sie stammen mochten.

»Dies ist Adam White, euer neuer Mitschüler. Er war schon vor einigen Jahren an dieser Schule, und nun ist er zurück und holt seinen Abschluss nach.« Direktor Roberts räusperte sich, als ein fragendes Murmeln durch die Klasse ging. »Heißen Sie ihn herzlich Willkommen. Danke.« Er verabschiedete sich mit einem knappen Nicken und verließ den

Raum. Wir alle, auch unser Lehrer Mr Saunders, warteten darauf, dass Adam White etwas sagte. Dieser blickte jedoch nur stoisch geradeaus und schien nichts mehr hinzufügen zu wollen.

Mr Saunders durchbrach die Stille schließlich. »Willkommen, Mr White. Bitte setzen Sie sich.« Er deutete auf den Computer neben Dean in der vorletzten Reihe.

Adam ging zwischen den Tischen hindurch, wobei sein Blick kurz den meinen streifte. Ich spürte für einen kurzen Moment seine Neugier aufwallen, bevor sie wieder verschwand. Scheinbar fragte er sich noch immer, was ich gestern Nacht draußen getan hatte.

Da wir alle *immer* unter Beobachtung standen, war ich mir sicher, dass Direktor Roberts genau gewusst hatte, dass auch Adam draußen gewesen war. Mit einem Mal fragte ich mich, was genau er getan hatte, selbst wenn es nichts Verbotenes gewesen sein konnte.

Ein paar Minuten lang hing noch erwartungsvolle Neugier in der Luft, doch als klar wurde, dass wir wirklich nichts mehr erfahren würden, ging Mr Saunders zum Unterricht über.

Ich warf einen Blick über meine Schulter und sah, dass Adam mich beobachtete. Kurz kniff ich warnend meine Augen zusammen, was ihn jedoch nur zum Lächeln brachte.

Dean, der neben ihm saß, bedachte mich mit einem vielsagenden Blick, den er mit hochgezogenen Augenbrauen unterstrich.

Ich hatte keine Ahnung, was er mir damit sagen wollte, und drehte mich wieder nach vorne, um endlich dem Unterricht zu folgen.

*

Während des Mittagessens saß Adam zwar an unserem Tisch, war jedoch so kurz angebunden, dass er nach wenigen Minuten in Ruhe gelassen wurde.

Danach ging es mit Chinesisch weiter, und so langsam gewöhnten wir uns an Adams stumme Anwesenheit.

Auch wenn wir im Abschlussjahr waren und jeder von uns kurz davor war, ein ausgebildeter Agent des MI20 zu werden, spürte man auch während des Unterrichts die summende Aufregung.

Sicher hatten wir zuvor schon vereinzelt Aufträge gehabt. Kleinere Undercover-Einsätze, Beschattungen und auch ein paar Bodyguard-Jobs, in denen wir Gleichaltrige beschützt hatten. Doch dieses Mal ging es um unsere Abschlussprüfungen. Alles, was wir ab jetzt taten, würde darüber entscheiden, ob wir schließlich bestanden oder nicht. Und heute Abend war es soweit.

Der Auftrag bestand darin, dass wir uns als Gäste auf eine Gala schleichen und uns dort unter die Anwesenden mischen würden.

In Wahrheit war das hier eine Veranstaltung, auf der das MI20 mit hochrangigen Staatsmitgliedern und Prominenten aus aller Welt Kontakt aufnehmen konnte, ohne dass es anderen Geheimdiensten auffiel. Es gab so gut wie Niemanden, außer einigen Mitarbeitern des MI20, der über den wahren Grund dieser Veranstaltung Bescheid wusste.

Unter all diesen *besonderen* Gästen waren natürlich auch normale Gäste, die allein wegen der Spendengala da waren.

Natürlich gab es auch eine *richtige* Security an diesem Abend, doch wir würden verdeckt vorgehen, uns unter die Gäste mischen und alles im Auge behalten.

Außerdem würde jeder von uns noch einen weiteren Auftrag erhalten, aber erst wenn wir schon auf dem Weg dorthin waren. So sollten wir beweisen, dass wir es auch schafften, kurzfristig zu agieren. Ich bebte schon jetzt vor ungeduldiger Vorfreude.

Nach dem Snack, den wir gemeinsam nach der zweiten Unterrichtseinheit einnahmen, verschwanden wir alle auf unsere Zimmer. Schon letztes Wochenende hatten wir uns entsprechend für dieses Event ausstatten müssen, und ich lächelte, als ich meinen Schrank öffnete und den Kleidersack dort hängen sah.

Hinter mir hörte ich ein genervtes Schnaufen, und als ich mich umdrehte, sah ich Vivien im Türrahmen stehen. Sie hielt ihren eigenen Kleidersack mit einer Hand fest und starrte ihn finster an. »Ich hasse Kleider.«

»Du trägst fast ausschließlich Röcke«, erinnerte ich sie und unterdrückte ein Grinsen, weil ich wusste, wie ernst es Vivien war. *Alles*, was sie sagte, war ihr Ernst.

»Das ist etwas anderes. Mit Röcken kombiniert man andere Kleidungsstücke. In einem Kleid bist du gezwungen, alles darauf abzustimmen, und je nach Stoff zeigt es mehr von deiner Figur, als du vielleicht möchtest.« Sie kam rein und hängte den Sack über die geöffnete Tür meines Kleiderschranks.

»Gut, dass wir uns um unsere Figur keine Sorgen machen müssen, bei dem Sportpensum, das uns hier auferlegt wird.« Nun musste ich doch schmunzeln.

»Sei es drum«, winkte sie ab und atmete tief ein, als wollte sie sich selbst Ruhe zusprechen. »Wir sollten uns fertigmachen. Wo ist Eva? Muss sie eigentlich immer zu spät kommen? Gerade diejenige von uns, die so schnell ist, dass man ein Schleudertrauma bekommt, wenn man versucht, ihr zu folgen?«

»Keine Ahnung«, erwiderte ich. Viviens ernster Tonfall ließ

meine Mundwinkel zucken. Sie war ein Typ für sich. Ihre Ernsthaftigkeit, für die sie viel zu jung schien, und ihre schonungslose Ehrlichkeit hatten mich sofort für sie eingenommen.

»Wie ich sehe, seid ihr schon fleißig dabei.« Eva Andrews, das dritte Mädchen unseres Jahrgangs, tauchte in diesem Moment hinter uns im Spiegel auf und grinste.

»Und wie ich sehe, bist du schon fertig«, sagte ich zu ihrem Spiegelbild.

Eva grinste nun ebenfalls. Ihr schwarzes Haar hatte sie hochgesteckt, ein dunkelroter Lippenstift betonte ihre vollen Lippen und auf ihrer bronzefarbenen Haut lag ein leicht goldener Schimmer. »Ich freue mich schon so sehr auf unsere Zusatzaufträge!«

»Bist du gar nicht aufgeregt?«, fragte Vivien sie und legte den Eyeliner weg, mit dem sie gerade einen perfekten Strich über ihren Wimpern gezogen hatte. Dabei spürte ich, wie ihre Nervosität wieder anstieg.

»Nein. Wieso auch?« Eva war völlig gelassen. Zumindest so gelassen, wie jemand sein konnte, der ständig unter Strom stand. Das Serum hatte bei ihr ausschließlich körperlich gewirkt, und nun war sie so schnell, dass man sie mit bloßem Auge nicht erkennen konnte, wenn sie es darauf anlegte. »Ich habe keine Angst vor der High Society.«

Vivien wandte sich wieder dem Spiegel zu. »Wenn meine Eltern ein Modeimperium hätten und ich jedes zweite Wochenende auf einer Modenschau oder einer Schicki-Micki-Party gewesen wäre, hätte ich auch keine Bedenken.«

Eva zwinkerte Vivien lässig zu. »Du wirst dich gut machen. Jetzt solltet ihr aber stillhalten, wenn ich euch nicht die Haare rausreißen soll.«

Sofort erstarrten sowohl Vivien als auch ich, während Eva

ihre Kraft spielen ließ. Sie war so schnell, dass es sich anfühlte, als hätte irgendwer das Fenster offengelassen, während sie unsere Haare innerhalb weniger Sekunden zu Hochsteckfrisuren bearbeitete. Ich konnte sie kaum wahrnehmen, doch ich spürte ihre flüchtigen Berührungen, hauchzart, als würde mich ein Schmetterling streifen. Eva war der schnellste Trainee, den es jemals beim MI20 gegeben hatte. Sie war schon früher sehr schnell gewesen, und durch ihre Siege bei mehreren Wettkämpfen war unsere Geheimorganisation auf sie aufmerksam geworden. Sie wurde positiv getestet und entschloss sich, dem schillernden Leben ihres Elternhauses den Rücken zu kehren und hier die Ausbildung zu machen. Die Presse glaubte, sie wäre wie wir anderen auf einem Elite-Internat und dürfte nur wenige Male im Jahr zurück zu ihren Eltern. Diese hatten nichts mit den britischen Geheimdiensten zu tun und würden auch niemals erfahren, dass ihre Tochter nun eine Superagentin war.

Ihren Eltern gehörte ein Modeunternehmen, das ihr schon früh die Türen zur Welt der Schönen und Reichen geöffnet hatte.

Obwohl Eva nach Beenden ihrer Ausbildung wieder im Rampenlicht stehen würde, waren wir uns alle sicher, dass dies die perfekte Tarnung war. Niemand würde sie jemals verdächtigen, eine Agentin zu sein. Sie, diese schöne, junge, reiche Erbin, die schon als Kind regelmäßig in den Klatschzeitschriften zu sehen gewesen war.

»Fertig«, rief Eva und stoppte so plötzlich, dass sie hinter uns auftauchte, wie ein zuvor unsichtbarer Geist.

Ich lächelte und betrachtete meine braunen Haare, die sie zu einem tiefen Dutt gebunden hatte, und aus dem vereinzelt Strähnen herausschauten. »Danke.«

Evas rote Lippen verzogen sich zu einem Kussmund, bevor sie lachte. »Ich habe es eben einfach drauf.« Ihr Ego war so ausgeprägt wie ihre physische Kraft, und sie als Freundin zu haben, bedeutete immer viel Spaß.

»Ja, Haare machen kannst du«, nickte Vivien, die zu meinem Schrank ging, wo sie ihr Kleid an die Tür gehängt hatte.

Ich prustete los, als ich Evas pikierten Gesichtsausdruck sah.

»Danke«, erwiderte sie trocken. »Ist mein größtes Talent.«

»Ist doch Quatsch«, sagte Vivien ernst, bevor sie nachdenklich ihre Augenbrauen zusammenzog. »Wobei man deine Schnelligkeit nicht als echtes Talent sehen kann, da es eine künstlich verbesserte Fähigkeit ist. Kannst du denn sonst irgendwas gut?«

Eva schnaubte und sah mich an. »Das meint die auch noch ernst.«

»Ja, das tut sie.«

»Worüber redet ihr?«, fragte Vivien und drehte sich nun zu uns um. »Ist doch so. Es hat eben nicht jeder ein wirkliches Talent. Ansonsten wäre es kein Talent, sondern nur Mittelmaß.«

Schweigen breitete sich in meinem Zimmer aus.

Mir schossen beinahe Tränen in die Augen, als ich Evas tödlichen Blick sah und kniff schnell meine Lippen zusammen, um das Lachen im Keim zu ersticken, welches in mir aufwallte.

»Wir sollten uns umziehen«, entschied Eva kopfschüttelnd.

Vivien runzelte ihre Stirn, ließ das Kleid in ihrer Hand sinken und drehte sich irritiert zu uns um. »Du bist doch jetzt nicht beleidigt, oder?«

Eva schnaubte.

Währenddessen unterdrückte ich einen inzwischen ausgewachsenen Lachanfall und presste meine Hand auf die Lippen.

Verwirrt sah Vivien nun mich an. »Und was ist mit dir los?«

»Ich habe echt keine Ahnung, wie die auf die Idee kommen, man könnte dich auf die Menschheit loslassen«, sagte Eva in nüchternem Tonfall, doch als ich meinen Schild senkte, spürte ich ihre Belustigung.

Vivien meinte es nicht böse, das wussten wir. Dennoch gab es oft genug Sätze, für die wir sie am liebsten an die Wand klatschen würden.

»Und ich habe keine Ahnung, warum du jetzt beleidigend wirst«, erwiderte Vivien und hob ihre Augenbrauen.

Evas Augen wurden schmal, und ich ging dazwischen, bevor sie ihrem Unmut über Viviens gelegentliche Taktlosigkeit Luft machen konnte. »Wir sollten uns jetzt *wirklich* umziehen.«

Eva schnaubte nur und verließ wortlos mein Zimmer.

Kaum hatte ich meinen Schrank erreicht, kam sie auch schon vollständig umgezogen wieder zurück.

Sie trug ein rot leuchtendes Kleid, das sich eng um ihre sportliche Figur schmiegte und unten immer weiter wurde. Dazu trug sie schwarze Pumps und eine kleine, schwarze Handtasche. Wie auch unsere Kleider war ihres aus dem privaten Ankleideraum des MI20, das uns für jeden Auftrag ausstattete.

Ich zog meine Kleidung aus und warf sie aufs Bett, bevor ich einen kleinen Koffer vom Boden des Schranks aufhob, um ihn aufzuklappen. Dann holte ich ein Messer, sowie einen schmalen Gurt heraus. Den Gurt schnallte ich mir um meinen Oberschenkel, bevor ich das Messer in die darin eingearbeitete Halterung schob. Zuletzt nahm ich mein Kleid und zog es aus dem Kleiderbeutel. Als ich hineinschlüpfte, wunderte ich mich wieder einmal über die Schönheit des Kleides. Es war noch beeindruckender, als beim ersten Anprobieren. Der tannengrüne Stoff schmiegte sich weich an meinen Körper, bedeckte meine Schultern und Arme, während ein Schlitz bei jedem Schritt meine rechte Wade freilegte. Meine Pumps waren golden, in demselben Ton wie meine Handtasche.

Durch den Spiegel hindurch sah ich Vivien, die ein fliederfarbenes Abendkleid trug, das perfekt zu ihrem blonden Haar passte.

Wir drei lächelten einander an, bevor jede von uns noch einmal ihre Waffen kontrollierte. Nur für den Fall. Wir trugen Messer um unsere Oberschenkel, besaßen Parfümfläschchen, die in Wahrheit Pfefferspray enthielten, und unsere Haarnadeln konnten viel mehr, als nur unsere Haare zusammenzuhalten.

Zuletzt setzten wir unsere Kontaktlinsen ein und legten unsere Ohrringe an. Beides waren besonders unscheinbare Waffen des MI20.

Wir waren bereit.

4. Kapitel

Gemeinsam mit Direktor Roberts und Mr Turner fuhren wir in zwei schwarzen SUVs durch die Londoner Innenstadt, wo in einer Kunstgalerie die Spendengala stattfand.

Bevor wir eingestiegen waren, hatte Mr Turner die Akten mit unseren Sonderaufträgen verteilt, die wir während der Fahrt studieren sollten.

Meine Aufgabe war es, Alexej Sorokin, den russischen Vizepräsidenten einer Firma für Luxusyachten, dazu zu bringen, den derzeitigen Aufenthaltsort seines Bruders preiszugeben. Scheinbar hatte er Kontakt zu einer Gruppe von Drogenhändlern, die planten, bald eine neue Droge auf den Markt zu bringen. Da diese schon nach nur einer einzigen Einnahme hochgradig süchtig machen sollte, hätte die Verbreitung verheerende Folgen.

Über Alexejs Bruder wollte man scheinbar an die Drogenhändler rankommen.

Mein Deckname war Irina Petrowna Iwanow. Einundzwanzig Jahre alt, russische Staatsbürgerin, derzeit wohnhaft in London.

Ich inhalierte alle Daten, Fakten und Lügen, speicherte sie in meinem Kopf ab und überlegte mir einen Plan.

Der Auftrag war nicht so leicht wie die bisherigen, da ich nun ganz alleine arbeiten musste. Wir wurden normalerweise immer zu zweit eingeteilt, da dies auch nach der Ausbildung so sein würde. Wir würden einem erfahrenen Agenten an die Seite gestellt werden, mit dem wir die ersten Jahre des aktiven Dienstes absolvieren mussten.

Einzelaufträge waren selten, aber sie kamen vor.

An der Akte hing ein Schlüssel für das Auto, mit dem ich anreisen sollte. Ein Mercedes. Ein kleines Lächeln umspielte meine Lippen. Die eigenständige Anreise passte zu meiner Tarnung, denn laut Charakterbeschreibung war ich selbstbewusst, reich und tat, wonach mir der Sinn stand. Ich war eine verzogene Erbin.

Der SUV hielt in der Tiefgarage, die zu einem Hotel in der Stadt gehörte, und Mr Turner drehte sich zu uns um. »Sind alle Fakten klar?«

Ich nickte und schloss die auf meinem Schoß liegende Akte, ebenso wie Christopher, Adam und Eva.

Mr Turner nickte und ließ sich von uns die Unterlagen geben. »Wir behalten Sie alle im Auge. Sollte etwas schief gehen, melden Sie sich umgehend bei Direktor Roberts oder mir. Wir haben noch andere Agenten eingeschleust, die Sie ebenfalls beobachten. Müssen diese einschreiten, gilt Ihr Auftrag als fehlgeschlagen und Sie bekommen null Punkte. Verstanden?«

Wieder nickten wir.

»Gut. Vergessen Sie nicht, dass dies alles wichtige Aufträge sind, die andere Agenten bei ihren Ermittlungen unterstützen. Agenten, mit denen Sie möglicherweise später zusammenarbeiten werden. Also blamieren Sie sich nicht.«

Motivierend.

»Viel Erfolg«, waren die Abschlussworte seiner Rede, woraufhin wir alle ausstiegen.

Fast zeitgleich öffneten sich die Türen des anderen SUV und die restlichen Trainees unseres Jahrgangs stiegen aus.

»Viel Erfolg«, wünschte uns Direktor Roberts, dann trennten wir uns.

Ich drückte auf meinen Schlüssel, und in der Nähe leuchteten die Scheinwerfer eines weißen Mercedes Benz C63 AMG Coupé auf. Ich konnte mein Grinsen kaum verbergen, während ich zu dem Auto lief und einstieg. Ich ließ den Motor aufheulen, bevor ich den Wagen aus der Tiefgarage justierte und dann in den Londoner Abendverkehr lenkte.

Der Weg war nicht weit, doch er untermauerte die Tarnung. Wir konnten schließlich schlecht alle gemeinsam mit einem Bus anreisen und dann so tun, als würden wir einander nicht kennen.

Als ich die Tiefgarage der Galerie erreichte, musste ich mich noch vor dem Hineinfahren ausweisen und meine Einladung vorzeigen, was ich mit einem selbstbewussten Lächeln tat.

Nach einem kurzen Check parkte ich den Wagen zwischen einem Porsche und einem Range Rover. Ich stieg aus, schloss das Auto ab und ließ den Schlüssel in meine Handtasche gleiten, während ich in Richtung der Aufzüge ging.

Ein weiteres Auto parkte eine Reihe weiter hinten, doch ich konnte nicht sehen, wer es war.

Bei den Aufzügen musste ich mich erneut vor zwei Männern ausweisen, bevor ich einsteigen durfte.

Während ich wartete, ertönten hinter mir Schritte.

Ich öffnete meinen Schild leicht, und obwohl ich seine Gefühle nicht wahrnehmen konnte, wusste ich sofort, dass es Dean sein musste.

»Guten Abend«, begrüßte er die Männer, kurz bevor ich
»Danke« sagte und in den Aufzug stieg.

Die Türen wollten sich gerade schließen, doch dann trat Dean vor und stoppte sie mit einer Handbewegung.

Auch er bedankte sich bei den Sicherheitskräften, bevor er vollends einstieg und mich mit einem charmanten Lächeln bedachte. »Hallo.«

Ich lächelte ihn knapp an und sah zu, wie sich die Aufzugtüren vor uns schlossen.

Stille breitete sich zwischen uns aus, während wir die roten Zahlen anstarrten.

Aus dem Augenwinkel sah ich, wie Dean sich zu mir drehte. »Ich heiße Alexander Jones, und Sie sind?«

»Irina Iwanow«, stellte ich mich mit russischem Akzent vor, der meiner Stimme etwas Rauchiges verlieh. Ich betrachtete ihn nun genauer. Sein mitternachtsblauer Smoking schmiegte sich um seinen trainierten Oberkörper, und obwohl ich Fliegen normalerweise lächerlich fand, stand sie ihm erstaunlich gut. Natürlich würde ich das niemals laut sagen.

Deans Augenbrauen zogen sich zusammen.

»Was?«, fragte ich irritiert und spielte mit dem Akzent. »Nicht überzeugend genug? Ist es jetzt besser?«

»Es ist sehr überzeugend«, sagte er, und die Falte zwischen seinen Augen glättete sich.

Ich ließ nicht locker und ließ wieder die Wörter mit einem dunklen Akzent auf meiner Zunge tanzen. »Warum hast du dann gerade so geguckt?«

Er wandte sich von mir ab, als der Aufzug zum Stehen kam und sich die Türen öffneten. »Hätte nicht gedacht, dass deine Stimme sexy klingen könnte.«

Es fiel mir schwer, ihm nicht hinterher zu starren, während er lässig in das Foyer trat. Meine Hände entspannten sich, und ich gab mich gelassen, als ich ihm mit ein wenig Abstand folgte. So ein selbstgefälliger Idiot.

Diese Aufträge waren ein weiterer Punkt unseres ewigen Wettbewerbs, und auf keinen Fall würde ich mir von seinem Geflirte den Auftrag versauen lassen.

Das Foyer war in so einem strahlend weißen Ton gestrichen, dass die Wände leicht bläulich schimmerten. Weißer Marmor bedeckte den Boden, und der einzig bunte Fleck waren die Empfangsdame hinter einem weißen Tresen und das gerahmte Bild mit den Veranstaltungsinformationen, das neben ihr an der Wand hing.

Dean zeigte der Empfangsdame seine Einladung, die sie mit ihrer Gästeliste am PC abglich, bevor sie ihn durch die Milchglastüren hinter ihr schickte. Natürlich waren wir alle mit unseren falschen Namen auf der Gästeliste. Dafür hatte das MI20 gesorgt.

Ich trat an die Theke und lächelte die Empfangsdame an. »Hallo. Irina Iwanow.«

»Herzlich Willkommen, Miss Iwanow.« Sie strahlte mich an und gab meinen Namen in ihren Computer ein.

Während ich sie beobachtete, ließ ich meinen Schild sinken. Sie war entspannt, aber auch ein wenig aufgeregt. Unauffällig.

Als sie mir eine Broschüre reichte, hob ich meinen Schild wieder. »Ich wünsche Ihnen einen schönen Abend, Miss Iwanow.«

»Vielen Dank.« Mit einem Lächeln nahm ich die Broschüre entgegen und ging an ihr vorbei. Ein für normale Menschen nicht wahrnehmbares Surren ertönte, und ein bulliger Mann in schwarzem Anzug öffnete mir die Tür.

Ich bedankte mich auch bei ihm und betrat den Saal, in

dem sich momentan sechs Kellner, vier Barmänner an zwei Bars, drei Organisatoren und fünf Trainees befanden. Zwölf Männer und Frauen in schwarzen Anzügen und Kleidern hatten sich zusätzlich verteilt und versuchten unauffällig zu wirken. *Securitys.*

Mit meiner Kraft scannte ich den Raum und spürte die Anspannung, die Aufregung und die Vorfreude, die die meisten bereits Anwesenden miteinander teilten.

Ich schlenderte über den weißen Marmorboden, vorbei an prächtig geschmückten Tischen. Zwischen ihnen befanden sich Säulen aus Beton, auf denen Skulpturen aufgestellt waren, und an den Wänden hingen riesige Gemälde, geschützt von roten Absperrseilen.

Im Vorbeigehen betrachtete ich sie flüchtig, konzentrierte mich aber eher auf alle möglichen Ausgänge oder Fluchtwege. Das hier war zwar kein gefährlicher Auftrag, dennoch sollte man immer wissen, wie man schnellstmöglich abhauen konnte.

Ich ging zu der Bar, die nahe des Eingangs aufgebaut worden war und positionierte mich so, dass ich die Tür im Blick hatte.

»Einen Champagner, bitte.« Ich betrachtete den Barmann und verzog meine Lippen zu einem einladenden Lächeln.

Er erwiderte es mit einem Funkeln in den Augen und musterte mich unverhohlen, während er mir Champagner in ein Glas füllte und dann vor mich stellte. »Bitte sehr.«

»Dankeschön«, schnurrte ich und nippte an dem kühlen Getränk, dessen Prickeln meinen Hals hinab wanderte.

Mein Blick wanderte durch den Saal, und scheinbar gelangweilt betrachtete ich den stetig wachsenden Strom an ankommenden Gästen.

Erst als meine Zielperson den Raum betrat und sich zu einer Gruppe Männer gesellte, erlaubte ich mir, mich zu entspannen. Ich blinzelte in einer unauffälligen Kombination, während ich ihn ansah.

Meine Kontaktlinsen scannten ihn, wobei eine schmale, blaue Linie vor meinem Auge über seinen Smoking fuhr, bevor die Informationsberechnung beendet war. Kurz darauf hörte ich eine weibliche Stimme durch das Implantat in meinem Ohr, das mit der Kontaktlinse verbunden war. »Alexej Sorokin. Siebenundzwanzig Jahre alt. Brünett. Grüne Augen. Eins-fünfundachtzig groß. Vizepräsident der Sorokin Group. Familienstand derzeit ledig. Letzte Beziehung vor drei Jahren mit Model Mia Kula. Vater Wladimir Sorokin, Präsident der Sorokin Group, Mutter Swetlana Sorokina, Hausfrau, Bruder Dimitri Sorokin, Student an der University of Oxford.«

Ich blinzelte, worauf mir noch mehr Informationen über seinen Bruder vorgetragen wurden. »Dimitri Sorokin, alias Dima. Fünfundzwanzig Jahre alt. Brünett. Grüne Augen. Eins-neunzig groß. Familienstand ledig. Letzte Beziehung vor zwei Monaten mit Diana Jones. Student an der University of Oxford. Derzeitiger Wohnsitz Oxford. Vorstrafen unter Verschluss sind Trunkenheit in mehreren Fällen, Erregung öffentlichen Ärgernisses in mehreren Fällen, Diebstahl in mehreren Fällen, Belästigung in mehreren Fällen, Drogenbesitz in mehreren Fällen. Verbindung zu Miroslaw Alexandrow, verwickelt in Drogengeschäfte, verdächtigt neuartige Droge in Umlauf zu bringen. Weitere Daten unter Verschluss.«

Der kam ja ganz schön rum, dachte ich mir, blinzelte und unterbrach damit den Informationsfluss.

Ich betrachtete Alexej Sorokin, sah zu, wie er sich lachend unterhielt und dabei vermutlich geschäftliche Dinge besprach. All seine Gesprächspartner waren laut unserer Datenbank Unternehmer oder Geldgeber, die in der Politik tätig waren. Er war ein attraktiver Mann, der von den Frauen umschwärmt wurde und aufreizende Blicke verteilte, jedoch keiner Frau näherkam, sondern sich nur um sein Geschäft zu kümmern schien. Interessant. Ein fokussierter Einsiedler also. So einer stand bestimmt auf flüchtigen Spaß.

Während ich weiter Abstand hielt, scannte ich ihn erneut mit meinen Kontaktlinsen und prüfte nun, ob er bewaffnet war. War er nicht. Hätte mich aber auch gewundert. Dennoch sollte man nichts dem Zufall überlassen.

Gegen einundzwanzig Uhr waren alle Gäste eingetroffen. Knapp zweihundert Menschen waren heute hier. Die Hälfte von ihnen wusste nicht, dass sie nur Statisten während eines internationalen Geheimtreffens waren. Sie glaubten, es ginge um Kunst, doch den meisten anwesenden Agenten des MI20 ging es darum, Kontakte zu knüpfen und Bündnisse zu vertiefen.

Gemein hatten sie aber alle ihre sowohl schönen, als auch teuren Abendkleider. Ich schaute auf meine Einladung und prüfte meine Tischnummer. Zweiundzwanzig. Nicht weit von Sorokins Tisch. Leider nicht direkt an seinem Tisch, aber vermutlich war dies aus irgendeinem Grund nicht möglich gewesen.

Mein Tisch war bereits vollzählig anwesend, als ich auf ihn zuging. Währenddessen scannte ich meine Tischnachbarn. Alles unauffällige, normale Menschen, die tatsächlich wegen der Spendengala da waren.

Ein Diplomat, seine Tochter, zwei Unternehmer im Ruhestand mit ihren Frauen und ein Unternehmerpaar mittleren Alters mit ihrem volljährigen Sohn, der sich an die Diplomatentochter ranschmiss. Trotz der Anwesenheit ihrer Eltern flirteten die beiden schamlos miteinander.

»Guten Abend«, begrüßte ich meine Tischnachbarn mit schwerem Akzent und lächelte sie nacheinander an. »Irina Iwanow«, stellte ich mich vor und setzte mich auf meinen Platz.

Ich senkte meinen Schild und konnte nur mit Mühe alle umliegenden Emotionen von mir schieben, um mich voll und ganz auf meinen eigenen Tisch zu konzentrieren. Nacheinander stellten sie sich mir vor. Ihre Neugier schlug mir entgegen, ebenso die Erregung von Seiten einiger Männer, die sich bemühten, meinen Ausschnitt nicht allzu lange zu mustern. Ein Hauch von Neid von den Ehefrauen, aber auch Wohlwollen. Vermutlich, weil ich so höflich war und ihren Männern keine Aufmerksamkeit schenkte.

Die Diplomatentochter lächelte mich an, und das Lächeln war ehrlich, vielleicht weil wir im selben Alter waren.

Ihr flirtendes Gegenüber hatte eindeutiges Interesse an mir. Deswegen lächelte ich ihn nur kurz an und ignorierte ihn schließlich.

»Miss Iwanow, sind Sie ganz alleine hier?«, fragte mich eine der Damen, und sofort spürte ich alle Aufmerksamkeit auf mir liegen.

Ein Schmunzeln trat auf meine Lippen. »Kunst ist mein kleines Laster. Noch habe ich keinen Mann gefunden, mit dem ich dies teile – und solange dies so ist, habe ich keine Angst davor, solche Veranstaltungen alleine zu besuchen.« Ich strahlte sie an. »Außerdem lerne ich immer so nette Menschen kennen, und erneut wurde ich an den vermutlich interessantesten Tisch des Abends gesetzt.« Lächelnd deutete ich auf ihren ausgefallenen Diamantring. »Sie müssen mir unbedingt sagen, wer diesen einzigartigen Schmuck herstellt.«

Meine Gesprächspartnerin wurde rot, und ich konnte spürte, dass meine Worte ihr runtergingen wie Öl. Da das Thema nun in eine gänzlich uninteressante Richtung ging, konzentrierten sich die Herren wieder auf andere Themen, während ich von den drei verheirateten Damen in Beschlag genommen wurde und das junge Pärchen sich wieder auf sich selbst konzentrierte.

Alexej Sorokin saß nur einen Tisch weiter, wie ich nach einem Seitenblick feststellte, und wie gewollt entging dieser Blick meinen Gesprächspartnerinnen nicht.

»Oh, Ihnen ist der reichste Junggeselle des Abends wohl auch schon aufgefallen?«

Ich nickte und schaffte es leicht zu erröten, während ich die Damen ansah und meine Stimme vertraulich senkte. »Er sieht sehr gut aus und kommt mir bekannt vor. Wer ist er?«

»Alexej Sorokin«, sagte eine von ihnen. »Er ist Vizepräsident einer Firma für Luxus-Yachten. Wir haben erst letztes Jahr eine gekauft und sind begeistert.«

»Ohh«, machte ich und sah wieder zu ihm herüber, wobei mir auffiel, dass auch Dean an seinem Tisch saß und sich mit einer schönen Blondine unterhielt. Ob sie Inhalt seines Auftrags war? Vermutlich. Dass er an diesem Tisch saß, war vermutlich auch der Grund, warum ich hier saß. Dennoch schien man die Verbindung meiner Tischnachbarin zu Sorokin mit eingerechnet zu haben. Alles andere wäre ein zu großer Zufall, und daran glaubte ich nicht. »Jemand wie er ist doch sicher längst vergeben.«

»Seit er dieses Model vor ein paar Jahren verlassen hat, ist er Single. Er konzentriert sich ganz auf seine Geschäfte und räumt den Dreck seines Bruders auf.«

Neugierig hob ich meine Augenbrauen. »Klingt nach einem fürsorglichen großen Bruder.«

»Er hat gar keine andere Wahl«, pfiff eine der anderen Damen. »Dimitri, sein Bruder, hinterlässt überall verbrannte Erde. Er studiert mit meinem Neffen in Oxford, und er hat mir erzählt, dass er sich mit den übelsten Gestalten Englands herumtreibt.«

»Drogen und Prostituierte«, flüsterte die Dritte. »Eine Schande! Familie Sorokin soll angeblich entfernt mit der letzten Zarenfamilie verwandt sein. So etwas tritt man doch nicht derart mit den Füßen!«

Ich schüttelte entsetzt meinen Kopf. »Nicht zu fassen!«

»Aber Alexej ist ein guter Mann«, versicherte mir die Erste und grinste mich an. »Es würde mich freuen, Sie beide einander vorstellen zu dürfen.«

Meine Wimpern flatterten, während ich so tat, als würde ich über diese unverhoffte Option nachdenken. »Wäre das nicht zu brüsk?«

Sie schüttelte ihren Kopf. »Ich würde mich sehr freuen.«

Lächelnd nickte ich. »Dann wäre es mir natürlich ebenfalls eine Freude.« Absichtlich verstärkte ich meinen Akzent, als wäre die aufkommende Aufregung daran schuld.

Die drei Damen kicherten.

In diesem Moment trat der Veranstalter des Abends nach vorne auf die Bühne und strahlte hinter seinem Mikrofon ins Publikum. »Herzlich Willkommen, meine Damen und Herren.«

Ich tat so, als würde ich ihm zuhören und scannte die Umgebung, während ich meinen Schild senkte und die Emotionen der Anwesenden auf mich einprasseln ließ. Dabei konzentrierte ich mich auf alles Negative. Aber beim Umsehen entdeckte ich nur stumm streitende Ehepaare, diskutierende Geschäftspartner und andere schlecht gelaunte Gäste, die jedoch kaum der Rede wert waren. Alles in allem war es bisher ein ruhiger und entspannter Abend.

Direktor Roberts und Mr Turner saßen einige Tische weiter und schenkten vermeintlich dem Moderator ihre volle Aufmerksamkeit. Ich blickte mich weiter um und fragte mich, welcher Gast wohl der Agent war, der mich im Auge behalten sollte. Leider konnte ich es aufgrund der vielen Menschen nicht mit meiner Fähigkeit herausfinden und gab es deshalb auf. Es war unwichtig. Nur der Auftrag zählte jetzt.

Nach einem reichhaltigen Dinner, das von Dutzenden Kellnern in schwarz-weißer Montur serviert wurde, ging es zum offiziellen Teil des Abends über. Kunstgegenstände im Wert von mehreren zehntausend Pfund konnten für einen guten Zweck ersteigert werden.

Die vorherige Ausgelassenheit wurde schlagartig zu feuriger Gier, denn auch wenn es um etwas Gutes ging, war das hier nun irgendwie ein Wettbewerb.

Ich bot zur Tarnung zwei Mal mit, wenn ich sicher war, dass jemand den Gegenstand dringend haben wollte und stieg aus, als es zu heiß wurde.

Meine Tischnachbarn sprachen mir gut zu, doch ich winkte ab.

Es war schon beinahe Mitternacht, als die Spendenauktion endete und der spaßige Teil des Abends losging.

»Ich möchte unbedingt tanzen, bevor wir uns verabschieden müssen«, sagte die älteste der Damen und sah mich an. »Aber zuvor werde ich Sie mit Mr Sorokin bekannt machen.«

Wir erhoben uns gleichzeitig, und ich strahlte sie an. »Das ist zu freundlich von Ihnen.«

Sie führte mich zu seinem Tisch.

Mein Blick blieb einen Sekundenbruchteil an Dean hängen, der seiner Gesprächspartnerin gerade eine Strähne hinters Ohr schob und ihr vertraulich nah etwas zuflüsterte. Sie kicherte und wurde rot. Ich hatte ihn so oft mit anderen Frauen flirten sehen, und dennoch hatte ich jedes Mal den Drang, die Augen zu verdrehen.

»Mr Sorokin, wie erfreulich, dass wir uns hier wiedersehen.«

Ich sah, wie Dean aufsah, und kurz streiften sich unsere Blicke, bevor wir gleichzeitig wegsahen.

Alexej Sorokin erhob sich galant von seinem Platz, nahm die Hand meiner Kupplerin und küsste ihren Handrücken. »Es ist mir eine Freude Sie wiederzusehen, Mrs Rayson. Sie sehen bezaubernd aus.«

Mrs Rayson lachte begeistert. »Sie sind ja so charmant!« Dann deutete sie auf mich. »Darf ich Ihnen Miss Irina Iwanow vorstellen? Eine ganz bezaubernde junge Frau.« Ihr verheißungsvoller Blick war auf mich gerichtet. »Ich würde Sie beide gerne noch miteinander tanzen sehen, noch bevor ich alte Dame mich auf den Weg machen muss. Mein armer Mann schuldet mir ebenfalls noch einen Tanz.«

Sehr subtil.

Ich lachte.

»Es wäre mir eine Ehre, mit Ihnen zu tanzen, Miss Iwanow«, sagte Alexej und hielt mir seine Hand entgegen.

Ich lächelte ihn an und legte meine Hand in seine. »Die Freude ist ganz auf meiner Seite.« Gleichzeitig zog ich einen Klebestreifen von meinem Kleid und platzierte ihn unauffällig auf meiner freien Hand.

Showtime.

5. Kapitel

Alexej Sorokin führte mich auf die Tanzfläche. Die Blicke meiner Tischnachbarinnen folgten uns, und ich sah noch, wie Mrs Rayson zu ihrem Mann ging, um ihren Tanz einzufordern. Sie folgten uns auf die Tanzfläche, hielten aber genug Abstand.

»Genießen Sie den Abend, Miss Iwanow?« Er führte mich mit Leichtigkeit zu der klassischen Musik des Streichquartetts, das nun auf der Bühne spielte.

»Das tue ich.« Ich lächelte ihn an und fuhr mit meiner Hand, die die ganze Zeit auf seiner Schulter gelegen hatte über seinen Smoking. Dabei platzierte ich den Klebestreifen mit einem winzigen Catcher, der wiederum mit meinem Handy verbunden war, an seinem Revers. Der Catcher fing ab jetzt ein- und ausgehende Nachrichten ab und sendete eine Kopie davon auf mein Handy. Gleichzeitig konnte ich auch Telefonanrufe mithören. »Aber um ehrlich zu sein, bin ich nicht wegen der angenehmen Musik oder der imposanten Kunst hier.«

Alexej hob eine Augenbraue. All meine Sinne waren auf ihn fokussiert. Er war entspannt, neugierig. In seinen Augen war ich keine Bedrohung. Noch nicht. »Nicht? Was führt dann eine junge, wunderschöne Frau hierher?« Sein zuvor akzentfreies Englisch wurde rauchig. Ich fühlte, wie seine Neugier wuchs, ebenso sein Interesse. An mir.

Mein Mund verzog sich zu einem winzigen Lächeln. »Sie, Mr Sorokin, sind der Grund, weshalb ich hier bin.«

Sein Griff an meiner Hüfte wurde ein wenig fester. »Ist das so?«

Ich beugte mich leicht vor und flüsterte: »Wir haben Dima.« Der Spitzname seines Bruders rollte über meine Zunge, als hätte ich ihn schon tausende Male benutzt und würde ihn bereits sehr gut kennen. Alexej Sorokin wusste nicht, dass ich Dimitri noch nie getroffen hatte, aber anhand seines Blickes glaubte er es spätestens jetzt.

Schock flutete ihn, noch bevor er realisierte, was ich gerade gesagt hatte. Sein Griff wurde fester, sein Blick eiskalt. »Wer sind Sie und was wollen Sie von mir und meinem Bruder?«

Mein Lächeln hielt stand. »Dima war unvorsichtig. Er hat Dinge ins Rollen gebracht, die wir nicht aufhalten konnten. Deshalb mussten wir ihn ... aus dem Weg räumen«, sagte ich langsam, bevor ich bei seinem entsetzten Gesichtsausdruck auflachte. »Keine Angst. Er lebt. Noch.«

»Sagen Sie mir, was Sie von mir wollen«, stieß er leise aus, im vollen Bewusstsein, dass wir von diversen Tanzpaaren umgeben waren.

»Warten Sie auf weitere Anweisungen. Wir melden uns bei Ihnen.« Das Lied endete, und ich trat mit einem strahlenden Lächeln zurück.

Alexej Sorokin versuchte nach außen gelassen zu wirken, während in ihm ein Sturm tobte. »Das werden Sie bereuen!« Dann drehte er sich um und verließ mit langen Schritten die Tanzfläche.

Ich wartete einen Moment, bevor ich ihm langsam folgte. Dabei holte ich mein Handy heraus und sah, dass es sich mit seinem Handy synchronisiert hatte.

Unauffällig setzte ich mich in eine freie Ecke an der Bar, mit dem Rücken zu einer Wand und sah auf mein Handy.

Nervös flatterte es in meiner Brust, denn ich hatte verdammt hoch gepokert. Dennoch hatte es keine andere Möglichkeit gegeben, ihn dazu zu bringen, seinen Bruder anzurufen. Laut Akte hatten sie normalerweise nur persönlichen Kontakt – oder dann, wenn Alexej Dimitris Dreck wegräumen musste.

Plötzlich sah ich, dass Alexej eine Nummer anrief. Ich klickte den Anruf an, startete die Rückverfolgungsapp, die wir im ersten Ausbildungsjahr programmiert hatten, und hielt mir dann das Handy ans Ohr, um das Gespräch mitzuverfolgen.

»Also geht es dir gut?«, zischte Alexej gerade in sein Handy. Ich hörte seine schnellen Schritte, ein Piepen und dann das Zuschlagen einer Autotür. Scheinbar war er in der Tiefgarage angekommen.

»Natürlich. Wer hat dir den Mist erzählt?«, fragte eine andere Stimme am anderen Ende der Leitung, vermutlich Dimitri.

»Eine Irina Iwanow, falls das überhaupt ihr echter Name war.« Alexejs Stimme zitterte vor Wut.

Dimitri lachte. »Irina? Sie ist eine wütende Tussi, die ich mal sitzen gelassen habe. Vermutlich wollte sie mir damit eins reinwürgen.«

Ich hätte beinahe gelacht. Wer auch immer den Auftrag für mich zusammengestellt hatte, war unglaublich gut.

»So eine Schlampe«, zischte Alexej. »Wenigstens geht es dir gut.«

»Ach, um mich musst du dich doch nicht sorgen. Ich-«

Ein Piepen ertönte, und ich hielt das Handy lächelnd von mir weg. Dimas Standort wurde mir auf der Karte meines Handys angezeigt. Ich schloss das Gespräch zwischen den Brüdern und schickte die Adresse an die Handynummer des Einsatzleiters.

Dann lehnte ich mich zurück und spürte, wie Adrenalin sich in mir ausbreitete. Ich hatte es tatsächlich geschafft.

Der Barmann, der mich schon vorhin mit Champagner versorgt hatte, entdeckte mich und kam lächelnd auf mich zu. »Was darf ich Ihnen bringen?«

»Einen alkoholfreien Mojito, bitte.« Immerhin musste ich noch fahren.

Während ich zusah, wie der Barkeeper mir den Cocktail mixte, zwang ich mich, cool zu bleiben und nicht die ganze Zeit auf mein Handy zu starren.

In dem Moment, als er mir den Cocktail servierte, vibrierte mein Handy. Sofort öffnete ich die eingegangene Nachricht.

Gute Arbeit.

Mehr nicht. Hatten sie Dimitri so schnell aufgegriffen? Vermutlich. Ich zitterte vor Freude, griff nach dem Cocktail und stand auf. Ich konnte nicht still sitzen bleiben. Ich hatte es geschafft!

Die Musik vibrierte auf meiner Haut, während ich an meinem Cocktail nippte, durch den Raum schlenderte und überlegte, was ich jetzt tun sollte. Ich betrachtete scheinbar interessiert die ausgestellten Skulpturen und Gemälde, während ich alles im Auge behielt. Die Gemüter waren entspannt, ein wenig betrunken, sodass ihre Emotionen nur wässrig zu mir durchdrangen. Alles wurde zu einem fröhlichen, entspannten Rauschen.

Langsam ließ ich meinen Blick über die Menge schweifen und bemerkte dabei Direktor Roberts, der sich mit einem großen, blonden Mann unterhielt, der mir irgendwie bekannt vorkam. Automatisch scannten meine Kontaktlinsen ihn. »Lukas

Walker. Achtundvierzig Jahre alt. Mitarbeiter von Heal Inc., Pharmaunternehmen, Abteilung Forschung. Familienstand verwitwet. Sohn Thomas Walker, Trainee beim MI20.«

Ich unterbrach den Informationsfluss mit einem mehrmaligen Blinzeln und legte den Kopf schräg, während ich Thomas' Vater betrachtete. Wie Thomas hatte er blondes Haar, gebräunte Haut und ein Lächeln, das vor Charisma nur so strotzte. Ich wusste von Thomas, dass das Unternehmen, in dem sein Vater arbeitete, in so gut wie jeder Wohltätigkeitsorganisation Londons involviert war. Angeblich spendeten sie Unsummen und machten sich dafür stark, dass bereits entwickelte Heilmittel der breiten Öffentlichkeit zugänglich gemacht werden sollten.

Ein weiterer Mann gesellte sich zu ihnen, und als ich ihn scannte, stellte er sich als der CEO von Heal Inc. heraus – David Matthews.

Direktor Roberts und Mr Matthews lachten gerade über irgendwas, das Mr Walker gesagt hatte, und mir wurde klar, dass ich sie regelrecht anstarrte. Schnell wandte ich meinen Blick wieder von den drei Männern und ging weiter. Ich blieb an einem Gemälde stehen und spürte zugleich, wie sich mir ein Mann näherte. Sofort lenkte ich meine Aufmerksamkeit auf ihn. Er war leicht angetrunken, entspannt, und ich spürte seine Begierde. Nach mir. Ein seltsames Kribbeln zog sich über meine Haut.

Er stellte sich neben mich, so nah, dass ich ihn bemerkte, doch weit genug weg, um nicht in meinen persönlichen Bereich einzudringen.

Ich wandte ihm meinen Kopf zu, als er schwieg. Er war groß, blond und ziemlich gutaussehend. Auf seinem Gesicht breitete sich ein Lächeln aus, als wir uns in die Augen sahen.

Soweit ich erkennen konnte, war er nur wenig älter als ich. Laut einem kurzen Scan stellte er sich als normaler Besucher der Spendengala heraus. »Ich habe den ganzen Abend darüber nachgedacht, wie ich Sie am besten ansprechen könnte, aber mir wollte einfach nichts einfallen.« Er senkte bei den Worten seine Stimme, machte daraus ein Geständnis.

Ehrlich geschmeichelt, erwiderte ich sein Lächeln, während meine Wachsamkeit nicht nachließ. »Und da dachten Sie sich, Sie kommen einfach mal vorbei?«

»Ich gestehe, als ich Sie hier alleine stehen sah, habe ich nicht mehr viel nachgedacht.« Leise Scham machte sich nach diesen Worten in ihm breit, und ich spürte, wie ich dahinschmolz.

Gleichzeitig lachte ich auf, einfach, weil ich ihn lustig und irgendwie süß fand. Ich war ganz glückselig von meinem Erfolg und hatte den Drang, ein bisschen zu flirten.

Im nächsten Moment hörte ich jemanden von hinten an mich herantreten. Dean. Sein Arm legte sich auf meine Schulter, und er trat neben mich. »Hier hast du dich versteckt!« Deans Hand schob sich besitzergreifend um meine Taille und zog mich an seinen Körper.

Ich wollte etwas sagen, wollte dem Fremden versichern, dass Dean nur ein Freund war, doch ich spürte gleichzeitig, wie er sich innerlich zurückzog. Er schenkte mir ein knappes Lächeln, murmelte eine Verabschiedung und verschwand dann in der Menge.

Als er weg war, trat ich zur Seite und löste so Deans Berührung. »Was sollte das?«

»Hattest du etwa Interesse an *dem?*«

Ein genervtes Schnauben entfuhr mir, und ich nippte an

meinem Cocktail. »Du hättest meinen Auftrag sabotieren können.«

»Den hast du doch schon längst erledigt. So wie ich übrigens auch.«

Meine Augen kniffen sich zusammen. »Hast du mich etwa beobachtet?«

Er öffnete seinen Mund und wollte etwas sagen, doch im selben Moment spürte ich ein heftiges Aufwallen von Angst. Automatisch legte ich meine Hand auf seinen Arm, um ihn zum Schweigen zu bringen.

Sofort wurde er ernst. Er wusste, was los war.

Ich spürte, dass gleichzeitig irgendwer auf uns zukam. Irgendwer, den ich nicht kannte. Mein Blick flog zu Dean, der sofort verstand.

»Ich kümmere mich darum. Geh ruhig«, sagte Dean und schob mich leicht weg, worauf ich ein paar Schritte zur Seite ging, kurz bevor er von irgendwem angesprochen wurde.

Ich schloss für einen Moment die Augen, versuchte zu ergründen woher dieses plötzliche Gefühl kam, das Unbehagen, Überraschung und Angst ausdrückte. Mein Kopf zuckte zur Seite, und ich öffnete meine Augen.

Ich durchsuchte den Saal mit meiner Kraft, suchte nach Direktor Roberts und fand ihn auf Anhieb. Mr Walker und Mr Matthews waren nicht mehr an seiner Seite. Direktor Roberts schaute gerade zu mir herüber, und ich neigte meinen Kopf, zeigte ihm, dass etwas los war.

Er legte einen Kopf kurz zur Seite, wollte wissen, ob ich Hilfe brauchte, und ich blinzelte dreimal, nur zur Sicherheit. Was auch immer los war, ich würde es nicht unterschätzen, nur um eventuell gut dazustehen. Dafür war ich zu gut ausgebildet worden.

Er nickte.

Ich lief weiter. Im Vorbeigehen stellte ich mein halb volles Glas an einem leeren Stehtisch ab und steuerte auf den Haupteingang zu. Kurz bevor ich ihn erreichte, gesellte sich Adam zu mir und nahm meinen Arm, sodass ich mich bei ihm unterhaken konnte. Ich ließ mir meine Überraschung nicht anmerken, dass gerade *er* meine Verstärkung sein sollte. Irgendwie zählte er für mich noch nicht so richtig zu unserem Team.

Als die beiden Securitykräfte uns sahen, öffneten sie die Türen, und ich schenkte ihnen ein knappes Lächeln, bevor ich Adam in Richtung der Toiletten lotste. Die Empfangsdame war gerade mit einigen Gästen beschäftigt und beachtete uns nicht.

»Wie viele Leute?«, fragte Adam und schob seine Hand in die Innenseite des Jacketts, wo seine Waffe verstaut war.

Erneut kniff ich meine Augen zusammen, konzentrierte mich auf die Angst, die in den letzten Sekunden immer größer geworden war und spürte daneben noch andere Gefühle von einer anderen Person. Er oder sie war wütend, richtig wütend. »Zwei. Eine Person hat Angst, und die andere ist wütend. Sie müssen irgendwo bei den Toiletten sein.« Diese waren mir schon beim Hineingehen aufgefallen, als ich mich im Foyer umgesehen hatte.

Ich wurde schneller, dankbar, dass an den Sohlen meiner Pumps Gumminoppen angebracht waren, die mein Laufen geradezu lautlos sein ließen. Als wir um die Ecke bogen, kamen uns zwei ältere Damen entgegen. Sie lachten und unterhielten sich miteinander, während sie uns nur kurz musterten und dann um die Ecke, zurück ins Foyer, verschwanden.

Ich wollte gerade die Tür zur Damentoilette öffnen, als ich

noch einmal zögerte und meinen Kopf nach rechts drehte. Am Ende des Ganges war ein Notausgang. »Da.«

Adam schaute mich einen Moment lang verwirrt an. Doch sein Misstrauen war nicht groß genug, als dass ich es spüren konnte. »Okay«, sagte er schließlich und stellte sicher, dass sich niemand in unserer Nähe befand. Wir liefen an den Toiletten vorbei und hielten auf die Stahltür zu. Erst kurz davor vernahm ich die Stimmen. So leise, dass ein normaler Mensch sie nicht wahrnehmen würde.

»Ein Mann und eine Frau«, sagte Adam.

Ich nickte, stellte mich neben die Tür und schaute Adam an. »Auf drei.«

»Eins«, flüsterte er.

»Zwei«, führte ich leise fort.

»Drei«, sagten wir gleichzeitig, und ich zog die Tür auf, während Adam seine Hand um den Griff seiner Waffe legte, diese mit einem geübten Zug aus seinem Jackett zog und in das freigelegte Treppenhaus eintrat.

»Hör auf!«, brüllte im selben Moment eine Frauenstimme mit einer derartigen Angst in der Stimme, dass Gänsehaut über meine Arme jagte.

Als ich Adam folgte, sah ich einen Kerl, der eine Frau gegen die Wand presste. »Ach, komm schon. Du kannst mich doch nicht so heiß machen und dann fallen las-«

»Die Lady hat Nein gesagt.« Adam packte den Fremden am Kragen, bevor er ihn mühelos von der Frau wegzog.

»Was soll der Scheiß?«, brüllte der Fremde, ein großer Dunkelhaariger, Ende Zwanzig, dessen betrunkene Stimme ein einziges Lallen war. Es war der Typ, der an meinem Tisch gesessen hatte.

Als ich mich der Frau zuwandte, stellte ich fest, dass es die

Diplomatentochter war, die sich vorhin noch so gut mit ihm verstanden hatte. Der Träger ihres champagnerfarbenen Kleides war über ihre Schulter gerutscht, und ihre Schminke war unter Tränen verschmiert worden. Doch jetzt war sie nicht mehr ängstlich, sondern wütend. »Mein Vater wird dich vernichten, du widerlicher Bastard!«, brüllte sie mit zitternder Stimme. Ich musste meinen Schild anheben, so sehr schmerzten mich ihre Gefühle. Ohnmacht. Wut. Scham.

Meine Kontaktlinsen scannten sie. »Olivia Debora Williams. Achtzehn Jahre alt. Studentin, Tochter von Jenson Steven Williams, Diplomat des Vereinigten Königreichs«, sagte die Stimme leise in mein Ohr.

»Ich bringe ihn zu der Security«, sagte Adam und hielt den Fremden noch immer fest, der erfolglos versuchte sich gegen seinen Griff zu wehren. »Kümmerst du dich um sie?«

Ich nickte und schaute zu, wie Adam den Fremden aus dem Flur schleifte, bevor ich mich Miss Williams zuwandte. »Alles in Ordnung?«

Sie löste ihren Blick von der sich schließenden Stahltür und sah mich an, als würde sie mich jetzt erst bemerken. »Danke.«

»Soll ich irgendwen holen?«

»Nein. Niemand soll mich so sehen.« Sie wandte ihr Gesicht ab und strich sich unter den Augen her, spürte scheinbar erst jetzt die Tränen, die ihre Schminke ruiniert hatten. »Ich komme jetzt alleine zurecht.«

»Ich lasse Sie nicht alleine«, beharrte ich und öffnete meine Handtasche, um ihr kurz darauf ein Taschentuch zu reichen. »Ich könnte Ihnen ein Taxi besorgen.«

Für einen Moment betrachtete sie das Taschentuch wie ein fremdartiges Ding, bevor sie zögernd danach griff und sich die Augen tupfte. Ihre vorherige Fröhlichkeit und Unbeschwertheit waren verflogen. »Vorhin war er noch so nett. Ich hätte niemals gedacht, dass er so aufdringlich sein könnte.«

»Ich kann meinem Freund auch sagen, dass er ihn entsorgen soll. Irgendwo, wo ihn niemand jemals entdeckt«, schlug ich ihr vor und sah zu, wie ein Lächeln ihre Mundwinkel umspielte, bevor sie leise lachte.

»Danke. Ohne Ihre Hilfe …«

Sie blickte sich einen Moment lang verloren im Treppenhaus um, das zu der Tiefgarage unter der Galerie führte. »Wie haben Sie mich gefunden? Nicht einmal meine Bodyguards wissen, wo ich bin. Mein Vater lässt mich ziemlich gut bewachen.«

Ich öffnete meinen Mund, um eine Lüge vorzubringen, als im selben Moment die Stahltür aufgestoßen wurde und zwei stämmige Kerle hereinkamen. Wenn man vom Teufel sprach. Die Bodyguards.

»Miss Williams, ist alles in Ordnung bei Ihnen?«

»Ja«, seufzte sie und lächelte mich verschwörerisch an. »Alles in Ordnung. Bringen Sie mich bitte nach Hause.« Dann lächelte sie ein wenig breiter und hielt das Taschentuch in ihrer Hand hoch. »Danke. Für alles.«

Ich neigte meinen Kopf leicht. »Passen Sie auf sich auf.«

Sie nickte und drehte sich dann zu ihren Bodyguards, die sie die Treppen nach unten zu der Tiefgarage führten. Ich blieb stehen, bis ich sie nicht mehr hören konnte und eine Etage tiefer die Tür zufiel, bevor ich das Treppenhaus verlies.

Überrascht sah ich Adam an der Wand neben der Tür lehnen und imitierte seine Haltung ihm gegenüber.

Er lächelte mich knapp an. »Der Kerl ist bei der Security und wird vermutlich zum Ausnüchtern der Polizei übergeben.«

»Miss Williams wird von ihren Bodyguards nach Hause gebracht«, informierte ich ihn. »Aber ich schätze, du hast sie geschickt.«

»Ich lief ihnen zufällig über den Weg«, nickte er und stieß sich von der Wand ab, während er mir knapp zulächelte. »Guter Job.«

Ich verzog keine Miene, doch freute mich innerlich wie verrückt über das Lob. »Wir sollten zu Direktor Roberts gehen und ihm Bericht erstatten.«

Er nickte, und gemeinsam gingen wir zurück in den Saal, wo ich genau das in die Tat umsetzte, während Adam sich wieder unter die Gäste mischte.

Zwischendurch wanderte mein Blick umher, und ich sah, wie die anderen Trainees sich mit den Anwesenden unterhielten, sich völlig entspannt gaben und versuchten, ihre Aufträge zu erfüllen. Adam stand bei einer Diplomatin, Dean bei einem russischen Oligarchen, und Vivien war mit dem Direktor einer Universität im Gespräch. Eva tanzte, und George und Christopher waren auf der anderen Seite des Raumes und unterhielten sich mit ihren Sitznachbarn.

Als Dean mich entdeckte, sagte er etwas zu seinem Gesprächspartner, bevor er auf mich zueilte. Mit einem umwerfenden Lächeln, das normalerweise nie für mich bestimmt war, griff er nach meiner Hand und zog mich auf die Tanzfläche. »Alles in Ordnung?«

»Nur ein Betrunkener, der sich zu viel herausnehmen wollte.« Ich ließ mich von ihm in seine Arme ziehen, während die Band ein langsames Lied anspielte. »Kaum der Rede wert. Adam und ich haben das schnell und unauffällig geklärt.«

»Du und Adam, ihr scheint ein gutes Team abzugeben«, begann er wie beiläufig und drehte mich in seinen Armen. Ernst sah er über mich hinweg. Sein Lächeln war verblasst.

»Hast du etwa Angst, Adam könnte deinen Platz als Bester des Jahrgangs neben mir stehlen?«

»Natürlich nicht«, höhnte er und sah mit hochgezogenen Augenbrauen zu mir herunter. Selbst mit hohen Schuhen war ich noch einen Kopf kleiner als er.

»Was hältst du von Adam?«, fragte Dean nach einem kurzen Moment des Schweigens, den wir mit dem Beobachten der anderen Tanzenden gefüllt hatten.

Ich dachte an gestern Nacht, daran, dass er mich verfolgt hatte und ebenfalls draußen gewesen war. Nun, da ich Cassie gesehen hatte und wusste, dass es ihr gut ging, nahm ich mir Zeit, über die gestrige Situation nachzudenken. Vielleicht hätte ich doch mehr Fragen stellen sollen. Allerdings hatte auch ich mit den nächtlichen Ausflügen ein Geheimnis, von dem niemand erfahren durfte.

Ich blickte an Deans Schulter vorbei zu Adam, der in ein Gespräch vertieft war und einen ernsten Gesichtsausdruck aufgelegt hatte. Dabei fragte ich mich, was sein Geheimnis war. »Ich bin mir noch nicht sicher«, antwortete ich ehrlich und erwiderte Adams Blick, als dieser aufsah. Ernst. Gefasst. Unnahbar.

Während ich ihn in dem Licht des Saales betrachtete, war mir plötzlich, als hätte ich ihn schon mal gesehen. Mir wollte aber nicht einfallen wo und wann.

Dean runzelte seine Stirn, als ihm klar wurde, wo ich hinsah, und drehte mich so, dass ich nun mit dem Rücken zu Adam stand. »Diese ganze Geheimnistuerei um seine Vergangenheit ist doch seltsam.«

Ich nickte und musterte meinen Tanzpartner. Er roch würzig und zugleich frisch. Lautlos sog ich den Duft durch die Nase ein. Dann rümpfte ich meine Nase. Das hier war *Dean*, mein größter Konkurrent. An ihm zu schnuppern war völlig unangemessen. »Finde ich auch.«

Dean nickte, als fände er es gut, dass wir einer Meinung waren. Irgendwas war anders an seinem Verhalten. Er suchte heute auffällig oft meine Nähe. Ich fragte mich weshalb.

Nachdenklich ließ ich mich weiter von ihm drehen, bis der Tanz endete und wir uns wieder voneinander trennten.

*

Als die Veranstaltung sich dem Ende zuneigte, verließen wir Trainees wieder unabhängig voneinander die Veranstaltung, um uns anschließend in der Tiefgarage des Hotels zu treffen.

Dieses Mal war ich alleine im Aufzug. Ich strich über mein Kleid und betrachtete mich über den Spiegel in der Wand des Aufzugs. Mein Lippenstift war ein wenig verblasst, doch das änderte nichts an meinem Lächeln. Der Abend war ein voller Erfolg gewesen, was mich meinem Abschluss wieder ein kleines Stückchen näherbrachte.

Dennoch deuteten meine Augenringe darauf hin, wie ausgelaugt ich innerlich war. Die vielen Menschen und Emotionen zerrten an meinen Kräften. Ich hatte Kopfschmerzen, die schon vor einer Stunde eingesetzt hatten und immer stärker wurden. Meine Konzentration hatte deutlich nachgelassen, und ich war froh, meine Kraft für heute nicht mehr benutzen zu müssen. Ich rieb meine müden Augen und blinzelte gegen den Schmerz hinter meiner Stirn an.

Ein Ping ertönte, als der Aufzug stehen blieb, und kurz darauf öffneten sich die Aufzugtüren. Ich trat in die neonlichtgetauchte Tiefgarage. Meine Schritte waren lautlos, als ich an hochpreisigen Fahrzeugen vorbeiging, die in tiefster Stille auf ihre Besitzer warteten.

Ich senkte meinen Schild, denn ich spürte die Anstrengung meiner mentalen Abwehr in all meinen Muskeln. Ich wollte eine kurze Pause, mich nur kurz ausruhen und meinen Schild unten lassen, jetzt, da ich endlich alleine war. Im selben Moment spürte ich die Anwesenheit einer anderen Person, die sich im Schatten verbarg. Ich spürte die Konzentration, das leichte Flattern im Bauch und wusste sofort, dass ich beobachtet wurde. Meine Kopfschmerzen wurden stärker, je mehr ich mich konzentrierte.

Während ich weiterging, ließ ich mir nichts anmerken und kramte in meiner Handtasche nach meinem Autoschlüssel. Die ganze Zeit über fokussierte ich mich auf meinen Beobachter, dem ich immer näher kam. Er befand sich nur einen Wagen von meinem Mercedes entfernt.

Die Schlüssel klimperten zwischen meinen Fingern, und ich tastete nach meiner Waffe. Mit meinen Fingerspitzen strich ich über ihr kühles Metall.

Wer auch immer mir hier auflauerte, erwartete sicher nicht, dass ich eine Waffe bei mir trug.

Gerade als ich an der Säule vorbeiging und in ihrem Schutz die Waffe aus meiner Tasche zog, ertönten der Ping des Aufzugs und zeitgleich ein metallisches Klicken direkt hinter mir.

Ein Schuss knallte durch die Tiefgarage.

Ich fuhr herum und drückte ab, versuchte gleichzeitig auszuweichen. Im selben Moment traf mich eine Kugel mitten in die Brust.

Der Schütze sackte unter der Wucht meines Schusses nach hinten. Die Aufzugtüren öffneten sich hinter ihm, und Dean tauchte auf.

Seine Augen weiteten sich vor Schreck, als er mich sah. »Nein!« Er schrie so laut, dass das Wort in meinen Ohren klingelte.

Er hob seine Waffe, richtete sie auf mich und drückte ab, während Entsetzen sein Gesicht verzerrte.

Seine Kugel verfehlte mich um wenige Zentimeter.

Hinter mir schrie jemand auf.

Vor Schmerz krümmte ich mich in die Knie und schaffte es gerade noch, auf den Diamanten meines Ohrrings zu drücken und damit ein Notrufsignal abzuschicken.

Dean kam auf mich zu gerannt und nahm dem Typen, der mich angeschossen hatte, seine Waffe weg. Er drehte den Kerl auf den Bauch und band ihm mit Kabelbindern die Hände zusammen, von denen wir immer welche bei uns trugen. Dabei sah er immer wieder zu mir herüber. »Geht's dir gut?«

Ich hustete und drückte mir gegen meine blutende Wunde, während ein Feuer sich durch meine Brust fraß. »Ich wurde gerade angeschossen!« Ich drehte mich um und sah einen blutenden Mann im Anzug hinter mir liegen, der sich vor Schmerzen krümmte. Dean hatte ihm in die Schulter geschossen. Ein paar Meter weiter lag seine Waffe.

Er hob leicht seinen Kopf, und ich holte zischend Luft. Alexej Sorokin. »Sie?«

»Wo ist mein Bruder, du Miststück? Kurz nach unserem Telefonat wurde er verschleppt!« Sein Gesicht verzog sich zu einer wütenden und schmerzerfüllten Fratze, während er versuchte in Richtung der Waffe zu robben. »Für wen arbeitest du?«

Ich konnte nur keuchen, spürte unendlichen Schmerz in meiner Brust, überall. Meine Knie gaben nach, und ich landete rücklings auf dem Boden.

»Wehe du wirst jetzt ohnmächtig!«, schrie Dean, rannte zu Sorokins Waffe und schnappte sie sich, bevor er ihm einen ordentlichen Tritt verpasste und auch ihn mit Kabelbindern fesselte. Dabei schrie Sorokin immer wieder auf, doch Dean interessierte das gar nicht.

Danach kam er zu mir und beugte sich über mich. Im Hintergrund war das Stöhnen meiner beiden Angreifer zu hören.

Deans Augen glitten über meinen Oberkörper, und sein Entsetzen war so groß, dass ich es spüren konnte. Aber nicht nur das. Da war Angst. Um mich.

»Müsstest du jetzt nicht irgendeinen Scheiß sagen, von wegen, dass ich wieder gesund werde und Rumliegen nur was für Faule ist?« Mein Lachen war mehr ein zittriges Keuchen.

Dean lachte nicht. »Das sieht nicht gut aus. Du verlierst zu schnell zu viel Blut.« Er legte seine Hand auf meine, und ich spürte, wie mein Blut diese Berührung viel wärmer machte. »Scheiße, warum machst du so einen Mist, Alexis?« Mein Name klang plötzlich viel sanfter als sonst.

»Ich war wohl ein wenig unvorsichtig«, krächzte ich und verzog meinen Mund, während Schweiß meine Haut benetzte und schwarze Punkte vor meinen Augen flackerten.

»Das war ein Hinterhalt«, verteidigte er mich entschieden. »Halt noch ein bisschen durch, okay?«

Ich nickte und griff nach seiner anderen Hand, während meine Augen flatternd zufielen. »Ich dachte immer, wenn einer von uns den anderen retten müsste, wäre ich der Held.«

Dean lachte erstickt und drückte meine Hand fester. »Offensichtlich wärst du ein ziemlich mieser Held.«

Ich wollte lachen, aber hustete stattdessen, und es fühlte sich so an, als würde mir jemand noch drei weitere Kugeln verpassen. »Scheiße, tut das weh.«

Deans Hand schien sich noch fester um meine zu schließen, und wären meine Schmerzen nicht sowieso schon kaum auszuhalten gewesen, hätte ich mir vielleicht Sorgen gemacht, dass er mir die Hand brach. Doch ich erwiderte den Druck, wenn auch schwach. »Danke.«

»Dank mir später, wenn du nicht verblutet bist«, erwiderte er mit einem Schnauben, das nicht einmal ansatzweise seine Sorge verbergen konnte.

Ich atmete zittrig aus. »Okay.« Mehr brachte ich nicht heraus, und langsam begannen Sterne hinter meinen geschlossenen Lidern zu tanzen.

6. Kapitel

Samstagmorgen wachte ich mit einem heiseren Stöhnen auf. In Filmen wurden Leute mit Schussverletzungen irgendwann ohnmächtig vor Schmerzen. Ich nicht. Kurz nach dem Schusswechsel kamen Direktor Roberts, Mr Turner und die restlichen Trainees, sowie die Agenten, die uns während der Aufträge beobachtet hatten. Ich wurde direkt zurück zur Akademie geschafft, doch auf der Fahrt hatte Mr Turner mich untersucht und vor Schmerzen schreien lassen. Dieser Sadist!

Erst in der Akademie hatte mich Dr. Sam mit einem selbst entwickelten Narkosemittel außer Gefecht gesetzt.

Jetzt lag ich im Krankenzimmer und spürte nur ein leichtes Pochen in meiner Brust. Ich lebte. Alles war okay. Dennoch schlug mein Herz schneller bei dem Gedanken, dass es anders hätte ausgehen können.

»Guten Morgen.« Dr. Sams Stimme drang aus ihrem Büro, das am Ende des langen Raumes durch gläserne Wände von dem Krankenzimmer abgetrennt wurde. Als ich meinen Kopf in die Richtung drehte, trat sie gerade durch die Glastür und lief mit einem Lächeln auf mich zu. »Du bist schneller wach, als vermutet. Wie fühlst du dich?«

»Ganz gut. Ich habe keine Schmerzen, fühle mich nur leicht benebelt.«

Die Ärztin strahlte. »Sehr gut! Dieses benebelte Gefühl kommt noch von der Narkose, aber sollte im Laufe des Tages verschwinden. Darf ich mal sehen?« Sie deutete auf meine Brust.

»Natürlich.« Ich schob meine Decke nach unten und gab den Blick auf mein Krankenhaushemd frei, aus dessen Ausschnitt ein dickes Pflaster lugte.

Dr. Sam schob das Hemd hoch und kurz schoss mir die Frage durch den Kopf, ob ich überhaupt Unterwäsche trug. Glücklicherweise kam ein BH zum Vorschein, bevor Dr. Sam das faustdicke Pflaster löste. »Wunderbar. Die Wunde ist beinahe vollständig verheilt. Glücklicherweise wurden keine lebenswichtigen Organe getroffen. Die Kugel hätte so nah an deinem Herzen enorm viel Schaden anrichten können.«

»Ein Hoch auf das Serum«, sagte ich matt und dankbar, dass es selbst solche schlimmen Verletzungen schnell verheilen ließ. Aber hätte die Kugel mein Herz getroffen, hätte mir nur ein Schutzengel helfen können.

»Wenn wir den Heilungsfaktor nur für normale Menschen nutzen könnten«, murmelte sie und befühlte die Stelle, an der die Kugel meine Haut durchbohrt hatte. Es kribbelte leicht. »Naja.« Sie lehnte sich zurück und knüllte das Pflaster zusammen, an dem noch mein Blut klebte. »Ich rufe jemanden, der dir Essen bringt und bestehe darauf, dass du wenigstens noch bis heute Abend hierbleibst. Besuch ist auch erst mal gestrichen. Dean und die anderen werden das schon verstehen.«

Verwirrt blinzelte ich sie an, während ich das Hemd wieder nach unten zog. »Wieso Dean?«

Sie erhob sich und warf das Pflaster in einen Mülleimer. »Er war die ganze Nacht hier. Es hat ihn ganz schön mitgenommen, dich angeschossen zu sehen, auch wenn er es sich nicht anmerken lassen wollte.«

»Bisher hat auch noch keiner von uns so stark geblutet.«

Dr. Sam nickte langsam und lächelte wieder. »Allerdings. Es ist immer wieder schön zu sehen, wie stark die Jahrgänge zusammenwachsen. Jetzt lasse ich dir aber wirklich erstmal etwas zu Essen bringen. Ach ja, deine Sachen habe ich bereits wegbringen lassen.« Sie ging in ihr Büro, wobei sie sich meine Akte nahm, die sie vorhin auf mein Fußende gelegt hatte und nun konzentriert etwas notierte.

Nachdenklich sah ich ihr hinterher. Dean war die ganze Nacht hier gewesen. Interessant.

Weitere Fragen zur gestrigen Nacht wallten in mir auf, doch die Antworten würde ich vorerst nicht bekommen. Nicht von Dr. Sam.

Ein Frösteln überlief mich, als ich an Alexej Sorokins wutverzerrtes Gesicht dachte, und ich zog meine Decke höher. Ich hatte versagt. Damit hätte ich rechnen müssen. Wenn man seine Zielperson bedrohte, musste man stets damit rechnen, dass diese sich wehren könnte. Scheinbar hatte Sorokin sich einen Handlanger geholt, der mich *erschießen* sollte. Es ergab jedoch keinen Sinn, dass er mich angeschossen hatte, ohne vorher Fragen zu stellen. Vielleicht hatte der Schütze Panik bekommen, als die Aufzugtüren plötzlich aufgingen und Dean in der Tiefgarage erschien. Ich konnte es nur vermuten, solange ich nicht den Bericht vor mir liegen hatte.

Ein Seufzen entfuhr mir, und ich schloss meine Augen. Der erste Auftrag für die Abschlussprüfungen und schon so ein Desaster.

*

Den restlichen Tag verbrachte ich im Bett und ließ zu, dass meine Wunde heilte. Nachdem die ganzen Menschen meinen

Geist gestern völlig erschöpft hatten, tat es gut, alleine zu sein. Noch immer spürte ich diverse Gefühle, sobald ich meinen Schild senkte. Dennoch war es viel weniger anstrengend, weil niemand außer Dr. Sam in meiner direkten Umgebung war.

Gegen Mittag schrieb ich meinen Bericht über den gestrigen Abend und gab ihn dem Trainee, der hier ab und zu aushalf und mir das Mittagessen gebracht hatte. Er hatte die Kraft, psychische Störungen zu erkennen und arbeitete deshalb eng mit Dr. Sam zusammen.

Am frühen Abend kam Direktor Roberts vorbei und setzte sich auf den Hocker neben meinem Bett. »Wie ich sehe, geht es dir schon besser.«

Ich setzte mich ein wenig auf und achtete darauf, völlig zugedeckt zu sein. Diese hilflose, halbliegende Position war mir unangenehm, aber da musste ich wohl durch. »Viel besser, danke.«

»Sehr gut.« Er lächelte mich warm an, bevor er wieder ernst wurde. »Ich habe deinen Bericht gelesen.«

Ich sagte nichts, sah ihn nur abwartend an, bemüht, einen neutralen Gesichtsausdruck zu bewahren.

»Du hast deinen Auftrag als einer der Ersten erledigt, und dank deiner Hilfe konnten unsere Agenten bereits gestern Nacht etliche Informationen über die neue Droge in Erfahrung bringen.«

Stolz erfüllte mich und dämpfte meine Scham, weil ich mich so leicht hatte in eine Falle locken lassen. »Das freut mich zu hören.«

»Dass Alexej Sorokin zurückkehrt und dich angreift, war natürlich nicht Teil des Plans.«

»Ich übernehme die volle Verantwortung für mein Versagen. Ich habe mich nicht gründlich genug umgesehen und in eine Falle locken lassen. Das wird nie wieder vorkommen«, sagte ich ernst und presste fest meine Lippen zusammen.

»Du hast in deinem Bericht geschrieben, dass du die zweite Person zu spät wahrgenommen hast. Woran lag das?«

Mein Blick senkte sich auf meine Decke. »Die vielen Menschen um mich herum haben ihren Tribut gefordert. Ich hatte … Kopfschmerzen«, gab ich zerknirscht zu.

Direktor Roberts machte ein nachdenkliches Geräusch. »Das ist gut zu wissen und keineswegs ein Grund, sich zu schämen. Dr. Sam hat eigens Tabletten für solche Fälle entwickelt. Sie lindern den Schmerz, dämpfen in dem Moment aber auch deine mentalen Fähigkeiten. Du hast dich gut geschlagen. Dennoch wurdest du angeschossen. Deshalb wirst du nicht die volle Punktzahl erhalten.«

Mein Magen verkrampfte sich, und ich sah den Direktor mit einem verstehenden Nicken an. Dennoch war mein Hals wie zugeschnürt. Mein Ziel, die Abschlussprüfungen mit der vollen Punktzahl zu bestehen, war schon jetzt gescheitert.

»Das nächste Mal achte auch nach dem Auftrag auf deine Umgebung«, bat er mich mit ungewohnter Strenge in seiner Stimme. »Ich möchte nicht wieder einen halben Herzinfarkt erleiden müssen, weil einem meiner Schützlinge in die Brust geschossen wurde.«

Weil ich seinen Gesichtsausdruck nicht deuten konnte, senkte ich meinen Schild. Sorge. Echte, tiefe Sorge.

Ich rang mir ein schiefes Lächeln ab. »War wohl kein ruhmreicher Anfang.«

Er lächelte so sehr, dass Fältchen um seine Augen erschienen. »Dein Vater war der erste Trainee, der im Einsatz während der Abschlussprüfungen verletzt wurde.«

Mein Mund öffnete sich leicht, und ich inhalierte jedes seiner Worte, wie immer, wenn er mir etwas über meine Eltern in ihrer Zeit beim MI20 erzählte. »Ja?«

»Er hatte deine Mutter während eines Einsatzes beeindrucken wollen, wurde leichtsinnig, und die Zielperson erwischte sie. Dein Vater bekam alles ab, als sie auf deine Eltern schossen, nur um deine Mutter zu schützen.« Direktor Roberts sah aus dem Fenster, und seine Augen glänzten vor Erinnerungen. »Sie hatte sich aus Pflichtgefühl immer gegen eine Verabredung mit ihm gewehrt. Danach hatten sie ihr erstes Date.«

Ein ersticktes Lachen entfuhr mir, und ich wischte mir über meine Augen. Obwohl ich lächelte, pochte in meiner Brust schmerzhaftes Vermissen. »Danke, dass Sie mir das erzählt haben.« Leichte Scham überkam mich, weil ich Schwäche zeigte, auch wenn ich wusste, dass er sie mir niemals negativ anlasten würde.

»Gerne.« Er lächelte mich weiterhin an, wenn auch ein wenig trauriger als zuvor. »Es zeigt einmal mehr, dass du die Tochter deiner Eltern bist.«

»Auch wenn mein Vater ein wenig heldenhafter war.«

»An einer Kugel im Körper ist niemals etwas heldenhaft. Ihr seid hier, um zu lernen, wie ihr genau das vermeidet.«

Sofort nickte ich stumm, spürte aber noch immer die Wärme, die seine Erzählung in mir hinterlassen hatte. »Konnten Sie Sorokin und den Schützen bereits vernehmen?«

»Ja, der andere Schütze gehört zu seinem Sicherheitsteam. Sie wollten dir Informationen entlocken. Als Dean auftauchte, schoss der Mann einfach, weil er dachte, sein Chef würde dich dann wenigstens tot sehen wollen.«

Ich schnaubte. »Nett.«

»Fand ich auch.« Er erhob sich. »Dennoch war der Auftrag

ein Erfolg. Der zuständige Agent richtet seinen besten Dank aus.«

Das Lächeln hätte ich nicht aufhalten können, selbst wenn ich gewollt hätte.

Direktor Roberts ging noch zu Dr. Sam, die die ganze Zeit in ihrem Büro saß und unterhielt sich mit ihr. Danach verließ er das Krankenzimmer, aber nicht, ohne mir noch einmal zuzunicken.

*

Den restlichen Samstag und auch Sonntag döste ich im Bett und langweilte mich, während mein Körper heilte.

Frühstück und Mittagessen wurden mir am Sonntag wieder von einem Trainee gebracht, und schließlich war die Langweile kaum noch auszuhalten.

»Dr. Sam?«, fragte ich sie, als sie nach stundenlanger Abwesenheit das Krankenzimmer betrat.

Sie sah mich freundlich an und kam auf mich zu. »Wie ich sehe, geht es dir viel besser.«

Ich lachte. »Steht mir meine Langeweile so sehr ins Gesicht geschrieben?«

Ein Grinsen legte sich auf ihre Lippen. »Gib mir einen Moment, dann können wir die Abschlussuntersuchung machen.«

»Das wäre fantastisch!«

Sie lachte und ging in ihr Büro, nur um kurz darauf mit einer Spritze zurückzukommen.

Ich machte meinen Arm frei, damit sie mir Blut abnehmen konnte.

»Über deine Werte kann ich sehen, wie gut die Wunde tatsächlich verheilt ist. Eine verheilte Einschussstelle bedeutet nämlich nicht, dass in dir drin alles okay ist«, erklärte sie mir, worauf ich nickte.

Als sie fertig war, entsorgte sie die Nadel und setzte das Röhrchen mit meinem Blut in eine kleine weiße Maschine, die neben ihrem Computer stand. Dann kam sie zu mir zurück, hörte und tastete mich ab, und lehnte sich schließlich zurück. »Soweit sieht alles gut aus. Direktor Roberts hat gerade während einer Besprechung noch deine Kopfschmerzen nach dem Einsatz erwähnt. Wenn du möchtest, kann ich dir für Notfälle eine Tablette geben. Sie wird deine mentale Kraft zwar einschränken, aber ohne Kopfschmerzen kannst du dich mit deinen physischen Kräften dennoch gut wehren.«

»Das wäre vermutlich keine schlechte Idee«, gab ich zu.

Sie lächelte mich aufmunternd an und ging dann in ihr Büro. Dort schloss sie einen Schrank mit einem Schlüssel aus ihrem Schlüsselbund auf und holte eine kleine, weiße Plastikverpackung heraus. Dann schloss sie den Schrank wieder ab und ging zu ihrem Computer. Der Drucker summte und spuckte ein Blatt Papier aus, das Dr. Sam mit zu mir nahm. »Deine Werte sind sehr gut.« Sie reichte mir die Plastikverpackung, in der sich nur eine einzelne Tablette befand. »Nach der Einnahme kommst du bitte für eine Untersuchung zu mir. Zwar gibt es nur wenige Nebenwirkungen, dennoch ist es ein starkes Mittel, und jeder Körper reagiert anders darauf.«

»Danke«, sagte ich und hoffte, dass ich keinen Gebrauch davon machen musste.

Plötzlich klopfte es.

Dr. Sam rief »Herein« und sah mich an, als Vivien und Eva eintraten. »Ich war so frei und habe ihnen gerade eine Nachricht zukommen lassen.«

Eva drückte mir einen Wäschestapel in die Hand. »Hier, damit du nicht nackt rumlaufen musst.«

Vivien verdrehte ihre Augen, schaffte es aber gleichzeitig mich anzulächeln. »Du machst auch nur Unsinn, wenn man dich mal nicht beaufsichtigt.«

Ich prustete los und bedankte mich erneut bei Dr. Sam, die sich kurz darauf in ihr Büro zurückzog. Während ich mich anzog, wollte Eva bereits loslegen, doch Vivien unterbrach sie. »Du weißt doch selbst, dass wir nichts sagen sollen, bis die Auswertungen durch sind. Und dann werden wir die einzelnen Aufträge im Unterricht besprechen.«

Darauf freute ich mich sonst am meisten. Nun hatte ich ein flaues Gefühl dabei. Leichtsinnig. Anders konnte ich meinen Fehler nicht beschreiben.

»Wenn du mit dem Regelwerk des MI20 schlafen könntest, würdest du es auch tun, oder?«, fragte Eva sie flapsig, während ich mir ein Sweatshirt über den Kopf zog und deshalb Viviens Gesicht nicht sehen konnte.

Dafür hörte ich ihr Schnauben. »Diese schwachsinnige Aussage hat nicht mal eine Antwort verdient.«

Ich zupfte meine Haare aus meinem Kragen. »Ich habe Hunger. Können wir zum Abendessen gehen, oder braucht ihr noch ein paar Minuten?«

»Ja, lass uns besser gehen«, entschied Vivien und sah mich ernst an. »Wehe du lässt dich noch einmal anschießen und lässt mich so lange mit ihr alleine!«

»Ey!«, empörte sich Eva und folgte Vivien zur Tür. »Tu nicht so, als wärst du jetzt hier das Opfer!«

Lachend folgte ich den beiden und winkte Dr. Sam zum Abschied, während ich den Tablettenblister in meine Hosentasche schob.

Da ich nichts bei mir hatte, was zurück ins Zimmer musste, gingen wir geradewegs zum Speisesaal. Dort holten wir uns etwas zu Essen, bevor wir uns an unseren noch leeren Tisch setzten.

»Dr. Sam hat mir übrigens erzählt, dass Dean die ganze Nacht bei mir gewesen ist«, sagte ich in die Stille hinein, als wir gerade zu essen begannen.

Eva schnaubte und kaute schnell, bevor sie sagte: »Er hat gesehen, wie du angeschossen würdest und fast verblutet wärst.«

Vivien nickte zustimmend. »Du sahst echt übel aus, und zu dem Zeitpunkt wussten wir nicht, wie ernst es ist.«

Mein Blick glitt zur Essensausgabe, wo sich gerade Dean, Thomas und Adam anstellten.

Mir kam meine nächtliche Begegnung mit Adam in den Sinn. »Wisst ihr eigentlich schon mehr über Adam? Woher er kommt und wieso er jetzt in unserem Jahrgang ist?«

»Leider nicht.« Eva seufzte. »Thomas hat sogar versucht die Datenbank zu hacken. Ohne Erfolg.«

»Zum Glück!«, stieß Vivien mit Nachdruck aus. »Das wäre ein Verbrechen, und zeitgleich würde er seine Treue gegenüber den Regeln des MI20 brechen.«

Eva sah mich vielsagend an. »Er hat es auch nicht wirklich lange versucht. War nur ein kurzer Blick.«

Ich lächelte, als Vivien empört nach Luft schnappte. »Auch ein kurzer Blick reicht, um gegen das Gesetz zu verstoßen.«

Eva schien etwas erwidern zu wollen, doch als die Jungs an unseren Tisch kamen, überlegte sie es sich anders und schloss den Mund.

»Du bist ja schneller wieder auf den Beinen als gedacht, Waffenmädchen.« Thomas setze sich neben mich und legte seine Hand auf meine Schulter, um sie kurz zu drücken. »Wir haben uns echt Sorgen gemacht.«

Dean schnaubte.

Ich sah zu ihm herüber und grinste. »Hat mein Held die ganze Nacht auf mich aufgepasst?«

Sein finsterer Blick durchbohrte mich fast. »Ich wollte aus der ersten Reihe zusehen, wie du verblutest.«

Thomas machte ein erstickteS Geräusch, und Vivien sog schockiert Luft ein.

Ich hingegen lachte. »Mich kannst du nicht täuschen.« Verführerisch zwinkerte ich ihm zu, nur um ihn ein wenig mehr zu ärgern. »Du kannst behaupten, was du willst, aber deine Taten sprechen für sich.«

Er verdrehte seine Augen und begann zu essen. Kein weiterer Spruch. Nichts.

Irritiert sah ich zu Thomas, der jedoch nur mit den Schultern zuckte und dann das Thema wechselte. »Was haltet ihr von einem netten Spieleabend heute?«

Alle waren dafür, sogar Adam.

Während des Essens, bei dem auch irgendwann Christopher und George auftauchten, beobachtete ich ihn. Wieder überkam mich das Gefühl, ihn schon mal irgendwo gesehen zu haben.

Er bemerkte mein Starren. »Habe ich was im Gesicht?«

»Du kommst mir irgendwie bekannt vor.«

»Also deine Anmachsprüche waren auch schon mal besser«, zog Christopher mich auf.

Ich ignorierte ihn und konzentrierte mich weiter auf Adam. »Warum ist deine Herkunft so ein riesen Geheimnis?«

»Weil wir es nicht wissen dürfen. Seine Akte ist unter Verschluss. Eva und ich haben nachgeguckt«, sagte Thomas.

»Dass du das auch noch freiwillig zugibst«, sagte Vivien, die sich irgendwann unbemerkt einen Notizblock aus der Hosentasche gezogen hatte und nun irgendwelche Formeln notierte. Theoretische Physik war auch so ein Hobby von ihr, das wir anderen nicht verstanden.

»Ihr habt sogar versucht an meine Akte zu kommen?« Adam lachte.

»Wir haben alle dieselbe Geheimhaltungsstufe und können die Akten der anderen normalerweise immer einsehen«, erklärte Eva und sah auf, um Adam vielsagend anzusehen. »Nur deine nicht.«

»So interessant bin ich gar nicht.«

»Tja«, sagte sie. »Das kann sein, aber wir sind Agenten, denen ein Geheimnis vorgesetzt wird. Da ist es doch klar, dass wir Fragen stellen.«

»Irgendwann werdet ihr es schon erfahren«, winkte Adam ab. »Momentan ist das nur nicht möglich.«

Also war er in irgendeinen Fall verwickelt, von dem wir nichts wissen durften.

Wir nickten einstimmig und wechselten erneut das Thema. Die Neugier blieb, aber die Regeln des MI20 einzuhalten war wichtiger.

Ein Schmunzeln trat dennoch auf meine Lippen. Sie hatten in der Akte nichts gefunden und wollten dann aus Neugier die Datenbank hacken.

Zum Glück hatte Vivien sie aufhalten können.

7. Kapitel

Während des Spieleabends beobachtete ich Dean, der ungewöhnlich schweigsam war. Noch immer sah ich sein erschrockenes Gesicht vor mir, die Waffe erhoben. Der Schuss ertönte in meinen Ohren, als wäre ich noch immer dort in der Tiefgarage.

Sorokin hätte mich erschossen – oder wenigstens schlimmer verletzt, als jetzt schon.

Dean hatte mir das Leben gerettet. Ohne zu zögern hatte er jemanden angeschossen, nur um mich zu retten.

Und ich hatte mich nicht einmal bei ihm bedankt.

Als er sich kurz vor Mitternacht in sein Zimmer verabschiedete, spielte ich die Runde noch zu Ende und folgte ihm dann.

Ich klopfte an seiner Tür, doch er antwortete nicht. Dennoch drückte ich vorsichtig die Klinke herunter und öffnete sie. Wasserrauschen empfing mich, und ich trat einfach ein. Deans Zimmer war um einiges ordentlicher als meines und roch nach Wald, Waschmittel und seinem Duschgel. Er hatte sein Fenster immer gekippt, egal zu welcher Jahreszeit, und sein Fenster zeigte hinaus auf den Wald, wo wir unsere morgendlichen Joggingrunden drehten.

Ich trat ans Fenster, doch in der Dunkelheit gab es nichts Interessantes zu sehen.

Das einzige Licht im Raum kam von Deans Nachttischlampe, die sich im Fenster spiegelte. Das Rauschen aus der Dusche verstummte, und kurz darauf trat Dean aus dem Badezimmer.

Er trug nur ein Handtuch um seine Hüften, und mit einem anderen Handtuch rubbelte er im Gehen seine Haare trocken. Das Bild war durch das spiegelnde Fenster verzerrt, doch ich sah genug. Seine Schultern schienen muskulöser geworden zu sein. Meine Augen wanderten über seinen trainierten Bauch, blieben kurz an dem Handtuch hängen und konzentrierten sich dann auf seine Beine.

»Was willst du hier?«, fragte Dean, als er mich entdeckte.

Langsam drehte ich mich um und versuchte seinen halbnackten Körper zu ignorieren. In meinem Kopf schwirrte die Frage umher, wann er so groß und breit geworden war, doch ich drängte sie zurück. »Danke, dass du mich gerettet hast.«

Er runzelte seine Stirn und warf das Handtuch, mit dem er seine Haare getrocknet hatte, zur Badezimmertür, wo es mit einem dumpfen Geräusch auf dem Boden landete. »Hätte jeder gemacht. Kannst du dich mal umdrehen?« Er ging zu seinem Schrank.

Ich drehte mich wieder zum Fenster und sah im selben Moment in der Spiegelung, wie auch er sich umdrehte und das Handtuch fallen ließ. Meine Wangen wurden rot, als ich seine Rückansicht sah. Das Spiel seiner Schultermuskeln fesselte mich, bis er sich leicht bückte und seine Boxershorts anzog.

Ich war zu langsam, als er sich umdrehte, und unsere Blicke begegneten sich in der Fensterspiegelung. Er hob eine Augenbraue.

»Ich danke dir trotzdem. Ohne dich …« Ich drehte mich wieder zu ihm und zuckte mit meinen Schultern. Dabei versuchte ich wieder einen klaren Kopf zu bekommen. Hallo! Das war Dean! Der Typ, wegen dem ich mich sogar extra stundenlang vor jedem Test zum Lernen hinsetzte, nur um nicht schlechter als er abzuschneiden.

Dean musterte mich schweigend, als würde er abwägen, wie ernst ich meine Worte meinte.

Ich musste lachen. »Dass gerade *du* mich mal retten würdest.«

Langsam kam er auf mich zu, bevor er direkt vor mir stehen blieb. Wieder zwang er mich, zu sich hochzusehen. »Dass gerade *du* dich in so einen Hinterhalt locken lassen würdest.«

»Es war eine Falle, und ich habe für meine Unaufmerksamkeit bezahlt.« Meine Augen taten, was sie wollten, und glitten von seinen Augen hinab zu seinen muskulösen Schultern. »Willst du dir nichts anziehen?«

»Wieso? Irritiere ich dich etwa?«

Ich blinzelte ihn an und grinste. »Ja, ich hätte nicht gedacht, dass der schlaksige Junge irgendwann mal an Muskeln ansetzen würde. Willst du damit angeben?«

Ich hatte keine Ahnung, was hier plötzlich passierte, aber er beugte sich vor und sein Atem strich über meine Haut. »Eigentlich wollte ich schlafen gehen.«

»Warum bist du die Nacht über an meinem Bett geblieben?«, fragte ich leise und wich nicht vor ihm zurück, auch wenn mein Magen plötzlich seltsam flattrig wurde. Meine Güte, was war hier los?

Uns trennten nur noch wenige Zentimeter, und auch Dean vergrößerte den Abstand nicht wieder. »Ich schätze, weil es sonst langweilig wäre.«

»Langweilig?«

Ein kurzes, warmes Lächeln huschte über seine Lippen. Eines, das noch nie für mich bestimmt gewesen war. »Jeder braucht einen würdigen Gegner. Du bist meiner.«

Ich lachte und trat endlich zurück. »Danke. Egal aus welchem Grund du es getan hast.«

Einen kurzen Augenblick lang lächelten wir einander an und wieder bekam ich das Gefühl, dass sich irgendwas veränderte, auch wenn ich noch nicht sicher war, was.

Ich war ihm dankbar für seine Rettung, ja, aber änderte das jetzt etwas an unserem Verhältnis zueinander?

Dean hob eine Augenbraue. »Also, kann ich jetzt endlich schlafen gehen? Wenn du willst, kannst du natürlich bleiben und mir zeigen, *wie* dankbar du bist.«

Erneut lachte ich und verließ schließlich sein Zimmer.

Nein, nichts hatte sich geändert.

*

Am nächsten Morgen war ich so früh wach, dass ich meine morgendlichen Joggingrunden ganz allein durch den Wald drehte. Körperlich war ich wieder völlig hergestellt, dank des Serums. Wegen der Kopfschmerzen machte ich mir keine Gedanken mehr. Die Anwesenheit der vielen Menschen hatte meine Kraft zusätzlich gefordert. Beim nächsten Mal würde ich früher eine Pause einlegen und mich regenerieren. Meinen Schild durchgehend halb gesenkt zu lassen, hatte mich einfach zu sehr erschöpft. Und zur Not hatte ich noch immer die Tablette, die auf meinem Nachttisch lag.

Ich beendete meinen Lauf und ging dann zu meinem Zimmer. Auf dem Weg traf ich George und Vivien, die mich verwundert anschauten, da ich morgens eigentlich immer mit zu den Letzten gehörte.

Nach einer kurzen Dusche ging ich in den Speisesaal, ließ mir Porridge und Kaffee zum Frühstück geben und setzte mich dann an unseren Tisch. Nach und nach kamen auch die anderen. Alles war wie immer.

Als ich etwas später gemeinsam mit Eva und Vivien den Unterrichtsraum betrat, begrüßte uns nicht Miss Graham, bei der wir Montagmorgens normalerweise Ethik hatten. Stattdessen stand Direktor Roberts vorne und wartete stumm darauf, dass wir uns alle setzten. Erst dann begrüßte er uns. »Guten Morgen.«

»Guten Morgen«, antworteten wir im Chor.

»Wir müssen die Auftragsbesprechungen vorziehen, da Sie alle schon heute wieder losgeschickt werden. Beginnen wir sofort mit George. Bitte erzählen Sie uns, was Ihr Auftrag war und wie Sie ihn gelöst haben.«

George stand auf, ging nach vorne und stellte sich neben Direktor Roberts. »Mein Auftrag war die Verhinderung der Übergabe eines Sticks zwischen zwei Agenten anderer Staaten, der Daten zu chemischen Waffen enthalten sollte. Den Stick entwendete ich dem Empfänger nach der Übergabe und tauschte ihn gegen einen gleichschweren Gegenstand aus. Nun sind die Agenten gewarnt und wissen, dass jemand anderes von ihren Plänen Kenntnis hat. Ihnen wird vermutlich bewusst sein, dass diese Warnung von MI20 kommt, deren Veranstaltung sie als Tarnung nutzen wollten.«

»Der Auftrag war ein voller Erfolg.« Direktor Roberts entließ George mit einem Nicken.

Nacheinander mussten wir nach vorne gehen und unser Vorgehen bei den Aufträgen erläutern.

Vivien hatte die Daten eines versteckten Kontos eines Politikers herausgefunden.

Dean sollte die Koordinaten eines geheimen Sommerhauses von einem Konzernchef herausfinden, was er letztendlich über dessen Geliebte geschafft hatte. Scheinbar versteckte der Konzernchef dort Elfenbeinsouvenirs seiner Großwildjagd.

Als ich dran war, wurde schnell klar, dass ich meinen Auftrag zwar gut erledigt hatte, danach aber unaufmerksam gewesen war. Da ich der Zielperson gedroht hatte, hätte ich damit rechnen müssen, dass jemand mich verfolgen würde.

»Ich denke, wir alle haben etwas für zukünftige Aufträge gelernt. Vielleicht wird Ihnen das neue Wissen nützlich sein, denn Sie werden schon in den kommenden Stunden die nächsten Aufträge erledigen.« Direktor Roberts hob einen Stapel Akten vom Lehrerpult an, den er zuvor mit seinem Körper verdeckt hatte. »Dieses Mal werden Sie paarweise vorgehen. Wenn ich Ihren Namen nenne, kommen Sie bitte vor, nehmen sich Ihre Akte und arbeiten diese durch. Bis heute Abend möchte ich von jedem Team einen Ablaufplan vorgestellt bekommen.« Direktor Roberts schaute runter auf die erste Akte und rief Dean und Eva auf. »Mr Nolan und Miss Andrews.«

Beide nahmen ihre Unterlagen, gingen nach vorne, ließen sich die Akte geben und verließen den Raum. Danach folgten Vivien und Thomas, dann Christopher und George.

So blieben nur noch Adam und ich übrig. Wir gingen nach vorne und warteten darauf, dass Direktor Roberts uns die Akte gab, doch er behielt sie in der Hand.

»Es geht in Ihrem Auftrag darum, Miss Olivia Williams zu schützen. Miss Williams muss im Land bleiben, während ihr Vater im Ausland Termine wahrnehmen muss.« Er überreichte mir die Akte und lehnte sich gegen den Tisch, während er seine Finger verschränkte und uns ansah. »Alles was Sie wissen müssen, finden Sie in den Unterlagen.«

»Personenschutz einer einfachen Zivilistin?«, fragte Adam und runzelte seine Stirn. »Fällt dies in den Zuständigkeitsbereich des MI20?«

»Mr Williams Bruder ist Teil des MI20 gewesen«, erklärte

Direktor Roberts, der seine Finger aneinanderlegte und Adam ernst ansah. »Es ist ein Auftrag wie jeder andere auch.«

»Es ist eine Gefälligkeit«, erwiderte Adam, und ich glaubte für einen kurzen Moment, dass er mit Direktor Roberts weiter über den Auftrag diskutieren würde. Doch dann presste Adam auf einmal kurz seine Lippen zusammen. Ich spürte seine Wut, doch hätte dafür meine Kraft nicht gebraucht, denn mit einem Mal lag Feindseligkeit in der Luft. Auch ich fand den Auftrag nicht besonders spannend, dennoch verstand ich seine Empörung nicht. »Aber Sie haben Recht. Es ist ein Auftrag wie jeder andere auch.«

Direktor Roberts Mundwinkel zuckte kurz, doch Belustigung lag nicht in dieser Geste. Was war hier los? »Nein, Sie haben Recht. Es ist eine Gefälligkeit. Es ist jedoch eine, die wir nicht ausschlagen können, da ich ihm noch einen persönlichen Gefallen schulde und er diesen hiermit einfordert«, gestand er ehrlich, was ich ihm hoch anrechnete. »Nachdem Sie beide Miss Williams auf der Spendengala aus ihrer misslichen Lage befreit haben, forderte ihr Vater seinen Gefallen bei mir ein. Natürlich erhalten Sie beide nach dieser Mission einen prüfungsrelevanten Auftrag. Sie werden nach dieser kurzen Aufgabe an die Akademie zurückkehren und erhalten dann die Unterlagen für Ihre wahre Mission.«

Erleichterung breitete sich in mir aus.

»Haben Sie noch Fragen?« Direktor Roberts sah erst Adam und dann mich an. Wir beide schüttelten unsere Köpfe.

»Sehr gut. Machen Sie sich mit Ihren Unterlagen vertraut, denn diese müssen Sie mir wie gewohnt noch vor Abreise zurückgeben. Da dies eine Sondermission ist, werden Sie mir natürlich keine Strategie vorlegen müssen, sondern direkt loslegen. Sie werden in der Waffenkammer ausgestattet, erhalten

Kleidung und ein Wagen wird Sie beide morgen früh um fünf Uhr abholen. Verstanden?«

»Verstanden«, antworteten wir im Chor und machten uns bereit zu gehen.

»Miss Young, bitte bleiben Sie noch einen Moment.«

Ich nickte und übergab Adam die Akte, der daraufhin den Raum verließ.

Stille legte sich über uns, und der Direktor durchbrach sie erst, als Adam die Tür hinter sich zuzog.

Er lehnte sich wieder gegen den Tisch. »Ich möchte nicht, dass du mich falsch verstehst.«

»Okay.« Ich wartete ratlos ab. Er duzte mich nur, wenn wir alleine waren. In diesen Situationen fühlte es sich manchmal an, als wäre er mein Onkel und nicht mein Vorgesetzter.

Er presste seine Lippen zusammen, atmete hörbar ein und lächelte mich dann an. »Trotz meines Vertrauens Adam gegenüber würde ich mich über deine Meinung dennoch freuen. Immerhin war er lange Zeit nicht an der Akademie, und trotz seiner Erfahrungen wäre es gut zu wissen, ob er mit dir mithalten kann.«

Ich nickte, obwohl mich seine Worte verwirrten, und kaum hatte ich mich versehen, schickte der Direktor mich auch schon weg.

Als ich in den Flur trat und die Tür hinter mir zuzog, wartete Adam schon auf mich. Seine Gefühle gaben nichts preis, obwohl er vorhin erst so wütend auf den Direktor gewesen war. Ich fragte mich, weshalb.

Gleichzeitig keimte in mir die Frage auf, woher Adam Erfahrungen bei Einsätzen hatte, wenn er doch schon seit Jahren nicht mehr an der Akademie gewesen war. Dennoch stellte ich diese Frage nicht direkt, denn meine Intuition verriet mir, dass er sie mir nicht beantworten würde. Noch nicht.

»Was war das eben?«, fragte ich Adam, während wir gemeinsam zu den Schlafräumen gingen.

»Nichts von Belang«, antwortete er knapp, und ich hörte an seinem Tonfall, dass er mir nicht mehr preisgeben würde. Deshalb schwieg ich und nickte nur kurz, als wir uns bei unseren Zimmern trennten.

Ich machte mich sofort daran, die Akte zu lesen, in der alles über meine Scheinidentität und die Zielperson stand. Olivia Williams hatte mich als Irina kennengelernt und wusste nun, dass ich eine Agentin war – und dies nicht mein richtiger Name gewesen sein konnte. Ich war gespannt, wie sie darauf reagieren würde.

Danach ging ich zum Mittagessen, wo ich Adam wiedertraf. Er war mit mir der einzige Trainee der Abschlussklasse, der noch da war. Dennoch redeten wir kein Wort miteinander. Es war seltsam, denn normalerweise war unser Tisch der lauteste, der, an dem am meisten gelacht und getratscht wurde. Nun saßen wir uns zu zweit gegenüber und warfen uns verstohlene, prüfende Blicke zu. Noch immer hatte ich dieses Gefühl des Erkennens bei ihm, das mich einfach nicht loslassen wollte.

Nach dem Essen gingen wir in die Agentenhalle. Sie lag neben der Eingangshalle der Akademie und war durch eine Verbindungstür zu erreichen. Diese Tür – und auch die zweite Tür im Büro von Direktor Roberts – war das Einzige, was die Akademie mit der Basis des MI20 verband. Beide befanden sich in demselben Gebäude, wobei die Akademie den gesamten Ostflügel einnahm und die Basis den Westflügel.

Als wir die Tür durchquerten, fühlte ich mich für einen

Moment wie ein Fohlen, das hinter den großen Pferden her stakste, bevor ich meinen Rücken durchstreckte. Es würde nicht mehr lange dauern, bis ich eine vollwertige Agentin sein würde, und dann würde ich andauernd durch diese Hallen schreiten.

Die Empfangshalle hier unterschied sich nicht von unserer, was daran lag, dass es ursprünglich eine gemeinsame große Halle gewesen war. Später, als das MI20 das Herrenhaus erwarb, hatte man es in der Mitte geteilt. Das MI20 brachte dann die Akademie und auch die Basis darin unter.

Wir legten unsere Ausweise, die wir seit Beginn unserer Ausbildung immer mit uns tragen mussten, am Empfang vor und wurden in die nächste Etage zum Ankleideraum geschickt. Da wir seit Ende unseres ersten Jahres schon kleinere Einsätze durchführten, kannte ich mich hier aus. Adam folgte mir schweigend. Ich fragte mich, ob er mir folgte, weil er den Weg nicht kannte oder ob er mich einfach aus Höflichkeit vorausgehen ließ. Das Geheimnis um ihn wurde immer seltsamer. Wenn er nach dem ersten Jahr oder innerhalb des ersten Ausbildungsjahres verschwunden war, wieso durfte er dann jetzt seine Ausbildung beenden, anstatt von vorne beginnen zu müssen?

Mir fiel ein, dass Thomas die Spekulation in den Raum geworfen hatte, Adam sei durchgedreht und wäre eingesperrt worden. Doch das würde erst recht keinen Sinn ergeben.

Auf unsere Nachfrage hin hatte er angedeutet, dass er nichts sagen dürfte, wegen eines laufenden Falles.

Ich glättete meine gerunzelte Stirn, als wir das Ankleidezimmer erreichten.

Dort holten wir unsere bereits gepackten Koffer ab.

Dann liefen wir den Flur hinunter und wiesen uns vor der

Waffenkammer aus, in der wir einen kleineren Koffer mit Waffen erhielten, dessen Funktionen uns in den letzten Jahren bereits beigebracht worden waren. Da Adam jedoch quasi neu war, zeigte der zuständige Agent ihm die Funktionen der einzelnen Waffen.

Schweigend gingen wir schließlich zurück in unsere Etage, um uns vorzubereiten. Ich hob den kleinen Koffer auf mein Bett und öffnete ihn, um mir den Inhalt anzuschauen.

Zuerst fielen mir die drei Lippenstifte auf. Der rote Lippenstift enthielt ein Gift, der Rosafarbene ein Schlafmittel und der beerenfarbene verursachte einen ekelhaft juckenden Ausschlag auf dem ganzen Körper. Durch eine Impfung war ich gegen all das immun, sodass ich jemand anderen küssen – und ihm schaden konnte. Bisher hatte ich ihn jedoch nie einsetzen müssen und es immer geschafft, mit einem Kinnhaken aus der Sache rauszukommen.

Ich holte meine Handtasche und schob die Lippenstifte in ein Seitenfach. Als Nächstes nahm ich einen Kugelschreiber heraus, den ich ebenfalls in meiner Handtasche verstaute. Mit einer Seite konnte man ganz normal schreiben, die andere war eine Taschenlampe. Licht wurde gerne unterschätzt, doch nachdem ich mal während eines Einsatzes eine Stunde lang in einem Schrank hatte aushalten müssen und meine damalige Uhr kurz vorher zerschmettert worden war, verzichtete ich auf keiner weiteren Mission mehr auf diesen Kugelschreiber.

Mit dem Taschenspiegel konnte ich Videoanrufe durchführen und mit den Taschentüchern Menschen das Bewusstsein rauben, ohne dass ein Mittel darin nachgewiesen werden konnte. Der Lippenbalsam war in Wirklichkeit ein Klebemittel, und die Brosche war eine getarnte Bombe. Mit den Haarnadeln konnte ich überall einbrechen, und die Brille bot zusätzlichen

Speicherplatz für die Kamera, die sich in meiner Kontaktlinse befand. Das Parfüm war ein Pfefferspray.

Zudem befand sich darin eine kleine Handfeuerwaffe, die nur für den äußersten Notfall gedacht war.

Nachdem ich alles passend verstaut hatte, machte ich mich bettfertig. Frisch gewaschen und in mein Lieblingsschlafshirt gekleidet, auf dessen Vorderseite ein sabbernder Pinguin zu sehen war, legte ich mich ins Bett. Im Geiste ging ich noch einmal alles für den morgigen Tag durch und schloss dann beruhigt meine Augen.

Ich war gut ausgerüstet, auch wenn es kein richtiger Auftrag war. Das sollte ein Kinderspiel werden.

8. Kapitel

Am nächsten Tag wurden wir von einer unauffälligen, schwarzen Limousine abgeholt, die uns in die Nähe des Hydeparks brachte, wo Mr Williams und seine Tochter in einem noblen Anwesen wohnten.

Meinen Unterlagen zufolge hatte seine Familie viel Geld in Aktien investiert, was seinen Reichtum erklärte. Mr Williams' Bruder war ein verstorbener Soldat, der ein paar Jahre nach meinen Eltern durch das Serum zu einem Superagenten geworden war. Obwohl Mr Williams ein Außenstehender war, wusste er über das MI20 Bescheid. Nachdem Direktor Roberts uns gestern Abend darüber im Dunkeln gelassen hatte, konnte ich nicht lockerlassen. Ich recherchierte während des Frühstücks und hatte herausgefunden, dass Mr Williams Direktor Roberts bei einem Auftrag damals das Leben gerettet hatte. Scheinbar hatte Mr Williams mitansehen müssen, wie sein Bruder erschossen wurde. Er schaffte es gerade noch, seinen damaligen Partner – Direktor Roberts – zu warnen, bevor dieser ebenfalls in den Hinterhalt geraten konnte. Die Vorstellung, ein Familienmitglied vor meinen Augen sterben zu sehen, ließ mich auch Stunden später noch erschaudern.

Adam und ich sprachen ein wenig über den Auftrag und auch über das, was ich herausgefunden hatte, während die Limousine sich durch den zähfließenden Verkehr Londons schlängelte. Als wir schließlich aus dem Wagen stiegen, verfielen wir jedoch in Schweigen. Wir klingelten und wurden von einem Butler durch das schicke Stadthaus und dann in einen hellblau gestrichenen Salon geführt, in dem uns bereits Mr Williams und seine Tochter erwarteten.

Mr Williams strahlte eine Arroganz aus, die durch den harten Ausdruck in seinen Augen unterstrichen wurde. Ich spürte seine Selbstsicherheit und seine Ungeduld, als wäre es meine eigene, und schüttelte seine Gefühle schnell von mir ab.

»Willkommen in meinem Haus. Ich freue mich, dass Sie hier sind«, sagte er und stand auf, um uns die Hände zu reichen.

Nacheinander erwiderten wir sein Händeschütteln, nickten dabei freundlich. Ich sah mich unauffällig um und betrachtete kurz die drei nebeneinanderstehenden Vitrinen, die die gesamte Wandseite einnahmen und fast überquollen mit kleinen Tierfiguren aus Porzellan. Soweit ich erkennen konnte, waren in diesem Haus Katzenfiguren äußerst beliebt.

»Wie Sie wissen, muss ich für ein paar Tage ins Ausland verreisen. Während der Zeit muss meine Tochter …« Er machte eine kurze Pause, hob eine Augenbraue und sah zu ihr herüber. »… ein wenig *beaufsichtigt* werden.«

Olivia hob ebenfalls eine Augenbraue. »Danke auch für dein Vertrauen.«

»Nach deinen kürzlichen Eskapaden hast du kein Vertrauen verdient«, zischte ihr Vater, und seine Fassade bröckelte so plötzlich, dass es mich total überraschte. Auf den ersten Blick hätte ich ihn als jemanden eingeschätzt, der unter keinen Umständen seine Fassung vor Fremden verlieren würde. Aber vielleicht war es eine Ausnahme, wenn es um seine Tochter ging.

Ich erinnerte mich an die diversen Kolumnen in Klatschzeitschriften, die ich mir als Vorbereitung zu diesem Auftrag durchgelesen hatte. Miss Williams leitete nicht nur diverse

Wohltätigkeitsorganisationen ihrer verstorbenen Mutter, sondern hatte auch ein *kleines* Problem mit berauschenden Mitteln.

»Ich möchte in den nächsten Wochen einfach nichts mehr über dich in Kombination mit Alkohol, Partys oder Drogen in der Zeitung lesen müssen. Es reicht!«

»Morgen bin ich Ehrengast bei einer Cluberöffnung«, erwiderte Miss Williams kühl, während sie die Beine übereinanderschlug und ihren Vater ansah, als hätte er ihr überhaupt nichts zu sagen.

»Dann wird es eben eine kurze Feier ohne Alkohol!«

Ich betrachtete nun die Vitrinen genauer, um wenigstens den Anschein von Privatsphäre aufrecht zu erhalten, während die beiden sich stritten.

Adam tat es mir nach, doch er konzentrierte sich mehr auf den rosafarbenen Teppich, auf dem gelbe Vögel abgebildet waren. Er passte so gar nicht zu den hellblauen Wänden. Oder den grünen Sesseln. Wer auch immer das Haus eingerichtet hatte, schien farbenblind zu sein. Vielleicht war das aber modern, und ich hatte einfach keine Ahnung von schicker Inneneinrichtung.

Vater und Tochter lieferten sich ein kurzes Blickduell, bevor ihnen klar zu werden schien, dass sie nicht alleine waren.

»Ich werde nun aufbrechen«, verkündete Mr Williams, als sich Stille zwischen uns allen ausbreitete, und richtete seine perfekt sitzende Krawatte.

»Viel Spaß«, erwiderte Olivia trotzig. Ein Funken Scham schwang in ihren Gefühlen mit, vermutlich weil es ihr peinlich war, dass wir ihr zur Seite gestellt wurden.

Nachdem Mr Williams aufgebrochen war, zeigte der Butler Adam und mir unsere Zimmer.

Ich war in einem Gästezimmer untergebracht, in dem sich dieselbe grässliche Inneneinrichtung fortführte. Gelbe Wände, vor denen schwarze Möbel standen. An der Decke hing ein roter Kronleuchter, und ein lilafarbener Teppich ergänzte den Boden des Raums.

Gegen Abend wurde von einer Köchin das Essen serviert. Als sie uns schließlich alleine ließ, seufzte Miss Williams leise und lächelte sowohl Adam, als auch mich an. »Ich weiß jetzt, dass ihr nicht die seid, für die ihr euch ausgegeben habt«, begann sie und lächelte nun breiter. »Danke, dass ihr mir geholfen habt.«

»Gern geschehen«, sagte ich, während Adam nur nickte.

Miss Williams schien nicht zu wissen, was sie noch sagen sollte, nahm einen großen Schluck aus ihrem Weinglas und atmete tief durch. »Guten Appetit.« Sie konnte wirklich kaum verbergen, wie unangenehm ihr unsere Anwesenheit war. Vielleicht lag es auch an dem vorherigen Streitgespräch mit ihrem Vater, bei dem wir hautnah dabei gewesen waren.

Den Rest des Abends verbrachten wir mit verkrampftem Smalltalk und gingen alle früh schlafen.

*

Am nächsten Abend machten wir uns für die Cluberöffnung zurecht. Da wir nicht wie ihre Bodyguards, sondern wie Freunde aussehen sollten, hatte Miss Williams uns gebeten, unsere Kleidung von unauffällig zu partytauglich zu wechseln.

Natürlich lag in meinem Koffer ein schwarzes Kleid, das man zu fast jedem Anlass tragen konnte.

Ich kombinierte es mit dunkelroten Pumps und dem beerenfarbenen Lippenstift, der juckenden Ausschlag verursachte.

Nicht, dass ich erwartete, geküsst zu werden. Dennoch war es gut, gerüstet zu sein. Zusätzlich trug ich noch eigens entwickelten Schmuck des MI20. Mein dunkles Haar ließ ich offen, mit Ausnahme von ein paar Spangen, mit denen ich zur Not jedes Schloss knacken konnte.

Als ich aus meinem Zimmer trat, wartete Adam bereits im Flur auf mich. Er hatte seine Hände hinter dem Rücken verschränkt, während er aus einem Fenster schaute. Als er mich bemerkte, drehte er sich zu mir um und betrachtete mich einen Moment lang prüfend. »Du siehst gut aus.«

»Danke«, erwiderte ich und blinzelte. »Du auch.« Er trug eine dunkle Jeans, ein dunkles Hemd und schwarze Lackschuhe. Die Narben an seinem Hals wurden ein wenig durch den Hemdkragen verdeckt. Erneut fragte ich mich, woher sie wohl stammten. Sie sahen so aus, als würde man die dazugehörige Geschichte nicht mal so nebenbei erzählen.

Adam nickte und schaute wieder aus dem Fenster. Er war irgendwie seltsam. Attraktiv und seltsam.

Die Tür unserer Auftraggeberin öffnete sich. Olivia trug ein enges, glitzerndes Kleid und war mit ihrem gekonnten Make-up noch hübscher als vorher. Sie betrachtete erst mich und dann Adam. »Ihr seht gut aus. So könnt ihr mitkommen.« Sie lachte kurz auf und verdrehte ihre Augen, als wir nicht mitlachten. »Hört mal, ich weiß genau, dass ihr keinen Bock auf diesen Job habt. Es tut mir auch ehrlich leid, dass mein Dad euren Boss dazu genötigt hat.« Ihre Stimme wurde ein wenig leiser. »Gerade weil ihr mir mit diesem Idioten geholfen habt, tut es mir noch mehr leid.« Sie schluckte hörbar und lächelte uns dann beide an. »Aber lasst uns einfach das Beste aus der Situation machen. Ich werde mich benehmen, und ihr könnt euch ja vielleicht sogar ein bisschen amüsieren.«

»Wie Sie wünschen«, antwortete Adam, als sie eine Pause machte.

Sie lachte auf. »Bitte nennt mich Olivia. Sonst glaubt mir niemand, dass ihr meine Freunde seid.«

»Machen wir.« Ich lächelte und wusste ihre Worte wirklich zu schätzen.

Wir folgten ihr nach draußen, wo bereits eine Limousine auf uns wartete.

Als der Fahrer die Tür öffnete, ertönte ein freudiges Kreischen. Ich versteifte mich, doch als Olivia das Kreischen erwiderte, entspannte ich mich wieder. Scheinbar handelte es sich hier um eine groteske Art von Begrüßung.

In der Limousine saßen bereits fünf weitere Personen.

Während Olivia uns einander vorstellte, checkte ich die Leute unauffällig mit meinen Kontaktlinsen. Sie alle waren Söhne und Töchter reicher Londoner Diplomaten, Politiker oder Unternehmer. Harmlos. Glücklicherweise war keiner von ihnen auf der Veranstaltung gewesen, auf der wir Olivia kennengelernt hatten. Ansonsten hätten wir jetzt improvisieren müssen.

Einer von ihnen drückte Olivia ein Glas Champagner in die Hand, doch sie trank nichts daraus.

Die Fahrt dauerte eine knappe Stunde, da trotz der späten Stunde die Straßen Londons mit Autos verstopft waren.

Als wir hielten, hatte sich bereits eine lange Schlange vor dem Club gebildet, und alle reckten neugierig die Köpfe, als sie unsere schwarze Limousine entdeckten.

Außer Olivia, Adam und mir waren alle anderen total betrunken, konnten ihren Zustand aber ganz gut überspielen, als sie nacheinander aus der Limousine stiegen.

Ich jedoch sah ihr leichtes Schwanken, spürte ihre

schwummrigen Gefühle, die mit jedem weiteren Schluck Alkohol immer einfältiger wurden.

»Alles ok?«, fragte Adam, der hinter mir aus dem Wagen stieg, als wir den anderen folgten, die von den Türstehern direkt in den Club gewinkt wurden.

»Wieso?« Ich war mir sicher, dass mein Gesichtsausdruck völlig neutral war.

»Ich habe da so ein Gefühl für«, erwiderte er mit einem Schulterzucken, als ich mich zu ihm umdrehte.

»Wirklich?« Ich konnte meine Überraschung nicht verbergen. »Du kannst auch Gefühle wahrnehmen?«

»Auch?« Adams Augenbrauen hüpften kurz, doch dann nickte er dem Türsteher zu und ging voraus in das Innere des Clubs, den anderen hinterher.

»Ja, so wie ich.« Ich verzog meinen Mund in dem Moment, als wir den Eingangsbereich passiert hatten und dutzende Emotionen auf mich einschlugen, doch es war nicht mal halb so schlimm wie auf der Gala. Zur Not hatte ich dennoch die Tablette eingesteckt und hob meinen Schild ein wenig an, sperrte aber nicht alle Emotionen aus, um mögliche Gefahren frühzeitig zu erkennen. Nicht, dass wir diesen Auftrag als potenziell gefährlich einstuften, aber ein wenig Vorsicht schadete nie.

Adams Blick bohrte sich in meinen, und hätte ich meine Kraft in diesem Moment nicht verschlossen, hätte ich seine offensichtliche Überraschung bestimmt auch gespürt. Er schluckte schwer, hatte die Augenbrauen leicht zusammengezogen und schüttelte seinen Kopf. »Nein, das kann ich nicht. Es ist mehr so eine Intuition.«

Dann drehte er sich wieder um und lief hinter den anderen am Rande des Clubs entlang. Verwirrt betrachtete ich seinen

Hinterkopf und spürte, wie sich ein riesiges Fragezeichen in mir ausbreitete, das mehr wissen wollte. Machte meine Kraft ihm etwa Angst? Und falls ja, was hatte er zu verbergen?

Die Gruppe hielt auf eine schmale Treppe zu, vor der ein Türsteher mit verschränkten Armen den Zutritt bewachte. Olivia sagte über den Lärm hinweg etwas zu ihm, und er schaute auf das Klemmbrett in seiner Hand. Dann nickte er und machte den Weg frei.

Oben erwartete uns ein langer, schmaler Balkon, von dem aus man die tanzende Menge beobachten konnte. Vor dem Geländer befanden sich alle paar Meter halbrunde Sitzbänke, an denen sicher zehn Personen Platz fanden.

Wir wurden von einer Servicekraft in Empfang genommen, die uns zu einer der Bänke brachte und dann unsere Getränkewünsche entgegennahm.

Nach einigen Minuten kam der Manager des Clubs und hieß uns willkommen, was wohlwollend von der Gruppe angenommen wurde.

Während der nächsten Stunden beobachteten wir unseren Schützling, der weiterhin nüchtern blieb, und wehrten uns erfolgreich dagegen, auf die Tanzfläche gezogen zu werden. Wir sahen uns um, hielten nach potenziellen Gefahren Ausschau und taten so, als würden wir den betrunkenen Gesprächen der anderen lauschen.

»Ich war schon lange nicht mehr in einem Club. Ist irgendwie lauter als in meiner Erinnerung«, raunte ich Adam zu, nur um mich von einem Typen abwenden zu können, der mich in ein Gespräch über Sportwagen verwickeln wollte.

Er wandte seinen Blick nicht von der Tanzfläche unter uns ab und nickte langsam. »Stimmt.«

»Übermorgen bekommen wir einen richtigen Job«, sagte ich

und lächelte in mich hinein. »Dann können wir-« Ich verstummte, als mich ein Gefühlscocktail traf, den ich noch nie zuvor bei einem Menschen gespürt hatte. Augenblicklich richtete ich mich auf und schaute mich um. So eine Gefühlssignatur war mir noch nie begegnet, und die Zerrissenheit der Person war so stark, dass ich meinen Schild kurz hochmachen musste, weil sie mich sonst zu überwältigen drohte.

»Was ist los?« Adams Stimme war zwar betont ruhig, doch ich hörte trotzdem eine gewisse Anspannung heraus.

»Ich bin mir nicht sicher«, antwortete ich leise. »Irgendwas stimmt hier nicht.«

»Mehr Details, bitte.« Adams Stimme war ein leises, angestrengtes Knurren.

Ich schüttelte meinen Kopf, stand langsam auf und ging zum Geländer, von wo aus ich auf die Menge hinunterblickte. Dabei öffnete ich meine Kraft, ließ zu, dass unzählige Emotionen auf mich einprasselten, während ich suchte. Die Person mit diesem Gefühlscocktail, der heiß brodelte und beinahe überzukochen schien, war hier irgendwo in der Nähe. Und ich spürte tief in mir, dass sie *wusste*, wer wir waren.

»Wir sollten hier verschwinden«, sagte ich, als Adam neben mich trat.

»Warum?« Er klang wachsam.

Ich schaute ihn von der Seite her an. »Vertrau mir einfach. Wir sollten hier weg.«

»Du willst weglaufen? Sollen wir nicht lieber-«

»Wir haben einen Auftrag«, unterbrach ich ihn hart. Als ob ich mich nicht lieber um die Bedrohung kümmern würde. Aber Zivilisten hatten *immer* Vorrang. Das war eine der obersten Regeln, die uns vom ersten Tag an eingebläut wurde.

Im Augenwinkel sah ich, wie er sich umdrehte und ging, vermutlich, um Olivia zu informieren.

Ich selbst blieb stehen und suchte weiterhin die tanzende Menge ab, konnte jedoch noch immer niemanden entdecken. Dennoch spürte ich weiterhin dieses Chaos aus Gefühlen, völlig wirr und geradezu schmerzhaft intensiv.

In mir breitete sich Unbehagen aus. Das war nicht normal. Kein normaler Mensch war dermaßen zerrissen, geradezu kaputt. Zumindest hatte ich bis heute niemanden getroffen, der ansatzweise solch ein Durcheinander und zugleich so starke Gefühle vorwies.

»Ich kann noch nicht gehen!«, hörte ich Olivias Stimme durch das stete Rauschen des Clubs hindurch und drehte mich widerwillig zu ihr um. Adam stand neben ihr und versuchte sie davon zu überzeugen mitzukommen.

»Wir müssen aber wirklich los!« Adam versuchte vermutlich halbwegs freundlich und geduldig zu klingen, scheiterte aber kläglich.

»Nein! Ihr sollt zwar auf mich aufpassen, aber ihr habt mir nichts zu sagen!« Sie redete so leise, dass ihre Freunde sie nicht hören konnten. Im Gegensatz zu ihnen war sie vollkommen nüchtern. »Also entweder ihr macht euren Job, oder ihr verschwindet!«

Ich wollte mich gerade in Bewegung setzen, als die kühle Entschlossenheit eines Fremden mich packte. Noch nie war eine Emotion so stark gewesen, und ich spürte instinktiv, dass sie etwas mit *uns* zu tun hatte.

Das Gefühl wurde intensiver und darunter lag Schmerz, so viel Schmerz.

Wer auch immer uns beobachtete, die Person kam näher.

Ich würde sie bestimmt nicht mit unserem Schützling auf

diesem Balkon, inmitten eines überfüllten Clubs in Empfang nehmen.

Ich wirbelte herum, lief zu Adam und Olivia und lehnte mich vor. »Wir müssen gehen. Sofort!«

»Auf keinen Fall!«, erwiderte sie trotzig.

»Dann eben anders«, zischte ich, legte meine Hand in ihren Nacken und drückte zu.

Im selben Moment, als sie bewusstlos zur Seite sackte, trat Adam vor und hob sie in seine Arme.

»Dass sie auch immer so viel trinken muss«, rief ich so laut, dass ihre Freunde mich hören konnten. Allgemeines Gelächter brach aus, denn scheinbar war so eine Szene gar nicht mal so ungewöhnlich.

»So eine Schnapsdrossel!«

»Olivia verträgt echt gar nichts!«

»Das arme Ding …«

Ihre Stimmen gingen durcheinander und schwollen an, doch ich unterbrach sie: »Wir bringen sie nach Hause.«

Ich tat so, als würde ich ihre Zustimmung abwarten, bevor ich mich zu Adam drehte und ihm zunickte. Gemeinsam verließen wir die Empore, vorbei an der feiernden Menge und waren binnen weniger Minuten draußen. Irgendwer machte ein Foto, doch ich und Adam konnten unsere Gesichter rechtzeitig wegdrehen. Olivia würde hingegen wohl darauf zu sehen sein.

Die Limousine stand wie verabredet auf der anderen Straßenseite, und als der Fahrer uns sah, öffnete er schnell die Tür.

Adam hatte Olivia sorgsam auf der Rückbank abgelegt und starrte mich nun an. »Was ist los?«

Ich spürte seinen Blick auf mir, während ich aus dem Fenster schaute. Niemand folgte uns, soweit ich sehen konnte. »Da war jemand.«

»Da waren unzählige Leute«, erwiderte er mit einem Tonfall, der deutlich machte, dass er sich nicht mit dieser Erklärung würde abspeisen lassen. Gerade er, der ja geradezu mit Informationen um sich warf.

Ein letztes Mal blickte ich aus dem Fenster, bevor ich mich ihm zuwandte. »Du weißt ja nun, dass ich Gefühle wahrnehmen kann.«

Adam nickte knapp.

»Von den meisten Trainees und Agenten spüre ich sie nur, wenn sie intensiv genug sind. Aber bei normalen Menschen erreichen sie mich ungefiltert, woran ich mich mittlerweile gewöhnt habe. Beziehungsweise schaffe ich es in der Regel, sie auszublenden.«

Adam nickte, als ich eine kurze Pause machte.

»Gerade war da aber jemand, dessen Gefühle so stark und durcheinander waren, dass ich glaube …« Ich verstummte und schüttelte meinen Kopf.

»Was glaubst du?«, hakte Adam nach, als ihm klar wurde, dass ich nicht weitersprechen würde.

Ich lachte kurz auf und strich mir fahrig über mein Gesicht. »Das ist unmöglich, völlig bescheuert.«

»Was genau?«, fragte Adam nun mit gesenkter Stimme.

Ich schaute zu Boden, die Augenbrauen zusammengezogen und atmete tief aus. »Ich glaube, das war kein normaler Mensch, aber auch niemand von uns.« Mein Kopf hob sich, und ich betrachtete Adams Gesicht, seine ernsten Augen und den gewohnt harten Zug um seine Lippen. »Aber das ist gar nicht möglich, oder?«

Adams Mund öffnete sich.

Im selben Moment knallte etwas mit solch einer Wucht auf das Dach des Wagens, dass es sich nach unten bog. Der Schreck des Fahrers durchzuckte mich mit einer Heftigkeit, dass ich Mühe hatte, nicht laut aufzustöhnen. Die Limousine begann zu schlingern.

»Scheiße«, entfuhr es mir, und ich sprang nach vorne, um die getönte Scheibe, die uns von der Fahrerkabine trennte, mit einem Faustschlag zu zertrümmern. Glas splitterte, und der Fahrer schrie erschrocken auf, klammerte sich an das Lenkrad und versuchte verzweifelt, die Kontrolle über den Wagen zurückzuerlangen.

Ohne zu zögern kletterte ich nach vorne, zerrte den Mann von seinem Sitz und glitt hinters Steuer.

»Was-«, entfuhr es dem verwirrten Mann, der sich im Beifahrersitz aufrappelte.

»Festhalten!«, brüllte ich und bremste, während ich gegenlenkte.

Der Fahrer wurde nach vorne geschleudert, und ich riss meinen Arm zur Seite, um zu verhindern, dass er gegen die Scheibe prallte. »Schnallen Sie sich gefälligst an!«

Der Mann stammelte vor sich hin, riss hektisch am Gurt und machte ihn fest.

»Sicherst du Olivia?«, rief ich nach hinten und hörte im selben Moment, dass irgendwas über das Dach des Wagens kratzte.

»Ja!«, war Adams Antwort.

»Sehr gut«, murmelte ich und machte im nächsten Moment eine Vollbremsung. Wer oder was uns auch immer verfolgte, würde uns zu einem Unfall drängen, wenn ich weiterfuhr.

Die Panik des Fahrers durchströmte mich, und ich schüttelte sie mit einem angestrengten Schnauben von mir.

Der Wagen kam schlitternd zum Stehen und bockte, als ich die Handbremse hochriss. Dann schmiss ich die Fahrertür auf und sprang auf die Straße. Wir befanden uns am Rande eines Parks, dem gegenüber eine Häuserreihe stand. In keinem der Häuser brannte Licht.

Ich hörte, wie Adam dem Fahrer befahl, bei der noch immer bewusstlosen Olivia zu bleiben, bevor auch er aus dem Auto sprang.

»Was war das?« Meine Stimme wurde von einem elektrischen Knistern begleitet, und plötzlich explodierten die Straßenlaternen um uns herum.

Völlige Dunkelheit umschloss uns, ließ uns näher zusammenrücken, bis Adam und ich schließlich Rücken an Rücken standen.

Schritte knirschten über den Asphalt, begleitet von einem Lachen, hoch, beinahe schrill. Das Gefühlschaos wurde wieder stärker, umspülte mich wie eine Welle. Aufregung, Wut, Vorfreude, Angst und Schmerz, *so viel Schmerz.*

Ich verzog meinen Mund und drehte mich zur Seite, dorthin, wo die Schritte herkamen.

Eine Stimme, so hell, dass sie von einem kleinen Mädchen stammen könnte, drang durch die Dunkelheit. »Habt ihr auch so Angst im Dunkeln?«

»Fuck«, flüsterte Adam, packte meinen Arm und zerrte mich zurück zum Auto. »Verschwinde von hier!«

»*Was?*« Vor Empörung schlug mein Herz schneller, und ich riss mich von ihm los. »Du hast doch einen Schaden, wenn du denkst, ich würde-«

»Okay, wie du willst! Dann lass uns schnellstmöglich hier verschwinden«, knurrte er, hielt mich noch fester und brachte mich zum Auto, dessen Tür noch immer offenstand. Er war so stark, dass er mich einfach in das Auto bugsieren konnte. Dann schmiss er die Tür zu und sprang hinter den Fahrersitz, bevor er mit quietschenden Reifen losfuhr.

»Mach das nie wieder!«, brüllte ich, erhob mich wankend und starrte den Fahrer böse an, der sich nun im hinteren Bereich der Limousine über die noch immer bewusstlose Olivia lehnte. »Und Sie sollten sich verdammt noch mal anschnallen!«

Er murmelte etwas vor sich hin, hievte Olivia auf den Sitz und schnallte erst sie und dann sich selbst an. Gleichzeitig starrte ich durch die Heckscheibe auf eine immer kleiner werdende Silhouette.

Für einen kurzen Moment glaubte ich, wir hätten sie tatsächlich abgehängt, doch dann sah ich, dass sie rannte.

»Adam! Vor wem oder was wir auch immer gerade fliehen, es rennt uns hinterher!«

»Verfluchte Scheiße!«, brüllte er von vorne, und ich spürte, wie er das Auto nochmals beschleunigte. »Du musst sie aufhalten, bevor sie uns erreicht!«

»Sie?« Ich blinzelte verwirrt, spürte aber seine Aufregung zu mir herüberwehen.

»Ja, sie! Mach schon! Sie ist schon viel zu nah!« Er trat aufs Gas, und das Drängen in seiner Stimme ließ mich erneut aus dem hinteren Fenster starren. Tatsächlich kam der Schatten, sie, wer auch immer *sie* war, näher.

Ich öffnete ein Seitenfenster und nahm die kleine Brosche, die an meinem Kleid hing, drückte auf den unechten Diamanten und warf sie hinaus.

Die Brosche kam mit einem Klirren vor dem näher kommenden Schatten auf, bevor sie explodierte.

Der Fahrer, der die bewusstlose Olivia fest in den Sitz drückte, stieß einen spitzen Schrei aus. Ich hätte am liebsten die Augen verdreht, konzentrierte mich jedoch ganz auf die grellen Flammen, die kurz über den Asphalt zuckten, bevor sie verklangen.

»Ich glaube-«

Boom!

Erneut krachte etwas auf das Dach des Wagens. Im nächsten Moment erschien ein Gesicht kopfüber am Fenster rechts von mir. Blonde Haare, roter Lippenstift und verrückt aufgerissene Augen. Mit einem heftigen Faustschlag von ihr zerbarst das Glas. Es klirrte, begleitet von ihrem Lachen. »Hallöchen.«

Wieder schrie der Fahrer auf.

Unsere Angreiferin lachte glockenhell auf und war so schnell in den Wagen geklettert, dass ich nach Luft schnappte.

»Wer bist du?« Ich griff nach meiner Waffe, die ich in meiner Handtasche verstaut hatte.

Sie legte ihren Kopf schief und musterte mich mit einem Lächeln, das unter normalen Umständen sicher freundlich gewirkt hätte. »Ich bin Nummer 17, und du?«

»Was?« Ich wankte, weil ihre Gefühle so stark, so durcheinander waren, dass sie mein Herz zum Rasen brachten.

Sie schob ihre Unterlippe vor. »Du bist unhöflich.«

Ich hob die Waffe und richtete sie auf ihr Herz. »Was willst du von uns? Wer hat dich geschickt?«

Ihr Grinsen verpuffte, alle möglichen Gefühle durchzuckten sie, und sie blickte an mir vorbei. Zu Adam. »Wie ist er entkommen? Wie hat er-«

Plötzlich riss sie ihren Mund auf, ihre Augen weiteten sich und Schmerz durchzuckte sie. Dieses Empfinden war so stark, dass sie zitternd auf die Knie sank und ich meinen Schild heben musste, um es ihr nicht nachzutun. Was passierte da?

Ich keuchte, schob ihren Schmerz von mir, blendete alles aus und starrte sie an.

»Wirf sie sofort raus!«, brüllte Adam von vorne.

»Was?« Entsetzt starrte ich auf ihren zuckenden Körper und fragte mich, was zum Teufel hier los war.

»Mach schon!«

Ich ging auf sie zu, doch stoppte, als das Zucken plötzlich aufhörte.

Die Verrückte, Nummer 17, stöhnte, wischte sich Sabber vom Mund und erhob sich dann wankend. »War einen Versuch wert«, murmelte sie und grinste mich dann wieder an, doch das Grinsen erreichte ihre Augen nicht. »Ich hasse enge Räume.« Mit diesen Worten riss sie die Arme hoch und drückte gegen das Dach der Limousine. Ein metallisches Knirschen erklang, und einen Wimpernschlag später presste diese Irre das Dach einfach heraus.

Die Verrückte lachte schallend, als sich die kühle Nacht über uns ausbreitete.

Adam hatte uns in ein Industriegebiet gefahren, und das Dach landete mit einem dumpfen Hall in der Einfahrt einer Firma. Wind riss an meinen Haaren, ließ sie herumwirbeln und flattern.

»Alexis! Versuch sie irgendwie aus dem Wagen rauszubekommen! Ich rufe Verstärkung!«, rief Adam mir zu und trat noch einmal mehr aufs Gaspedal.

Das Schreien des Fahrers verklang, genau wie seine Panik. Er war ohnmächtig geworden.

»Bist du hinter Adam her?«, fragte ich und versuchte meine Chancen einzuschätzen. Dieses Mädchen, kaum älter als ich, war verflucht stark. Viel stärker als ich, wie ich mir dummerweise eingestehen musste. Also brauchte ich einen Plan. Ich musste sie ablenken. Vielleicht könnte ich sie dann anschießen und wenigstens unschädlich machen, damit wir sie festnehmen konnten.

In diesem Moment lachte sie auf und warf ihr blondes Haar nach hinten, das im Fahrtwind wehte. »Du bist so witzig!«

Ein dickes Fragezeichen erschien in meinem Gesicht, und ich öffnete den Mund, um etwas zu sagen, da verebbte ihr Lachen genauso schnell wieder. »Und jetzt geh mir aus dem Weg!«

Sie kam auf mich zu.

Ich drückte ab.

Sie wich aus, hob ihr Bein und kickte die Waffe aus meinen Händen. Dann packte sie mich am Kragen und schleuderte mich zu Boden.

Ein Keuchen entfuhr mir, als ich hart gegen die Sitze prallte.

Erneut ein irres Lachen, dann sprang sie über mich hinweg, direkt auf Adam zu.

»So nicht!«, brüllte ich und packte ihren Fuß.

Mit so viel Kraft wie möglich riss ich an ihr.

Gleichzeitig zuckte die Verrückte zusammen und wankte, als würde etwas sie aufhalten, etwas, das ich nicht greifen konnte. »Verdammt nochmal! Nicht jetzt!«

Auf einmal erschlaffte sie, und ich beförderte sie, ohne groß zu überlegen, im hohen Bogen aus dem Wagen. Es war, als hätte sie plötzlich überhaupt keine Kraft mehr, als hätte sie sich in eine Puppe verwandelt.

Gleichzeitig schrien wir erschrocken auf. Nur Sekunden später hörte man das dumpfe Aufschlagen ihres Körpers.

»Adam!«, brüllte ich und rappelte mich auf. »Halt an!«

»Wir sollten hier abhauen!«, rief er mir über seine Schulter hinweg zu.

Ich dachte gar nicht daran, auf ihn zu hören. Wer auch immer sie war – sie war stark und viel zu gefährlich, um sie einfach so zurückzulassen.

9. Kapitel

Ich rappelte mich auf und schaute zurück, wo ein unnatürlich verdrehter Körper auf dem Boden lag. »Wir müssen sie festnehmen! Sie ist bewusstlos.«

»Jeden Augenblick sollten die ausgebildeten Agenten da sein. Wir müssen die Zivilisten wegbringen. Sie könnten wieder aufwachen, und dann müssten wir ihnen erklären, was hier vor sich geht.«

Ich zögerte einen Moment und schüttelte dann meinen Kopf. »Das schaffst du schon! Diese Irre könnte aufwachen und andere verletzen. Das Risiko ist zu hoch!« Mit diesen Worten sprang ich aus dem Wagen und landete lautlos auf der Straße. Mein Blick war auf unsere Angreiferin geheftet, und ich wollte wissen, wer sie war.

Hinter mir hörte ich das Quietschen von Reifen, als Adam es sich anders überlegte und hinter mir zum Stehen kam.

Ich ließ mich davon jedoch nicht abhalten, sondern ging auf die Fremde zu.

Plötzlich spürte ich diverse Gefühlssignaturen, die mir bekannt vorkamen. Die Agenten! Im nächsten Augenblick kamen mehrere SUVs um die Ecke und hielten direkt vor mir an.

Die Tür des Autos vor mir wurde aufgestoßen, und hinaus stieg Direktor Roberts. Aus den anderen Autos strömten Agenten und eilten zu unserer Angreiferin.

Direktor Roberts trat vor mich und musterte mich streng,

ebenso Adam, der gerade neben mich trat. Hinter ihm tauchte Dr. Sam auf.

»Haben Zivilisten etwas mitbekommen?«, fragte unser Direktor.

»Der Fahrer. Miss Williams war die ganze Zeit weggetreten«, sagte ich und schaute Dr. Sam an. »Die Zeit müsste reichen, um sein Gedächtnis zu löschen.«

Dr. Sam lächelte mich an, so wie damals, als wir uns zum ersten Mal trafen. »Sehr gut.« Dann eilte sie zu ihm und weckte ihn mit einer saftigen Ohrfeige auf, bevor sie ihm in die Augen sah und mit ihrer Kraft die Erinnerungen an das zuletzt erlebte Ereignis löschte.

Ich wandte mich wieder Direktor Roberts zu. »Diese-«

»Ihr beide solltet nun fahren«, unterbrach er mich und schaute über meine Schulter hinweg zu Dr. Sam. »Die Zivilisten können nicht länger hierbleiben. Nehmt unser Auto, wir kümmern uns um die ramponierte Limousine.«

Vor Überraschung konnte ich nur stumm nicken. Er wollte offensichtlich nicht über den Angriff sprechen.

»Danke, Sir.« Adam nahm von ihm den Schlüssel entgegen und ging dann zu der noch immer ohnmächtigen Olivia und dem Fahrer, der nun schlief. Dr. Sam packte gerade eine Spritze weg. Scheinbar war sein Schlaf ihr Verdienst.

Ich wandte mich wieder dem Direktor zu, doch er hatte sich schon von mir weggedreht. Ich folgte seinem Blick und sah, wie unsere Angreiferin in ein Auto gelegt wurde. Irgendwas stimmte hier nicht.

Adam tauchte plötzlich wieder neben mir auf und hatte den Fahrer im Arm. »Holst du noch Miss Williams?«

»Na klar.« Ich betrachtete ihn einen Moment lang und war mir sicher, dass er mir Antworten auf all meine Fragen geben könnte. Aber nicht hier, nicht wenn der Direktor mich schon so abwimmelte.

Ich lief zu Miss Williams, brachte sie zu dem SUV und schnallte sie auf dem Rücksitz neben ihrem Chauffeur fest.

Während der Fahrt schwiegen wir, und ich überlegte mir in Ruhe, wie ich das Thema angehen sollte.

Nachdem wir den Fahrer bei seiner Wohnung abgeliefert hatten, fuhren wir zum Stadthaus der Familie Williams.

Ich brachte Olivia mithilfe des Butlers ins Bett und ging anschließend nach unten, wo Adam sich gerade an der Kaffeemaschine in der Küche einen Espresso machte. Der Butler schien über Olivias Zustand nicht überrascht. Scheinbar waren ihre Eskapaden keine Seltenheit, und so

ließ er uns glücklicherweise alleine.

Scheinbar beiläufig betrachtete ich erst die winzige Espressotasse in Adams Händen und sah dann in sein Gesicht. »Verrückter Abend.«

Er nahm einen kleinen Schluck, schaute mir dabei in die Augen und nickte. Von seinen Gefühlen konnte ich nichts mehr wahrnehmen. Als würde er sich bemühen, sie zu unterdrücken, nachdem er erfahren hatte, dass ich sie dann nicht mehr wahrnehmen konnte.

Vielleicht aber auch nicht. Momentan spürte ich nämlich sowieso nur nagendes Misstrauen, das von mir selbst ausging. »Sie kannte dich.«

Adam nahm einen erneuten Schluck, ließ mich dabei aber nicht aus den Augen. Wieder sagte er nichts.

Ich lehnte mich gegen die Kücheninsel, die zwischen uns stand. »Und sie war hinter dir her.«

Seine Augen waren fest auf mich gerichtet, doch er schwieg weiterhin.

»Willst du mir dazu gar nichts verraten?«, fragte ich und ließ mich von seiner Gleichgültigkeit nicht aus dem Konzept bringen.

Ein winziges Zucken seines Mundwinkels war das einzige Zeichen von Gefühlen, das ich von ihm bekam. Ich amüsierte ihn scheinbar. »Sorry, aber das liegt außerhalb deiner Geheimhaltungsstufe.«

»Aber-« Ich verstummte, blinzelte und ließ damit den Scanner meiner Kontaktlinse laufen, der sofort damit begann, ihn zu überprüfen. »Adam White«, sagte die elektronische Stimme leise in meinem Ohr. »Dreiundzwanzig Jahre alt, Trainee des MI20 im letzten Jahr, Eltern verstorben, keine weiteren Verwandten, Geheimhaltungsstufe *Secret Klasse drei*, teilweise *Top Secret Klasse eins.*«

Ich konnte meine Überraschung nicht verbergen. »Teilweise *Top Secret, Klasse eins?*« Das hatte ich noch nie erlebt, und doch wusste ich, dass es kein Fehler war. Unser System machte keine Fehler. Innerhalb unserer Organisation gab es vier Geheimhaltungsstufen, wobei die beiden höchsten, *Secret* und *Top Secret*, für uns Trainees und Agenten die relevantesten waren. Diese Geheimhaltungsstufen wurden wiederum in drei Klassen unterteilt, wobei Klasse eins die niedrigste war. Ein Trainee, der kurz vor dem Abschluss seiner Ausbildung stand, hatte automatisch die Geheimhaltungsstufe *Secret, Klasse drei.* Mit Beenden der Ausbildung würden wir in die *Top Secret, Klasse eins* aufsteigen. Dass Adam jetzt schon eine Teilberechtigung für die nächsthöhere Geheimhaltungsstufe hatte, war ungewöhnlich.

Er nickte, auch wenn es keine Frage gewesen war, auf die ich eine Antwort erwartete. Natürlich hatte er anhand des rhythmischen Blinzelns meiner Augen gesehen, dass ich ihn mit meinen Kontaktlinsen gescannt hatte.

»Aber wie ist das möglich?«, murmelte ich und wandte mich stirnrunzelnd von ihm ab.

»Ich-«

»Das darfst du mir nicht sagen. Ist mir schon klar«, unterbrach ich ihn und wedelte mit meiner Hand, als würde ich ihn verscheuchen wollen. Mein Blick glitt ziellos durch die moderne Küche, bevor ich ihn wieder ansah. Adam war ein Trainee und hatte dennoch die Geheimhaltungsstufe eines Agenten. Irgendwas hatte er zu verbergen – und das hatte mit seiner Vergangenheit zu tun, da war ich mir sicher.

»Sie wollte wissen, wie du entkommen bist.« Ich legte meinen Kopf schief und fuhr mit meinen Fingern über die kühle Arbeitsplatte aus Granit. »Sie wollte dich wieder einfangen.«

»Du sagst das, als wäre ich ein entlaufenes Tier.« Missfallen wallte in ihm auf, doch er konnte es schnell wieder unterdrücken. »Ich verstehe, dass du neugierig bist, aber dennoch kann ich dir keine Antworten auf deine Fragen geben.«

Meine Lippen verzogen sich zu einem Lächeln. »Ich habe doch gar keine Fragen gestellt.«

Einen Moment lang sagte Adam gar nichts. Doch dann erwiderte er mein Lächeln. »Netter Versuch.«

Ich zuckte mit meinen Schultern, ein wenig geschmeichelt. »Dazu wurde ich ausgebildet.« Mein Blick bohrte sich in seinen. »Dennoch wurde auch ich angegriffen, und *du* wirst sicher nachvollziehen können, dass ich verstehen will *wieso.*«

»Natürlich kann ich das nachvollziehen. Aber solange du nicht die Berechtigung hast, darf ich nicht mit dir darüber sprechen.« Adams Lächeln wurde zu einem Schmunzeln, das aussah, als könnte es Herzen zum Schmelzen bringen. Nur meins sicher nicht. Er war unbestreitbar attraktiv, doch die Geheimnisse, die ihn umkreisten wie Motten das Licht, waren mir nicht geheuer.

Ich starrte ihn unbeeindruckt an und hoffte, dass er sich dadurch unwohl fühlte. »Mir ist klar, dass du nichts sagen darfst. Das bedeutet aber nicht, dass ich keine Fragen stellen kann.«

Er hob wortlos seine Augenbrauen.

»Du und der Direktor wollt also offenbar nicht, dass jemand mehr über dieses Mädchen erfährt. Nummer 17. Selbst ich nicht.«

Adam grinste. »Was macht dich so besonders, dass *du* es wissen müsstest?«

Ich schnaubte und hob meine Augenbrauen. »Ich habe gegen sie gekämpft und deshalb wenigstens ein paar Antworten verdient.«

»Das Leben ist aber leider manchmal unfair.« Irgendwas Ungesagtes schwang in seiner Stimme mit. Etwas Dunkles, das eine Gänsehaut über meinen Nacken zog. Ich fragte mich, wer genau ihn so gut ausgebildet hatte, wenn er in den letzten Jahren nicht in der Akademie gewesen war.

»Ich hau mich dann mal aufs Ohr«, meinte er nach einer kurzen Pause und stellte seine Tasse in die Spüle.

»Mach das.« Ich ließ ihn nicht aus den Augen, während er in den Flur und dann weiter zu den Gästezimmern ging. Zuvor hatte ich seine Geschichte nur aus purer Neugier wissen wollen. Nun wollte ich sie hören, um einschätzen zu können, auf welche Gefahren wir uns noch einstellen mussten.

Diese Verrückte hatte ihn zweifellos gekannt. Sie hatte *Kräfte* gehabt, wie auch immer das möglich war.

Und Direktor Roberts wusste, was hier vor sich ging und hatte verhindert, dass ich irgendwas davon mitbekam.

Am nächsten Abend kam Mr Williams zurück und war fuchsteufelswild, weil er ein Foto seiner Tochter in der Klatschpresse gesehen hatte. Unsere Gesichter waren halb nach unten geneigt und so kaum zu erkennen.

Irgendwer hatte unseren Abgang fotografiert und natürlich war Olivias Bewusstlosigkeit auf einen ihrer Alkoholexzesse zurückgeführt worden.

Wir widersprachen nicht.

Direktor Roberts, der die Wahrheit kannte, tauchte persönlich auf, um Mr Williams zu beschwichtigen. Wir wurden vermeintlich verwarnt und durften gehen. Olivia selbst betonte ihre Unschuld, doch weil Adam und ich schwiegen, glaubte ihr Vater ihr nicht.

Ich hatte Mitleid mit ihr, doch leider konnten wir nichts für sie tun. Die Wahrheit zu sagen stand außer Frage.

Wir konnten zurück an die Akademie, und ich freute mich schon darauf, dass wir danach unsere richtigen Aufträge erhalten würden. Zudem hoffte ich darauf, dass Direktor Roberts mir trotz der bestehenden Geheimhaltungsstufe etwas über das mysteriöse Mädchen verraten würde.

Kaum waren wir zurück in der Akademie, piepten unsere Uhren und teilten uns mit, dass wir in einer Stunde einen Termin beim Direktor haben würden.

Gerade genug Zeit, um meine Sachen wegzuräumen und duschen zu gehen. In Jeans, Shirt und Sneaker gekleidet machte ich mich schließlich auf den Weg zum Büro des Direktors.

Ich war nicht überrascht, als ich sah, dass die Tür offenstand und Adam dem Direktor bereits gegenübersaß.

»Alexis«, begrüßte mich Direktor Roberts mit einem höflichen Lächeln, als er mich näherkommen sah. Seine Sekretärin,

Pam, schenkte mir ein knappes Lächeln, als ich an ihr vorbei in das Büro ging und widmete sich dann wieder ihrem Computer.

»Direktor.« Ich nickte ihm zu und setzte mich auf den Stuhl neben Adam, der sich lässig auf seinem Platz zurückgelehnt hatte.

»Ich muss noch kurz etwas notieren. Einen Moment bitte«, sagte der Direktor und schrieb etwas in die Akte, die vor ihm lag.

Ich schaute mich in seinem Büro um, betrachtete die dunklen Möbel und die weißen Wände. In dem Bücherregal hinter ihm waren dicke Wälzer dicht an dicht gereiht, und ich fragte mich, ob er die wirklich alle gelesen hatte oder sie nur zur Zierde dastanden.

In einem Bilderrahmen, links von einer weiteren Tür, war ein Foto abgebildet, das ich schon kannte. Und ich konnte mich nach wie vor nicht daran sattsehen. Auf diesem Bild waren meine Eltern und ein paar ihrer alten Kameraden abgebildet, und wie jedes Mal, wenn ich in diesem Büro saß, konnte ich meinen Blick nicht davon abwenden. Ich sog jedes Detail ihrer jüngeren Versionen ein und fühlte mich ihnen ein kleines Stückchen näher. Keiner von meinen Klassenkameraden wusste, dass Direktor Roberts meine Eltern gekannt hatte, und das mussten sie auch nicht. Denn es änderte nichts daran, dass ich eine ganz normale Schülerin war.

Der Direktor schloss die Akte, lehnte sich auf seinem Platz zurück und legte seine Fingerspitzen aneinander. Seine Augen wurden ernst. »Was gestern passiert ist, steht unter der Geheimhaltungsstufe *Top Secret, Klasse eins.* Alexis, ich weiß, dass du sicher Fragen hast, doch auf diese wirst du keine Antwort bekommen.«

»Ich verstehe und respektiere die Geheimhaltungsstufen«,

begann ich und zwang mich zu lächeln. »Dennoch wurde ich in diesen Fall hineingezogen und finde, es ist mein Recht, wenigstens zu erfahren, was das für ein Mädchen war, das uns fast mühelos erledigt hätte.«

Direktor Roberts hob seine Augenbrauen, bevor er resigniert seufzte. »Natürlich kann ich deine Neugier nachvollziehen. Doch es wäre dem Auftrag nicht zuträglich, wenn du mehr wüsstest. Es ist zu deinem Besten.«

»Und Adam ist persönlich betroffen, weil dieser Auftrag mit seiner Vergangenheit zusammenhängt?«, hakte ich dennoch nach.

»Richtig. Darauf bist du aber schon selbst gekommen«, antwortete Adam nun.

Widerwillig sah ich zur Seite und blickte ihn an. Am liebsten hätte ich ihm gesagt, dass ich gerade mit dem Direktor redete und nicht mit ihm, aber ich hielt mich zurück. *»Allerdings.«*

»Gut, dann ist das hier geklärt.« Der Direktor schaute auf zwei weitere Akten, die vor ihm lagen, und nutzte Adams Einwand, um das Thema für beendet zu erklären. »Kommen wir zu den Aufträgen, die wir für euch geplant hatten.«

Hatten? Ich hielt kurz die Luft an, und mein Körper verspannte sich, aber ich schwieg. Gleichzeitig spürte ich Misstrauen in mir aufwallen. Adams Vergangenheit hatte diesen Auftrag gefährdet. Es hatte Menschenleben gefährdet, und nun wurde das Thema einfach so übergangen?

Obwohl mir klar war, dass ich nicht die entsprechende Sicherheitsfreigabe hatte, fühlte ich mich dennoch persönlich betroffen. Ich wollte verdammt noch mal Antworten! Dennoch schwieg ich, weil ich wusste, dass meine Chance vertan war.

»Leider wurde der Auftrag während eurer Abwesenheit so

dringend, dass wir Agenten losschicken mussten, um ihn zu erledigen. Nun haben wir aktuell keine geeigneten Fälle, die wir euch geben können. Dadurch habt ihr aber keinen Nachteil den anderen Trainees gegenüber«, versicherte er uns ernst und schaute uns nacheinander an.

Ich nickte langsam und ließ mir meine Enttäuschung nicht anmerken.

»Die anderen Trainees kommen in den nächsten Tagen wieder. Es wird keinen Unterricht geben. Dennoch könnt ihr die Trainingsräume nutzen. Zudem bitte ich euch beide, noch bis heute Abend eure Berichte abzugeben.«

Wir bedankten uns und verabschiedeten uns dann, bevor wir gemeinsam das Büro verließen.

Ich schaute zu Adam hinüber, während ich neben ihm herlief. Irgendwie musste ich doch mehr aus ihm herausbekommen können. »Du hast scheinbar echt krasse Sachen erlebt, wenn du von einem so verrückten Mädchen verfolgt wirst.«

Er nickte, sah mich aber nicht an.

»Und du bist ganz schön schweigsam, was?«

Adam nickte erneut, schien aber in Gedanken zu sein, denn ansonsten reagierte er noch weniger. Ob er über den gestrigen Abend nachdachte? Natürlich wusste ich, dass es mich nichts angehen durfte. Und hätte ich nicht gegen diese Verrückte gekämpft, wäre es mir auch sicherlich egal gewesen. Doch nun wollte ich mehr wissen. Ich fragte mich, was mit ihr passiert war.

Meine Schritte wurden langsamer, als ich den Kampf gedanklich noch einmal durchging. Sie war viel stärker als ich gewesen. Wieso war es mir gelungen, sie wegzuschleudern? Ich erinnerte mich daran, dass sie »nicht jetzt« gerufen hatte und zusammengezuckt war. Zudem fragte ich mich, woher sie ihre

Kräfte hatte. Sie schien so alt wie ich gewesen zu sein, und ich war mir sicher, sie noch nie zuvor an der Akademie gesehen zu haben. Und selbst wenn sie doch eine ältere Agentin war und man ihr das Alter nicht ansah, wieso hätte sie gegen uns kämpfen sollen? Bisher hatte ich nichts von Agenten gehört, die sich gegen das MI20 gestellt hatten.

Aber wenn sie gar nichts mit uns zu tun hatte … woher kamen dann ihre Kräfte?

»Was ist los?«

Adams Stimme ließ mich aufblicken, und mein Blick traf seinen. »Diese Verrückte, Nummer 17, ich muss an sie denken.«

Seine Augenbrauen hoben sich, als hätte er geglaubt, meine Gedanken ließen sich durch eine Geheimhaltungsstufe bändigen. »Und was denkst du über sie?«

Meine Mundwinkel zuckten, und ich legte meinen Zeigefinger auf meine Lippen. »Das ist geheim.«

Adam starrte mich einen Moment an, bevor er zu lachen begann. Laut und ehrlich.

Sein Lachen war dunkel, heiser und ungeübt. Ich mochte es.

Schade nur, dass mein Bauch mir sagte, dass ich ihm vorerst nicht trauen sollte. Irgendetwas war faul an dieser ganzen Geschichte, und auch wenn ich Direktor Roberts vertraute, konnte ich die leise, nagende Stimme in meinem Kopf nicht überhören.

Meine Armbanduhr vibrierte auf einmal, und als ich auf das Display sah, stand dort eine weitere Nachricht des Direktors. Ich sollte noch einmal zurückkommen.

Ich runzelte die Stirn und sah kurz zu Adam. »Wir sehen uns dann beim Essen.«

Er nickte kurz, und auch wenn er vielleicht neugierig war, fragte er nicht, was ich vorhatte, sondern drehte sich um und ging.

Ich hingegen machte mich erneut auf zum Büro des Direktors. Seine Sekretärin kam gerade mit einer frischen Kanne Tee und zwei Tassen um die Ecke, und ich öffnete ihr die Tür zum Büro.

Sie bedankte sich und stellte die Kanne auf die Ecke von Direktor Roberts Schreibtisch.

»Setz dich bitte.« Direktor Roberts deutete auf den Stuhl, auf dem ich zuvor schon gesessen hatte. »Tee?«

Pam lächelte mir noch einmal zu und ging dann. Leise schloss sie die Tür hinter sich.

Ich wusste, dass der Direktor liebend gerne Pfefferminztee trank. »Gerne.«

Ich schaute dem Direktor dabei zu, wie er uns Tee einschenkte. Auch wenn ich überrascht von diesem spontanen Teekränzchen war, ließ ich es mir nicht anmerken. Hoffnung, dass er mir vielleicht doch noch ein paar Antworten geben würde, wallte in meinem Bauch auf und ließ mich nervös werden.

Dankend nahm ich von ihm eine dampfende Tasse entgegen und stellte sie zum Abkühlen vor mir ab.

Direktor Roberts hingegen nippte an dem heißen Tee und machte dann ein zufriedenes Geräusch, während er die Tasse wieder abstellte. »Nichts geht über frischen Pfefferminztee.«

Ich nickte.

Der Direktor lächelte mich an und lehnte sich auf seinem Stuhl zurück. »Deine Eltern wären stolz, wenn sie sehen könnten, wie selbstverständlich du die Regeln des MI20 befolgst, auch wenn du sicher mehr wissen willst.«

»Danke«, sagte ich und griff nun doch nach meiner Tasse. Mit ihm über meine Eltern zu sprechen, war noch immer seltsam für mich. Es führte mir jedes Mal vor Augen, wie wenig ich von ihnen gewusst hatte. Natürlich verstand ich heute, warum sie uns damals nichts verraten hatten. Dennoch machte es sie teilweise zu Fremden für mich, und das hasste ich.

Ich nippte an dem heißen Pfefferminztee und entspannte mich wieder. Er war gerade heiß genug, um auf meiner Zunge zu brennen, aber nicht so sehr, dass es wehtat.

»Ich kann dir weiterhin nichts sagen. Trotzdem möchte ich dich um zwei Gefallen bitten.«

Ich schaute ihn nur an und unterdrückte meine Überraschung.

»Verlass das Gelände für die nächste Zeit nicht.«

Mein Mund öffnete sich, Cassies Gesicht tauchte vor meinen Augen auf, doch ich schwieg.

Sein Blick wurde weich, denn er ahnte von meinen zwiespältigen Gefühlen. »Es ist nur für eine Weile. Zur Sicherheit. Sobald du sie wieder besuchen darfst, werde ich dich persönlich davon unterrichten.«

Ich nickte langsam und wusste, dass er dies nur von mir verlangen würde, wenn es wirklich wichtig war. »Was ist der andere Gefallen?«

»Kümmere dich ein wenig um Adam.«

Beinahe wäre mir die Kinnlade heruntergefallen, doch ich konnte meine neutrale Miene gerade so beibehalten. »Soll ich das aus einem bestimmten Grund tun?«

»Ich kann dir nicht verraten, unter welchen Umständen er hier ist oder was zuvor mit ihm passiert ist, aber er ist ein guter Mensch. Vertrauenswürdig, falls du daran zweifeln solltest«, fügte er hinzu und lächelte. »Ich denke nur, dass er ein wenig

Gesellschaft vertragen könnte. Und du lässt dich bekanntermaßen von niemandem einschüchtern.«

Ich schmunzelte kurz, und wir wussten beide, dass er mich am Haken hatte. Aber das war okay für mich. Ich vertraute dem Direktor und auch seinem Urteil. »Ich könnte momentan einen Trainingspartner gebrauchen. Mein letzter Kampf war nicht unbedingt mein bester.« Es nagte ein wenig an meinem Ego, dies zuzugeben, doch es war nichts, was der Direktor nicht auch in meinem Bericht lesen würde.

Einen kurzen Augenblick lang glaubte ich, einen Schatten in seinen Augen zu sehen, doch ich konnte mir nicht sicher sein, da seine Gefühle völlig verschlossen waren. »Training kann nie schaden.«

Ich nickte und gleichzeitig nippten wir an unseren Tees.

Ich richtete mich auf meinem Platz wieder auf. »Wieso haben Sie mich gebeten, ihn während des Auftrages zu beurteilen?«

»Du gehörst zu unseren Besten.« Direktor Roberts lächelte mich an. »Ich habe Vertrauen in deine Fähigkeiten.«

Zu sagen, dass ich mich geschmeichelt fühlte, wäre untertrieben, und ich schaffte es nur mit Mühe, ein stolzes Grinsen zu unterdrücken. »Er hat sich gut geschlagen und ist gut ausgebildet. Dennoch denke ich, dass ich ohne weitere Informationen über seine Vergangenheit keine richtige Bewertung abgeben kann. Etwas an dieser ganzen Sache ist seltsam, aber das wissen Sie ja.«

Der Direktor nickte und lächelte, denn wir wussten beide, dass ich nicht mehr erfahren würde. Ihm schien meine Bewertung aber zu reichen. »Dieser gesamte Auftrag sollte unter uns bleiben.«

Ich verstand und nickte. Er wollte nicht, dass meine Freunde von diesem Auftrag erfuhren, der so viele Fragen aufwarf.

Direktor Roberts lächelte und nippte erneut an seinem Tee.

Mein Blick fiel auf das Bild hinter ihm, auf dem er, meine Eltern und noch andere Agenten aus der ersten Einheit zu sehen waren. Hoffentlich wären sie wirklich stolz auf mich gewesen.

10. Kapitel

Adam erschien nicht zum Mittagessen und später zum Abendessen ebenfalls nicht. Ich organisierte uns Sandwiches und Desserts. Noch immer war ich ein wenig überrascht, dass der Direktor wollte, dass ich mich um Adam kümmerte. Meine Neugier wurde immer größer, doch ich wusste nicht, wie ich mehr über ihn herausfinden sollte. Ich konnte mich ja schlecht einfach in die Datenbank hacken. Auch, wenn ein klitzekleiner Teil von mir mit der Idee spielte, ließ ich es natürlich bleiben. Das wäre dumm.

Wenigstens lenkte mich meine neue Aufgabe davon ab, dass ich Cassie nicht besuchen durfte. Mein Magen zog sich bei dem Gedanken an sie zusammen, und etwas in mir wollte rebellieren und sie heute Nacht einfach besuchen. Doch ich war eine angehende Agentin. Ich musste auf die Anweisungen hören, selbst wenn der Direktor so getan hatte, als würde ich ihm damit nur einen Gefallen tun.

Ich fand Adam schließlich im Trainingsraum, wo er auf einen Sandsack einprügelte. Er trug die übliche Trainingskleidung, bestehend aus schwarzen Shorts und schwarzem Shirt. Schweiß lief ihm über die Stirn, seine Haare waren schon völlig durchnässt, und die Kleidung klebte an seinem Körper. Er trainierte völlig lautlos, atmete gleichmäßig, nur seine Schläge auf dem Kunstleder und das Klirren der Stahlkette, mit der der Boxsack an der Decke befestigt war, waren zu hören. Durch seine Bewegungen war sein Shirt am Rücken hochgerutscht und entblößte ein Pflaster, das ziemlich frisch aussah. Seltsam. Ob er deshalb nicht zum Essen gekommen war?

Ich schlenderte an ihm vorbei und setzte mich auf eine Matte auf dem Boden.

Als er mich sah, ließ er die Arme sinken. Seine Stirn legte sich in Falten, und ich konnte kurz seine Überraschung spüren, bevor er sich wieder unter Kontrolle hatte. »Was machst du hier?«

»Picknicken«, erwiderte ich und deutete auf das Essen um mich herum, welches offensichtlich für mehr als eine Person ausreichte.

Langsam löste er die Boxbandagen von seinen Händen. »Wieso solltest du mir was mitbringen? Denkst du, du würdest Informationen für Essen bekommen?«

»Ich respektiere die Geheimhaltungsstufen«, erwiderte ich mit hochgezogenen Augenbrauen und machte deutlich, wie idiotisch ich seine Aussage fand. »Aber mir ist langweilig, und da dachte ich, wir könnten zusammen essen.«

Er hielt in seiner Bewegung inne, und einer seiner Mundwinkel hob sich, während seine Augen blitzten. »Wenn du ein Date willst, musst du es nur sagen.«

Ich schnaubte und griff nach einem Sandwich, um genüsslich reinzubeißen. »Träum weiter.«

Einen Moment lang musterte er mich, bevor er die Bandage vollständig abwickelte, sie zusammenfaltete und neben mir auf den Boden warf. Dann hob er sein Handtuch auf, um sich den Schweiß von Gesicht und Nacken zu wischen. Dabei blieb sein Blick erneut an mir hängen. »Du willst doch was von mir.«

Ich prustete los. »Du überschätzt dich selbst, wenn du glaubst, ich würde dir wegen einem Date oder Informationen hinterherlaufen.«

Auch ohne meine Kraft sah ich die Zweifel in seinen Augen. Er blinzelte, schüttelte sie so ab und ließ sich mit einem Stöhnen neben mich auf die Matte sinken. Dann nahm er sich ebenfalls ein Sandwich und biss hinein. »Danke.«

»Bitte.« Ich grinste kurz und aß weiter. »Außerdem brauche ich einen Trainingspartner für die nächsten Tage.«

»Ich wusste es«, sagte er mit vollem Mund, woraufhin ich ihn nur lachend mit dem Ellenbogen in die Seite stieß.

*

Die nächsten beiden Tage verbrachten Adam und ich damit zu trainieren, zu essen und abends mit ein paar jüngeren Trainees im Gemeinschaftsraum abzuhängen. Adam war verdammt stark, und mehr als einmal besiegte er mich. Er war ein guter Trainingspartner, hielt nichts zurück und brachte mich bis an meine Grenzen. Er war ein ernstzunehmender Gegner. Wir funktionierten gut zusammen, und ich musste mir eingestehen, dass es wirklich Spaß machte, mit ihm zu trainieren.

Aber zugleich bemerkte ich deutlich, dass er mir ansonsten aus dem Weg ging. Vermutlich, weil er weiteren Fragen aus dem Weg gehen wollte, die ich ihm hin und wieder nebenbei stellte. Denn ich hoffte natürlich, er würde irgendwann doch noch die ein oder andere nützliche Information fallen lassen. Vielleicht war er aber auch eher der Typ einsamer Wolf.

Dennoch ließ ich mich nicht unterkriegen. Auch wenn Adam eigentlich nicht mein Typ war, übte er eine enorme Anziehung auf mich aus. Adam war wie ein Code, den ich unbedingt entschlüsseln wollte.

»Wenn die Verrückte nicht plötzlich zusammengebrochen wäre, meinst du, sie hätte mich dann getötet?«, fragte ich ihn gerade, als wir im Speisesaal einander gegenüber am Tisch saßen und Spinat-Nudeln mit Hähnchenbrust aßen.

»Vermutlich.« Er betrachtete die Nudeln, die er mit seiner Gabel aufspießte. »Wenn auch nicht unbedingt absichtlich.«

Ich horchte auf, aß einen Bissen und tat so, als hätte er mir gerade nicht zum ersten Mal eine sinnvolle Antwort gegeben.

»Auf mich wirkte es auch so, als hätte sie ihre Kräfte nicht wirklich unter Kontrolle gehabt.«

Er sah auf und schob sich die Nudeln in den Mund, während er mit den Schultern zuckte.

»Ich frage mich, wie das möglich ist«, sagte ich laut und trank einen Schluck Wasser. »Sie scheint nicht zur Akademie zu gehören, aber hat dennoch Kräfte. Wie kann das sein?«

Adam schluckte und schob die nächste Portion hinterher. Offensichtlich wollte er nichts mehr dazu sagen.

»Du machst mich echt noch irre«, stieß ich genervt aus und aß ebenfalls weiter.

»Ich *darf* nichts sagen, und das weißt du«, betonte er und trank ebenfalls einen Schluck Wasser aus seiner Flasche. »Wieso versuchst du es überhaupt noch?«

»Weil sie mich beinahe fertig gemacht hat, und das einfach nicht möglich sein dürfte«, zischte ich leise und sah mich um, öffnete meinen Schild, aber niemand konzentrierte sich auf unser Gespräch. »Ich will wissen, was das für eine Gefahr ist, die mich dazu zwingt, das Gelände nicht mehr zu verlassen.«

»Oh.« Adam nickte, und durch meinen geöffneten Schild spürte ich seine Schuldgefühle so urplötzlich, dass ich kurz zusammenzuckte. Sie hatte es auf Adam abgesehen, und offensichtlich fühlte er sich nun schuldig, weil ich Cassie nicht besuchen durfte. Ich lächelte ihn an. »Du kannst ja nichts dafür, dass du gejagt wirst.«

Er presste seine Lippen zusammen, und das Gefühl verschwand. »Du hast doch keine Ahnung.«

Bevor ich etwas sagen konnte, erhob er sich ruckartig, murmelte ein „Gute Nacht“ und ging, um sein Tablett wegzubringen, bevor er den Speisesaal verließ.

Verwirrt saß ich ganz alleine an unserem Tisch und starrte ihm hinterher, während das schlechte Gewissen an mir nagte. Was auch immer seine Geschichte war, sie hatte nicht nur Narben auf seiner Haut hinterlassen.

*

Dr. Sam saß mir direkt gegenüber und schaute mir in die Augen, als könne sie so bis auf den Grund meiner Seele blicken. Sie präsentierte mir ihre Neugier, ihren Stolz und das Gefühl, jetzt in diesem Moment genau das Richtige zu tun. Sie hielt keines ihrer Gefühle zurück. »Du musst nur zugreifen«, flüsterte sie mit sanfter Stimme, um meine Konzentration nicht zu stören.

Ich schloss meine Augen und nahm alles um mich herum wahr. Die anderen vier Trainees, die lautlos an der Wand lehnten und zusahen, das Vogelgezwitscher vor dem Fenster und das Rascheln der Blätter am Baum. Gleichzeitig spürte ich Dr. Sams Gefühle, überdeutlich.

Ich atmete tief ein, weitete meine Kraft aus und tastete mich voran, konzentrierte mich nur noch auf den Stolz, der in ihr am stärksten loderte.

Beim Ausatmen versuchte ich ihn zu greifen. Doch er verpuffte und verschwand.

Ich öffnete meine Augen und sah in Dr. Sams Gesicht. Sie verschloss sich wieder vor mir. »Sehr gut. Versuche beim nächsten Mal, das Gefühl nicht so hart zu packen. Ich habe es fast körperlich gespürt. Du musst es streicheln, okay?«

Ich nickte und konnte dennoch mein Grinsen nicht verbergen. Nach all den Monaten hatte ich es endlich geschafft! Ich hatte tatsächlich ihre Gefühle berührt, und mit viel Übung wäre ich vielleicht wirklich irgendwann bereit, Gefühle zu manipulieren.

»Agnes, kommst du bitte nach vorne?«

Ich stand auf und tauschte mit Agnes den Platz. Müde lehnte ich mich gegen die Wand und ließ mich nach unten sinken. Dieser Kurs bestand nur aus fünf Trainees aller Jahrgänge und war speziell dazu gedacht, unsere mentalen Fähigkeiten zu fördern, denn unsere Kräfte ähnelten sich in gewisser Weise.

Agnes, aus dem ersten Jahr, konnte Gefühle sehen und war erst seit Kurzem auf der Akademie.

Matthew konnte Lügen spüren und war im zweiten Jahr, genauso wie Henry, der Angst erzeugen konnte.

Doris war in der Lage, Lebensmut zu entziehen, was genauso cool, wie auch gruselig war, und war ein Jahr unter mir.

Nach dem Unterricht gingen wir zusammen in Richtung Speisesaal.

»Ich bin so neidisch auf dich«, stöhnte Agnes und richtete ihren hohen Zopf, in dem ihr dickes, dunkelblondes Haar steckte.

»Jede Kraft ist anders – sei froh, dass du überhaupt was kannst«, tadelte ich sie in gespielt ernstem Ton.

Sie rollte mit den Augen. »Ja, schon klar. Ich bin ja dankbar. Trotzdem will man sich doch immer verbessern.«

Ich nickte und fühlte mich in ihrer Gegenwart immer irgendwie weise, auch wenn sie nur drei Jahre jünger war. »Das sollte dein Ziel sein.«

»Übrigens habe ich euren Neuen gesehen. Er. Ist. So. Heiß«, betonte sie jedes Wort und seufzte laut. »Aber seine Gefühle … dunkler als dunkel. Keine Ahnung wo der herkommt, aber die Narben an seinem Hals lassen ihn so richtig heiß und gefährlich aussehen.«

Nachdenklich sah ich zu Agnes, die eine Leichtigkeit ausstrahlte, die so gar nicht zu einer zukünftigen Agentin passen wollte. Wenn ich sie sah, könnte sie genauso gut eine immer lächelnde Stewardess sein. »Ja, um seine Vergangenheit wird ein ziemliches Geheimnis gemacht.«

»Verstehe ich gar nicht. Als könntet ihr euch die Unterlagen nicht einfach beschaffen.« Da sie im ersten Semester war, hatte sie Geheimhaltungsstufe *Secret, Klasse eins* und hatte somit nicht dieselben Berechtigungen wie wir.

»Da sind einige Sachen geschwärzt«, sagte ich, weil ich natürlich bereits denselben Gedanken gehabt hatte. Im Grunde bestand Adams Akte aus lauter geschwärzten Seiten. »Aber ich finde schon noch heraus, was mit ihm los ist.«

»Davon bin ich überzeugt. Wenn nicht du, wer sonst?«

Ich suhlte mich darin, dass sie zu mir aufsah, und grinste breit, als wir den Speisesaal betraten. Adam saß bereits an seinem Platz und aß.

Gemeinsam mit Agnes holte ich mir etwas zu essen, bevor wir uns verabschiedeten und ich mich zu Adam an den Tisch setzte. »Na«, begrüßte ich ihn und nahm einen großen Schluck Wasser.

»Hallo.« Er nickte knapp und konzentrierte sich dann wieder auf das Buch, das neben seinem Essenstablett lag. Es war eine Lektüre aus dem letzten Jahr. Mir wurde klar, wie viel er aufzuholen hatte, und ich schämte mich, dass ich mich darüber geärgert hatte, weil er sich so zurückzog.

»Ich könnte dir helfen«, bot ich an und aß ein Stück Brokkoli.

Fragend sah er auf.

Ich deutete auf sein Buch. »*Psychologie des Bösen* war eins meiner Lieblingsfächer im dritten Jahr.« Manche Fächer, wie Fremdsprachen und Simulationstraining hatten wir während der gesamten Ausbildung. Andere wiederum nur für ein oder zwei Jahre. Im ersten hatten wir zum Beispiel das Fach *Berichte korrekt ausfüllen und ablegen* gehabt. Es war total langweilig gewesen, doch nun konnten wir Berichte praktisch im Schlaf ausfüllen. Selbst Superagenten blieben eben nicht von Papierkram verschont.

»Schon okay«, winkte Adam ab und konzentrierte sich wieder auf sein Buch. »Aber danke.«

»Gerne«, sagte ich und aß weiter. Stille breitete sich zwischen uns aus, aber das war okay. Irgendwie hatte ich mich an seine Schweigsamkeit gewöhnt.

»Heute Abend wieder Training?«, fragte Adam gerade in dem Moment, als ich glaubte, er hätte meine Anwesenheit schon wieder vergessen.

»Sicher.« Einer meiner Mundwinkel hob sich. »Dieses Mal mache ich dich fertig.«

Adam betrachtete mich mit einem seltenen Lächeln. »Das glaubst auch nur du.«

*

Ich saß mit leichtem Muskelkater auf meinem Bett und blätterte gelangweilt in einem Buch, das ich mir aus der Bibliothek geborgt hatte. Aber selbst *Techniken zur sofortigen Eliminierung von Zweifeln einer Zielperson*, was von einem ehemaligen Trainee verfasst worden war, konnte mich nicht mitreißen. Das meiste, was in dem Buch stand, wusste ich sowieso bereits aus dem Unterricht. Nach dem heutigen Training mit Adam war ich zwar körperlich erledigt, aber mein Geist war unruhig. Zudem war mir irgendwie ... langweilig.

Plötzlich wurde meine Tür aufgerissen.

Ich hob meinen Kopf und sah Vivien hereinkommen.

Ich wollte sie gerade begrüßen, doch Vivien kam mir zuvor. »Ich habe mit Thomas geschlafen.«

Mein Mund klappte wieder zu, und einen Moment lang war ich so schockiert, dass ich nicht wusste, was ich sagen sollte. Die Langeweile war auf einmal wie weggeblasen.

Vivien stand mitten im Raum und starrte mich abwartend an. Ihr Zopf schien noch strenger als sonst gebunden zu sein, und ihre Gefühle waren so intensiv, dass ich das Wirrwarr in ihr förmlich greifen konnte.

»Okay«, sagte ich langsam, da sie vermutlich eine Reaktion von mir erwartete. »War es gut?«

»War es gut?«, wiederholte sie schrill und warf meine Zimmertür zu, als ihr klar wurde, dass man uns hören konnte. »Ich eröffne dir, dass ich meine Jungfräulichkeit auf die denkbar unprofessionellste Weise verloren habe – und *das* ist es, was du wissen willst?« Ihre Nasenflügel blähten sich auf, und ihre Wangen wurden rot.

Ich konnte nicht anders und musste grinsen. »Naja, noch unprofessioneller wäre es gewesen, wenn du mit einem unserer Lehrer geschlafen hättest.«

Vivien stieß ein bedrohliches Knurren aus.

Sofort hob ich beschwichtigend meine Hände und setzte

mich in meinem Bett auf. »Natürlich ist das jetzt irgendwie eine verzwickte Situation. Habt ihr den Auftrag gefährdet?«

Sie schüttelte ihren Kopf.

Ich zögerte kurz. »Wolltest du es denn?«

Sie wurde rosa um ihre Nase herum und nickte. »Ich habe es natürlich auch in meinen Bericht aufgenommen. Thomas wollte das nicht, aber wie könnte ich sowas bitte unter den Tisch fallen lassen?«

Das war so typisch für die stets korrekte Vivien. Ich war zwar unserer Organisation treu, aber *das* hätte ich vermutlich verschwiegen. Es wurde nicht gerne gesehen, wenn man mit seinem Partner während einer Mission intim wurde. Um es genau zu nehmen, bekamen wir dafür sogar ziemlichen Ärger, aber es kam immer mal wieder vor. Vivien tat mir schon jetzt leid, denn die Strafe dafür würde sicherlich hart ausfallen.

Ich holte tief Luft und versuchte ihr Ruhe zu vermitteln, denn mit einem Mal begann sie nervös mit dem Fuß zu tippeln. Dennoch musste ich ehrlich sein. »Direktor Roberts wird nicht begeistert sein.«

Sie schlang ihre Arme um ihren Oberkörper. »Ich weiß! Ich hätte das niemals machen sollen.«

Vivien stöhnte, bevor ich etwas sagen konnte. Dann lief sie zu meinem Schreibtisch, warf unsanft meine gestapelten Klamotten von meinem Stuhl und setzte sich darauf. »Was mache ich denn jetzt?«

»Ich würde sagen, dass du erstmal ganz ruhig bleibst.«

»Du bist nicht diejenige, die eine Abmahnung bekommen wird. Und ich darf mich ja nicht mal beschweren«, rief sie verzweifelt und rieb sich mit beiden Händen über ihr Gesicht. »So ein Mist!«

Ich betrachte sie einen Moment, sah meine völlig aufgebrachte Freundin, die sonst jede noch so missliche Lage logisch analysierte und nun kurz vorm Ausflippen stand. Dennoch war ich mir sicher, dass sie eine Lösung finden würde. Das tat sie immer.

»Wie kam es überhaupt dazu?«

»Wir waren wegen des Auftrags in einer Bar«, begann sie langsam und verzog ihren Mund missmutig bei der Erinnerung daran. »Beinahe wäre unsere Tarnung aufgeflogen, und deshalb hat Thomas mich geküsst. Das hat uns quasi gerettet. Aber danach war da diese Spannung.« Sie presste ihre Lippen aufeinander und schluckte hörbar. »Naja, als wir in der Nacht zurück im Hotel waren, ist es dann einfach passiert.«

Ihr entfuhr ein weiteres Stöhnen, und sie legte in einer ungewohnt hilflosen Geste ihr Gesicht in ihre Hände. »Das klingt so bescheuert!«

»Finde ich nicht«, sagte ich und richtete mich auf meinem Platz wieder auf. Kurz überlegte ich, sie zum Trost zu umarmen, aber das passte nicht zu uns. »Jetzt ist es passiert, und ich finde, ihr solltet nach vorn blicken.«

»Mhm«, murmelte sie in ihre Hände, und ich spürte kurz und heftig ihre Scham aufwallen.

Ein ungutes Gefühl überkam mich. »Ihr habt verhütet, oder?«

Vivien schaute mich entsetzt an. »Natürlich!«

»Gut«, sagte ich langsam. »Und ihr habt darüber geredet, ja? Ihr seid euch einig, wie es weitergeht, oder?«

»Ich habe abgeblockt, als er es versucht hat.« Sie atmete hörbar aus und erhob sich dann so ruckartig, dass mein Stuhl gegen den Schreibtisch knallte. »Du hast Recht. Ich rede mit ihm, und wir klären das. Dann fühle ich mich auch nicht mehr so bescheuert.« Vivien schenkte mir ein entschlossenes Lächeln, das aber grimmiger wirkte, als es vermutlich sein sollte. »Danke.«

Ich rief ihr noch ein wenig verspätet ein »Bitte« hinterher, als sie aus meinem Zimmer stürmte und dabei die Zimmertür laut hinter sich zu fallen ließ.

Na, *das* war ja mal interessant gewesen.

Vivien und Thomas. Das hätte ich niemals gedacht.

11. Kapitel

Ich warf einen Blick auf meine Uhr und sah, dass Eva mir eine Nachricht hinterlassen hatte. Sie war bereits im Speisesaal und hielt mir einen Platz frei. Überrascht stellte ich fest, dass ich durch Viviens filmreifen Auftritt beinahe das Abendessen verpasst hätte. Heute kamen auch endlich alle Trainees von ihren Aufträgen zurück, was bedeutete, dass der Unterricht weitergehen würde – perfekt gegen meine aufkommende Langeweile. Zwar hatte ich gehofft, wir würden in der Zwischenzeit noch einen Auftrag kriegen, doch dem war leider nicht so gewesen. Tatsächlich hielt Direktor Roberts sich mehr in der Basis des MI20 als in der Akademie auf, was bedeutete, dass irgendwas los sein musste. Ich war mir sicher, dass es mit dieser Verrückten, Nummer 17, zu tun hatte.

Meine Gedanken kreisten immer noch um sie, als ich den Speisesaal betrat und dort Dean und Eva an unserem Tisch sitzen sah. Sie winkten mir zu, und ich erwiderte die Geste, bevor ich zur Essensausgabe ging und mir einen Gemüseauflauf holte.

Als ich an unserem Tisch ankam und mich setzte, streiften sich Deans und mein Blick. Die Erinnerung daran, dass er mich gerettet hatte, ließ mein Herz ein wenig schneller schlagen. Doch ich ließ mir nichts anmerken. »Hi.«

»Hi«, erwiderte er.

»Hey. Wie lief es denn mit Adam?«, fragte Eva mit unverhohlener Neugier.

Ich zuckte mit meinen Schultern. »Wir hatten ziemlich viel Action, doch leider darf ich nichts darüber wissen, weil es über meiner Geheimhaltungsstufe liegt. Und viel mehr kann ich dazu auch nicht sagen.«

Evas Augenbrauen sprangen beinahe an die Decke. »Wow, also neugierig machen kannst du.«

»Ist ein Talent«, sagte ich achselzuckend, bevor ich lachen musste. »Ich darf echt nichts über den Auftrag verraten.«

Eva verdrehte ihre Augen. »Konntest du denn mehr über Adam selbst herausfinden?«

Kopfschüttelnd begann ich zu essen.

Ihre Enttäuschung war spürbar. »Dabei war ich so sicher, dass du auf jeden Fall was rausbekommen würdest.«

»Ach ja?« Ich schluckte mein Essen herunter und schaute sie verwundert an. »Wieso gerade ich?«

»Weil du eben gut bist«, meinte sie lahm.

Dean lachte, auch wenn es ungewohnt bitter klang. »Quatsch, weil sie glaubt, dass Adam auf deine hübschen Augen reinfallen würde und dir dann all seine Geheimnisse verrät.«

»Oh«, machte ich und grinste ihn an. »Du findest also meine Augen hübsch?«

Dean runzelte seine Stirn so stark, dass man meinen könnte, ich hätte ihn persönlich beleidigt. »Du hörst auch nur das, was du hören willst.«

»Ähm«, grätschte Eva dazwischen. »Ich habe es auch gehört und möchte mehr wissen. Wie lange findest du Alexis' Augen denn schon hübsch, hmm?«

»Ihr beide habt echt einen Schaden«, erwiderte er und konzentrierte sich auf sein Essen. »Ich habe keine Ahnung, wieso ich überhaupt mit euch beiden spreche.«

»Weil wir so hübsche Augen haben«, säuselte ich und hätte am liebsten laut gelacht, so sehr genoss ich es, ihn aufziehen zu können. Mir war klar, dass er seine Worte nicht ernst gemeint hatte. Immerhin war er Dean. Der Kerl, mit dem ich seit Beginn der Ausbildung um den ersten Platz unter den Trainees kämpfte.

Doch trotz des Konkurrenzkampfes wurde mir durch unsere Kabbeleien auch bewusst, dass ich ihn die letzten Tage sogar ein wenig vermisst hatte.

Eva lachte und konzentrierte sich dann wieder auf mich. »Schade, ich hatte echt gehofft, er wäre ohne uns ein wenig gesprächiger.«

»Wieso seid ihr überhaupt so sehr auf ihn fixiert?«, fragte Dean.

»Weil einfach *alles* an ihm interessant ist. Willst du denn nicht wissen, wo er in den letzten Jahren war?«

Dean nickte bedächtig. »Ja, die Umstände seines Auftauchens sind seltsam. Dennoch sollten wir ihn in unserem Team aufnehmen und ihm genauso eine Chance geben, wie wir einander eine Chance gegeben haben.«

Ich prustete los. »Von welchem Führungskräfteseminar hast du das denn geklaut?«

Er grinste mich an. »Wahre Anführer können auch Menschen mit Schwächen in ihrem Team zu Gewinnern machen.«

»Bei seinem Körper und mit diesem Gesicht ist er auf jeden Fall ein Gewinn.« Eva schnurrte wie eine Katze.

Ich lachte und verschluckte mich an meinem Wasser, während Dean genervt seine Augen verdrehte. Mein Blick fiel zum Eingang des Speisesaales, durch den gerade Vivien kam. Kurz darauf folgte Thomas. Sie beide waren so aufgewühlt, dass ich es meilenweit spüren konnte.

Ich kam immer noch nicht darüber hinweg, dass die zwei miteinander geschlafen hatten. Sie waren doch völlig gegensätzlich.

Als sie zu uns an den Tisch kamen, war Adam noch immer das Hauptthema. Das änderte sich erst, als dieser ebenfalls auftauchte.

Er holte sich etwas zu essen, wobei meine Klassenkameraden ihn neugierig musterten, und kam dann zu uns an den Tisch.

»Hallo«, sagte er und wirkte völlig entspannt.

Die anderen erwiderten seine Begrüßung und taten nicht mal mehr so, als würden sie ihn nicht anstarren. Alle außer Vivien. Die konzentrierte sich auf ihr Essen.

»Also, Adam«, begann Thomas und sah ihn ernst an. »Was gibt es sonst noch über dich zu wissen, außer allem, was wir nicht wissen dürfen?«

Adam zog seine Augenbrauen hoch. »Alles, was es zu wissen gibt, könnt ihr über eure Scanner abrufen. Bleibt das jetzt dauerhaft unser Hauptthema während des Essens?«

»Schon getan«, erwiderte Thomas ungerührt. »Die Datenbank gibt kaum was über dich preis.«

Adam nickte, sein Lächeln war fort. »Aus gutem Grund. Was gibt es denn so über dich zu wissen, außer dass du der Tetris-Meister der Akademie warst?«

»Ich – was meinst du mit *war?* Ich *bin* der amtierende Meister!« Empört hob Thomas sein Kinn. Wenn er sich in seiner Freizeit langweilte, spielte er das Spiel ständig auf seinem Handy. Wir alle hatten die zugelassene Spiele-App installiert und waren miteinander vernetzt. Als Adams Gesicht einen wissenden Ausdruck bekam, zerrte Thomas sein Handy heraus, tippte darauf herum und öffnete dann ungläubig seinen

Mund. »Nicht. Dein. Ernst!« Ruckartig hob er seinen Kopf und starrte ihn an. »Du bist erst seit ein paar Tagen hier und die meiste Zeit davon wart ihr auf einer Mission! Wie ist das möglich?«

Adam zuckte mit seinen Schultern. »Sorry.« Er warf mir einen kurzen, amüsierten Blick zu.

Ich erwiderte das Schmunzeln. Gleichzeitig war ich überrascht, dass er seine Freizeit tatsächlich mit einem Spiel verbracht hatte. Dabei hatte ich geglaubt, er würde ganz vorbildlich lernen!

»Das kann ich auf keinen Fall auf mir sitzen lassen«, sagte Thomas und schüttelte immer wieder seinen Kopf, während er abwechselnd Adam und sein Handy anstarrte. »Du kannst doch nicht einfach neu irgendwo auftauchen und deinem Kollegen den Rang ablaufen!«

»Die werden noch richtig dicke Freunde«, flüsterte Eva Dean zu, der neben ihr saß.

Dean nickte, wobei sein Grinsen aber irgendwie gezwungen wirkte.

»Das riecht nach einem Tetris-Match!«, rief Thomas in diesem Moment.

Ich lachte, ebenso wie Eva. Adam fügte sich schneller in die Gruppe ein, als ich ihm zugetraut hätte. Irgendwas hatte sich nach unserer Mission verändert. Er war viel offener und nicht mehr so verschlossen.

Nach dem Abendessen gingen wir alle zusammen zum Gemeinschaftsraum, um noch eine Runde Karten zu spielen.

Der Raum war in mehrere Bereiche aufgeteilt, und oft blieben die einzelnen Jahrgänge unter sich. Es gab drei Sesselgruppen und einen Tisch mit durcheinandergewürfelten Stühlen, der gerade von uns in Beschlag genommen wurde. Zusätzlich gab es einen Fernseher, der zumeist von den jüngeren Trainees besetzt wurde. In der Mitte des Raumes standen ein Billardtisch und ein Kicker, an dem gerade der mittlere Jahrgang ein Tournier veranstaltete.

Während wir am Tisch Karten spielten, versuchten Adam und Thomas auf dem danebenstehenden Sofa ihre gegenseitigen Höchstleistungen im Tetris zu überbieten.

»Ich mache eine kurze Pause«, rief ich, als ich mal wieder eine Runde verlor und erhob mich von meinem Stuhl.

»Die nächste Runde ist sicher deine«, kicherte Eva und mischte die Karten mit flinken Fingern neu. Sie gewann schon die ganze Zeit, was besonders Christopher nervte. Vivien starrte lieber zu Thomas herüber, während George und Dean sich leise über irgendein Fußballspiel unterhielten, das wohl gestern Abend im Fernsehen übertragen worden war. Langweilig. Dennoch machte diese gemeinsame Zeit den Abend noch schöner.

»Sicher, dann mache ich dich fertig.« Ich lachte Eva an und ging zu den Toiletten, die sich direkt neben dem Aufenthaltsraum befanden.

Als ich wieder zurück in den Flur trat, lehnte Dean an der Wand gegenüber der Tür und hielt eine Chipstüte in der Hand.

»Alles klar?«, fragte ich verwundert.

Dean sah mich ernst an. »Wieso?«

»Weil du mir vor den Toiletten auflauerst?«

Mir war, als würden sich seine Wangen verfärben. »Ich wollte nur wissen, was los ist. Dein Punktestand hat sich nach dem Auftrag nicht verändert.«

Ich verschränkte die Arme vor meiner Brust. »Ernsthaft? Du willst mich *damit* aufziehen?«

Er seufzte, als würde ich ihn schon wieder nerven. »Sag schon.«

»Es war ein inoffizieller Auftrag. Für die bekommt man keine Punkte, wie du ja weißt. Sie schicken uns aber nochmal los.«

Deans Augen bohrten sich in meine, und er versuchte offensichtlich, mehr aus mir herauszubekommen. »Es hat was mit Adam zu tun, oder?«

Langsam nickte ich, biss mir nach kurzem Zögern auf die Unterlippe und seufzte. »Ich darf nicht darüber sprechen.« Aber ich wollte es, wollte unbedingt mit irgendwem über dieses dicke, fette Fragezeichen sprechen, das der letzte Auftrag in mir hinterlassen hatte. Doch das konnte ich nicht. Erst recht nicht mit Dean. Vielleicht tat er gerade freundlich. Aber das würde nichts daran ändern, dass er am Ende einfach nur besser als ich sein wollte. »Keine Angst. Ich werde dir den Sieg schon nicht einfach so überlassen.«

»Als würdest du kampflos aufgeben.« Er lachte. Es war kein höhnisches Lachen, so wie sonst, sondern irgendwie … nett? »Keine Angst. Am Ende werde ich trotzdem gewinnen.« Oder auch nicht.

»Träum weiter«, säuselte ich und lächelte, als er die Tür zum Gemeinschaftsraum aufstieß und wir zu unseren Freunden zurückkehrten.

Später organisierte uns Eva in ihrem gewohnt schnellen Tempo heimlich weitere Snacks aus der Küche.

Es war ein ausgelassener Abend, und die Luft vibrierte vor Aufregung, nachdem die anderen erst heute von ihren Aufträgen zurückgekommen waren. Scheinbar war soweit alles gut gelaufen.

Ich freute mich zwar für die anderen, doch natürlich missfiel mir ein wenig, dass unsere Chance auf einen richtigen Auftrag wegen einer *Gefälligkeit* versaut worden war.

Mein Blick fiel auf Adam, der gerade von Christopher zu hören bekam, wie wichtig es sei, alle *Star Wars*-Filme gesehen zu haben.

Während ich mit den anderen Karten spielte, beobachte ich, wie Adam sich immer besser einfügte und sich an den verschiedenen Gesprächen beteiligte. Selbst mit Vivien sprach er, obwohl sie stoisch hatte schweigen wollen. Zumindest war es mir so vorgekommen, denn selbst auf meine Versuche, mit ihr zu reden, war sie nicht eingegangen.

Mein Blick fiel auf Thomas, der sie immer wieder ansah. Es war unauffällig, wenn man nicht darauf achtete. Ich fragte mich, was ihr Gespräch wohl ergeben hatte.

»Hörst du mir überhaupt zu?« Evas Hand wedelte vor meinem Gesicht herum.

Ich blinzelte. »Was? Nein. Sorry. Was hast du gesagt?«

Sie seufzte, wollte ihre Informationen aber so dringend loswerden, dass sie meine mangelnde Aufmerksamkeit nicht weiter kommentierte. »Während des Auftrags war da diese Sexbombe.«

Jetzt hatte sie meine volle Aufmerksamkeit. Ich warf einen kurzen Blick zu den anderen, die uns aber nicht beachteten. Das Kartenspiel war beendet, und jetzt ließen wir den Abend vor dem Fernseher und am Kickertisch ausklingen. Als älteste Trainees durften wir länger aufbleiben und hatten uns vor dem Fernseher breit gemacht, als die Jüngeren ins Bett gehen mussten. Gerade wurde über eine Ärztin berichtet, die scheinbar einen großen Fortschritt in der Krebsforschung erzielt hatte. Neben ihr stand Thomas' Vater, unter dessen Leitung die Ärztin zu arbeiten schien. Er sagte irgendwas in die ihm entgegen gestreckten Mikrofone, doch der Ton des Fernsehers war so leise gedreht, dass ich nichts verstand. Ich wandte den Blick ab und konzentrierte mich wieder auf Eva. »Und die hat dich angegraben?«

»Nein.« Sie kicherte. »Nicht mich. Dean.«

»Und?« Resignation kam in mir auf. War doch klar, was passiert war. »Hoffentlich hat er ein Kondom benutzt. Ist doch nicht normal, wie oft der-«

»Er hat sie abserviert!«, unterbrach sie mich und hatte ihren Mund weit geöffnet. »Krass, oder?«

Ich zuckte mit den Schultern und wollte gar nicht darüber nachdenken, warum ich plötzlich Erleichterung empfand. »Vielleicht war sie nicht sein Typ.«

»Glaub mir, sogar ich wäre mit der mitgegangen«, kicherte sie und schielte zu Dean herüber, der gerade mit Adam, George und Thomas am Kickertisch stand.

»Das war echt seltsam. Die hat alles gegeben, aber Dean hat sie einfach ignoriert.«

»Vielleicht ist ihm klar geworden, dass er sich auf das Wesentliche konzentrieren sollte: den Auftrag?«

Sie schüttelte ihren Kopf. »Nein, den hatten wir schon erledigt. Auf jeden Fall war es seltsam. Ich habe ihn den ganzen Abend damit aufgezogen – Potenzprobleme und sowas, aber er hat nur mit den Schultern gezuckt und geschmunzelt.«

Nun schaute ich ebenfalls zu Dean, der gerade lauthals über etwas lachte, was Thomas gesagt hatte. Plötzlich musste ich ein Lächeln unterdrücken.

»Was ist das für ein Blick?«, unterbrach Eva meine Gedanken.

Ich riss meinen Kopf herum. »Hä?«

Sie kniff ihre Augen zusammen. »Dieser Blick – was war das?«

Ein Seufzen entfuhr mir. »Irgendwie bin ich gerade stolz auf ihn. Seltsam, oder?« Eine faustdicke Lüge, die Eva glücklicherweise schluckte. Ich wusste selbst nicht, was das für ein Blick gewesen sein sollte, aber hatte auch nicht vor, länger darüber nachzudenken.

Sie nickte langsam und nahm endlich diesen prüfenden Blick von mir. »War ich auch. Trotzdem. Ich würde zu gerne wissen, warum er sich so eine Chance hat entgehen lassen, wo er doch sonst nichts anbrennen lässt.«

Ich betrachtete Dean und versuchte mir nicht anmerken zu lassen, dass Evas Bericht meine Laune mehr hob, als erwartet.

*

Es war schon weit nach Mitternacht, als wir zu unseren Zimmern gingen. Die restlichen Trainees schliefen bereits, weshalb wir besonders leise sein mussten.

Ich verabschiedete mich von den anderen, drückte meine Zimmertür auf und zog gleichzeitig das Haargummi aus meinen Haaren, während ich geradewegs ins Bad lief und dort unter die Dusche stieg.

Im Dunkeln ging ich schließlich zu meinem Bett, kroch unter meine Bettdecke und starrte den Lichtschlitz an, der unter meiner Tür von draußen hineinschien.

Auf einmal fiel mir ein Blatt Papier auf, das direkt vor der Tür auf dem Boden lag, und ich zuvor nicht bemerkt hatte. Vielleicht war das nur irgendein Schmierzettel, der im Vorbeigehen von meinem Schreibtisch gefallen war. Ich überlegte liegen zu bleiben, doch irgendwie machte mich der Zettel neugierig. Dabei war es nicht so, dass nicht überall irgendwelche Zettel von mir rumlagen. Aber normalerweise nie so direkt vor der Tür. Es wirkte beinahe so, als hätte jemand den Zettel unter der Tür durchgeschoben.

Die Neugier siegte schließlich. Ich schaltete die Nachttischlampe neben meinem Bett an und setzte mich auf.

Der Lattenrost knarzte leicht, als ich aufstand und mit nackten Füßen und nur in Unterwäsche bekleidet zu meiner Tür lief.

Mein Herz klopfte schneller. Lauter. Das war kein Zettel. Es war eine Karte. Es schien tatsächlich so, als hätte sie jemand eilig unter dem Schlitz hindurchgeschoben.

Ich überflog die Worte und riss die Tür auf, um zu überprüfen, ob noch jemand im Flur war. Doch es war alles leer und still. Ich senkte meinen Schild, doch keines der umliegenden Gefühle war verdächtig. Mit lautem, abgehacktem Atem schloss ich die Tür wieder, drehte mich um und betrachtete die schlichte, weiße Karte.

In akkurat geschriebenen Großbuchstaben schrien mir zwei Sätze entgegen. Sie zwangen mich in die Knie. Ich sank direkt vor der Karte auf den Boden. Meine Hand zitterte, als ich sie erneut zu dem Papier ausstreckte, doch ich wagte nicht mehr, es zu berühren.

WIR HABEN DEINE SCHWESTER. KEIN WORT ZU IRGENDWEM, SONST KLEBT IHR BLUT AN DEINEN HÄNDEN.

Neben der Karte lag ein schmales Silberkettchen mit einem Anhänger, auf dem ein schlichtes Herz eingraviert war. Mit zitternden Fingern drehte ich den Anhänger herum. Meine Hand zuckte zurück, als ich das eingravierte Y auf der Rückseite sah und automatisch fuhr meine Hand zu demselben Anhänger, der auch an meiner eigenen Kette hing. Young. Mein Nachname. *Nein!*

Es war Cassies Kette. Die Kette, die sie, genauso wie ich selbst, niemals freiwillig abgenommen hätte.

Ein schockiertes Keuchen drang aus meiner Kehle, und ich wusste sofort, dass das kein Scherz sein konnte. Niemand hier würde sich so einen Scherz erlauben. Niemals. Aber wie kam die Karte hierher? Niemand außerhalb der Akademie wäre fähig, unbemerkt bis zu den Schlafräumen der Trainees vorzudringen.

Ich spürte eine heiße Träne über meine Wange laufen und presste fest die Augen zusammen. Hoffte, die Buchstaben würden verschwinden, wenn ich sie wieder öffnete. Doch das taten sie nicht. Sie schienen sogar noch viel schwärzer geworden zu sein als zuvor.

Ich atmete immer schneller, immer lauter und zitterte plötzlich am ganzen Körper. Ein Schluchzen bahnte sich seinen Weg durch meine Kehle, und ich konnte gerade noch meine Hand vor den Mund schlagen, als es mir entwich. Laut, quälend langsam und voller Schmerz.

Jemand hatte sie entführt. Jemand, der wusste, was ich hier tat und wer ich war. Jemand, der mich erpressen wollte. Und ich hatte keine Ahnung, was ich jetzt tun sollte.

Ich atmete tief ein, presste meine Handballen auf meine Augen und beruhigte mich langsam wieder. Nein. Ich würde mich nicht so schnell fertigmachen lassen. Vielleicht war das ein Scherz. Ein kranker Scherz.

Ich wollte es glauben, konnte es aber nicht. Diese Kette war das Letzte, was Cassie von unserer Familie hatte. Ebenso wie ich würde sie sie *niemals* freiwillig abgeben.

Ich schluckte, drückte meinen Rücken durch, packte mir eine Jeans und zog sie über meine Beine. Dann nahm ich die Karte und die Kette vom Boden, schob beides in die Hosentasche und ignorierte das weiter andauernde Zittern meiner Finger.

Nachdem ich mir einen schwarzen Hoodie übergezogen und meine noch feuchten Haare zu einem hohen Zopf gebunden hatte, setzte ich meine Kontaktlinsen wieder ein und schlich mich aus der Akademie.

Ich hatte Direktor Roberts versprochen, meine Füße stillzuhalten, die Akademie vorerst nicht zu verlassen – und dennoch konnte ich einfach nicht anders. Ich *musste* wissen, wo Cassie war und ob sich vielleicht doch jemand nur einen kranken Scherz erlaubte.

Dieses Mal ging ich nicht an Mortimer, unserem Wachmann, vorbei. Er war sicher darüber informiert worden, dass ich das Gelände nicht verlassen sollte, und würde mich bestimmt nicht so einfach gehen lassen.

Deshalb ließ ich mir von meinen Kontaktlinsen die draußen angebrachten Bewegungsmelder zeigen, während ich durch das nahe Waldstück schlich. Als ich die Mauer erreichte, die das Gelände weiträumig umzäunte, wägte ich einen Moment lang ab. Sie sah zwar wie eine schlichte Steinmauer aus, doch ich wusste, dass darauf Detektoren angebracht waren, die losgingen, sobald sich ein Gewicht auf die oben angebrachte schmale Metallplatte setzte. Da die Mauer aber knapp fünf Meter hoch war, konnte ich sie kaum in einem Satz und ohne auffälligen Anlauf überwinden. Ich betrachtete den nächststehenden Baum und schnaubte. Entweder so oder gar nicht.

Ich kletterte den Stamm hoch und blieb weit oben auf einem dickeren Ast sitzen. Von hier aus waren es ungefähr vier

Meter bis zum nächsten Baum hinter der Mauer. Mit meinen Kontaktlinsen erspähte ich auf dem Boden weitere Sensoren, die sofort Alarm schlagen würden, wenn ich dort draufspringen würde. Sie säumten die gesamte Steingrenze und schlugen Alarm, sobald ein Gewicht von mehr als zwanzig Pfund darauf landete.

Die Kameras waren allesamt auf die Straße gerichtet und würden mich filmen, sobald ich auf der anderen Seite landete.

Tief sog ich die Luft ein und presste kurz meine Augen zusammen. Ich brach einen besonders schweren Ast vom Baum ab und hoffte, sein Gewicht würde reichen. Dann sprang ich und ließ den Ast direkt auf die Bodensensoren fallen. Als ich auf der Straße landete, hörte ich zeitgleich das Surren der Kameras, die sich in Richtung des vermeintlichen Eindringlings drehten. Es hatte geklappt! Erleichtert pustete ich die angehaltene Luft aus und rannte los.

Als ich am Waisenhaus angekommen war, sprang ich auf die Garage und kletterte über die verwitterten Fugen nach oben, dorthin, wo sich Cassies Zimmer befand. Das Fenster war geschlossen. Cassie hatte es immer offengelassen.

Ich schluckte, zögerte nur kurz und hantierte dann an dem Fenster, bis es aufschwang.

Ich musste nachsehen.

Von innen waren leise Atemgeräusche zu hören, und ich spürte sanfte Gefühle, durchzogen von Träumen, so verschwommen, dass ich sie nicht genauer benennen konnte.

Langsam schob ich das Fenster weiter auf und kletterte in das Zimmer. Der Geruch von Schlaf und Wärme schlug mir entgegen, und ich hielt mich im Schatten der Nacht gebückt, während ich langsam auf Cassies Bett zu schlich. Meine Augen hatten keine Probleme damit, die Umrisse und Gesichter der schlafenden Mädchen zu erkennen.

Ich hielt die Luft an, als ich vor Cassies Bett stehen blieb und die Decke herunterzog. Dort lag jemand. Aber es war nicht Cassie.

Ich wich zurück, bevor ich von Bett zu Bett schlich und jedes Mädchen betrachtete. Mein Herz klopfte immer schneller, immer lauter, und ich spürte, wie sich Schweiß auf meiner Stirn bildete.

Cassie war nicht hier.

Ich stand mitten im Raum, zwischen zehn Betten, in denen zehn kleine Mädchen lagen, die auf eine bessere Zukunft hofften. Keine davon war meine Schwester.

Meine Bewegungen wurden fahrig, und für einen Moment schien der gesamte Raum zu wanken. Ein heftiges Blinzeln ließ meine Augen wieder klar werden, und ich zwang mich, einmal tief durchzuatmen. Es gab dafür sicher eine Erklärung. Es *musste* einfach eine Erklärung geben.

Langsam schloss ich meine Augen, weitete meine Sinne aus und hoffte darauf, irgendwas zu erkennen. Irgendeine Regung, die anders war als sonst. Doch da war nichts. Nur nachtschwarze Stille.

Vielleicht war sie in einem anderen Zimmer. Es gab immerhin drei Mädchenschlafsäle. Vielleicht war sie nur verlegt worden. Mein Herz machte einen Satz. Ja, das musste es sein.

Lautlos schlich ich zur Tür, öffnete sie und trat in den Flur. Auch hier begegneten mir nur Stille und Dunkelheit. Ich lief in das nächste Zimmer, öffnete die Tür und wartete einen Moment, ob sich irgendjemand regte. Doch niemand wachte auf.

Kurzerhand schlüpfte ich in den Raum und lief von Bett zu Bett, betrachtete wie eine Verrückte die schlafenden Mädchen, in der Hoffnung meine Schwester zu finden. Doch mit jedem weiteren Schritt sank meine Zuversicht ein wenig mehr.

Als ich den Raum verließ, drehte sich eines der Mädchen im Schlaf um. Die einzige Regung, seit ich hier eingebrochen war. Sanft zog ich die Tür zu, glitt weiter und überprüfte den nächsten Raum. Mein Schild war weit geöffnet, und ich durchforstete all ihre Gefühlssignaturen. Gleichzeitig musste ich in jedes Gesicht sehen, musste einfach sicher gehen.

Nichts.

Meine Schwester war weg.

Ein schmerzhaftes Brennen schlängelte sich meinen Hals hinauf, verengte meine Kehle und ließ so plötzlich Tränen in meine Augen schießen, dass ich ein Keuchen nur schwer zurückhalten konnte.

Fahrig wischte ich mir über die Augen und strich meine Haare zurück, während ich tief einatmete.

Nein. Ich durfte jetzt nicht durchdrehen. Dafür musste es eine Erklärung geben. Die gab es immer!

Ich verließ das Zimmer und lief den Flur hinunter. Das leise Quietschen der alten Holzdielen begleitete mich. Meine Gedanken flogen zu der ersten Nacht, die ich unter diesem Dach verbracht hatte, und wie ungewöhnlich laut mir jedes Knacken vorgekommen war.

Im Flur roch es nach zerrütteter Kindheit und Keksen. Wir hatten hier früher ständig Kekse gebacken. Es half ein wenig gegen den Schmerz, und der Geruch blieb den ganzen Tag in der Luft hängen.

Mein Weg führte mich zu einer Treppe am Ende des Flures, vorbei an den Schlafzimmern der Kinder und vorbei an der ebenfalls schlafenden Hausmutter, die eigentlich Wache halten müsste. Sie hatte nie länger als bis kurz vor Mitternacht durchgehalten. Ihr leises Schnarchen begleitete meinen Weg hinunter ins Erdgeschoss. Hier schien es sogar noch dunkler zu sein als oben, nur das schwache Licht, das durch das Fenster der Eingangstür schien, erhellte den Flur.

Ich zog eine Haarklammer heraus, lief zum Büro der Heimleiterin und knackte das Schloss innerhalb von Sekunden.

Meine Finger zitterten leicht, und ich ballte meine Hand zu einer Faust, um sie zu beruhigen. Dann erst schob ich die Tür auf. Wie vor ein paar Jahren schon haftete an diesem Raum ein ganz besonderer Geruch aus Zitronenreiniger und Kaffee.

Lautlos schloss ich die Tür wieder hinter mir, bevor ich das Büro durchquerte und den Aktenschrank ansteuerte, von dem ich wusste, dass in ihm sämtliche Informationen der Heimkinder untergebracht waren.

Das kleine Schloss des Schrankes ließ sich ebenfalls mühelos knacken. Als ich die erste Schublade aufzog, ertönte ein leises Quietschen. Kurz hielt ich inne und horchte, doch niemand schien mich zu hören, also durchsuchte ich schnell die Hängeregister.

»Cassie Young«, murmelte ich und zog die Akte mit ihrem Namen heraus. Ich schlug sie auf, und als erstes fiel mein Blick auf das zurückhaltende Lächeln meiner Schwester. Direkt über ihrem Bild war ein Stempel. Dick und rot strahlte er mich selbst in der Dunkelheit an, und ich wünschte, ich könne das Wort wieder ausradieren. Seine Großbuchstaben schienen mich zu verhöhnen, und gleichzeitig war mir, als hätte jemand ein Messer in meine Brust gerammt.

»ADOPTIERT.«

Ich wusste nicht, wie lange ich einfach nur dastand und das Wort anstarrte, aber irgendwann holte mich eine spürbare Gefühlsregung zurück in die Realität. Jemand war aufgewacht.

Verwunderung. Angst. Vielleicht eines der Mädchen, in dessen Zimmer das Fenster sperrangelweit offen stand. Ich konnte nicht riskieren es herauszufinden.

Schnell fotografierte ich die Akte und stopfte mein Handy dann zurück in meine Hosentasche. Ein leiser Fluch kam mir über die Lippen, als ich mit meinem verbesserten Gehör Schritte über mir im Flur wahrnahm. Schnell schob ich die Akte zurück in den Registerschrank.

Im Eiltempo beseitigte ich alle Spuren meines Einbruchs und schloss auch die Bürotür hinter mir ab, bevor ich das Waisenhaus durch den Haupteingang verließ. All das verlangte volle Konzentration, und dennoch war mir, als würde ich mich selbst beobachten, als wäre ich außerhalb meines Körpers.

Meine Schwester war weg, und ich konnte mir nichts anderes mehr einreden.

Ein Keuchen entwich mir, und ich rannte so schnell ich konnte, rannte immer weiter, denn ich wollte nur noch weg, wollte den plötzlichen Schmerz in meiner Brust irgendwie übertönen.

12. Kapitel

Außer Sichtweite des Waisenhauses blieb ich in einer dunklen Gasse stehen und zog mein Handy aus der Hosentasche, um mir die Fotos von Cassies Akte genauer anzusehen.

Weder das Datum noch die Unterschriften waren leserlich, was bedeutete, dass ich keine Ahnung hatte, seit wann Cassie schon weg war.

Dann sah ich sie. Die Adresse, wo Cassie nun leben sollte. Ein Hoffnungsstich durchfuhr meinen Körper, und ich rannte sofort los. Die nächtliche Dunkelheit wurde von den Straßenlaternen verdrängt. Ich rannte durch die Schatten und versuchte dabei, möglichst wenigen Menschen zu begegnen. Ich wollte nicht auffallen.

Als ich bei der Adresse ankam, entfuhr mir ein gellender Schrei. Wütend boxte ich gegen die Wand des verfallenen Gebäudes, woraufhin einige Steine herunter bröckelten. Meine aufgeplatzten Knöchel brannten, doch ich starrte weiterhin auf das verfallene Gebäude.

Hier hätte Cassie sein müssen. Stattdessen stand hier ein leerstehendes Haus, das erst vor Kurzem geräumt worden war, was mir die Mülltüten neben dem Eingang verrieten. In einem Fenster des schäbigen Bauwerks hing ein *Zu Verkaufen*-Schild.

Irgendwo hinter mir ertönte das Geräusch von herunterfallenden Rollläden, und ich riss mich widerwillig von dem Anblick des Hauses los. Ich stopfte das Handy wieder in meine Hosentasche und zog meine Kapuze tiefer ins Gesicht.

Während ich zurück zur Akademie rannte, erlaubte ich mir zum ersten Mal weiterzudenken. Wie eine Agentin – und nicht wie eine Schwester.

Jemand hatte Cassie entführt.

Jemand, der die Möglichkeit hatte, unauffällig durch die Akademie zu gehen.

Jemand, der die Karte und Cassies Kette unter meiner Tür durchgeschoben hatte.

Die Schritte auf dem Asphalt waren nun nahezu lautlos, der Wind fuhr über meine Kapuze und peitschte mir einzelne Haarsträhnen ins Gesicht. All das spürte ich, doch mein geradezu panischer Herzschlag, angefacht von Wut und Unglaube, übertönte das alles. Nur die Angst war noch stärker. Meine Angst und all die Fragen, die in meinem Kopf schwirrten.

Cassie tat keiner Fliege etwas zu Leide. Ich verstand nicht, wieso jemand sie hätte entführen sollen. Das alles, um an mich heranzukommen?

Ich war doch nur ein Trainee und hatte nichts, was es sich zu stehlen lohnte. Außer meiner Schwester.

Wo auch immer Cassie war, ihre Entführer hatten sich die größte Mühe gegeben, alles zu vertuschen und die Spur zu einem verlassenen Wohnhaus führen lassen. Aber weshalb der Aufwand mit der Adoption?

Weil es weniger Aufsehen erregte. Diese Adoption wurde fingiert, damit Cassies Verschwinden unbemerkt blieb. Zumindest vorerst.

Wer könnte dahinterstecken? *Wer?*

Die Lehrer und Trainees kannte ich schon seit Jahren. Ich kannte ihre Gefühle, hatte jeden von ihnen mindestens schon einmal durch ihre Emotionen gespürt. Sie waren wie eine Familie für mich. Ich *kannte* sie.

Bis auf Adam.

Ich hatte keine Ahnung wer er wirklich war und woher er kam. Nichts, was mich dazu brachte, ihm zu vertrauen. Da waren nur noch mehr Geheimnisse. Er musste es sein. Er musste derjenige sein, der mir die Karte unter der Tür hindurchgeschoben hatte.

Mein Puls beschleunigte sich. Wut durchzuckte meine Adern. Wäre ich nicht schon so nahe an der Akademie gewesen, hätte ich den Schrei in meiner Kehle rausgelassen.

Ich wusste, dass etwas nicht mit ihm stimmte! Ich hatte es gespürt, und ich hätte auf mein Gefühl vertrauen sollen!

Die Mauern des Akademiegebäudes ragten im Mondlicht vor mir auf, und ich war drauf und dran einfach über sie zu hinwegzuspringen. Doch ich zwang mich, mit Bedacht denselben Weg zu nehmen, wie vorhin.

Mir war, als würde die Erde beben, als ich endlich auf der anderen Seite ankam, auch wenn ich wusste, dass dieses dunkle Grollen in Wahrheit aus den Tiefen meiner Brust kam. Wenn Adam für Cassies Verschwinden verantwortlich war, würde ich ihn umbringen. Langsam und qualvoll.

Obwohl ich das Gefühl hatte, ich stünde kurz vorm Durchdrehen, zwang ich mich, ruhig zu bleiben.

Durch einen Hinterausgang gelangte ich schließlich wieder in die Akademie hinein. Wie schon viele Male zuvor durchquerte ich völlig lautlos und ungesehen die stillen Flure.

Als ich endlich mein Zimmer im dritten Stock erreichte, spürte ich mit einem Mal das Gewicht der Karte und der Kette so stark, als hätte ich große Felsbrocken in meinen Hosentaschen.

Ich knipste das Licht in meinem Zimmer an und suchte

nach weiteren Karten, doch da war nichts. Es gab kein weiteres Zeichen von Cassie. Keine Forderungen. Nichts.

Ich fluchte leise und holte mein Messer aus meinem persönlichen Ausrüstungskoffer. Ich hielt es so fest umklammert, dass ich den Griff leise knirschen hörte. Bedächtig schob ich es in die Halterung meines Stiefels.

Dann ging ich in den Flur und hielt direkt auf Adams Zimmer zu.

Vor seiner Tür zwang ich mich, einen Moment inne zu halten. Langsam beruhigte sich mein Atem, und ich weitete meine Kraft aus, tastete nach Gefühlen in meiner Umgebung. Ein Rauschen empfing mich, erzeugt von all den schlafenden Trainees in meiner Nähe, auch von Adam.

Ich drückte die Türklinke herunter und schlüpfte in sein Zimmer.

Sein Duft empfing mich. Dunkel und herb. Sein Zimmer wurde vom Mondlicht erhellt, und mit meiner verbesserten Sehkraft konnte ich Adam problemlos ausmachen.

Er lag nur in Boxershorts bekleidet auf dem Bett, die Decke halb um seine Beine gewickelt. Sein Mund war leicht geöffnet, und ich spürte, dass er einen leichten Schlaf hatte. Er regte sich ein wenig, spürte vermutlich unterbewusst, dass sich etwas im Raum verändert hatte.

Ich zögerte nicht länger, zog das Messer aus meinem Stiefel und war bei ihm, bevor er die Augen aufgeschlagen hatte. Mit der Klinge an seiner Kehle, flüsterte ich: »Sag mir sofort, wo sie ist, ansonsten ist mein Gesicht das letzte, was du siehst.«

Adams Augen funkelten in der Dunkelheit. Ich spürte seine Überraschung und wie sich seine Muskeln unter mir anspannten, testeten, wie schwer es wohl sein würde, mich abzuwerfen.

Ich hielt dagegen.

»Wie schön für mich, dass du so ein hübsches Gesicht hast«, erwiderte er ruhig, und ich sah ihm an, dass er seine Chancen abwog.

»Wo. Ist. Meine. Schwester?« Jedes einzelne Wort hinterließ ein Brennen in meinen Augen und meiner Brust.

Adams Gefühle verschwanden völlig, als hätte er sie abgeschaltet. Zurück blieb Kälte, die sich unaufhaltsam in meinem Bauch ausbreitete.

»Deine Schwester?« Seine Stimme war leise, gefasst, beruhigend.

»Tu nicht so, als wüsstest du nicht, wovon ich rede«, erwiderte ich in einem aufgebrachten Flüstern. »Was für ein Zufall, dass *du* auftauchst und sie kurz darauf verschwindet.«

»Alexis«, begann er ruhig. »Ich verstehe, dass du aufgebracht bi-«

»Aufgebracht?« Ich erzitterte vor Wut, denn seine Ruhe machte mich rasend. »Ich schwöre dir, wenn du mir nicht sofort sagst, wo sie ist, dann kann ich für nichts mehr garantieren!«

Adam regte sich, und sofort drückte ich das Messer fester in seine Haut, sodass ein schmales Blutrinnsal hinab in sein Kissen tropfte.

»Ich weiß es nicht«, sagte er leise und ließ mich fühlen, was er fühlte. Reue. Mitgefühl. Verständnis. »Ich weiß nicht, wo deine Schwester ist.«

Ich atmete zittrig aus, plötzlich unsicher angesichts seiner Gefühle. »Lüg mich nicht an!« Meine Stimme wurde lauter, und für einen winzigen Augenblick verlor ich meine Fassung.

Adam bemerkte es sofort und riss seine Arme hoch, worauf sich das Messer aus meiner Hand löste und quer durch sein Zimmer flog.

Ich stieß ein Knurren aus, machte einen Satz zurück, bevor er mich packen konnte. Gleichzeitig boxte ich ihm in den Magen.

Ihm entfuhr ein Stöhnen, und er wankte kurz, bevor er ebenfalls aus dem Bett sprang. Er richtete sich vor mir auf und hob in einer beschwichtigenden Geste seine Hände. »Du musst ruhig bleiben!«

»Auf diesen Scheiß falle ich nicht rein«, erwiderte ich. Die Chance, an mein Messer ranzukommen, war gleich null.

Ich ballte meine Hände zu Fäusten, entspannte sie wieder und kniff meine Lippen zusammen. Meine Knie waren leicht gebeugt, und ich beobachtete Adam, der mir gegenüberstand. Ich war blind vor Wut. Vor Verzweiflung.

Seine Gefühle waren wieder völlig verschlossen, und ich fragte mich, wie er das gemacht hatte – wie er mich so täuschen konnte. Dieses Mitgefühl und Verständnis musste er sich irgendwie aufgezwungen haben, nur um mich zu täuschen. Aber die Reue hätte sogar echt gewesen sein können. »Wo ist sie?«

»Ich weiß es nicht«, wiederholte er ruhig, und am liebsten hätte ich mich angesichts dieser verdammten Ruhe in seiner Stimme auf ihn gestürzt. »Alexis«, sagte er meinen Namen, als könnte er mich damit irgendwie einlullen. »Du musst doch spüren, dass ich die Wahrheit sage.«

»Du verbirgst irgendwas«, erwiderte ich und zwang mich, ruhig zu bleiben, statt ihm die Augen auszukratzen, wie es der rasende Teil in mir wollte. »Das ist offensichtlich, seitdem uns diese verrückte *Nummer 17* angegriffen hat.«

Sein Kopf neigte sich leicht nach rechts, dann nach links. »Es gibt Dinge, über die ich nicht sprechen darf«, sagte er und hatte noch immer diese völlige Gelassenheit in seiner Stimme. »Doch das ist dir vermutlich egal.«

Ich hatte in den letzten Tagen oft genug gegen ihn gekämpft, um zu wissen, dass ich bei einem direkten Angriff keinerlei Chancen hatte. Langsam verlagerte ich mein Gewicht von einem Bein auf das andere.

»Richtig.« Ich zwang mich noch ruhiger zu werden, mich nicht weiter von meiner Wut leiten zu lassen.

Adam blickte zu seinen Klamotten, da er noch immer nur Boxershorts trug. »Darf ich-«

»Du darfst mir höchstens erklären, warum du gerade *sie* ausgewählt hast!«, knurrte ich ihn an, als er nach seiner Hose greifen wollte.

Adam hob seine Hände, sodass ich seine Handflächen sehen konnte. »Erzähl mir bitte trotzdem, was mit deiner Schwester passiert ist.«

»Als ob du das nicht wüsstest!« Ich schnaufte, neigte mein Bein, als würde ich ihn anfallen wollen.

Wie schon bei unseren Trainingseinheiten, hielt Adam sofort dagegen.

Doch ich ließ mich fallen, streckte mein Bein, stieß es gegen seine Beine und beförderte ihn so auf den Boden. Hart schlug er mit dem Rücken gegen seine Bettkante und stöhnte. Ich nutzte diese Chance, packte ihn, schleuderte ihn mit voller Wucht gegen die Wand und schlug mit meinem Handballen gegen seinen Kehlkopf.

»Verdammt!« Er taumelte und wollte mich packen, doch ich wich aus und trat ihn so fest, dass er stolperte. Sein Blick war dunkel, und ich spürte erneut Verständnis in ihm aufwallen. Er hielt sich zurück.

Meine blinde Wut ließ mich knurren. »Wo ist sie?«

»Ich weiß es nicht!« Adam trat auf mich zu, wollte mich festhalten, doch ich duckte mich unter seinen Armen hindurch und verpasste ihm mit meinem Ellenbogen einen kräftigen Hieb gegen seine Milz.

Adam grollte, griff mich aber immer noch nicht richtig an.

»Am liebsten würde ich dich umbringen«, entfuhr es mir, und ich spürte, wie meine Wut plötzlich sank, wie ich ihm glauben *wollte.* Doch das konnte ich nicht. Er war ein Lügner. Er musste einer sein. Denn wenn er es nicht war, wusste ich nicht, was ich machen sollte.

Ich sank langsam in die Knie, und hielt mein Messer auf Adam gerichtet, während ich ihn nicht aus den Augen ließ. »Warum sie? Warum gerade sie?« Meine Stimme wurde leiser, und ich schniefte. Eine Träne rann aus meinem Augenwinkel, doch ich ignorierte sie. Ich durfte mich nicht ablenken lassen. Dennoch hatte ich eine der wichtigsten Regeln längst gebrochen: Lasse dich niemals emotional involvieren und halte immer Abstand.

Adams Blick wurde mitleidig, doch ich konnte seine Gefühle nicht wahrnehmen. »Ich will dir helfen. Sag mir, was passiert ist.«

Ich stieß ein verzweifeltes Lachen aus und zerrte die Karte aus meiner Hosentasche. Dann warf ich sie ihm vor die Füße. »Hör auf so zu tun, als hättest du keine Ahnung!«

Seine Augen lösten sich nur zögernd von meinen und betrachteten die Karte auf dem Boden. Er atmete hörbar ein, und kurz flammte unfassbare Wut und seltsamerweise eine starke Fassungslosigkeit in ihm auf, während er gleichzeitig seine Hände zu Fäusten ballte.

»Was ist?« Meine Stirn legte sich in Falten, während plötzlich Tränen aus meinen Augen rannen. Ich spürte, wie mein

Hals sich verengte und krächzte, als ich weiterredete. »Du weißt also doch, wo meine Schwester ist!«

»Nein«, sagte er leise und hob seinen Kopf. Ich spürte, dass er die Wahrheit sagte. Ich spürte es bis in den hintersten Winkel meiner Kräfte. Er sagte die Wahrheit.

Das bedeutete, dass ich keine Ahnung hatte, was ich als Nächstes tun sollte. Ein Schluchzen entfuhr mir, und meine Hand, die das Messer hielt, begann zu zittern. Ich umklammerte den Griff fester und wischte die Tränen mit der anderen Hand aus meinem Gesicht. Ich musste mich beruhigen.

»Aber irgendwas stimmt nicht mit dir.«

Etwas flackerte in Adams Blick auf. Doch er hatte sich so weit unter Kontrolle, dass ich nicht wusste, was es zu bedeuten hatte. War das Schmerz gewesen? Ich wusste es nicht. Das Brennen in meinen Augen trübte meine Intuition.

»Ich helfe dir, sie zu finden«, sagte Adam und überging meine Worte einfach.

»Nein.« Sofort schüttelte ich meinen Kopf und nahm die Karte wieder an mich. Dabei ließ ich ihn nicht aus den Augen. »Ich kann Cassies Leben nicht riskieren.«

»Dann solltest du zu Direktor Roberts gehen.« Adam strich sich über sein Gesicht. Mein Messer schien ihn gar nicht mehr zu interessieren. »Er kann dir sicher-«

»Ich werde kein Risiko eingehen!«, unterbrach ich ihn scharf. »Wer auch immer diese verdammte Karte hinterlassen hat, rennt durch diese Flure. Wer garantiert mir, dass er nicht erfährt, wenn ich mit dem Direktor geredet habe?« Mir wurde mit einem Mal eiskalt, und jegliche Kraft verließ meinen Körper. »Was, wenn die Person gesehen hat, wie ich in dein Zimmer gegangen bin und seine Schlüsse daraus zieht?« Mit einem

Mal war da ein faustdicker Kloß in meinem Hals, und ich hatte das Gefühl zu ersticken.

»Du solltest zu gut ausgebildet sein, um dich beobachten zu lassen«, versuchte Adam mich zu beruhigen und machte einen Schritt auf mich zu.

Ich wich zurück, denn ich konnte ihm noch immer nicht richtig trauen. »Du kennst mich nicht. Du weißt überhaupt nichts über mich.« Ich spuckte die Worte geradezu aus. »Genauso wie ich nicht weiß, wer du bist.«

Adam betrachtete mich einen Moment lang schweigend. »Du hast Recht.«

Darauf wusste ich nichts zu erwidern, also schwieg ich und versuchte mich zu beruhigen. Ich brauchte einen Plan. »Du kommst mit in mein Zimmer. Du wirst in meiner Nähe bleiben.«

»Warum?«

»Weil ich mir sicher bin, dass da noch eine Nachricht kommen wird. Und solltest du in dieser Zeit bei mir sein, glaube ich dir. Vielleicht.« Was anderes fiel mir nicht ein. Ich traute ihm nicht, und das wäre der einzige Weg, um wenigstens ein bisschen weiterzukommen.

Ich war nicht überrascht, als Adam knapp nickte. Er bückte sich und griff nach einer Hose, die er sich überstreifte, bevor er auch ein Shirt anzog. Dabei ließ er mich nicht aus den Augen, als würde er befürchten, ich würde wieder auf ihn losgehen. »Du kannst mir trauen.«

»Sicher«, zischte ich und schluckte.

»Ich weiß, dass du mir nicht vertrauen willst«, begann er und ging vor mir her in Richtung Tür. »Aber du solltest bedenken, dass du *niemandem* trauen kannst, wenn du erst mal den Beweis hast, dass ich nichts mit dieser Karte zu tun habe.

Du solltest schon jetzt niemandem mehr trauen und mit niemandem über diese Karte reden, wenn wir davon ausgehen müssen, dass jemand aus der Akademie involviert ist.«

Er hatte Recht. Das wusste ich. Doch ein Teil meines Hirns wollte es sich einfach nicht eingestehen.

Ich nickte wiederwillig, als er sich zu mir umdrehte, um meine Reaktion zu sehen.

Dann öffnete er seine Zimmertür und trat hinaus in den Flur. Ich folgte ihm, und erst als ich in den Flur hinaustrat, spürte ich die Gefühle einer anderen Person in der Nähe. Eine Zimmertür wurde leise geöffnet.

Wenn diese Person etwas mit Cassies Entführung zu tun hatte, würde es jetzt so aussehen, als hätte ich mich Adam anvertraut. Das würde meine Schwester in noch größere Gefahr bringen. Dieses Risiko konnte ich nicht eingehen. Also tat ich das einzige, was mir in diesem Moment als logische Ablenkung einfiel.

Ich packte Adam am Shirt, zog ihn zu mir und drückte ihn gegen den Türrahmen.

In dem Moment, als ich meine Lippen auf seine presste, öffnete sich Viviens Zimmertür.

Ich spürte ihre Überraschung mehr als Adams weiche Lippen und hörte, wie kurz darauf ihre Tür wieder ins Schloss fiel. Adam schmeckte nach Minze und Lakritz. Die Hitze seines Körpers sprang auf meinen über und vertrieb für einen winzigen Augenblick die Kälte in meiner Brust.

Ich dehnte meine Kraft aus und stellte sicher, dass ansonsten niemand mehr in der Nähe war. Erst dann löste ich mich von Adam und trat einen Schritt zurück. Meine Lippen prickelten, und kurz vermisste ich seine Wärme, als wieder diese eisige Kälte von mir Besitz ergriff.

Adam starrte mich an – völlig perplex – schwieg aber zum Glück, als ich knapp zu meinem Zimmer deutete und dann vorausging.

Während ich mich auf mein Bett setzte, machte er es sich auf meinem Schreibtischstuhl bequem.

»Müssen wir darüber reden?«, fragte Adam nach einigen angespannten Momenten.

Ich blickte zu ihm hinüber und umschlang mit den Armen meine angezogenen Beine. »Über den Kuss? Er war nichts als ein Ablenkungsmanöver, also bilde dir bloß nichts darauf ein.«

Er sah aus, als würde er schmunzeln wollen, ließ es aber sein und schaute stattdessen zur Tür. »Ich hoffe, deine Schwester taucht bald wieder auf.«

Ich schluckte schwer und versuchte nicht darüber nachzudenken, warum Vivien wohl mitten in der Nacht aus ihrem Zimmer schleichen wollte. Es könnte tausend Gründe geben, dennoch waren plötzlich alle, die ich liebte, potenzielle Verdächtige.

Um mich abzulenken, untersuchte ich die Karte nach Fingerabdrücken, indem ich sie unter den Infrarotscanner hielt, der in meiner Uhr integriert war. Leider waren nur meine und Adams Fingerabdrücke darauf zu sehen, wie mir die Datenbank nach einem kurzen Abgleich verriet. Wieso hatte ich das nicht sofort geprüft? Wie konnte ich jetzt wissen, dass Adam die Karte nicht schon vorher in den Händen gehalten hatte?

Die gesamte Nacht lang starrte ich abwechselnd die Tür und Adam an. Er blieb ebenfalls wach, vermutlich aus Angst, ich würde ihn hinterrücks abstechen, wenn er es wagte, auch nur einmal die Augen zu schließen.

Nichts passierte. Es kam keine weitere Nachricht. Ein Teil

von mir wollte warten, der andere wollte Adam zu einem Geständnis zwingen. Ich war hin und her gerissen.

*

Als es Zeit wurde, sich für den Unterricht fertigzumachen, sah er mich abwartend an. »Wir sollten gehen.«

Protestierend öffnete ich meinen Mund, doch er kam mir zuvor. »Wenn wir nicht zum Unterricht gehen, wird es auffallen.« Sein Blick wirkte offen und ehrlich. »Ich will dir beweisen, dass du mir vertrauen kannst.«

Kurz zuckte der Kuss von gestern Nacht durch meinen Kopf. Er hatte nichts bedeutet, und ich erinnerte mich auch nicht daran, wie er sich angefühlt hatte. Dennoch war Adam darauf eingestiegen. Er hatte mich nicht verraten.

Ich seufzte, als mir klar wurde, dass ich ihn unmöglich unbemerkt in meinem Zimmer einschließen konnte. Nicht, dass ich glaubte, er würde das überhaupt zulassen.

»Wehe du verarscht mich«, knurrte ich und stand auf.

»Als ob du dich verarschen lassen würdest«, sagte Adam mit einem Schmunzeln, das mich vermutlich weichkochen sollte.

Ich ging nicht darauf ein, sondern holte mir frische Klamotten aus meinem Schrank. Ohne Adam aus den Augen zu lassen, zog ich mich um.

Sein Blick blieb unberührt, doch ich spürte ein kurzes Aufflackern von Überraschung. Keine Ahnung, ob er nicht damit gerechnet hatte oder mein Anblick ihn einfach verblüffte. Seine Gefühle und sein regungsloses Gesicht verrieten mir nichts weiter.

Meine alten Sachen warf ich einfach auf einen Wäschehaufen hinter mein Bett und ging dann ins Bad, wo ich Adam durch meinen Badezimmerspiegel hindurch beobachten konnte.

Als ich meine Zähne geputzt und mich fertig gemacht hatte, gingen wir in sein Zimmer, wo er sich Sportsachen für den Morgenlauf anzog.

Als ich die Narben auf seinen Armen und Beinen sah, tat ich völlig unbeeindruckt.

Adam versteckte sie nicht, und ich wusste nicht, ob sie ihm egal waren, oder ob er wollte, dass ich sie sah. Ich hatte keine Ahnung von dem, was er dachte und konnte ihn trotz meiner antrainierten Menschenkenntnis und meinen Fähigkeiten schlechter lesen als sonst jemand anderen.

Als wir sein Zimmer verließen, war Vivien gerade an der Treppe angekommen und schaute zu uns herüber. Ihre Neugierde war deutlich spürbar.

Doch als wir zu ihr aufschlossen, stellte sie glücklicherweise keine Fragen.

13. Kapitel

Während des Morgenlaufs, dem darauffolgenden Frühstück und den ersten beiden Unterrichtsstunden ließ ich Adam weiterhin nicht aus den Augen. Doch auch die anderen betrachtete ich heute anders als zuvor. Sie waren meine *Freunde.* Nein, keiner von ihnen konnte etwas mit Cassies Verschwinden zu tun haben. Niemals. Dafür kannte ich sie einfach zu gut. Zumindest hoffte ich, dass ich sie kannte.

Meine Lippen pressten sich zu einer harten Linie zusammen.

»Alexis«, holte Miss Graham, unsere Ethiklehrerin, mich aus meinen Gedanken, »wie stehst du dazu?«

Sie war gerade dreißig Jahre alt und damit eine der wenigen jungen Agentinnen, die schon an der Akademie lehrten. Obwohl sie in den aktiven Dienst gekonnt hätte, sagte sie selbst, dass ihr die Verwaltung und das Unterrichten mehr lagen.

Ich blinzelte und schaute nach vorne, wo auf dem Bildschirm das Foto eines Kindes mit einem Gewehr zu sehen war. Der Lauf des Gewehrs war auf den Fotografen gerichtet, und es sah aus, als würde das Kind jeden Moment abdrücken. Die Kleidung des Kindes war weit und leicht eingerissen, aber verhüllte seinen Körper fast vollständig. Nur anhand des Gesichts konnte ich erkennen, dass das Kind viel zu mager war.

»Entschuldigung«, sagte ich und sah wieder zu unserer Lehrerin. »Wie war noch mal die Ausgangssituation?«

Miss Graham lächelte. Sie war niemals sauer, wenn man

mal nicht zuhörte. Dennoch kam es natürlich niemals gut an. »Du bist der Anführer eines militärischen Konvois. Ihr habt eine Gruppe von Frauen und Kindern bei euch und bringt sie nun in ein Frauenhaus. Die Einheimischen behaupten, ihr würdet Familien auseinanderreißen, da Frauen in diesem Land ihren Männern gehorchen müssen und wir sie ihnen angeblich wegnehmen. Deshalb stellen sich die Einheimischen gegen euch. Dieser Junge ist der Kundschafter. Sobald ihr ihn passiert, wird er Alarm schlagen, und ihr werdet umzingelt sein. Es besteht die Gefahr, dass all eure Geretteten bei dieser Befreiungsmission sterben. Was würdest du tun?«

Ich betrachtete die kalten Augen auf dem Foto. Ein Kind, das seine Kindheit bereits verloren hatte. Der Gedanke, dass dieses Bild echt war, ließ mich frösteln. Ich musste an Cassie denken. Sie war erst vierzehn Jahre alt. Für mich noch immer ein Kind. Nur wenige Jahre älter als dieser Junge. Ich wollte mich übergeben, so schlecht wurde mir. Die Vorstellung eines solchen Auftrages war schrecklich, doch es war auch nicht unmöglich, da es Agenten des MI20 im Dienst der Krone in alle Ecken der Welt verschlagen konnte.

Doch ich zwang mich, durchzuatmen. Ein Leben für mehrere. »Ich könnte ihn erschießen.« Keine Ahnung, ob ich es wirklich könnte. In den Simulationen hatten wir niemals gegen Kinder kämpfen müssen. Ich hoffte, wir würden es auch niemals tun müssen.

»Er könnte aber auch ein Junge sein, der seine Familie beschützt, an dessen Haus ihr gerade vorbeifahrt«, sagte Miss Graham.

Ich atmete laut aus. »Wenn nicht sicher ist, dass er eine Bedrohung ist, würde ich es drauf ankommen lassen und an ihm vorbeifahren.«

»Wie sehen die anderen das? Thomas?«, fragte unsere Lehrerin, um eine Diskussion anzuregen. »Was würdest du tun?«

»Ich würde ihn packen und mitnehmen. Wenn der Junge mit einer Waffe rumrennen darf, muss er ebenfalls gerettet werden«, entschied Thomas.

Vivien räusperte sich. »Das wäre Kindesentführung. Was ist, wenn der Junge nicht gerettet werden will? Er könnte zu einer Gefahr für alle anderen werden.«

»Dann müsste man ihn bewachen«, meine Thomas und zuckte mit seinen Schultern. Er lehnte sich lässig auf seinem Stuhl zurück und betrachtete Vivien mit seiner typisch spitzbübischen Art.

Vivien schnaubte. Ich spürte, wie es in ihr brodelte, so stark waren ihre Gefühle. Die Nacht mit ihm hatte etwas mit ihr gemacht, und ich war mir gerade nicht sicher, ob es gut oder schlecht war. Normalerweise hätte sie ihn ohne mit der Wimper zu zucken in die Tasche gesteckt. Jetzt aber hatten ihre Gefühle die Oberhand. »Dafür gibt es wahrscheinlich keine Ressourcen, außer man steckt ihn in eine Zelle. Doch da er nichts getan hat, kann man dies wohl kaum rechtfertigen.«

»Das sehe ich auch so«, pflichtete George Vivien bei. »Ich würde es wie Alexis machen und den Jungen in Ruhe lassen.«

Nun mischte auch Adam sich ein. »Ich würde ihn bestechen, ihm ein bisschen Geld oder Essen geben.«

»Das wirst du wohl kaum bei jedem möglichen Spitzel tun können«, sagte nun Christopher. »Ich würde ihn leicht anschießen und dann schnell vorbeifahren.«

»Ein angeschossenes Kind in einem Kriegsgebiet«, spuckte Eva aus. »Dann kannst du dem armen Jungen ja gleich in den Kopf schießen, statt ihn so leiden zu lassen.«

»Dean«, unterbrach Miss Graham Viviens zustimmenden Laut. »Was würdest du tun?«

Er schaute auf das Foto, und kurz flackerte etwas in seinem Blick auf. »Ich würde meine Waffe auf ihn richten und ihm zeigen, dass ich schießen könnte, wenn ich wollte, und vorbeifahren.«

»Aber dann würde der Junge einfach seine Leute holen und euch alle töten«, erwiderte Thomas und hatte nun seine lässige Haltung aufgegeben.

Dean schüttelte seinen Kopf. »Ich würde so tun, als würde ich vorbeifahren, ihm dann folgen und herausfinden, was für einen Hintergrund diese Waffe in seinen Händen hat. Vielleicht will er seine Familie beschützen. Vielleicht würde sie ja Hilfe von uns annehmen.«

»Für so sinnlose Verfolgungen in der Hoffnung, dass man nicht in eine Falle tappt, wäre doch gar keine Zeit«, sagte Christopher.

Eine lebhafte Diskussion begann, die sich bis zum Ende der Stunde zog. Ich wurde immer nervöser und konnte glücklicherweise die meiste Zeit zuhören, da sich klare Parteien gebildet hatten.

»Wie ihr seht, gibt es keine eindeutige Lösung. Solche Situationen können immer auf euch zukommen. Sie werden euch alles abverlangen und euch vielleicht Dinge tun lassen, auf die ihr rückblickend nicht stolz sein werdet.« Miss Graham schaute zu Christopher und Thomas. »In diesem Beispiel geht es um ein Kind. Es hätte aber auch eine junge Frau oder ein alter Mann sein können. Dies hätte die Situation vielleicht grundlegend für euch geändert.« Nun blickte sie uns alle nacheinander an. »Dennoch sind Gut und Böse nicht immer ersichtlich. Ihr müsst immer abwägen, immer nachdenken und solltet niemals vorschnelle Entscheidungen treffen, die ein Menschenleben erfordern könnten.«

Ich wurde immer nervöser, und obwohl dieses Thema wichtig war, erwischte ich mich, wie ich immer wieder verstohlen auf meine Armbanduhr linste. Die Minuten verstrichen nur langsam. Ich musste wissen, ob eine weitere Karte hinterlassen worden war. Ich musste wissen, wie es Cassie ging.

Als es klingelte, packte ich so schnell ich konnte meine Sachen und lief in mein Zimmer. Adam folgte mir schweigend und ohne Aufforderung.

Ich stieß die Tür auf, und da war sie. Tatsächlich lag auf dem Boden eine weitere Karte. Ein Keuchen entfuhr mir, und ich drehte mich zu Adam herum. »Wie hast du das gemacht?«

Adams Blick bohrte sich in meinen, und er hielt ihn fest. »Du weißt, dass ich die ganze Zeit in deiner Nähe war.«

»Dann musst du einen Komplizen haben«, stieß ich aus und ballte meine Hände zu Fäusten.

Langsam schloss Adam die Tür hinter sich, sah mich aber weiterhin an. »Das willst du dir nur einreden, weil du nicht wahrhaben willst, dass es dann einer deiner Freunde gewesen sein muss. Irgendjemand, den du schon seit Jahren kennst.«

Ich presste meine Lippen zusammen und kniff gleichzeitig meine Augenbrauen aneinander. »Das ist nicht … ich weiß nicht …« Tränen stiegen in meine Augen. »Scheiße!«

Adam machte einen Schritt auf mich zu und sah aus, als würde er mich trösten wollen.

Sofort wich ich vor ihm zurück. »Ich glaube dir. Du kannst gehen. Verschwinde.«

»Ich will dir helfen«, sagte er mit sanfter, ruhiger Stimme, die die Wut in mir hochkochen ließ.

»Ich will keine Hilfe«, erwiderte ich und betrachtete die

Karte. »Du solltest gehen, bevor dich jemand sieht. Noch können wir davon ausgehen, dass die Entführer nicht wissen, dass du eingeweiht bist. Und ich möchte, dass es auch so bleibt.«

»Alexis«, sagte Adam leise. »Ich möchte dir helfen.«

»Hilf mir, indem du gehst.« Noch immer sah ich ihn nicht an, konnte nur die Karte anstarren.

SPEICHERE DIE DATEIEN AUS ORDNER TOPSECRET_01_001 AUF DEM BEILIEGENDEN USB-STICK. PLATZIERE IHN NOCH HEUTE BIS NEUN UHR IN DER BIBLIOTHEK AUF DEN GESCHICHTSBÜCHERN. WIR BEOBACHTEN DICH.

Mir wurde heiß und kalt zugleich. Zur Bibliothek hatten nur Trainees, Lehrer und Angestellte Zutritt.

Jemand vom MI20 hatte meine Schwester entführt.

Ich bückte mich und hob die Karte endlich auf. Darunter lag ein Stick.

»Was fordern die?«

Ich hatte Adam völlig ausgeblendet und drehte mich nun langsam zu ihm um. »Informationen.«

»Was für welche?«

»Solche, an die ich niemals rankommen könnte, selbst wenn ich wollte«, flüsterte ich und hatte keine Ahnung, was ich jetzt machen sollte.

Jemand innerhalb des Geheimdienstes versuchte über mich an Daten ranzukommen. Aber das ergab gar keinen Sinn, da ich keine Berechtigungen zu den *Top Secret* Akten hatte. Außerdem waren die Dateien des MI20 nicht so abgespeichert. Der Name war ausgedacht. Aber was nützte das den Entführern?

Vielleicht ging es aber auch gar nicht um mich. Ich schluckte und reichte Adam die Karte. »Hast du darauf Zugriff, oder kennst du diesen Speichercode?«

Adam betrachtete die Nachricht einen langen Moment, bevor er antwortete. »So einen dummen Speichercode hat das MI20 nicht.«

»Was denkst du, was die mir damit sagen wollen?« In mir keimte die zarte Hoffnung auf, dass uns wenigstens *das* weiterbringen könnte.

»Wenn ich raten müsste, würde ich sagen, dass sie eine Information über etwas haben wollen, das es ganz zu Beginn des MI20 gegeben hat.«

Ich zog die Augenbrauen hoch. »Das kann nur das Serum sein.«

Adam nickte langsam. »Es wäre das Einzige, was Sinn ergeben würde.«

»Wieso glauben die, dass ich da drankommen könnte? Wieso gerade ich und nicht irgendwer anders? Jemand, der zum Beispiel ab und an Sekretärin Pam aushilft oder Botengänge in die Basis erledigt?«

»Das ergibt tatsächlich keinen Sinn«, stimmte Adam mir zu.

»Was willst du jetzt machen?«, fragte er, als ich schwieg.

»Zum Mittagessen gehen und mich unauffällig verhalten.« Ich nahm ihm die Karte ab und sah ihn ernst an. »Du solltest vorausgehen. Ich will nicht, dass der Erpresser glaubt, ich hätte dich eingeweiht.«

Adam nickte und sagte glücklicherweise nichts mehr, als er den Raum verließ.

Ich blieb zurück und starrte die Buchstaben an, die immer wieder vor meinen Augen verschwammen. Vielleicht sollte ich doch mit dem Direktor sprechen. Cassie war seit einigen Stunden weg, zumindest soweit ich wusste, und mit jeder weiteren Stunde sanken ihre Überlebenschancen. Wenn sie nicht schon längst …

Ich schlug mir meine Hand vor den Mund und erstickte den unaufhaltsamen Schluchzer.

Die gesamte Mittagspause über blieb ich in meinem Zimmer, versuchte mich zu beruhigen und schaffte es gerade noch mich soweit zurückzuhalten, dass ich nicht alles in meinem Zimmer zu Schutt und Asche verarbeitete. Währenddessen untersuchte ich auch diese Karte nach Spuren, doch fand wieder nichts, außer den Fingerabdrücken von Adam und mir.

»Alexis?« Deans Stimme ließ mich zusammenzucken. Ich konnte gerade noch die Karte zwischen meine Bücher schieben, während mein Fuß den Stick unter mein Bett kickte, als er auch schon zur Tür reinkam.

Ich fuhr herum, zwang mich, völlig ruhig zu wirken – und dennoch klopfte mein Herz schneller bei seinem Anblick. Vielleicht war sogar Dean derjenige, der meine Schwester …

Meine Zähne pressten sich fest aufeinander. Nein, diesen Gedanken konnte ich nicht weiterführen. »Was gibt's?«

Er betrachtete mich mit gerunzelter Stirn und trat ein. »Ich wollte nach dir sehen. Im Unterricht warst du weiß wie die Wand, und dann bist du nicht zum Mittagessen gekommen.«

Es fiel mir schwer, ein spöttisches Lächeln aufzusetzen. »Und was ist daran so schlimm?«

Dean lachte auf. »Du verpasst niemals Lasagne, wenn es welche gibt.«

Da hatte er wohl Recht. Ein Teil von mir, der Dean schon seit Jahren kannte und als zukünftigen Agenten respektierte, wollte ihm alles sagen. Doch der andere Teil, der meine

Schwester mehr liebte als sonst irgendjemanden, hielt mich davon ab. »Mir war ein wenig schlecht«, log ich stattdessen.

»Unsinn. Sag mir, was mit dir los ist«, versuchte er es weiter und sah mich mit diesem unerbittlichen Blick an, der mir sagte, dass er weiterbohren würde, bis ich ihm die Wahrheit sagte.

Ich blinzelte, wusste einfach nicht, was ich erwidern sollte, und schluckte schwer. Dean würde mir sowas niemals antun. Egal wie sehr wir uns in den letzten Jahren bekriegt hatten, *das* traute ich ihm nicht zu.

Und trotzdem konnte ich es nicht riskieren.

»Komm schon. Sag mir, was dich bedrückt«, half Dean mir und machte einen Schritt auf mich zu.

»Warum sollte dich das überhaupt interessieren?«, konterte ich und hob eine Augenbraue.

»Keine Ahnung«, erwiderte er, und obwohl ich seine Gefühle nicht wahrnahm, war ich mir plötzlich sicher, dass er sich ein wenig unwohl fühlte. »Hätte ja sein können, dass du noch Nachwirkungen von deiner Schusswunde hast.« Sein Blick fiel auf meine aufgeschürfte Hand, die ich mir gestern Nacht verletzt hatte. »Das hattest du gestern Abend noch nicht.«

Ich blinzelte ihn an und wusste nicht, was ich sagen sollte. Es wirkte fast so, als würde er sich Sorgen machen. Um *mich.*

Als ich nicht antwortete, hob auch er eine Augenbraue. »Also?«

»Sorry«, erwiderte ich gedehnt. »Dein Interesse an meinem Befinden bin ich nicht gewohnt.« Aber er hatte mich gerettet. Deswegen fragte er. Mein Magen verkrampfte sich bei der Vorstellung, dass es einen anderen Grund geben könnte. »Aber es geht mir gut. Danke. Die Verletzung ist von heute Nacht. Ich hatte ein wenig Dampf abzulassen und habe übertrieben.«

Misstrauisch kniff er seine Augen zusammen. »Dampf ablassen? Weshalb?«

Ich grinste schief. »Frauensachen und so.« Hoffentlich würde das Thema ihn genug abschrecken, damit er nicht weiter nachbohrte. Auch wenn es natürlich überhaupt keinen Sinn ergab.

Dean starrte mich unverwandt an, als würde er mir nicht ein Wort glauben.

Ich lachte. »Ist alles okay bei dir? Oder willst du dir was von der Seele reden?«

Ein schweres Seufzen kam über seine Lippen. »Vergiss es. Ich habe keine Ahnung, wieso ich überhaupt gefragt habe.«

»Vielleicht siehst du ja jetzt plötzlich die Jungfrau in Nöten vor dir. Aber glaub mir. Dass du mich retten musst, wird nicht noch einmal vorkommen.«

Daraufhin wackelte er mit seinen Augenbrauen, und es sah so lässig aus, dass ich kurz davor war, es auch zu versuchen. Bevor ich mich lächerlich machte, ließ ich es jedoch lieber sein.

»Jungfrau?«

Ich spürte, wie meine Wangen sich erwärmten, riss mich dann aber zusammen und stemmte meine Hände in die Hüfte. »Das ist also die wichtigste Information, die dein Hirn da rausgefiltert hat? Sorry Dean, aber du solltest wirklich weniger Weiber abschleppen. Dann würdest du vielleicht mal mit dem Kopf denken.« Ich tippte ihm gegen die Stirn.

Plötzlich begann Dean zu grinsen. Ein verschmitztes, freches Grinsen, mit dem er mich noch nie bedacht hatte. »Das erklärt so einiges.«

»Verschwinde«, sagte ich und wurde ernst. Es war mir nicht peinlich, dass ich mit Neunzehn noch mit keinem Typen geschlafen hatte. Aber ich würde es dennoch nicht zulassen, dass Dean sich darüber lustig machen konnte.

Er schien das zu spüren und sein Grinsen verschwand. »Seit wann nimmst du meine Worte so persönlich?«

Ich schluckte. Er hatte recht. Keine Ahnung. Normalerweise hätte ich mit einem dummen Spruch gekontert. Jetzt war ich aber tatsächlich ein wenig beleidigt. Mir fiel die Erpressernachricht wieder ein. Kein Wunder, dass ich so dünnhäutig war. »Irgendwie scheinst du mir heute auf den Magen zu schlagen«, sagte ich mit einem Schulterzucken. »Kannst du jetzt gehen, oder willst du noch ein wenig in meinem Zimmer abhängen?«

»In diesem Saustall? Eher nicht.« Er drehte sich um und ging zur Tür.

Darauf konnte ich nichts erwidern. Mein Zimmer war die reinste Katastrophe.

Kurz bevor er die Tür erreichte, blieb er jedoch noch einmal stehen und drehte sich zu mir um. »Warum ist Adam dir vorhin gefolgt?«

»Was?«

Er verschränkte seine Arme vor der Brust. »Als es zur Pause geklingelt hat, bist du auffällig schnell abgehauen, und Adam ist dir gefolgt. Wieso?«

Meine Lippen verzogen sich zu einem Lächeln, und ich ging auf ihn zu, bis ich genau vor ihm stehen blieb. »Wieso? Eifersüchtig?«

Dean beugte sich zu mir herunter, sodass unsere Gesichter nur noch wenige Zentimeter voneinander entfernt waren. »Vielleicht.«

Ich wusste nicht, was ich sagen sollte, und öffnete stattdessen meinen Schild. Doch seine Gefühle waren nicht stark genug, als dass ich sie erspüren konnte. Seine Worte ließen für einen winzigen Moment mein Herz schneller schlagen. In meinen Gedanken blitzte ein Bild auf. Wieder sah ich diese Nacht vor mir. Er, über mir kniend, mit der Hand auf meiner Wunde.

Plötzlich klingelte es, und ich zuckte leicht zusammen. Die Pause war vorbei.

Dean lachte leise, drehte sich um und verließ ohne ein weiteres Wort mein Zimmer. Ich starrte die Tür an und fragte mich, wieso es sich anfühlte, als würde sich gerade immer mehr zwischen uns verändern.

Das Vibrieren meiner Uhr zerrte mich zurück in die Realität. Vivien fragte, wo ich war.

Eilig verließ ich mein Zimmer und holte Dean ein, der gerade bei der Treppe angekommen war.

Er tippte auf seinem Handy herum.

»Du solltest dich echt mehr auf deine Ausbildung konzentrieren«, erklärte ich ihm.

»Mein Bruder ist gerade im Krankenhaus«, erwiderte er gedankenverloren, ohne den Blick vom Bildschirm zu lösen. »Er wurde operiert und will unbedingt, dass ich ihn besuchen komme.«

Da mein Schild leicht geöffnet war, spürte ich sein plötzlich aufwallendes schlechtes Gewissen. Es fühlte sich so an, als hätte mich jemand in den Magen geboxt.

Dean steckte das Handy ein und ging dann die Treppe herunter.

»Wie lange ist er schon im Krankenhaus?«

»Seit zwei Wochen.«

Ich folgte ihm und mir kam ein Gedanke. »Warst du deshalb bei der Simulation letztens so abgelenkt?«

Er warf mir einen fragenden Seitenblick zu. »Und wenn es so wäre?«

Meine Gedanken zuckten zu Cassie, und ich schluckte, um die Enge in meiner Kehle zu vertreiben. »Dann würde ich dir verzeihen. Familie ist alles.« Ich konnte Deans Blick geradezu spüren, sah ihn aber nicht an.

»Ja«, sagte er schließlich, gerade als wir den ersten Stock erreichten. »Während der Simulation habe ich auf eine Nachricht gewartet, da er gerade operiert wurde. Es war eine ziemlich lange OP, ein Herzfehler, aber alles ist gut gegangen. Ihm geht es immer besser.« Er lachte leise. »Auf jeden Fall gut genug, um mich vollzutexten.«

»Du hättest Mr Turner und mir sagen können, was los ist«, sagte ich leise, während ich neben ihm her ging.

»Wir sind bald ausgebildete Agenten.« Er lächelte mich schief an. »Privater Kram darf unsere Leistung nicht beeinflussen.«

»Und dennoch sind wir keine Maschinen.« Meine Gedanken wanderten zu Cassie, und ich starrte auf die Treppenstufen hinab. »Ich bin froh, dass es deinem Bruder besser geht.«

Ich spürte seinen Blick auf mir. »Danke.« In diesem kleinen Wort lag so viel Gefühl, dass ich meine Lippen zusammenpressen musste, um ihm nicht alles zu erzählen, mich ihm zu öffnen und mir von ihm helfen zu lassen. Auch er hatte einen Bruder, für den er sich sogar bei einer Simulation ablenken ließ, obwohl er immer der Beste sein wollte. Er würde meinen Zwiespalt verstehen.

»Gerne«, stieß ich stattdessen aus und deutete in Richtung der Bibliothek, als wir gerade die untere Etage erreichten. »Ich muss noch was erledigen. Wir sehen uns gleich.«

»Bis gleich«, sagte er in einem Tonfall, der deutlich machte, dass er genau wusste, dass irgendwas los war. Aber ich ließ ihm keine Zeit, das weiter zu ergründen.

Als ich die Bibliothek erreichte, lief ich wie automatisch zu den Geschichtsbüchern. Sie lagen weiter hinten, versteckt hinter diversen Reihen von Bücherregalen, die sich in dem altmodischen Raum dicht aneinanderdrängten. Die Bibliothek erstreckte sich über zwei Etagen, hatte vier Zugänge und war der perfekte Ort, um sich zwischen den dunklen Regalen zu verstecken. In der Mitte des Raumes, wo ein riesiger Kronleuchter hing, standen Tische und hohe Sessel, die nun alle leer waren. Der Bibliothekar war nirgends zu sehen, räumte aber vermutlich gerade irgendwelche Bücher weg.

Ich lief den Gang mit den Geschichtsbüchern entlang. Er erstreckte sich einmal quer durch den hinteren Bereich und zu beiden Seiten gab es einen Ausgang.

»Alexis? Bist du hier?« Viviens Stimme drang durch die Stille der Bibliothek und kurz darauf folgte ein »Scht« aus der oberen Etage.

Ich drehte mich um und sah meine beste Freundin schon auf mich zulaufen. Ihr Rock wippte um ihre Oberschenkel, die in hellen Wollstrumpfhosen steckten, und ihre Bluse war fast faltenfrei, obwohl wir schon seit Stunden Unterricht hatten. »Woher wusstest du, dass ich hier bin?« Obwohl ich es nicht wollte, kam das ungute Gefühl von Argwohn in mir auf.

Viviens Stirn kräuselte sich, und sie hob den Bücherstapel in ihren Armen hoch. »Dean meinte, du wärst hier, und weil ich eh ein paar Bücher wegbringen wollte, dachte ich, ich hole dich ab und bringe dir ein Sandwich mit.«

Erst jetzt fiel mir das eingeschweißte Baguette auf dem Bücherstapel auf, und ich merkte, wie ich mich ein wenig entspannte. Trotzdem blieb da ein winziger Funken Misstrauen.

Ich tat es ungerne, aber ich konzentrierte mich auf Viviens Gefühle.

Ich verkrampfte mich wieder, als ich merkte, was ich da tat. Verdächtigte ich jetzt schon meine beste Freundin?

Schon allein wegen meines schlechten Gewissens lächelte ich sie besonders dankbar an. »Das ist echt nett von dir.«

Vivien nickte und überreichte mir das Sandwich, bevor sie sich die Bücher anschaute, vor denen ich stand. »Sibirische Geschichte?«

Ich zuckte mit den Schultern, wollte mir keine Ausrede einfallen lassen und auch nicht lügen. Die Wahrheit kam aber ebenso wenig in Frage.

Vivien wartete noch einen Moment darauf, ob ich meine Antwort ausführen wollte, bevor es ihr scheinbar egal schien und sie mir zunickte. »Na dann. Wir sollten gehen. Gleich geht Französisch los, und du willst doch sicher nicht Mr Mazur warten lassen.«

Ich dachte an meinen Lehrer für Französisch, Latein, Mathematik und Fluchttraining und schüttelte meinen Kopf. Er war mit fünfundzwanzig der jüngste unserer Lehrer und auch nur hier, weil er kurz nach dem Beenden seiner Ausbildung einen Undercoverjob so versaut hatte, dass er für ein paar Jahre untertauchen musste. Er hasste seinen Job. »Auf gar keinen Fall.«

Meine beste Freundin stieß ein schnaubendes Lachen aus, während wir gemeinsam zum Ausgang in Richtung der Unterrichtssäle gingen und sie am Empfangstisch in der Mitte der Bibliothek ihre Bücher ablegte. Auf dem Weg zum Klassenraum riss ich die Verpackung des Sandwiches auf und stopfte mir die erste Hälfte in den Mund. Jetzt, da ich nicht mehr alleine war, konnte ich nicht ausflippen und musste ruhig bleiben. Essen half mir beim Denken.

Ich zwang mich, mit Abstand an die ganze Sache ranzugehen. Jemand wollte, dass ich Daten stahl. Jemand, der auch an dieser Akademie war. Ob Lehrer, Schüler oder Angestellter konnte ich nicht sagen. Diese Person brauchte die Daten einer *Top Secret* Akte. Einer Akte, zu der ich keinen Zugriff hatte und von der ich auch ziemlich sicher war, dass es sie überhaupt nicht gab.

Der rational denkende Teil von mir wollte, dass ich zu Direktor Roberts ging und ihn miteinbezog. Dennoch hatte ich meine Zweifel. Immerhin hatte die Warnung »Wir beobachten dich« sich in mein Hirn eingefressen. Irgendwer würde erfahren, dass ich beim Direktor gewesen war – und wer garantierte mir, dass sie Cassie nicht …

Ich konnte den Gedanken nicht einmal vollenden.

Wir gingen an diversen Trainees vorbei, und ich betrachtete jeden von ihnen nun mit anderen Augen. Beobachtete mich irgendwer? Starrte mich irgendwer an? Ich weitete meine Kraft aus und versuchte irgendwelche auffälligen Gefühle zu fassen, doch konnte sie kaum von dem alltäglichen Gefühlswirrwarr unterscheiden.

Ich schluckte den Bissen in meinem Mund herunter und schob direkt die zweite Hälfte hinterher. Was sollte ich denn jetzt tun? Schon alleine einen ungeprüften USB-Stick an das Netzwerk des MI20 anzuschließen war gefährlich. Sollte darauf ein Virus sein, würde die interne Sicherheitssoftware Alarm schlagen. Man würde schnell herausfinden, wer dafür verantwortlich war.

»Du bist ziemlich schweigsam, seit ihr von eurem Auftrag zurückgekommen seid«, sagte Vivien plötzlich in die Stille hinein, die sich zwischen uns ausgebreitet hatte. Sie zuckte mit den Schultern, sah mich dabei aber nicht an. »Nicht, dass ich irgendwas von eurem Auftrag wissen will. Aber falls du jemanden zum Reden brauchst, dann bin ich für dich da.«

»Ich weiß.« Das wusste ich wirklich. »Danke.«

Sie lächelte mich von der Seite an, und wieder setzte Schweigen zwischen uns ein. Ein Schweigen, das unsere Freundschaft ausmachte, denn manchmal war es mehr wert als tausend Worte.

Ich erwiderte das Lächeln und spürte, wie es leicht verrutschte, als meine Gedanken wieder zu der Forderung der Entführer wanderten.

»Also falls du reden willst, komm einfach zu mir«, wiederholte Vivien auf einmal, als wir die Tür zum Unterrichtsraum durchquerten.

Einen Moment lang hatte ich keine Ahnung, wovon sie redete, bis es mir endlich einfiel. Sie hatte Adam und mich gestern Abend und heute Morgen zusammen gesehen!

Ich wusste jetzt genau, welche Schlüsse sie gezogen hatte, und obwohl sie meine Freundin war, konnte ich ihr die Wahrheit nicht sagen. Ein Teil von mir wollte es, aber Vivien war eine gute Agentin und dem MI20 treu. Sie würde ohne zu zögern Direktor Roberts einweihen, so wie ich es auch tun sollte. Aber diese Entscheidung stand ihr nicht zu. Ich alleine musste sie treffen.

Vivien wartete meine Antwort nicht länger ab, und gemeinsam gingen wir zu unseren Plätzen in der ersten Reihe.

14. Kapitel

Vivien, Eva, George und ich saßen vorne, während Dean, Thomas, Adam und Christopher in der zweiten Reihe saßen. Mr Mazur trat ein, als ich mich gerade hinsetzte, und begann den Unterricht sofort auf Französisch. Gott sei Dank beherrschten wir die Sprachen inzwischen fließend. Auch wenn das Serum unsere Stärken verschieden beeinflusst hatte, waren die körperlich wachsende Kraft, unsere anhaltende Gesundheit und unser ausgezeichnetes Gedächtnis das, was wir alle teilten. Evas Schnelligkeit, meine Fähigkeit Gefühle zu sehen und Georges Kraft in die nahe Zukunft zu sehen, waren noch zusätzliche Begabungen, die sich nur unter bestimmten genetischen Voraussetzungen entwickelten.

Während des Unterrichts wanderte mein Blick immer wieder nach links, wo Eva und George saßen. Ich schätzte ihre Gefühle ab – interessiert – und suchte nach Auffälligkeiten. Doch beide wirkten wie immer.

Christopher konnte ich nicht sehen, aber auch seine Gefühle – hauptsächlich Langeweile – waren nicht ungewöhnlich. Erleichterung durchflutete mich. Vielleicht hatte auch niemand aus meinem Semester etwas mit der Entführung zu tun. Ich hoffte es so sehr. Wir alle waren Freunde, und schon seit fast vier Jahren hockten wir ständig aufeinander rum. Ich müsste doch merken, wenn einer von ihnen ein doppeltes Spiel spielte. Wir alle hätten es bereits gemerkt. Wir waren mittlerweile so etwas wie eine große Superagentenfamilie, und allein der Gedanke, dass einer von ihnen in die Situation involviert sein könnte, ließ meinen Hals ganz eng werden.

Doch diese kleine Stimme in meinem Kopf, die mir zuflüsterte, dass die Person vielleicht schlauer war als ich, ließ Zweifel zurück.

Der darauffolgende Arabischunterricht wurde von Mrs Ansari geführt, einer fünfunddreißigjährigen Lehrerin mit indischen Wurzeln, die Jahrelang im arabischen Raum gelebt und agiert hatte. Sie war eine tolle Lehrerin, die uns die interessantesten Geschichten ihrer Einsätze erzählte, doch ich konnte mich kaum auf sie konzentrieren. Die ganze Zeit über dachte ich nur darüber nach, was ich jetzt tun sollte.

Ich konnte keine Daten stehlen. Das war falsch. Aber konnte ich mich der Forderung widersetzen? Konnte ich riskieren, dass Cassie etwas passierte? Sie war meine kleine Schwester, und scheinbar war sie nur wegen mir entführt worden, um mich unter Druck zu setzen. Aber wer waren diese Leute? Warum taten sie das? Was brachte es ihnen, und wie kamen sie auf *mich?*

Und doch wollten sie die Daten einer Akte, die es gar nicht gab.

Ich fand keine Antwort und wäre um ein Haar zusammengezuckt, als die Klingel zur Pause schellte, nach der unser Nahkampftraining bei Miss Graham beginnen würde.

»Ich freue mich jetzt schon auf die Reste der Lasagne«, sagte Eva. Zwischen der zweiten und dritten Unterrichtseinheit gab es immer eine Art Zwischenmahlzeit, die aus den Resten des Mittagessens und kalten Snacks bestand. »Mein Magen hat gerade die ganze Zeit geknurrt«, fügte Eva hinzu. Vielleicht bildete ich es mir auch ein, aber sie wirkte hibbeliger als sonst.

Ich schaute zu ihr herüber. »Wie kann man nur immer so hungrig sein?«

»Ich habe ja die Theorie, dass meine Verdauung seit meiner Verwandlung auch wie auf Speed läuft.« Sie lachte, wirkte nun wieder entspannter – ebenso wie ihre Gefühle. Zumindest, soweit es für sie möglich war. Und doch waren da wieder diese Zweifel. Vielleicht deutete ich die Gefühle der anderen auch falsch? Vielleicht war die Person, die mit den Entführern zusammenarbeitete, auch schon so geübt, seine Gefühle zu verbergen, dass es mir schon gar nicht mehr auffiel? Ich wollte vor Frust stöhnen, hielt es aber zurück. In einem Strom aus Schülern liefen wir in Richtung des Speisesaals, und ich ließ mich von der Masse treiben, während ich darauf achtete, ob ich von irgendjemandem beobachtet wurde. Doch niemand schien verdächtig. Alles wirkte wie immer. Wie konnte das sein, nachdem mir jemand das Wichtigste in meinem Leben genommen hatte?

Ich atmete einmal tief durch und versuchte mich wieder in das Gespräch einzubringen.

*

Während des Nahkampftrainings gab ich alles, um mich wenigstens für kurze Zeit abzulenken. Weil George mein heutiger Trainingspartner war, musste ich mich doppelt anstrengen, da er oft schon intuitiv wusste, was sein Gegner als Nächstes tun würde. Dass er in die nähere Zukunft sehen konnte, war echt gruselig und gleichzeitig verdammt cool.

George schaffte es oft genug, mich auf die Matte zu werfen, denn ich war abgelenkt. Immer wieder schaute ich auf die Uhr, um nachzurechnen, wie viele Stunden seit Eintreffen der ersten

Nachricht vergangen waren. *Zu viele.* Ich wusste nicht einmal, seit wann Cassie verschwunden war, da ich das Datum der Adoption nicht entschlüsseln konnte. Dennoch sagte mein Gefühl mir, dass es nicht lange her sein konnte. Es musste einfach so sein.

Mein Magen verkrampfte sich bei der Tatsache, dass jemand sie adoptiert hatte, beziehungsweise es so aussehen ließ, als wäre Cassie adoptiert worden. Während des Unterrichts hatte ich mir heimlich auf meinem Handy die Fotos von Cassies Akte durchgelesen, doch nichts gefunden, was mir weiterhelfen könnte. Ich überlegte kurz, erneut das Waisenhaus aufzusuchen und die Direktorin zu zwingen, mir zu sagen, wer sie mitgenommen hatte. Doch ich war mir sicher, dass sie mir keine Hilfe sein würde und vermutlich selbst hinters Licht geführt worden war. Sie war immer eine strenge Frau gewesen, aber sie war auch jemand, der die Waisenkinder gut behandelte und nur das Beste für sie wollte. Sie suchte die Adoptionsfamilien mit sehr viel mehr Sorgfalt aus, als andere es tun würden.

Dennoch hatte Direktor Roberts mir vor Jahren versprochen, er würde verhindern, dass Cassie jemals adoptiert würde.

Ob er davon wusste? Und falls ja, wieso verheimlichte er es mir dann? Oder steckte mehr dahinter? Nein! Wenn ich jemandem vertraute, dann ihm. Er war mit meinen Eltern befreundet gewesen und war für mich in den letzten Jahren so etwas wie ein Onkel geworden.

Als George es erneut schaffte, mich auf die Matte zu werfen, blieb ich einen Moment länger als nötig liegen und entschied, dass ich mit dem Direktor reden *musste.* Dieser Gedanke verlieh mir einen neuen Energieschub.

Zum ersten Mal seit Beginn des Trainings lächelte ich, sprang auf und griff George offensiv an. Er sah den Angriff kommen, packte mich und schleuderte mich erneut auf die Matte. Dieses Mal entfuhr mir ein Lachen, und ich ließ mir von ihm aufhelfen. »Heute bist du echt besser als ich.«

Georges Wangen erröteten leicht, während er mich hochzog. »Danke.«

*

Nach dem Training eilte ich in mein Zimmer, duschte und schlüpfte in frische Klamotten. Noch bevor die anderen sich auf den Weg zum Abendessen machten, stand ich vor dem Büro des Direktors.

Pam, seine Sekretärin, war nirgends zu sehen, weshalb ich einfach direkt anklopfte.

Die Tür schwang auf.

Ich runzelte die Stirn und schaute mich um. Niemand war zu sehen, und das Büro war leer.

Ich wollte schon zurücktreten, da sah ich eine Akte auf dem Schreibtisch liegen. Das Foto eines Mädchens war zu sehen.

Ein Kloß ließ mich kurz um Luft ringen, doch ich zwang mich zur Ruhe und konzentrierte mich auf meine Kraft.

Niemand war in der direkten Umgebung.

Ohne weiteres Zögern trat ich in das Büro ein und ging auf den Schreibtisch zu. Tatsächlich lag dort eine Akte, und auf dem Foto war Cassie zu sehen.

Mir war, als würde alles um mich herum ins Wanken geraten, während mein leergefegter Kopf versuchte, Erklärungen zu finden.

Plötzlich spürte ich etwas. Jemand kam näher. Ich warf noch einen letzten Blick auf Cassies Foto, bevor ich das Büro verließ und die Tür hinter mir schloss.

Die Person war so nah, dass ich mich erneut umdrehte und so tat, als würde ich gerade anklopfen wollen.

Pam, Direktor Roberts Sekretärin, kam mit einer Kanne Tee um die Ecke. Als sie mich sah, lächelte sie. »Direktor Roberts ist kurz in der Basis, müsste aber jeden Moment zurück sein.«

Sie öffnete die Bürotür, und im selben Moment öffnete sich auch die Verbindungstür innerhalb des Büros, die zur Basis des MI20 führte.

Direktor Roberts stockte nicht einmal, als er mich vor seinem Büro stehen sah. Er lächelte leicht. »Alexis, haben wir einen Termin?« Wie beiläufig ging er zu seinem Schreibtisch und schloss die offen liegende Akte. Dabei sah er mir die ganze Zeit lächelnd in die Augen, prüfte vermutlich, ob mir auffiel, was er da tat.

Pam stellte die Teekanne ab und verschwand dann wieder zu ihrem Schreibtisch im Vorraum.

»Nein«, sagte ich völlig ruhig. »Ich wollte nur nachfragen, ob Sie schon wissen, wann ich das nächste Mal Cassie besuchen darf.« Ich lächelte schief, bittend. »Ich habe sie schon ewig nicht mehr so lange alleine gelassen und naja …« Ich zuckte mit meinen Schultern und setzte einen entschuldigenden Gesichtsausdruck auf. Dabei ging ich auf ihn und den Schreibtisch zu. »Sie kennen ja meine Ungeduld.«

Der Direktor setzte sich auf seinen Stuhl und schob Cassies Akte wie beiläufig zwischen ein paar andere Akten. »Ich verstehe dich. Aber warte noch ein wenig. Wir sind noch dabei, diesen Angriff auf euch zu untersuchen. Solange wir in diesem Fall noch keinen Abschluss haben, ist es zu gefährlich, nachts draußen herumzustreifen.«

Ich nickte, tat so, als würde ich verstehen und versuchte die plötzlich aufkommenden Magenschmerzen zu ignorieren. »Schade.« Einen Moment lang schwieg ich.

Direktor Roberts hob seine Augenbrauen. »Gibt es noch etwas? Ich habe heute viel zu tun.«

»Ja. Ich weiß, es geht mich nichts an, aber ich muss die ganze Zeit an unsere Angreiferin denken, Nummer 17.« Mein Gesichtsausdruck war eine Mischung aus Neugier und Zurückhaltung.

Er seufzte leise und presste kurz seine Lippen aufeinander. »Sie ist gestorben.«

»*Was?* Aber ...« Meine Stimme verebbte. Ich war mir sicher, dass sie noch gelebt hatte, als ich sie das letzte Mal gesehen hatte. Sie hatte ein gebrochenes Bein gehabt, aber keine lebensbedrohlichen Verletzungen.

Direktor Roberts nickte verständnisvoll. »Sie hat es nicht geschafft.«

Einen Moment lang wollte ich ihm glauben, doch dann sah ich ihn an, sah ihm direkt in die Augen und wusste, dass er log. Ich wusste es einfach.

»Hoffentlich gefährdet das nicht Ihre Ermittlungen«, sagte ich und zwang mich zu einem Lächeln. »Danke für Ihre Zeit.«

»Gerne.« Er lächelte, wie schon so viele Male zuvor. Jedes Mal war mir sein Lächeln wie eine freundschaftliche Geste vorgekommen. Nun fragte ich mich, wie viele Male zuvor er mich schon belogen hatte.

Als ich sein Büro hinter mir ließ und durch den Flur ging, konnte ich kaum noch verbergen, wie sehr es in mir wütete. Glücklicherweise waren momentan alle Trainees und vermutlich auch die Lehrer beim Abendessen.

Ich konnte mich kaum daran erinnern, wie ich in mein Zimmer kam. Dann aber packte ich mein Kissen, drückte es in mein Gesicht und schrie. Ich schrie so laut ich konnte. Gleichzeitig strömten Tränen aus meinen Augen, weil ich so wütend und enttäuscht war.

Direktor Roberts hatte mich angelogen, und Cassies Akte hatte auf seinem Tisch gelegen. Das konnte kein Zufall sein.

Ich wusste nicht mehr, was ich tun sollte. Ich konnte niemandem vertrauen. Niemandem.

Meine Schreie wurden schließlich zu Schluchzern, und ich bemitleidete mich einen Moment lang selbst. Doch es war nur ein kurzer Moment, bevor ich mir übers Gesicht strich.

Ich durfte jetzt nicht einfach aufgeben.

Irgendwie würde ich Cassie retten.

Egal was ich dafür tun musste.

Ich bückte mich und entdeckte den USB-Stick unter meinem Bett, den ich nach Deans Auftauchen unauffällig darunter gekickt hatte.

Als es an der Tür klopfte, schob ich ihn schnell in meine Hosentasche. »Ja?«

Statt einer Antwort steckte Adam seinen Kopf durch die Tür.

»Was willst du hier?«

»Es ist auffällig, wenn du alle Mahlzeiten schwänzt«, erwiderte er auf meinen genervten Tonfall sanft.

Zuerst wollte ich etwas Trotziges erwidern, besann mich dann aber zur Ruhe und nickte. »Stimmt wohl.«

Adams Mundwinkel zuckte. »Also kommst du mit?«

Erneut nickte ich und ging dann ins Bad, um noch einen kurzen prüfenden Blick in den Spiegel zu werfen. Die Tränenspuren waren verschwunden, nur meine Augen waren noch leicht glasig. Nichts, was nicht wieder vergehen würde.

Zurück in meinem Zimmer betrachtete ich Adam eingehend, der auf mich wartete. »Was willst du überhaupt von mir?«

»Helfen«, sagte er in einem Tonfall, der deutlich machte, wie ernst er es meinte.

»Aber wieso?«, hakte ich nach. Wir kannten einander kaum, waren keine Freunde und er war mir nichts schuldig.

»Weil du einen Partner gebrauchen kannst.«

»Ich komme auch alleine zurecht.« Demonstrativ öffnete ich meine Zimmertür.

»Davon bin ich überzeugt«, sagte er, als er an mir vorbei ging. »Aber du musst es nicht.«

»Aber warum?«, fragte ich nun scharf und schloss meine Zimmertür hinter uns.

»Weil du ein guter Mensch – und ein noch besserer Trainee bist. Dieses Land verdient Agenten wie dich. Doch um dich konzentrieren zu können, brauchst du deine Familie. Familie ist wichtig.«

Wir erreichten die Treppe, und mit einem Mal fiel mir wieder ein, dass ich von der Datenbank wusste, dass auch er ein Waisenkind war. »Was ist mit deiner Familie passiert?«

Ich wusste nicht, ob es Absicht war, oder ob er es nicht kontrollieren konnte, aber eine Sekunde lang spürte ich entsetzliche Trauer. »Sie sind im Dienst ihres Landes gestorben.« Mehr schien er nicht sagen zu wollen.

»Das ist scheiße«, murmelte ich und schaute kurz zu ihm hinüber. Seine Eltern zu verlieren tat weh, egal auf welche Weise. Ich hatte keine Ahnung, warum ich so dreist nachgefragt hatte. Vermutlich, weil er plötzlich so offen zu mir war und ich es mir nicht entgehen lassen konnte, endlich Antworten auf all meine Fragen zu bekommen. »Sorry.«

»Schon okay.« Adam wirkte nicht böse, und während des restlichen Weges schwiegen wir.

Obwohl es sich anfühlte, als seien etliche Stunden seit dem Nahkampftraining vergangen, waren die meisten noch immer beim Abendessen.

Es gab Gemüse, Hähnchenkeulen und Risotto.

Wir setzten uns zu unserem Semester an den Tisch, und ich bemerkte, dass nur Dean und Vivien irgendwie auffällig zu uns herüberschauten.

Aber Vivien glaubte, dass ich mit Adam geschlafen hatte – und Dean misstraute Adam. Das spürte ich.

»Habt ihr schon gehört, dass bald der nächste Auftrag stattfinden soll?«, fragte Eva in die Runde.

Thomas lachte. »Wie hast du das denn schon wieder herausgefunden?«

Sie zuckte mit ihren Schultern und machte einen kleinen Schmollmund. »Mein Geheimnis.«

Während sie darüber diskutierten, wie genau der nächste Job aussehen könnte, weitete ich, wie in letzter Zeit fast ständig, meine Kräfte aus. Ich fühlte in jede Person hinein, die sich in diesem Raum befand. Leider spürte ich bei vielen überhaupt nichts.

Frust stieg in mir auf, weil mir meine Kraft mit einem Mal total nutzlos vorkam.

»Und Alexis?« Ich horchte auf, als ich meinen Namen hörte, und schaute zu Christopher, der mich feixend ansah. »Du wurdest von George heute ganz schön fertig gemacht.«

Ich zuckte mit den Schultern und lächelte George kurz an, der mich schweigend musterte. »Er war heute eben besser als ich.«

»Das muss doch ganz schön an deiner Ehre kratzen«, stichelte Christopher weiter. Manchmal war der Typ einfach nur ein Kotzbrocken, der gerne andere Leute provozierte. Doch bei mir zog das nicht, das hatte es noch nie.

»Wieso?« Ich zog meine Augenbrauen hoch. »Er war besser. Fertig. Bedeutet für mich, dass ich mehr trainieren sollte.«

Christopher, der manchmal echt ein Arsch war, öffnete seinen Mund für einen weiteren Spruch, doch Thomas kam ihm zuvor. »Hat einer von euch in Arabisch mitgeschrieben? Ich hab irgendwie gepennt.«

»Vivien gibt dir ihre Unterlagen bestimmt«, sagte Dean, ohne von seinem Essen aufzublicken.

»Wieso? Weil man es mit mir ja machen kann?« Viviens schneidender Tonfall ließ Stille an unserem Tisch aufkommen. Alle sahen sie an.

»Ich bin satt«, sagte sie zu niemand besonderem, stand auf und brachte ihr Tablett weg.

»Ich schaue mal nach ihr«, sagte ich und stand ebenfalls auf. Eva machte mit vollem Mund ein Handzeichen und bedeutete mir damit, dass sie auch gleich nachkommen würde.

Thomas sah mich an und nickte leicht. Wusste er, dass ich ihr Geheimnis kannte? Ich konnte seine Gefühle nicht wahrnehmen, aber ich ging schon fast davon aus.

Ich brachte mein Tablett weg und verließ den Speisesaal.

Auf dem Weg nach draußen achtete ich wieder darauf, ob mich jemand beobachtete, aber es sah nicht so aus. Ich schaute auf meine Uhr – es waren noch ein paar Stunden bis neun. Am liebsten wäre ich in mein Zimmer gegangen, um mich endlich weiter mit dem USB-Stick zu beschäftigen, doch mein schlechtes Gewissen Vivien gegenüber hielt mich davon ab.

Ich fand sie in der Bibliothek, wo sie sich immer versteckte, wenn es ihr schlecht ging. Es war derselbe Ort, an dem ich in ein paar Stunden den Stick hinterlegen sollte.

Kurz flackerte die Frage durch meinen Kopf, ob sie wirklich deshalb hier war, oder es etwas mit der bevorstehenden Übergabe zu tun hatte, aber ich schüttelte sie ab. Nein, niemals würde ich Vivien verdächtigen. Dennoch konnte ich kein Risiko eingehen und ihr von Cassie erzählen. Sie würde darauf bestehen, *alles* Direktor Roberts zu erzählen. Niemand war so regeltreu wie sie. Aber dazu war ich nicht bereit. Nicht, nachdem ich eine Akte über Cassie auf seinem Tisch hatte liegen sehen.

Vivien saß in ihrem Lieblingssessel, an einer Tischgruppe im hinteren Bereich der Bibliothek. Als sie meine Schritte auf dem Parkett hörte, sah sie auf, und kurz spürte ich heftige Enttäuschung in ihr aufwallen. Scheinbar hatte sie nicht *mich* erwartet.

»Sorry, ich bin es nur«, sagte ich und setzte mich auf den Sessel ihr gegenüber.

»Hey«, erwiderte sie und wandte ihren Blick von mir ab. »Ich benehme mich wie ein Trottel. Wegen einem Kerl.«

Ich zuckte mit meinen Schultern. »Da muss wohl jeder mal durch.«

Vivien schnaufte und warf mit einem der kleinen Dekokissen nach mir. »Du hattest doch noch nie Liebeskummer.«

Dem hatte ich nichts hinzuzufügen, denn verliebt war ich tatsächlich noch nie gewesen und hatte dementsprechend auch noch nie diesen Kummer verspürt. Ich lümmelte mich in den Sessel und gab mich einen Moment lang nur den Sorgen meiner Freundin hin. »Ihr habt also miteinander gesprochen?«

Vivien nickte und starrte an die Decke. »Es war eigentlich alles geklärt. Zumindest dachte ich es. Aber irgendwie …« Sie verstummte.

»Irgendwie ist ein Teil von dir anderer Meinung?«

Sie stöhnte. »Dabei bin ich doch so schlau! Wieso kann ich in dieser Hinsicht nicht genauso knallhart sein wie du?«

»Ich hatte bisher einfach noch niemanden, für den ich so empfunden habe«, sagte ich mit einem Schulterzucken. Deans Gesicht tauchte unwillkürlich vor meinem inneren Auge auf, und ich schüttelte meinen Kopf, um ihn zu vertreiben. Seltsam.

»Ich hasse diese …« Sie verzog ihren Mund. »Gefühle!«

»Oh«, machte ich.

Sie schnaufte. »Genau! Oh!«

»Puh«, seufzte ich leise, weil ich nicht wusste, was ich dazu sagen sollte. Das war wirklich eine heikle Situation. Sich in einen anderen Trainee zu verlieben konnte schlimm enden. Da Vivien aber in ihrem Bericht bereits mitgeteilt hatte, dass sie und Thomas miteinander geschlafen hatten, würde Direktor Roberts sie sowieso bis zum Ende der Ausbildung nicht mehr zusammen für eine Mission einteilen.

»Wie hat Direktor Roberts reagiert?«

Vivien stöhnte kaum hörbar. Bevor sie mir jedoch antworten konnte, tauchte Eva auf. »Ähm, hallo?« Sie stemmte ihre Hände in die Hüfte und starrte finster zwischen uns hin und her. »Was gibt es hier Wichtiges zu besprechen, und seit wann werde ich einfach nichtsahnend zurückgelassen? Ich dachte, wir würden uns in einem unserer Zimmer treffen und habe euch dann überall gesucht.«

Vivien seufzte und bedeckte ihr Gesicht mit ihren Händen. »Setz dich.«

Eva kniff kurz irritiert ihre Augen zusammen und sah mich fragend an. Als ich mit den Schultern zuckte, setzte sie sich auf den dritten Sessel in der Runde. »Okay, jetzt bin ich neugierig.«

Ich schwieg und stupste Viviens Bein mit meinem Fuß an, als sie nichts sagte. »Das ist deine Geschichte.«

Vivien stöhnte in ihre Hände, nahm sie von ihrem Gesicht und sah Eva ernst an. »Während des Auftrags haben Thomas und ich miteinander geschlafen.« Sie erzählte in wenigen Sätzen wie es dazu gekommen war, und lehnte sich dann theatralisch zurück. »Es war total unangenehm bei Direktor Roberts. Wir müssen ein paar Sonderaufgaben erledigen. Reinigung der Sporthalle, zusätzliche Strafrunden vor dem Frühstück und so weiter. Dazu noch einen Punkteabzug für jeden von uns. Er war wohl milde gestimmt oder hatte einfach was anderes im Kopf.« Sie seufzte schwer und stützte sich mit ihren Armen auf den Knien ab. »Voll peinlich!«

»Wow«, sagte Eva langsam und starrte Vivien schockiert an. »Du und Thomas? Und wieso erfahre ich das bitte erst jetzt?«

Vivien hob ihre Augenbrauen. »Ist doch wohl meine Sache, wann ich was erzähle, oder? Außerdem hatten wir bisher keinen ruhigen Moment dafür.«

Eva schnaubte. »Du hast das Konzept von Freundschaft wohl nicht richtig verstanden. Wenn man seine Jungfräulichkeit verliert, erzählt man sich das.« Sie betonte die letzten Worte.

»Scht!«, zischte Vivien sie an und schaute sich um, ob irgendwer in der Nähe war, bevor sie Eva wütend anfunkelte. »Genau! Und ich bin immer noch schockiert von den Einzelheiten deiner Entjungferung, die du uns ja so genau schildern musstest.«

»Das habe ich nur gemacht, weil dein entsetztes Gesicht einfach zu komisch war.« Eva kicherte, bevor sie Vivien sanft anlächelte. »Außerdem war das so ein riesen Schritt – den musste ich einfach mit meinen besten Freundinnen teilen.« Sie hatte letztes Jahr mit einem Trainee aus dem damaligen Abschlussjahrgang geschlafen, nur um es hinter sich gebracht zu haben. Danach hatte ich kurze Zeit das Gefühl, als würde sie diesen Schritt bereuen, doch gesagt hatte sie das nie.

»Was mache ich denn jetzt?«, fragte Vivien und sah hilfesuchend zwischen uns hin und her.

Einen Moment lang betrachtete ich meine super schlaue beste Freundin, die vermutlich jeden Code auf der Welt knacken konnte.

»Du hast noch fünf Minuten«, sagte ich dann mit einem Blick auf meine Uhr.

»Was?« Verwirrt sah sie mich an.

»Fünf Minuten, um dich in deinem Selbstmitleid zu suhlen. Danach reißt du dich zusammen und redest noch mal mit ihm, oder schlägst ihn dir irgendwie aus dem Kopf.«

Vivien starrte mich zunächst an, bevor sie zu lachen begann. Laut und anhaltend. Ich wusste nicht, ob ich sie jemals so lachen gehört hatte, und dabei kannte ich sie schon seit vier Jahren. Sie lachte so laut, dass von irgendwoher ein »Scht« kam und ihr Tränen in die Augen stiegen.

Hätte ich nicht ständig die Angst um meine Schwester im Nacken gehabt, hätte ich vermutlich mitgemacht. So brachte ich nur ein Lächeln zustande.

»Du hast Recht«, sagte sie, als sie sich wieder beruhigt hatte.

»Ich weiß.«

»Zu mir hast du das noch nie gesagt«, meinte Eva entrüstet.

Diesmal lachten wir alle drei, auch wenn mein Lachen mir vor lauter Schuld geradezu Schmerzen bereitete.

Vivien stand auf und lächelte uns an. »Danke. Ich denke, ich gehe jetzt erst mal eine Runde lernen, und dann rede ich mit ihm.«

»Lernen?« Ich verzog meinen Mund und erhob mich ebenfalls.

»Es gibt nichts Besseres, als sich damit abzulenken.« Sie grinste, während sie Eva und mich über ihre Schulter hinweg ansah, während wir ihr folgten.

»Was möchtest du denn lernen, wenn du sowieso alles auswendig kannst, sobald du es einmal gelesen hast?«, fragte Eva neugierig, während wir an den Regalen vorbeigingen.

Sie zuckte mit den Schultern. »Es gibt immer was zu lernen.«

Ich schüttelte meinen Kopf und wusste nicht, was ich dazu sagen sollte. Dieses Mädchen war verrückt. Eindeutig.

»Freundinnen sagen sich doch alles, wenn ich das jetzt richtig verstanden habe, oder?« Ihre Stimme war ganz leise, obwohl wir alleine im Flur waren.

»Richtig«, sagte Eva und hob neugierig ihre Augenbrauen.

Vivien ließ sich zurückfallen, bis sie neben mir herging. Dabei sah sie mich auffordernd an.

»Was habe ich denn jetzt schon wieder verpasst?«, fragte Eva und sah mich schmollend an. »Wieso werde ich andauernd ausgeschlossen?«

Ich starrte Vivien an und konnte nicht fassen, dass sie mich quasi verriet, wenn auch nur vor Eva. »Wie mies von dir.«

»Wieso das denn?«, fragte sie ehrlich verwirrt. »Ich dachte, so macht man das unter Freundinnen!«

Ich verdrehte meine Augen und formte das Wort *Roboter* in Evas Richtung, die kicherte.

»Vivien hat mich gestern Nacht aus Adams Zimmer kommen sehen«, gestand ich dann. »Aber da war nichts. Wir haben nur was wegen unseres Auftrags besprochen.«

Vivien lachte trocken. »Ihr habt euch geküsst.«

Verdammt, den Kuss hatte ich schon wieder vergessen.

»Du solltest es dem Direktor sagen«, meinte Vivien nach einer kurzen Pause. »Das könnte eure Zusammenarbeit bei Aufträgen beeinflussen.«

Ich nickte, auch wenn es das letzte war, was ich tun würde. »Sollte ich.«

»Aber du wirst es nicht?« Sie versuchte nicht einmal, ihren anklagenden Tonfall ein wenig zu mildern.

Bei so viel Loyalität dem MI20 gegenüber musste ich schmunzeln. »Ich kläre das schon. Du musst dir keine Gedanken um mich machen.«

»Wow, also … Alexis und Adam und Vivien und Thomas. Dann habe ich ja noch die Wahl zwischen Dean, George und Christopher«, scherzte Eva, die während der letzten Minuten geschwiegen hatte und dabei nicht sonderlich belustigt klang. Ich betrachtete sie und versuchte zu ergründen, was los war, aber sie sah mich nicht an und betrachtete nur gedankenverloren die Treppenstufen.

Kurz darauf erreichten wir die Etage mit unseren Schlafzimmern und verabschiedeten uns voneinander.

Ich schloss meine Tür hinter mir ab und lief zu meinem Schreibtisch, auf dem meine Bücher lagen und zerrte die Karte zwischen ihnen hervor.

Ein letztes Mal überflog ich die Nachricht, hoffte, dass die Worte sich vielleicht verändert hatten, doch natürlich war dies nicht passiert.

Dann versteckte ich sie in einem Bildband, den mir Vivien letztes Jahr zu Weihnachten geschenkt hatte und der England von oben zeigte. Das Buch hatte sich noch nie jemand angesehen.

Meine Hände zitterten leicht, als ich den USB-Stick in

meine Hand nahm und damit zu meinem Laptop ging, der neben meinem Bett auf dem Boden lag.

Mein Laptop war zwar Eigentum des MI20, war aber nicht mit dem Netzwerk verbunden, sodass ich in aller Ruhe austesten konnte, ob er irgendeinen Virus enthielt.

Ich ließ mich im Schneidersitz auf mein Bett fallen, legte den Laptop auf meinen Schoß und schaltete ihn an. Als der Stick schließlich verbunden war, hielt ich für einen Moment die Luft an. Doch er zeigte nichts an. Zumindest war da kein offensichtlicher Virus.

Ich durchforstete das Betriebssystem des Laptops, suchte nach möglichen Schäden, die durch den Stick verursacht worden waren, doch ich fand nichts.

Der Stick selbst war sauber.

Ich griff nach meiner Kette, strich über die Gravur und dachte an meine Eltern. Ich schluckte schwer bei dem Gedanken an sie. Was hätten sie an meiner Stelle getan? Ich hatte keine Ahnung und fühlte mich mit einem Mal noch verlorener als zuvor. Meine Eltern waren in meiner Erinnerung ganz normale Leute gewesen, die einen ganz normalen Job hatten. Dass sie Agenten des MI20 waren, hatte ich erst viel später erfahren.

Tief atmete ich ein und strich mir über mein Gesicht, bevor ich den Stick wieder aus dem Laptop zog und ihn einen Moment lang betrachtete. Ich wusste, was ich tun musste und wusste zugleich, dass ich damit eine Grenze überschreiten würde, nach der ich nie wieder zurückkehren konnte.

Aber es war für meine Schwester.

Für Cassie.

15. Kapitel

Als ich sicher war, dass niemand auf dem Flur war und mich sehen würde, schlich ich mich aus meinem Zimmer.

Mein Herz wummerte vor Nervosität, als ich durch die Gänge der Akademie lief und direkt den Informatikraum ansteuerte. Die Tür war, wie immer, nicht verschlossen. Schnell versicherte ich mich, dass sich niemand in diesem Flur befand, bevor ich eintrat und die Tür hinter mir zuzog.

Mit zitternden Fingern fuhr ich einen Rechner hoch und stellte die Helligkeit des Bildschirms auf ein Minimum, damit der Lichtschein nicht unter der Tür hindurchdringen konnte.

Es schien ewig zu dauern, bis der PC hochgefahren war, und ich zögerte nur kurz, bevor ich den Stick schließlich einsteckte. Einen Moment lang starrte ich den Bildschirm an, bevor ich mich entschloss, meine einzige Chance zu nutzen. Ich öffnete ein Programm, das wir im Unterricht geschrieben hatten und platzierte meinerseits einen Trojaner, den niemals jemand finden sollte. Informatik gehörte zu meinen Lieblingsfächern, und ich gehörte zu den Besten. Zeitgleich versah ich den Trojaner mit einem GPS-Tracker, den ich wiederum mit meiner Uhr koppelte.

Sobald der Trojaner durch das Einstecken in einen Rechner aktiviert wurde, sollte ich eine Nachricht erhalten. Vorausgesetzt, der Rechner war mit dem Internet verbunden. Das Gegenteil wäre heutzutage aber schon sehr ungewöhnlich.

Ich war mir sicher, dass dieser Stick dort landen würde, wo

sich auch meine Schwester befand. Zumindest hoffte ich es von ganzem Herzen.

Als ich den Trojaner gut genug versteckt hatte und sicher war, dass er zumindest nicht sofort gefunden werden konnte, machte ich mich an die weitaus schwierigere Aufgabe.

Ich versuchte gar nicht erst in die Top Secret-Akten zu gelangen, denn auf diese konnte man über die PCs in der Akademie sowieso nicht zugreifen. Dafür hätte ich nach nebenan zur Basis des MI20 gehen müssen – und auch wenn ich gut war, würde ich *das* sicher nicht schaffen.

Deshalb kopierte ich die Beispieldaten der Akademie, Daten, die wir zum Training benutzten. Sie sollten die Entführer so lange ablenken, bis ich dort auftauchen konnte.

Es war ein Risiko, das ich einfach eingehen musste, auch wenn mir kotzübel bei dem Gedanken wurde, dass die Entführer dieses Spiel eventuell doch schneller durchschauen würden, als ich es mir erhoffte.

Gleichzeitig hasste ich den Gedanken, dass ich mit dieser Aktion das MI20 hinterging. Das, was ich hier tat, war falsch, und doch hatte ich keine Ahnung, was ich sonst tun sollte. Ich hoffte von Herzen, dass man mir wenigstens anrechnen würde, dass ich nur ausgedachte Beispieldaten gestohlen hatte. Irgendwann würde mein Betrug herauskommen, davon war ich überzeugt. Das Schlechte blieb niemals unentdeckt.

Als ich fertig war, zog ich den Stick aus dem PC, fuhr ihn herunter und zögerte nicht länger. Doch mein Körper reagierte nicht. Ich blieb wie erstarrt sitzen.

Ein Keuchen, dass aus meiner Kehle drang, durchzuckte den Informatikraum, erinnerte mich daran, wie schwach ich gerade war. Ich presste meine Fäuste gegen meine Augen. Alles würde wieder gut werden. Sobald die Entführer den Stick benutzten, würde ich ihren Standort kennen – und dann würde ich Cassie retten.

Es musste einfach klappen. Es gab keine Alternative.

Mit einem Mal hörte ich ein Geräusch von draußen. Irgendwer näherte sich der Tür.

Sofort stellte mein Körper sich auf die Situation ein, jeglicher Schmerz verschwand, und zurück blieb Anspannung. Schnell schaltete ich alles aus und glitt lautlos von meinem Stuhl, um mich unter dem Tisch zu verstecken.

Im selben Moment hörte ich, wie die Tür geöffnet wurde. Glücklicherweise hatten die Tische alle Rückwände, doch ein schmaler Schlitz zwischen Rückwand und Tischplatte machte es mir möglich, die Tür zumindest ein bisschen zu beobachten.

Obwohl das Gesicht der Person im Schatten lag, wusste ich sofort, wer dort stand: Dean. Seine Körperform und seine Haltung würde ich unter Tausenden erkennen.

Ich zwang mich, völlig ruhig zu bleiben, während in meinem Kopf eine Stimme fragte, was er hier machte und woher er wusste, dass ich nicht in meinem Zimmer war. Selbst wenn er dort gewesen wäre, um nach mir zu sehen und mich nicht gefunden hätte, wäre er niemals zuvor auf die Idee gekommen, mich zu suchen. Was also machte er hier?

Kurz durchzuckte mich der Gedanke, dass er mich ausspionierte, dass er – Nein! Dean würde mir das niemals antun. Aber wieso war er nun hier?

Leider waren seine Emotionen soweit gemäßigt, dass ich sie nicht wahrnahm. Kurz darauf zog er die Tür wieder hinter sich zu, ließ mich alleine mit meinen Zweifeln zurück. Er hatte mich nicht entdeckt.

Ich warf einen Blick auf meine Armbanduhr, die mit einer

kurzen Handbewegung aufleuchtete und mir zeigte, dass ich nicht mehr viel Zeit hatte.

An der Tür horchte ich noch einen Moment, bevor ich sie aufzog und dann hinausschlüpfte. Weder Dean noch irgendwer anders waren zu sehen oder zu spüren.

So schnell ich konnte, lief ich zur Bibliothek. Noch hatten wir keine Nachtruhe, sodass noch einige Trainees und Lehrer in den Gängen unterwegs waren. Ich versuchte mich betont unauffällig zu verhalten.

In der Bibliothek sah ich niemanden, außer den Bibliothekar, der am Empfang Bücher sortierte.

Erneut warf ich einen Blick auf meine Armbanduhr und sah, dass mir nur noch zwei Minuten blieben. Schnell lief ich zu den Geschichtsbüchern, suchte dabei weiter nach irgendwem, der mich beobachten könnte. Doch noch immer war niemand da.

Ein Schnaufen entfuhr mir, als ich den Stick aus meiner Hosentasche zog. Meine Hand zitterte, als ich ihn ganz oben auf die oberste Bücherreihe legte. Als ich mich wieder zurücklehnte, überlegte ich, was ich jetzt tun sollte. Konnte ich mich noch verstecken, um den Erpresser auf frischer Tat zu erwischen?

»Hey, was machst du denn hier?«

Ich fuhr herum und stand George gegenüber, der mich offen und mit einem Lächeln betrachtete. »Nur ein paar Bücher anschauen. Und du?« Meine Stimme war ruhig, obwohl mein Herzschlag sich beinahe überschlug.

George schmunzelte, als wäre diese Antwort offensichtlich, und hob das Buch in seinen Händen hoch. »Ich wollte etwas über den zweiten Weltkrieg recherchieren.«

»Spannend«, murmelte ich und zwang mich, nicht allzu offensichtlich umherzusehen. Dieser Gang war leer. Im selben Moment ertönte das allabendliche Klingeln, das uns dazu aufforderte, uns in unsere Schlafräume zu begeben. Dieses Klingeln hörte man nur, wenn man sich in den unteren Etagen befand. Ein lautloses Knurren entfuhr mir.

»Tja, dann sollten wir wohl gehen.« George lächelte mich auf diese schüchterne Weise an, die ich schon von ihm kannte und mochte. Doch jetzt gerade wünschte ich ihn weit weg.

»Klar, ich muss nur noch eben was machen«, winkte ich ab und wollte in die andere Richtung gehen. Von hinten hörte ich Schritte, die ganz nach Dean klangen, und drehte mich unweigerlich zu ihm um. »Hey, du auch hier? Was ein Zufall.«

Dean lächelte schief. »Geht so. Thomas, Adam, Christopher, George und ich haben noch zusammen gelernt. Weißt du nicht mehr? Montagsabends und so. Die anderen bringen ihre Bücher gerade weg. Vivien und Eva müssten auch irgendwo sein, zumindest sind sie vorhin in die Bibliothek gekommen. Ich hab vorhin noch nach dir gesucht und dachte, du würdest vielleicht mitmachen wollen.«

Etwas in mir verkrampfte sich. Sie alle waren hier. »Ach ja.« Ich warf einen Blick über meine Schulter, musste einfach zum Stick schauen, doch er war weg.

Ein atemloses Keuchen entfuhr mir.

»Alexis?« Deans Stimme erreichte mich nur verschwommen. Ich schob ihn zur Seite, lief das Regal entlang und rannte auf die andere Seite des Bücherregals.

Doch als ich sie erreichte, war der Gang leer. Wer auch immer es gewesen war, hatte sich den Stick geschnappt, während George und Dean mich abgelenkt hatten.

Er und Dean folgten mir im selben Moment. »Alles in Ordnung?«

Ich nickte automatisch, als Antwort auf Georges Frage. Doch in meinem Kopf hallten nur die Zweifel. *War das hier nur Zufall? Oder steckten George und Dean mit dem Erpresser unter einer Decke?*

Ein Zittern erfasste mich, und ich schlang meine Arme um mich, wollte das einfach nicht glauben. Wir waren Freunde. Wir alle. »Ich dachte, ich hätte was gehört. Habt ihr irgendwen gesehen?«

»Nein.« George betrachtete mich nun besorgt, doch ich konnte seine Gefühle kaum wahrnehmen.

Der Bibliothekar rief uns zu, dass wir nun auf unsere Zimmer gehen mussten, und nur widerwillig folgte ich den beiden Jungs. Tatsächlich sah ich die anderen nacheinander aus verschiedenen Gängen kommen. Es hätte jeder sein können. Mir fiel auf, dass sich sonst keine anderen Trainees hier befanden – nur noch der Bibliothekar am Empfang.

Ich schluckte. Irgendwer hatte den Stick an sich genommen. Irgendwer aus meinem Jahrgang.

Am Ausgang der Bibliothek stand Adam an der Wand gelehnt und beobachtete uns. Er nickte den anderen zu, doch mich bedachte er mit einem Blick, der nicht zu missverstehen war. Zwar konnte ich seine Gefühle nicht wahrnehmen, aber er sah nicht zufrieden aus. Er wusste, was ich getan hatte.

Während wir die Bibliothek verließen und nach oben gingen, spürte ich Furcht in mir aufkeimen. Was war, wenn sie den Virus entdeckten, noch bevor ich den Standort erfassen konnte? Was war, wenn sie Cassie dafür etwas antaten?

Mir wurde übel bei dem Gedanken, und ich musste meine Zähne fest zusammenpressen und tief durchatmen, um nicht vor Sorge auszuflippen.

Im selben Moment, als ich meine Zimmertür hinter mir

schloss, spürte ich meine Fassade bröckeln, und ein stummer Schrei entfuhr mir. Panik brach in mir aus. Ich fürchtete so sehr, es versaut zu haben, dass es sich anfühlte, als würde jemand mit bloßen Händen mein Herz aus der Brust reißen. Ich presste die Hände an meinen Mund und atmete tief durch. Panik nützte mir jetzt überhaupt nichts. Ich musste warten. Irgendwann würde der Entführer den Stick schon benutzen.

Und dann musste ich bereit sein.

16. Kapitel

Mitten in der Nacht wurde meine Zimmertür geöffnet. Ich hatte die ganze Zeit vollständig angezogen auf meinem Bett gesessen und meine Uhr angestarrt. Gehofft, dass der Trojaner funktionierte und ich Cassie endlich fand.

Ich sprang auf und hatte mein Messer bereit zum Angriff erhoben, stoppte jedoch in der Bewegung, als ich sah, dass Adam mein Zimmer betrat.

»Was willst du hier?« Meine Stimme war vom Warten ganz rau.

Adams Blick bohrte sich in meinen, während die Dunkelheit uns wie ein schützender Mantel umgab. »Du hast es getan, oder?«

»Ich hatte keine andere Wahl«, flüsterte ich und spürte die Schwere meiner Tat auf meinen Schultern. Bis jetzt hatte ich mir noch irgendwie einreden können, dass es nur Beispieldaten gewesen waren. Doch es war Diebstahl. Ich hatte die Leute bestohlen, die mich vor vier Jahren aufgenommen hatten und mich ausbildeten. Die Leute, für die meine Eltern gearbeitet hatten.

»Wir hätten einen anderen Weg gefunden. Direktor Roberts hätte-«

»Hätte er nicht«, unterbrach ich ihn und dachte an Cassies Akte auf seinem Schreibtisch. »Es wäre besser, wenn du dich aus all dem raushalten würdest.«

»Das will ich aber nicht«, erwiderte er, und ich hörte an seinem Tonfall, dass es ihm ernst damit war. Unsere Gesichter wurden nur vom Mondlicht erhellt, doch ich sah jede Regung in seinem Gesicht.

»Warum nicht?«

Doch er blieb stumm, und wieder einmal hatte ich das Gefühl, er würde mir etwas Wichtiges verheimlichen.

»Sag es mir!« Meine Stimme durchschnitt die Stille, die um uns herum herrschte.

»Ich konnte sie nicht retten«, sagte er auf einmal leise.

Ich betrachtete sein schwarzes Haar, das im Mondlicht silbern wirkte. »Wen?«

»Meine Mutter.«

Sein Schmerz ging ungefiltert auf mich über. Das Gefühl war so stark, dass sich Tränen in meinen Augen sammelten. »Was ist mit ihr passiert?« Meine Stimme war nur ein ersticktes Keuchen, doch das war mir egal. Adam hatte schon so viel von mir gesehen, und hier in der Dunkelheit erlaubte ich mir, den Empfindungen nachzugeben.

»Sie wurde auch entführt. Vor langer Zeit.« Er atmete tief ein und verbarg den Schmerz wieder. »*Ihr* konnte ich nicht helfen. Aber deiner Schwester vielleicht schon.«

Ich wischte die Tränen aus meinen Augen und unterdrückte den Drang zu schniefen. »Wer hat sie entführt?«

Er schüttelte seinen Kopf und lächelte ehrlich bedauernd. »Darüber darf ich nicht reden.«

Ich schnaufte, verstand aber. »Dann hat es vermutlich mit Nummer 17 zu tun.«

Er reagierte nicht, aber das musste er auch gar nicht.

»Sie ist tot. Nummer 17 ist tot.«

»Was? Wie kommst du darauf?«

Ich suchte nach einem Anzeichen von einer Lüge in seinem

Gesicht. Doch da war nichts. »Direktor Roberts hat es mir gesagt.«

Leider machte Adam erneut dicht.

Ich verstand ihn, verstand seine Loyalität dem System gegenüber, auch wenn ich mich gerade erst zur Verräterin gemacht hatte. Doch gleichzeitig kapierte ich nicht, wieso er mir von seiner Familie erzählte. »Du wirst mir vermutlich keine Antwort geben, aber ich frage mich, ob das wirklich ihr Name ist. *Nummer 17.*«

Es überraschte mich nicht, dass Adam auch dazu nichts sagte.

»Irgendwie traurig, wenn es so wäre«, murmelte ich und atmete tief ein.

Eine Weile standen wir in der völligen Dunkelheit und schwiegen, bis Adam die Stille als erster durchbrach. »Gibt es irgendwen, den du verdächtigst?«

»Nein. Niemand ist mir bisher irgendwie aufgefallen. Es könnte jeder sein.«

Als hätte er das bereits vermutet, nickte er nachdenklich, während sein Blick aus dem Fenster wanderte.

»Und verdächtigst du jemanden?«

»Es könnte jeder sein«, wiederholte er meine Worte, bevor er mich erneut ansah. »Das ist der Fluch an unserer guten Ausbildung.«

»Wer hat dich in den letzten Jahren ausgebildet?«

Er sah mich an, und erneut spürte ich seinen Schmerz. »Hoffentlich wirst du das niemals herausfinden.«

»Das tut mir leid.« Es gab so viele Dinge, die ich nicht über ihn wusste, und dennoch begann ich ihm irgendwie zu vertrauen.

Vielleicht machte mich das einfältig.

Vielleicht aber auch mutig.

Was davon ich wirklich war, würde sich wohl noch herausstellen.

Ich schaute auf meine Uhr, doch noch immer war keine Nachricht eingetroffen. Mir wurde kalt. Mitternacht. Die Übergabe war schon drei Stunden her.

»Was ist los?«

Ich zögerte, doch überwand mich, ihm die Wahrheit zu sagen. »Auf dem Stick ist ein Trojaner, und sobald er mit einem PC verbunden wird, bekomme ich eine Nachricht.«

Adams Augenbrauen hoben sich. »Das könnte funktionieren.«

»Bisher habe ich aber keine Nachricht bekommen«, sagte ich leise. »Was, wenn ich etwas falsch gemacht habe?«

»Machst du viele Fehler im Unterricht?«

»Das ist nicht vergleichbar. Im Unterricht stehe ich nie so unter Stress.«

»Du wirst es richtig gemacht haben. Jetzt sollten wir uns darauf konzentrieren, herauszufinden, wer den Stick an sich genommen haben könnte.« Er zuckte mit den Schultern, fast, als würde er sich für seine folgenden Worte entschuldigen wollen. »In der Bibliothek befand sich fast ausschließlich unser Semester.«

Ich nickte langsam. Mir war es auch aufgefallen, doch ich hatte es noch nicht aussprechen können. »Hältst du das für einen Zufall?«

»Nein«, sagte er ernst. »Es muss jemand aus unserem Semester sein. Oder irgendwer lässt es zumindest so aussehen.«

Erneut verfielen wir in Schweigen. Ich setzte mich auf den Rand meines Bettes und starrte meine Uhr an, in der Hoffnung, dass endlich eine Nachricht kam.

Doch nichts passierte.

*

Als ich am nächsten Morgen aufwachte, schaute ich als erstes auf meine Uhr. Keine Nachricht.

Ich hatte keine Ahnung, wie ich einfach hatte einschlafen können – selbst wenn es nur für eine Stunde gewesen war.

Mein Atem ging abrupt schneller, nervös strich ich meine zerzausten Haare zurück und schaute zur Tür. Vielleicht war noch eine Karte gekommen.

Doch statt einer Nachricht entdeckte ich Adam, der zusammengesunken an der Tür lehnte und schlief.

Ich schaute erneut auf die Uhr. Kurz vor fünf Uhr morgens. Bald würden die ersten Trainees aufstehen und ihren morgendlichen Lauf absolvieren.

Ich wollte vermeiden, dass ihn schon wieder irgendjemand aus meinem Zimmer kommen sah, also stand ich auf, um ihn zu wecken.

Mein Lattenrost knarrte.

Sofort riss Adam seine Augen auf.

»Du hast ja einen ganz schön leichten Schlaf.« Ich gähnte und rieb mir über mein Gesicht. Bilder von Cassie tauchten vor meinem inneren Auge auf. Mein Magen verkrampfte sich instinktiv, und ich wollte schreien. Aber ich riss mich zusammen und konzentrierte mich stattdessen wieder auf Adam, der sich den Schlaf aus den Augen rieb und aufstand.

»Das hast du ja schon mitbekommen«, sagte er mit rauer, dunkler Stimme und deutete auf die längst verheilte Wunde an seinem Hals, die entstanden war, als ich ihm mit der Klinge gedroht hatte.

Ich zuckte mit meinen Schultern. »Kannst du es mir verübeln, dass ich zuerst dich verdächtigt habe?«

Er schnaufte und seine dunklen Augen fanden meine. »Ich hätte an deiner Stelle nicht anders gehandelt.«

Wären wir in einer anderen Situation, hätte ich nun vielleicht gelächelt. Stattdessen nickte ich nur knapp zur Tür. »Du solltest jetzt besser gehen. Ich will nicht, dass dich jemand sieht.«

»Wieso? Vivien glaubt doch eh, dass wir eine Affäre hätten.« Er hob eine Augenbraue und betrachtete mich ernst. »Wobei sie auf mich so wirkt, als würde sie sofort zum Direktor gehen und uns verpfeifen, wenn es so wäre.«

»Da hast du vermutlich nicht ganz unrecht«, sagte ich leise und schluckte schwer.

»Dann gehe ich jetzt wohl tatsächlich besser mal.«

Ich sah ihn nicht an, als er ging, und wünschte mir für einen kurzen Augenblick, er würde bleiben. Keine Ahnung wieso. Vielleicht weil er der Einzige war, mit dem ich über Cassie sprechen konnte. Als hätte das irgendwas an meiner beschissenen Situation geändert.

*

Während des darauffolgenden Mathematikunterrichts konnte ich mich kaum konzentrieren. Ständig starrte ich auf meine Uhr, und in den Pausen lief ich in mein Zimmer, um nachzusehen, ob ich eine neue Nachricht bekomme hatte. Selbst in der Fünfminutenpause zwischen Russisch und Italienisch sprintete ich durch das halbe Gebäude.

Nichts.

Ich zwang mich, zu den Mahlzeiten zu gehen und versuchte

mich an Gesprächen zu beteiligen, um irgendwie unauffällig zu wirken. Doch während ich nach außen hin ruhig wirkte, war mir innerlich eiskalt vor Sorge.

Doch da mich niemand auf meinen Zustand ansprach, ging ich davon aus, dass ich meine Sache gut machte.

Während des Simulationstrainings musste ich mit Thomas Daten aus einem Militärfrachter besorgen, und wir meisterten die Aufgabe ohne jegliche Fehler. Wenigstens gab es *ein* Fach, in dem ich für eine kurze Zeit abschalten konnte – Uhren waren in diesem Unterricht nämlich strengstens verboten.

»Kommst du mit in den Gemeinschaftsraum? Ein bisschen zocken?«, fragte Eva, als wir nach dem Abendessen hochgingen und ich einen weiteren von tausend Blicken auf meine Uhr warf.

»Sicher.« Ich zwang mich normal zu klingen. »Ich muss nur noch kurz in mein Zimmer.«

»Sag mal«, begann Eva, nahm meine Hand und hielt mich damit zurück, sodass die anderen uns überholen mussten.

»Ja?« Ich zwang mich, nur für einen Moment, all meine Konzentration auf Eva zu lenken.

»Du bist heute schon ganz schön oft auf dein Zimmer gegangen.« Sie drückte meine Hand, als würde sie mich beruhigen wollen.

»Und?«

»Naja«, meinte sie, nun noch eine Spur leiser, während ihre Augen vor Belustigung funkelten, »wenn du Durchfall hast oder so, dann-«

»Was? Nein!«, rief ich und wusste nicht, wie es passieren konnte, dass ich auf einmal in Gelächter ausbrach. Ich lachte so heftig und laut, dass mir Tränen in die Augen schossen. »Eva!«

»Sorry!« Nun lachte sie auch, ließ mich los und zog ihren

Zopf strammer. »Ich wollte dich nur zum Lachen bringen. Dein ernstes Gesicht kann einem ja echt Sorgen bereiten.«

»Du bist blöd.« Noch immer lachend wischte ich mir die Tränen aus den Augen. »Danke.«

»Immer wieder gerne.« Eva machte einen tadellosen Knicks. »Aber wenn ich jetzt so darüber nachdenke, bin ich echt froh, dass es dank des Serums so gut wie ausgeschlossen ist, dass wir jemals wieder Durchfall bekommen.«

»Bitte hör auf davon zu reden!« Ich gab ihr einen spielerischen Klaps auf den Arm. »Wie kommst du immer auf so einen Scheiß?«

»Ist ein Talent.«

Ich lächelte noch immer, als wir das oberste Stockwerk erreichten, doch als ich meine Zimmertür sah, kostete es mich viel Kraft, das Lächeln aufrecht zu erhalten. »Bin gleich bei euch.«

Ihre Antwort hörte ich schon gar nicht mehr.

Ich steuerte meine Tür an und öffnete sie fester, als ich müsste. Das Holz knirschte protestierend, und ich zwang mich locker zu lassen.

Mein Blick fiel auf die Mitte des Zimmers. Da lag sie. Die Karte. Mitten auf dem Boden. Sie war nicht unter der Tür hergeschoben worden, sondern die Person war in mein Zimmer eingetreten.

Ein Schauer lief mir über den Rücken, und ich schloss schnell die Tür hinter mir.

Meine Beine fühlten sich an, als würden sie jeden Moment unter mir wegknicken.

Wie in Zeitlupe näherte ich mich der Karte und sah erst, als ich mich schon bückte, dass ein Foto unter ihr lag.

Meine schon ausgestreckte Hand hielt in der Bewegung inne. Schweiß bildete sich auf meiner Stirn.

Zittrig atmete ich aus, schob die Karte zur Seite und starrte das Bild an.

Meine Augen erfassten innerhalb von Sekunden das Foto meiner Schwester. Sie hielt die heutige Tageszeitung in der Hand, war von Kopf bis Fuß in weiß gekleidet und blickte in die Kamera. Cassie lebte.

Vor Erleichterung sank ich auf die Knie und hob das Bild auf, um es mir genauer anzusehen. Sie stand vor einer weiß gefliesten Wand, wie es sie in unzähligen Badezimmern und Kellern gab. Die Fugen waren grau und bröckelten bereits an einigen Stellen heraus, was bedeuten könnte, dass der Ort schon ziemlich alt sein müsste. Das Licht war künstlich grell – es sah nicht so aus, als würde Tageslicht in den Raum scheinen. Vielleicht waren aber auch die Rollläden geschlossen.

Das blonde Haar meiner Schwester hing strähnig auf ihren Schultern. Ihre Augen blitzten trotzig, und ihre Lippen waren zu einem schmalen, wütenden Strich zusammengepresst. Wenn Cassie den Fotografen noch *so* ansah, bedeutete es, dass ihre Angst nicht übermächtig sein konnte.

Ich war so erleichtert, dass mir ein stolzes Lachen entfuhr. Meine kleine Schwester, die ich immer nur beschützen wollte, war eine Kämpferin. Doch gleichzeitig war ich mir sicher, dass sie kein Risiko eingehen würde. Dafür war sie nicht der Typ.

Wer auch immer dieses Foto gemacht hatte, wurde von meiner Schwester nicht als Bedrohung wahrgenommen.

Mein Lachen verblasste, und ich hoffte, sie schätzte die Person richtig ein.

Sie war erst vierzehn Jahre alt und hatte noch nicht viel Lebenserfahrung, auch wenn es sie verändert haben musste, ohne unsere Eltern aufzuwachsen – und dann auch ohne mich.

Ich schluckte meine aufkeimenden Schuldgefühle herunter und griff endlich nach der Karte. Wieder stand in Großbuchstaben eine Nachricht darauf.

DU HAST DEN TEST BESTANDEN. FÜR DEIN SCHWEIGEN BEKOMMST DU EIN FOTO. IN WENIGEN TAGEN MEHR.

Mit steifen Fingern drehte ich die Karte um, doch die Rückseite war leer.

Ich hatte den Test bestanden, stand dort. Vielleicht war der Datendiebstahl der Test gewesen, und es war ihnen bei der ganzen Sache nur um mein Schweigen gegangen.

Schweiß bildete sich in meinem Nacken. Sie hatten mich benutzt, um zu testen, wie weit ich für meine Schwester gehen würde. Ich presste meine Lippen aufeinander. *Was würden sie als Nächstes von mir verlangen?*

Mein Atem beschleunigte sich, als mir langsam klar wurde, dass ich die Chance, Cassie über den Stick zu finden, verloren hatte.

Mein Blick fiel auf das Foto, auf das unversehrte Gesicht meiner Schwester. Ich musste mich für sie zusammenreißen. Ich würde sie retten.

Irgendwie schaffte ich es, den Kloß in meinem Hals zu verdrängen, als ich meine Schwester betrachtete. Sie sah so erwachsen aus und ähnelte unserem Vater so sehr, dass mich ein Stich durchfuhr.

Glücklicherweise war sie nie sonderlich risikobereit gewesen. Zumindest hoffte ich, dass sich diese Eigenschaft an ihr nicht verändert hatte.

Ein Klopfen an meiner Tür ließ mich aufspringen. Ich schaffte es gerade noch, das Foto und die Karte in ein Buch auf meinem Schreibtisch zu schieben, als die Tür auch schon geöffnet wurde.

»Hey«, grüßte Thomas mich und hielt zwei Tüten Chips hoch. »Eva heult schon, weil sie ständig gegen George beim Kickern verliert. Sie braucht dringend deine Unterstützung.«

»Klar.« Ich ging zu meinem Kleiderschrank und zog mir einen bequemen Kapuzenpullover über. »Ich könnte Eva doch niemals im Stich lassen.«

Thomas ging voraus und lachte. »Selbst wenn, dann würde dir das keiner übel nehmen. Eva ist eine richtig schlechte Verliererin.«

»Oh ja.« Ich rollte mit den Augen und lachte, beobachtete dabei aber Thomas genau. Er wirkte völlig normal, war gelassen – so wie immer. Thomas gehörte zu meinen engsten Freunden, und doch konnte ich auch ihm plötzlich nicht mehr trauen.

Wir kamen im Gemeinschaftsraum an, der, wie immer am Abend, gut gefüllt war.

Langsam schaute ich mir die anderen Trainees aus meinem Jahrgang an. Dean und Vivien, die mit Adam und Christopher auf den Sofas saßen. Eva, die gegen George am Kickern war.

Ich traute niemandem von ihnen zu, mich derart zu verraten.

Dennoch musste die Person hier sein.

Ich behielt mein Lächeln bei, als Eva vor Erleichterung ihre Arme in die Luft warf, als sie mich entdeckte. »Na endlich! Ich brauche dringend Hilfe!«

Ich sah sie an und schüttelte meinen Kopf. »Da hast du dir ja den besten Gegner von allen ausgesucht.«

George lachte, worauf ich ihn tadelnd ansah. »Du weißt doch, dass sie irgendwann ausflippt, wenn sie gegen dich spielt.«

Er zuckte mit seinen Schultern, und für einen Moment legte er seine sonstige Zurückhaltung ab. »Sie wollte es doch so.«

»Allerdings«, sagte Thomas neben mir. »Aber nur, weil sie gegen Adam haushoch verloren hat und die anderen keine Lust hatten, gegen sie zu spielen.«

Eva schnaubte. »Dann spiele ich jetzt eben Fifa.«

Thomas und ich riefen gleichzeitig »Nein!«, worauf Eva eine Schnute zog. »So schlimm bin ich nicht.«

»Du bist ätzend, wenn du Fifa spielst«, erwiderte ich und sah zu, wie Thomas geräuschvoll die Chipstüten öffnete. »Ein richtig ätzender Kotzbrocken.«

»Das ist doch gar nicht wahr«, protestierte Eva mit leiser Stimme. »Nur weil ich einmal ein wenig übertrieben habe …«

Ich lachte, konnte bei der Erinnerung gar nicht anders. »Du hast das Sofa vor Wut zertrümmert. Wir mussten ein neues kaufen.«

»Das Geld habe ich euch allen zurückgegeben«, murmelte sie und verzog ihren Mund zu einem kleinen Schmunzeln. »Okay, kein Fifa.«

»Tetris?«, schlug ich vor, denn dann könnte sie alleine spielen und ich die anderen ein wenig beobachten.

»Adam hält den Rekord.« Eva schnaufte und verdrehte ihre Augen. »Das Spiel hat seinen Reiz verloren.«

Ich presste meine Lippen zusammen, um ein Lächeln zu verbergen. »Dann spielen wir jetzt Mario Kart«, entschied ich und zog sie zu der Sitzgruppe, an der auch schon Thomas Platz genommen hatte. Nach einer Runde konnte ich den

Controller weitergeben, da es immer jemanden gab, der auch mitspielen wollte.

Ich setzte mich neben Vivien und nahm einen Controller vom Tisch, bevor ich Eva den anderen zuwarf. Sie hatte sich in einen Sessel gesetzt.

Ich startete die Spielekonsole, die wir uns alle gemeinschaftlich gekauft hatten, und nahm mir eine Hand voll Chips aus der Tüte, die gerade reihum ging. Ich beobachtete, wie Vivien Adam etwas aus dem heutigen Matheunterricht erklärte und Dean und Christopher immer wieder ihren Senf dazu gaben. Adam ließ sich nicht aus der Ruhe bringen und nickte ernst.

»George und ich spielen auch mit«, entschied Thomas und schnappte sich die übrigen beiden Controller.

»Je mehr Leute, die ich besiegen kann, umso besser.« Eva lachte hinterhältig, und ich musste erneut schmunzeln. Meine Schwester war zwar noch immer nicht außer Gefahr, dennoch hatte mir dieses Foto einen riesigen Stein von meiner Brust genommen. Cassie war am Leben, und es ging ihr noch gut. Zumindest den Umständen entsprechend.

Obwohl ich es hasste, dass ich mich so leicht hatte zur Verräterin machen lassen, wusste ich, dass ich immer wieder so gehandelt hätte.

Vermutlich machte mich das zu einer schlechten Agentin, doch ich hatte von Anfang an klargestellt, dass meine Prioritäten bei meiner Familie lagen. Bei meiner Schwester.

17. Kapitel

Völlig ruhig lag ich auf dem Boden und spürte Sand, Erde und Stöcke unter mir knirschen. Mein Atem war gleichmäßig und tief, genauso wie der von Vivien, die neben mir auf dem Boden lag. Getarnt durch herumliegende Blätter verschmolzen wir mit unserer Umgebung.

»Zielperson in Sicht«, sagte sie. Im Augenwinkel konnte ich sehen, dass sie dabei an ihrem Fernglas drehte.

Ich befeuchtete meine trockenen Lippen, sah weiter durch das Zielrohr und beobachtete die weiße Limousine, aus der gerade jemand ausstieg. »Verstanden.«

»Zielperson trägt einen schwarzen Anzug, eine grüne Krawatte und dunkelgrüne Schuhe. Haare weiß. Augenbrauen schwarz. Geht auf den Hauseingang zu.«

Ich verfolgte den Drogenboss mit meinen Augen, berechnete stetig den Wind mit ein und zielte die ganze Zeit auf seinen Hinterkopf. Um ihn herum waren Bodyguards, die ihn wie Geier umkreisten. Traf ich einen von ihnen, wäre unsere einzige Chance vertan.

Ich bezog auch sie mit ein. Beobachtete. Wartete.

»Jetzt«, sagte Vivien.

Ich drückte den Abzug.

Der Rückstoß des Gewehrs traf mich hart an der Schulter, doch der Schuss war lautlos.

Das Projektil schoss durch die Luft.

8. 7. 6. 5. 4. 3. 2. 1.

Boom.

Der Drogenboss stolperte nach vorne, als das Projektil ihn traf.

Acht Sekunden hatte es für knapp dreitausend Meter gebraucht.

»Treffer.« Viviens Stimme war wie ein Signal.

Gleichzeitig erhoben wir uns. Vivien stopfte unsere Sachen in ihren Rucksack. Ich baute binnen Sekunden das Gewehr auseinander und verstaute es in einer Box, die wiederum in meinem Rucksack verschwand. Blätter fielen von uns ab, als wir uns schweigend durch das trockene Unterholz kämpften, in dem wir uns versteckt hatten.

Vivien sendete eine Nachricht über ihre Uhr.

In der Ferne war ein Hubschrauber zu hören. Sie suchten bereits nach uns.

Wir wurden schneller, begannen zu rennen und brachten so viel Abstand wie möglich zwischen uns und dem Ziel.

Im Laufen zogen wir uns aus. Die Tarnhose knisterte, als ich sie über meine Beine zog. Genauso wie die Jacke. Darunter kamen Jeansshorts und ein buntes Top zum Vorschein.

Als wir aus dem Wald traten, gelangten wir direkt in die Seitengassen einer belebten Kleinstadt. Geräusche eines Marktes drangen zu uns und verdrängten das Tosen des Hubschraubers.

Gerade in dem Moment, als wir den Markt erreichten, uns in Sicherheit zwischen den Menschenmassen verstecken konnten, verblasste alles um uns herum.

Die Simulation war beendet.

Ich atmete ruhig und war stolz, dass mein Herzschlag sich ebenso normalisiert hatte.

»Gut gemacht«, sagte Mr Turner, als ich gerade meine Simulationsbrille abnahm.

Mein Blick traf seinen und natürlich lächelte er nicht. Immerhin hatte ich gerade einen Menschen erschossen. Auch wenn es nur eine Simulation gewesen war. Das sollte man nicht feiern.

Ich nickte ihm zu.

Als ich zur Seite schaute, sah ich, dass Vivien ganz blass geworden war.

Mr Turner ging voraus, und ich war sicher, er hatte ihre Blässe gesehen, ignorierte sie jedoch. Aber ich vermutete, er würde dies in ihrer Bewertung erwähnen.

Mr Turner holte Dean und Adam, die als nächstes Team dran waren. Wir nickten uns im Vorbeigehen zu.

Als die Tür zum Simulationsraum hinter den dreien zufiel, stieß Vivien ein Seufzen aus und lehnte sich gegen die weiß gestrichene Wand. »Scheiße, ist mir schlecht.«

Ich nahm ihr den Rucksack und die Simulationsbrille ab. »Das wird schon wieder.« Gleichzeitig warf ich einen Blick auf meine Uhr. Keine eingegangene Nachricht. Nach der letzten Karte war ich mir sicher, dass sie den Stick sowieso nicht benutzten. Dennoch hoffte es ein kleiner Teil von mir weiterhin.

»Dass du so cool bleiben kannst.« Sie schluckte schwer.

Ich wusste, dass sie es nicht so meinte, aber trotzdem klang es, als wäre ich eiskalt. »Vielleicht lasse ich das alles nicht so an mich heran wie du.« Meine Stimme war hölzern. »Außerdem kann es sein, dass wir später wirklich jemanden ausschalten müssen. *Kann*, muss aber nicht. Unzählige aktive Agenten gehen ohne eine einzige Tötung in den Ruhestand. Zudem sind wir keine Killer. Wir sollen einfach alles können, was uns später nutzen könnte.« Nun doch mehr beleidigt, als ich gedacht hatte, fügte ich hinzu: »Du tust ja gerade so, als würde ich aus Spaß um mich ballern. Ich habe nicht vor, jemanden zu töten. Es ist mir nur wichtig, so gut wie möglich zu zielen, um im Notfall jemanden unschädlich machen zu können. Mein Ziel wird immer sein, die Bösen festzunehmen und nicht wahllos Menschen zu erschießen.«

»Davon bin ich auch nicht ausgegangen. Aber das nicht an mich ranzulassen, ich meine während den Simulationen, muss ich dringend üben«, murmelte sie und strich sich über ihr Gesicht.

Ich machte ein zustimmendes Geräusch und verstaute alle Utensilien in den Schränken, bevor ich mich zu ihr umdrehte. »Lass uns gehen.«

»Ich glaube, ich kann heute nichts mehr essen«, stöhnte Vivien und schien noch blasser zu werden. »Ich hasse diese Art der Simulationen.«

»Deswegen wirst du auch niemals im aktiven Dienst arbeiten«, zog ich sie auf und öffnete die Tür zum Flur.

»Du könntest auch darum bitten, keine Tötungen mehr simulieren zu müssen.«

»Quatsch. Ich tue, was von mir verlangt wird.« Vivien folgte mir nach draußen. »Außerdem muss ich später die Simulationen nur noch einmal im Monat zu Auffrischungszwecken machen und nicht mehr drei Mal die Woche.«

»Allerdings«, stimmte ich ihr zu, und wir verfielen in Schweigen, während wir die Treppe nach oben nahmen.

»Ich habe mir jetzt Thomas aus dem Kopf geschlagen«, sagte Vivien unerwartet und klang ungewohnt entschlossen.

»Ja?«

»Diese Nacht mit ihm war ein Fehler. Wir hätten das nie tun dürfen.«

Ich sagte nichts dazu, sondern wartete ab.

Tatsächlich sprach sie kurz darauf weiter. »Was ist mit dir und Adam?«

Am liebsten hätte ich gestöhnt, unterließ es aber. »Nichts. Immer noch.«

Sie zuckte mit ihren Schultern. »Wollte nur mal nachfragen. Mein Leben ist aktuell so unruhig und verkorkst, dass ich ein bisschen Ablenkung vertragen kann.«

Darauf konnte ich nichts erwidern. Stattdessen schaute ich auf meine Uhr. Keine Nachricht. Meine Hoffnung, dass irgendwer den Stick doch noch benutze und mir zeigte, wo Cassie war, sank von Stunde zu Stunde.

Nun sah Vivien ebenfalls auf ihre Uhr und machte ein fragendes Geräusch, während sie darauf herum tippte. »Irgendwas stimmt mit meiner Uhr nicht. Meine Vitalwerte sind total durcheinander.«

»Kommt sicher durch die Übelkeit von der Simulation«, erwiderte ich schulterzuckend.

Sie machte ein zustimmendes Geräusch, ließ den Arm sinken und konzentrierte sich wieder auf mich. »Hast du später Lust, mit mir ein bisschen zu lernen?«

Ich musste belustigt schnauben. »Sorry, aber ich habe echt keinen Bedarf an einer von deinen Lernsessions, bei denen ich mich immer wie ein totaler Versager fühle.«

Vivien entfuhr ein gelöstes Lachen, das ich schon lange nicht mehr von ihr gehört hatte. »Ein Versuch war es wert.«

*

Beim Abendessen und auch danach im Gemeinschaftsraum

beobachtete ich, wie so oft, meine Freunde. Doch wieder benahm sich keiner von ihnen anders als sonst.

Ich begann zu zweifeln, ob wirklich einer von ihnen an der Entführung meiner Schwester beteiligt war. Gleichzeitig hatte ich aber keine Ahnung, wen ich sonst verdächtigen sollte.

Direktor Roberts Unterlagen über Cassie kamen mir in den Sinn. Ich war mir sicher, dass er irgendwas wusste, aber gleichzeitig konnte ich mir nicht vorstellen, dass er etwas mit den Karten zu tun hatte. Wenn er in dem Schlafkorridor der Trainees rumgelaufen wäre, hätte sich das auf jeden Fall herumgesprochen.

Aber ich *musste* etwas tun. Ich musste herausfinden, was in der Akte stand.

Wenn ich Glück hatte, war sie noch im Büro. Wenn nicht, dann war sie schon in der Basis des MI20, wo so gut wie alle Akten aufbewahrt wurden. Dann würde ich niemals darankommen.

Was ich brauchte, war mal wieder eine kleine Portion Glück, denn in die bestgesichertste Einrichtung des britischen Geheimdienstes einzubrechen, wäre ziemlich dumm. Selbst für mich.

Das Risiko erwischt zu werden, war zu groß, und dann würde ich Cassie erst recht nicht mehr helfen können. Doch das bedeutete nicht, dass ich nicht in dem Büro des Direktors nachsehen konnte, ob die Akten nicht doch noch dort lagen.

Ich wartete bis nach Mitternacht, bevor ich aus meinem Zimmer schlich.

Lautlos glitt ich durch die dunklen Flure und tastete nach jeglicher Emotion in meiner Umgebung. Die Akademie war voller verschwommener Gefühle, wie sie nur Schlafende hatten. In den Fluren waren die Lichter ausgeschaltet, und nur die

Notausgangsschilder leuchteten grell. Doch meinen Augen machte die Dunkelheit nichts aus.

Obwohl ich am liebsten gerannt wäre, zwang ich mich, ruhig und bedächtig zu gehen. Irgendwen konnte man immer übersehen, wenn man zu sehr hetzte.

Als ich Direktor Roberts Büro erreichte, war ich nervös, obwohl ich schon dutzende Male bei Aufträgen irgendwo eingebrochen war. Das hier war anders. Es war Verrat.

Dennoch zog ich zwei Haarnadeln aus meinem Dutt und begann sie so zu verbiegen, dass ich damit in das Schlüsselloch kam. Es dauerte länger als üblich, denn meine Nerven lagen blank. Ich versuchte mir die ganze Zeit einzureden, dass es nur ein weiterer Auftrag war, doch das war eine Lüge. Was ich hier tat, war Verrat!

Als ich das Schloss endlich knacken hörte, stieß ich einen erleichterten Seufzer aus und erhob mich. Dabei schob ich die verbogenen Haarnadeln in meine Hosentasche.

Ich drückte die Türklinke lautlos herunter, atmete flach und drückte die Tür auf.

Kühle Dunkelheit empfing mich, und das dunkle Holz, das den Raum dominierte, strahlte eine Art Autorität aus, als hätte es sie von Direktor Roberts übernommen.

Mit mehrmaligem Blinzeln schaltete ich meinen Scanner ein und durchsuchte den Raum nach Laserfallen, die mit einer Alarmanlage verknüpft waren. Doch hier war nichts. Das Büro des Direktors schien außerordentlich schlecht gesichert zu sein.

Meine ohnehin schon leisen Schritte wurden von dem Teppich im Raum gedämpft. Ich entdeckte diverse Akten auf dem Schreibtisch, feinsäuberlich gestapelt. Mein Herz schlug schneller.

Ich streckte meine Hand aus und wollte nach der ersten

Akte greifen, als ich ein Klopfen hörte. Es war so leise, dass ich es fast als Einbildung abgetan hätte, bis ich plötzlich Schritte hörte. Schritte, die eilig auf dieses Büro zusteuerten.

Meine Augen scannten den Raum, suchten nach einem Versteck – und blieben an den Bücherregalen hängen.

Verdammt, ich hatte schon wieder eine der wichtigsten Regeln gebrochen: habe immer einen Fluchtplan.

Leicht panisch weitete ich meine Kraft aus. Pam, Direktor Roberts Sekretärin. Das spürte ich sofort.

Mein Atem ging ruckartig, mein Herz polterte und meine Coolness war spätestens jetzt komplett verschwunden. Beim Einbruch in das Büro des Direktors erwischt zu werden war nun wirklich das Letzte, was ich wollte.

Ich lief zu dem Bücherregal neben der Tür, kletterte über die Einlegeplatten nach oben und stieß erleichtert Luft aus, als ich mich zwischen Holz und Decke schieben konnte. Im nächsten Moment wurde die Tür geöffnet, und das Licht ging an. Ich traute mich kaum zu atmen.

»Na toll, jetzt habe ich nicht nur die Akten hier liegen lassen, sondern auch noch vergessen abzuschließen«, murmelte Pam, eilte zum Schreibtisch und schnappte sich den Aktenstapel, bevor sie die Tür zur Akademie abschloss und durch die gegenüberliegende Tür in Richtung der MI20-Basis ging. Auch diese Tür schloss sie natürlich ab.

Ich stöhnte frustriert und spürte, wie meine Panik sich legte. So ein verdammter Mist!

Als ich sicher war, dass sie außer Hörweite war, kroch ich aus meinem Versteck und schaute auf den Schreibtisch. Die Akten waren wirklich weg. Natürlich.

Einen Moment lang betrachtete ich die Verbindungstür zur

Basis, durch die Pam gegangen war und überlegte, ihr zu folgen. *Nein. Das wäre dumm, Alexis.*

Ich zog meine Haarnadeln aus der Tasche und machte mich erneut an dem Schloss zu schaffen. Dieses Mal war ich wenigstens schneller. Ich trat in den Flur der Akademie und zog die Tür hinter mir zu, in der Hoffnung, dass Pam und Direktor Roberts glaubten, der jeweils andere hätte die Tür geöffnet.

»Hast du gefunden, was du brauchst?«

Deans Stimme hinter mir erschreckte mich so sehr, dass ich sichtlich zusammenzuckte und aufsprang. Ich drehte mich zu ihm um und entdeckte ihn im Schatten des Flures. Erneut hatte ich gegen eine der obersten Regeln verstoßen. Lass dich niemals erwischen.

»Dean.« Obwohl meine Stimme nicht zitterte, konnte ich meinen Schock kaum verbergen. »Was tust du hier?«

Er trat aus dem Schatten, sodass ich ihn besser sehen konnte. Er trug ein dunkles Shirt und seine Jogginghose. Seine Augen gaben nichts preis. »Dasselbe könnte ich dich auch fragen.«

»Du bist mir mitten in der Nacht gefolgt«, flüsterte ich, und plötzlich schürte sich in mir die Angst, *er* könnte für all das verantwortlich sein. »Warum?«

»Du bist in Direkter Roberts Büro eingebrochen«, sagte er ebenso leise, fast bedrohlich. »Warum?« Er kam noch einen Schritt näher.

Ich schluckte, wusste nicht, wie ich mich erklären sollte, und plötzlich fiel mir das leise Klopfen von vorhin wieder ein. Nur er konnte das gewesen sein.

Verblüfft starrte ich ihn an. »Du hast mich gewarnt. Vor Pam. Du hast- aber warum?«

Er betrachtete mich einen Augenblick lang schweigend und

vergrub dann seine Hände in den Taschen seiner Jogginghose. »Es kann nie schaden, einen Gefallen einfordern zu können.«

Ich schluckte und versuchte die plötzliche Enge in meinem Hals zu vertreiben. »Damit du mich erpressen kannst?« Ein bitterer Geschmack breitete sich auf meiner Zunge aus. Mein Herz schlug viel zu schnell.

Dean erwiderte nichts, sondern sah mich nur abwartend an.

»Bullshit«, flüsterte ich.

»Was sagst du?« Seine Stimme war leise, bedrohlich. Er machte einen letzten Schritt auf mich zu und stand mir nun direkt gegenüber.

Ich legte automatisch meine Hand auf seine Brust, wusste nicht, ob ich ihn wegschieben oder zu mir ziehen sollte, und spürte sein Herz durch den Stoff seines Shirts kräftig schlagen.

»Ein guter Agent würde es dem Direktor sagen«, zischte ich und ließ ihn los, damit ich wieder Abstand zwischen uns bringen konnte.

Doch er folgte mir und verringerte den Abstand wieder, bis er direkt vor mir stand. »Ein guter Agent spielt nachts nicht das böse Mädchen.«

»Du hast keine Ahnung, wovon du redest«, flüsterte ich. Die Härchen auf meinen Armen stellten sich auf, und ich starrte zu Dean hoch, der meinen Blick ungerührt erwiderte.

»Was hast du gesucht?«, fragte er mit leiser, geradezu zärtlicher Stimme. »Was kann so wichtig sein, dass du dafür dein Leben wegwerfen würdest?«

Ich spürte seinen Atem auf meiner Haut, spürte diese trügerische Sanftheit, die mich erweichen sollte, meine Geheimnisse ihm gegenüber preiszugeben. Aber dieses Spiel beherrschte ich ebenfalls. Langsam hob ich meinen Kopf, wodurch wir nur noch wenige Zentimeter voneinander entfernt waren. Ich konnte die Hitze seiner Haut auf meiner eigenen spüren und befeuchtete meine Lippen. Seine Augen verfolgten jede meiner Bewegungen. »Das kann ich dir leider nicht verraten.«

Enttäuschung flackerte in seinen Augen auf. »So wenig vertraust du mir also.«

»Du hast mir mitten in der Nacht hinterherspioniert«, erinnerte ich ihn und strich über meinen Dutt, der sich während meiner Aktion gelöst hatte.

»Ich habe gehört, wie im Flur eine Tür ins Schloss fiel, und war neugierig.«

»Oh«, machte ich gespielt mitleidig. »Konntest du etwa nicht schlafen, weil du die ganze Zeit an mich und meine hübschen Augen denken musst?«

Er machte ein amüsiertes Geräusch. »Ich bin aufgewacht, weil ich von dir geträumt habe.«

Diese Worte nahmen mir auf einmal den Wind aus den Segeln.

Sein leises Lachen verursachte mir Gänsehaut. »War ein Albtraum. Also, was hast du in Direktor Roberts Büro gemacht?«

Einen Moment lang erwog ich, ihm *alles* zu sagen, brachte es dann aber doch nicht über mich. »Ich kann es dir nicht sagen, aber es ist nichts Schlimmes gewesen. Versprochen.«

»Wie schade. Dann muss ich dich jetzt wohl ganz besonders im Auge behalten.«

Um uns herum schien die Luft zu knistern, doch ich gab mich gelassen und betrachtete ihn so distanziert, wie nur möglich. »Davon werde ich dich wohl nicht abhalten können.«

»Du solltest besser in dein Zimmer gehen, bevor irgendwer vorbeikommt und feststellt, dass die Bürotür des Direktors offensteht.«

Einen Moment lang wägte ich seine Worte ab, bevor ich zurücktrat und endlich Abstand zwischen uns brachte. »Das sollte ich wohl.«

Schweigend sah er mich an, und am liebsten hätte ich mich geohrfeigt, weil ich mich von ihm hatte erwischen lassen.

Ich ging, ohne zurückzublicken, und spürte seinen Blick in meinem Rücken, ebenso wie ein leichtes Prickeln auf meiner Haut. Woher auch immer es gekommen war, ich schob es auf den Schock des Erwischtwerdens – und die Dunkelheit.

*

Am nächsten Morgen saß ich beim Frühstück neben Eva, die ihr Müsli aß und auf mich einredete. »Ich schwöre, dir würden blonde Haare richtig gut stehen. Bei deinem nächsten Job solltest du sie dir färben. Mit deinen dunklen Augenbrauen sieht das sicher richtig gut aus!«

»Mhm«, machte ich und verdrehte die Augen in Thomas' Richtung, der mir gegenüber saß und in sein Brötchen biss.

»Du glaubst mir nicht!«, warf Eva mir vor und stieß mich mit dem Ellenbogen an.

»Doch. Klar«, log ich und kaute genüsslich an einem Stück Speck. »Aber ich mag meine Haare, so wie sie sind.«

»Wie du meinst«, seufzte sie und tunkte ihren Löffel in die fast leere Müslischale. Das Geräusch von Metall auf Porzellan klingelte in meinen Ohren. »Aber falls du deine Meinung änderst, helfe ich dir gerne.«

»Meinst du, mir würden blonde Haare auch stehen?«, fragte Thomas und zeigte auf sein braunes Haar.

»Nein«, erwiderte Eva trocken. »Bei dir würde das einfach nur blöd aussehen.«

Ich lachte leise und erntete dafür prompt einen bösen Blick von Thomas.

Eva erhob sich mit ihrem Tablett. »Wir sehen uns dann gleich.«

Ich sah zu, wie sie zur Durchreiche lief, wo sie ihr Tablett abstellte, und entdeckte dabei Vivien und Dean, die an der Essensausgabe standen und auf ihr Essen warteten. Die halbe Nacht hatte ich wach gelegen und gegrübelt. Über Cassie. Über den Direktor. Und über Dean.

Halb erwartete ich, dass er mich verpfiff, doch irgendwie wusste ich, dass er es nicht tun würde. Weil er etwas gegen mich in der Hand haben wollte.

»Alles okay? Du bist so blass.«

Blinzelnd sah ich Thomas an, dessen Anwesenheit ich völlig vergessen hatte. »Klar.« Der letzte Gedanke hatte mich so aus der Bahn geworfen, dass mir nicht mal mehr eine Lüge einfiel.

Er runzelte die Stirn. Er glaubte mir nicht.

Bevor ich irgendwas sagen konnte, zog ich meine Nase kraus. »Eine Frauensache.«

Thomas schnitt eine Grimasse. »Okay, bitte rede nicht weiter.«

Ich lachte, obwohl mein Magen sich anfühlte wie ein verknoteter Ballon, weil Vivien und Dean gerade an unseren Tisch kamen.

»Was ist denn so lustig?«, fragte Vivien und setzte sich neben mich.

Mein Blick streifte Deans, als dieser sich mir gegenüber niederlies, und ich zwang mich zu einem Lächeln, bevor ich wieder zu Vivien sah. »Thomas ist empfindlich, wenn es um Frauenthemen geht.«

Dean schnaufte.

Er sah mich an, als wüsste er, dass ich an gestern Nacht denken würde, und kurz schien sein Mundwinkel zu zucken. War er wirklich so knallhart und würde mich erpressen?

Ich betrachtete ihn, während er sich zu Thomas drehte und sagte: »Ich wusste schon immer, dass du ein Weichei bist.«

Thomas hob seine Hände und deutete auf mich. »Gewisse Themen sollten einfach nicht am Esstisch aufkommen. Nur weil ich wissen wollte, warum sie so blass ist.«

Nun starrten Vivien und Dean mich an.

»Stimmt«, meinte Vivien mit gerunzelter Stirn. »Was ist los?«

»Nichts.« Mein schnaubendes Lachen unterstrich, wie unsinnig ich diese Frage fand. »Ich habe nur zu wenig geschlafen.«

»Vielleicht solltest du zu Dr. Sam gehen«, schlug Vivien vor und erntete von Thomas ein leises Lachen. »Was?«, fragte sie ein bisschen zu heftig und zog ihre Augenbrauen hoch.

Thomas zuckte mit seinen Schultern und grinste schief. »Du erzählst den Lehrern auch alles, oder?«

Sie presste ihre Lippen so fest zusammen, dass die Haut darum weiß wurde, und erst sah es so aus, als würde sie jeden Moment ausflippen. Doch dann lächelte sie ihn plötzlich an. »Das tun gute Agenten eben.«

Meine Verwirrung über ihren plötzlichen Stimmungswechsel wuchs, als ich zusah, wie Vivien ein Notizbuch herausholte und eine Formel notierte. Sie blendete uns einfach aus.

Thomas blinzelte, während er sie kurz mit zusammengepressten Lippen anschaute, bevor er sich wieder auf Dean und mich konzentrierte. »Habt ihr übrigens mitbekommen, dass sich wohl heute Nacht irgendwelche Erstsemester gestritten und dabei die Bürotür des Direktors beschädigt haben?« Er lachte hämisch und aß weiter, bevor er schmatzend hinzufügte: »Das waren wohl reiche Agentenkinder. Die haben eine Verwarnung bekommen und sonst nichts.« Er schluckte. »Ist ja schon schäbig, dass diese Vetternwirtschaft sogar schon hier im MI20 eingezogen ist.«

Ich starrte Dean an, der mich aber ignorierte und stattdessen Thomas auf die Schulter klopfte. »Du bist doch nur neidisch, dass du nicht solche Kontakte hast«, feixte Dean.

»Allerdings! Ist doch nicht fair!«, empörte sich Thomas und wischte Deans Hand weg. »Selbst du hast einen Onkel, der Agent ist und dir sicher den ein oder anderen Gefallen tun würde.«

Dean lachte. »Du meinst den Onkel, den ich einmal im Jahr an Heiligabend sehe und mit dem ich vor meiner Familie nicht über das MI20 reden darf? Stimmt, der ist ein toller Kontakt.« Er sah kurz zu mir herüber, und mir wurde klar, dass ich ihn immer noch anstarrte. Dennoch erwiderte ich seinen Blick. Rein zufällig hatten also irgendwelche Kinder die Bürotür des Direktors beschädigt, nachdem Dean mich gestern beim Einbruch erwischt hatte. Ich schluckte, als mir klar wurde, dass er damit meine Spuren verwischt hatte, nur weil mein Einbruch so schlampig geplant war. Aber ich verstand nicht, weshalb er das tat. Nur um mich noch mehr unter Druck setzen zu können, nur weil er mich damit in der Hand hatte?

Und wie hatte er die Erstsemester dazu überreden können? Vermutlich ganz leicht. Es war immer gut, wenn jemand Älteres und Erfahreneres dir einen Gefallen schuldig war.

Die Frage in meinen Augen schien deutlich, aber Dean zuckte nur kaum merklich mit seinen Schultern. Er wollte also so tun, als wüsste er von nichts.

Ich schüttelte meinen Kopf, wollte ihn tadeln, doch musste plötzlich lächeln.

Dean bemerkte es, und für einen kurzen Moment glaubte ich, er würde zurücklächeln. Doch dann konzentrierte er sich wieder voll und ganz auf Thomas.

*

In den ersten drei Stunden an diesem Tag hatten wir das Fach *Weltgeschehen*, in dem wir aktuelle politische Themen, Kriegsgeschehnisse oder auch das Vorgehen anderer Geheimdienste anhand spezieller Beispiele besprachen.

Momentan ging es um einen ziemlich offensichtlichen Giftanschlag des KGB auf einen ihrer abtrünnigen Agenten innerhalb Frankreichs. Dass da jemand schlampig gearbeitet hatte, war in dem Moment klar gewesen, als die Medien davon Wind bekamen.

Unser Lehrer Mr Turner war während des Simulationstrainings zwar richtig streng und regelmäßig kurz vorm Ausflippen, doch in diesem Fach war er der absolut beste Lehrer.

»… und dann konnte natürlich auch noch Gift im Blut des Opfers nachgewiesen werden. Scheinbar hat das KGB einen einfallslosen Schüler für diese Aufgabe genommen.«

Wir lachten angesichts seines spöttischen Tonfalls.

Er öffnete gerade den Mund, um weiter zu sprechen, als ein Klopfen an der Tür ertönte und sie im selben Moment aufschwang.

Direktor Roberts erschien mit seiner Sekretärin, die einen Stapel Akten unter ihrem Arm trug.

»Sie sind früh dran«, bemerkte Mr Turner mit einem kurzen Blick auf seine Armbanduhr.

Direktor Roberts nickte ernst. »Leider muss ich gleich schon zu einem Meeting. Ich hoffe, das kommt Ihnen nicht ungelegen.«

Bam. Auf den Platz verwiesen.

Obwohl er und Mr Turner gemeinsam mit Dr. Sam das MI20 leiteten, zeigte Direktor Roberts gegenüber Mr Turner keine Sympathien. Sie verhielten sich zwar professionell, aber dennoch hatte sich das Gerücht gestreut, dass Direktor Roberts ihn nicht mochte, weil Mr Turner den Job nur wegen seines Vaters bekommen haben sollte. Ob das stimmte, war nicht klar. Aber ihre gegenseitige Distanziertheit befeuerte die Gerüchteküche natürlich zusätzlich.

Mr Turner ließ sich nichts anmerken, aber ich spürte, wie unangenehm ihm diese Situation war. »Natürlich nicht.« Er nahm seine Sachen und sah uns dann noch einmal an. »Bitte schreiben Sie alle einen kurzen Aufsatz, wie Sie den Anschlag besser hätten ausüben können.«

Dann verschwand er und schloss die Tür hinter sich.

Kurz war ich wie gelähmt, und die Angst, Direktor Roberts könnte doch von meinem nächtlichen Einbruch erfahren haben, floss durch meine Adern.

»Entschuldigen Sie alle die Unterbrechung Ihres Unterrichts«, begann Direktor Roberts, und seine Sekretärin ging durch die Reihen, um die Akten zu verteilen.

Ich stieß meinen Atem aus, den ich unbewusst angehalten hatte. Es ging nicht um mich.

»Am Freitag findet eine Veranstaltung statt, auf der Sie alle erneut die Security unterstützen werden. Zudem erhält jeder von Ihnen eine spezielle Aufgabe. Dieses Mal werden Sie die Zielperson bestehlen und ihren Schmuck durch eine Kopie ersetzen. Ihre Zielperson wird jedoch von einem Agenten des

MI20 überwacht, der Ihnen unbekannt ist. Dieser wiederum weiß nichts davon, dass Sie versuchen, die Zielperson zu bestehlen. Dies ist Ihr aller Vorteil. Sie werden diesen Auftrag außerdem wieder zu zweit durchführen. Nutzen Sie diese Vorteile gut. Sollte der Agent Sie enttarnen oder beim Diebstahl erwischen, bekommen Sie für diesen Auftrag keine Punkte. Alle Daten und die Gästeliste finden Sie in den Akten. Der Schmuck ist aktuell Eigentum des britischen Königreiches und geht nach der Veranstaltung in den Besitz einer Kunstsammlergemeinschaft über. Eine wunderbare Gelegenheit, ihr Talent unter Beweis zu stellen, da natürlich nicht nur die Agenten, sondern auch die Gäste einen besonderen Blick auf die Schmuckstücke haben werden. Bereiten Sie sich entsprechend vor. Für Fragen werde ich am Donnerstag wieder zur Verfügung stehen.« Er schaute uns alle kurz an und nickte dann zufrieden. »Nutzen Sie den Rest der Stunde schon mal, um sich die Akte durchzulesen oder für Ihre anderen Hausaufgaben. Danke.«

Direktor Roberts verschwand, dicht gefolgt von seiner Sekretärin. Niemand wunderte sich, dass er uns die Unterlagen jetzt gab. Uns war beigebracht worden, jederzeit mit einem Einsatzbefehl rechnen zu müssen.

Als sie die Tür hinter sich zu fallen ließen, ertönte Geraschel, als wir die acht verschiedenen Akten unter die Lupe nahmen.

Laut Unterlagen handelte es sich um Schmuck, der in den Besitz des Kunstsammlervereins *Reginald Evans Historical Art Society*, kurz R.E.H.A.S., benannt nach ihrem Gründer Reginald Evans, gehen würde.

Laut Unterlagen hatte der Verein Mitglieder auf der ganzen

Welt und war bereits im Jahr 1836 gegründet worden. In ihren Händen befanden sich einige der größten Schätze der Welt.

Als ich sah, dass ich mit George zusammenarbeiten würde, musste ich grinsten. Aufträge mit ihm gemeinsam machten immer Spaß, weil seine Kraft, in die nahe Zukunft sehen zu können, schon etwas Besonderes war.

Meine Uhr vibrierte. Mein Herz gefror zu Eis bei dem Gedanken, dass jemand den Stick endlich eingesteckt haben könnte. Stattdessen war eine Nachricht bezüglich des Unterrichts eingetroffen. »Der Deutschunterricht beginnt heute 5 Minuten später.«

Vor Enttäuschung hätte ich beinahe gestöhnt. Ich atmete tief ein und schloss für einen Moment meine Augen. Irgendwie würde ich Cassie retten. Sollte sich eine Chance bieten, würde ich sie sofort ergreifen.

18. Kapitel

In den nächsten Tagen erhielt ich keine weiteren Karten und wurde immer nervöser. Ich lenkte mich mit meinem Auftrag ab und erarbeitete gemeinsam mit George einen Plan, wie wir unserer Zielperson den Schmuck abnehmen könnten.

Je nachdem wer der Agent sein würde, der unsere Zielperson bewachte, würde entweder er oder ich die Ablenkung spielen. Das müssten wir aber spontan entscheiden.

Wir informierten uns in der Datenbank über unsere Zielperson, Samantha Mayland. Sie lebte seit dem Tod ihres Mannes eher zurückgezogen, und es war schwer, Fotos oder Informationen über sie zu finden.

Während ich mir einige wenige Fotos von ihr anschaute, versuchte ich, meine Gedanken nicht immer weiter abschweifen zu lassen. Doch irgendwann, nachdem mein Gehirn unterbewusst nur noch Bilder von Cassie abspielte, gab ich auf und entschied mich, eine Runde zu boxen, um meinen Kopf frei zu bekommen.

Als ich im Trainingsraum ankam, stellte ich fest, dass ich scheinbar nicht die Einzige gewesen war, die die Idee hatte zu trainieren.

Adam joggte auf einem der Laufbänder und hatte seine Kopfhörer aufgesetzt. Die Musik drang sogar bis zu mir, so laut hatte er sie aufgedreht. Dean stemmte in der einen Ecke des Raumes Gewichte, während Thomas in der anderen Ecke auf einen Boxsack einschlug. Weiter hinten turnten zwei Mädels aus dem ersten Semester auf Gymnastikbällen und trainierten ihre Balance. Wie sehr ich das damals gehasst hatte! Ständig hatte ich unzählige blaue Flecken mit mir herumgetragen, weil ich immer wieder vom Ball abgerutscht war. Zu ungeduldig, hatte meine damalige Lehrerin immer gesagt.

Ich holte mir Bandagen aus dem Schrank neben der Tür und umwickelte meine Handknöchel damit.

Dann wärmte ich mich mit zehn Minuten Seilspringen auf und ließ meinen Blick durch den Raum schweifen.

Thomas boxte immer noch unaufhörlich, sein Gesichtsausdruck war hochkonzentriert.

Dean stemmte mit angestrengtem Atem Gewichte. Wenn ich es richtig erkennen konnte, hatte er auf seiner verstärkten Hantelstange das Gewicht eines Kleinwagens. Kein Wunder, dass diese sich leicht durchbog.

Adams Gesicht hingegen war völlig gelassen, obwohl der Schweiß bereits seine Kleidung durchtränkte. Er hatte mich in den letzten Tagen nur noch einmal auf die Erpresserkarten angesprochen. Obwohl ich mir fast sicher war, dass er nichts damit zu tun hatte, fand ich seinen Wunsch, mir unbedingt helfen zu wollen, seltsam. Er hatte mir zwar von seiner Familie erzählt, der er nicht hatten helfen können, doch das alleine reichte mir nicht als Erklärung. Ich war unsicher, was ich von alldem halten sollte, und auch wenn es mich noch immer in den Fingern juckte, mit ihm darüber zu sprechen, tat ich es nicht. Das Risiko, dass die Entführer etwas mitbekommen könnten, war zu groß.

Nachdem ich aufgewärmt war, ging ich an einen freien Boxsack, drehte dem Raum den Rücken zu und legte los. Meine Schläge drückten all den Frust, die Angst und die Wut aus, die seit Cassies Verschwinden in mir tobten.

Ich musste sie irgendwie retten.

Die Hoffnung, dass bald eine weitere Nachricht auftauchte, ließ mich noch fester zuschlagen. Ich wollte endlich etwas tun.

Ich musste einfach etwas tun.

Dieses ewige Warten und Bangen würde mich noch wahnsinnig machen.

Ich wollte kämpfen. Jemandem so richtig auf die Nase hauen.

Ich spürte eine Person hinter mir.

Mit einer fließenden Bewegung drehte ich mich um und schlug blind zu.

Adams Hand schnellte vor und packte meine Faust, bevor ich sein Gesicht treffen konnte.

Er hob eine Augenbraue. »Machst du das immer so? Ungesehen Leute boxen?«

Ich zuckte mit den Schultern und zog meine Faust aus seiner Hand. »Wenn die Leute mir zu nahekommen, dann schon.«

Adams Mundwinkel zuckte, bevor er wieder ernst wurde. »Ist alles okay?« In seiner Stimme lag echte Sorge.

Ich betrachtete sein Gesicht, sah in seinen Augen, dass er seine Worte auch so meinte. Als ich meinen Schild senkte, spürte ich Sorge. Um mich. »Den Umständen entsprechend«, antwortete ich ihm leise.

Im Augenwinkel nahm ich eine Bewegung war, und als ich an Adam vorbeisah, entdeckte ich Dean, der uns beobachtete.

Adam folgte meinem Blick und nickte Dean dann zu, bevor er sich wieder zu mir umdrehte. »Wir reden später?«

»Klar.« Ich wickelte bedächtig meine Boxbandagen ab und sah wieder zu Dean. »Dann ungestört.«

Verwirrung. Ich hob meinen Schild. Adam hatte die Stirn gerunzelt und nickte. »Gute Nacht.«

»Danke, dir auch.« Ich lächelte ihn kurz an und warf die Bandagen in einen Wäschekorb vor dem Ausgang, wo sich schon Handtücher türmten, die noch heute Abend von den Reinigungskräften gewaschen würden.

Als Adam den Trainingsraum verließ, wurde mir mit einem Mal bewusst, dass auch alle anderen schon gegangen waren. Ich war mit Dean alleine.

Er kam auf mich zu geschlendert. »Teilst du schon Geheimnisse mit Adam?«

»Und selbst wenn, wäre das nicht deine Sache.« Ich lächelte, bevor ich Dean ansah. »Oder bist du etwa eifersüchtig?«

»Warum sollte ich? Auch wir teilen Geheimnisse.« Seine rechte Augenbraue hob sich, während er mit einem Handtuch über sein Gesicht und die Haare fuhr. »Traust du ihm trotz seiner verschlossenen Akte?«

»Dich kenne ich seit vier Jahren und weiß trotzdem nicht wirklich, ob ich dir trauen kann.«

Seine Lippen pressten sich zu einer harten Linie zusammen, und er sprach so leise, dass ich ihn gerade so verstehen konnte. »Nach gestern Nacht weiß ich auch nicht mehr, was ich über dich denken soll.«

Ich atmete leise aus. Er hatte Recht. »Wir waren doch schon immer Konkurrenten.«

»Aber wir standen immer auf derselben Seite.« Er kam noch näher, fast, als könne er nicht anders. »Doch wo stehst du jetzt, Alexis?«

Sanft wollte seine tiefe Stimme mich einlullen, mich dazu bringen, noch mehr zu sagen und ihm alles zu erklären, doch das konnte ich nicht zulassen. Ich drehte mich zur Tür und ging, ohne ein weiteres Wort, denn ich traute mir einen Moment lang selbst nicht. Er hatte so Recht – und gleichzeitig doch keine Ahnung.

Dean hielt mich nicht auf, als ich fluchtartig den Raum verließ, und ich hasste es, dass ich es nicht geschafft hatte, vor ihm meine sorgsam errichtete Fassade aufrecht zu erhalten.

Ich eilte durch die Flure der Akademie und stieß vor Erleichterung ein Seufzen aus, als ich endlich mein Zimmer erreichte.

Das Erste, was ich wahrnahm, als ich die Zimmertür aufstieß, war die Karte, die in der Mitte des Zimmers lag.

Ich schluckte, schloss die Tür hinter mir und atmete tief und ruhig durch, bevor ich das weiße Papier aufhob.

LIEFERE DICH UND DEN DIREKTOR MORGEN ABEND BEI DEN FLAMINGOS AUS, WÄHREND DAS GROSSE FEUERWERK DIE ZUSCHAUER ABLENKT. DAFÜR LASSEN WIR DEINE SCHWESTER FREI.

Langsam hob ich die Karte auf und entdeckte darunter erneut ein Foto meiner Schwester. Mein Atem ging stoßweise, und laut rang ich nach Luft, während meine Kehle wie zugeschnürt war. Cassie war frontal fotografiert worden. Mit der heutigen Tageszeitung. Statt Trotz stand nun Furcht in ihren Augen, und obwohl ich keine Verletzungen sah, sagten mir ihre verkrampfte Körperhaltung und der Ausdruck in ihren Augen *alles*. Sie war blass. Ihre Haare zerzaust. Die Augen von dunklen Ringen umrahmt.

Sie hatten ihr wehgetan.

Ein Schluchzen drängte sich durch meine Kehle nach oben, und ich umfasste meinen Hals, um es aufzuhalten. Mein Rachen brannte, meine Sicht verschwamm, und ich atmete tief durch. Langsam. Ein und aus. Ein und aus. Ich musste mich beruhigen. Für Cassie.

Der Gedanke ließ die plötzliche Panik langsam abflauen. Ich brauchte all meine Konzentration, wenn ich es nicht versauen wollte.

Ich schob die Karte in meine Hosentasche, verließ mein Zimmer und ging rüber zu Adams, wo ich fest an die Tür klopfte.

Ich wartete noch sein »Herein« ab, bevor ich sie aufstieß und den Raum betrat.

Adam saß an seinem Schreibtisch und schien zu lernen. »Was ist los?«

Leise schloss ich die Tür, zog wortlos die Karte heraus und reichte sie ihm.

Er überflog sie und sah mich dann an. »Brauchst du Hilfe?«

»Ein Freund könnte nicht schaden«, gab ich zu und atmete zittrig ein. Scheiß auf all die Vorsicht. Sie taten meiner Schwester weh, und jetzt bot sich mir die erste richtige Chance. Ich *konnte* sie einfach nicht verstreichen lassen.

Adam deutete auf einen Stuhl neben dem Tisch. »Setz dich, dann überlegen wir uns was.«

Dankbar ließ ich mich auf den Stuhl fallen. Ich hatte mir einreden wollen, alles allein zu schaffen. Doch nun wurde mir klar, dass ich jede Hilfe gebrauchen konnte, wenn ich Cassie wirklich retten wollte.

Ernst musterte er mich. »Bist du dir sicher, dass es jetzt nicht an der Zeit wäre, dem Direktor Bescheid zu geben?«

»Ich wollte es«, gab ich zu und presste kurz meine Lippen zusammen, als Enttäuschung meine Brust durchflutete. »Aber ich weiß nicht, ob ich ihm trauen kann. Er verheimlicht mir etwas, und solange ich nicht weiß wieso, kann ich kein Risiko eingehen.« Meine Augen fanden Adams. »Du verstehst sicher, was ich meine.«

Er nickte. »Ich verstehe es sogar sehr gut.«

»Danke, auch dafür, dass du zu Niemandem ein Wort gesagt hast. Ich weiß, wir kennen uns noch nicht lange und das ist sicher nicht leicht für dich. Aber es bedeutet mir viel.«

Ein kleines, trauriges Lächeln umspielte Adams Lippen. »Jeder von uns muss in seinem Leben wohl mal eine harte Prüfung bestehen. Das hier ist wohl deine.«

Ich erwog kurz, ihn nach seiner zu fragen, ließ es dann aber sein und lächelte ihn an. »Zum Glück habe ich dich in meinem Team.«

Er lächelte zurück, bevor er entschlossen in die Hände klatschte. »Okay, genug Gesülze. Lass uns überlegen, wie wir morgen am besten vorgehen sollen.«

Ich nickte und blickte wieder auf die weiße Karte herunter. Das hier war meine Chance, Cassie zu retten, und ich würde sie nutzen.

*

Die ganze Nacht über studierte ich die Akte von Samantha Mayland und suchte im Internet alles über die Veranstaltung und den Ort zusammen. Von Flamingos war natürlich nirgends die Rede, und auch auf den Bildern konnte ich nichts entdecken, was nur ansatzweise mit Flamingos zu tun hatte. Nicht mal rosa Zierkissen, oder so.

Ich hasste es, dass ich das erst vor Ort herausfinden konnte.

Die Veranstaltung startete offiziell gegen acht Uhr am Abend.

Gegen Mitternacht würde das Feuerwerk laut Programm beginnen, was bedeutete, dass ich knapp vier Stunden Zeit hatte, unseren Auftrag zu erledigen und den Treffpunkt zu finden. Auch wenn es für mich immer noch oberste Priorität hatte, Cassie zu finden, wollte ich meine Ausbildung natürlich nicht gefährden. Zumindest nicht noch mehr, als bereits geschehen.

*

Bei der Joggingeinheit am nächsten Morgen schüttete es wie aus Eimern. Der Regen sammelte sich in den Blättern der Bäume und platschte in dicken Tropfen auf mich nieder. Der Geruch von feuchtem Holz und Moos lag in der Luft. Außer meinen Schritten, die die Zweige auf dem Boden unter sich zerquetschten, war nichts zu hören. Die anderen Trainees hatten sich verteilt, und heute lief jeder für sich, was mir nur recht war. Meine Gedanken waren so laut, dass ich mich auf niemand anderen hätte konzentrieren können.

Nach einer schnellen Dusche trat ich später in ein Handtuch eingewickelt aus dem Bad und entdeckte Vivien in meinem Zimmer. Sie saß auf der Kante meines Bettes unweit des Buches, in dem die Nachrichtenkarten steckten.

»Hast du mein Bett gemacht?«, fragte ich und betrachtete die glatt gestrichene Decke, die normalerweise zu einem Haufen zusammen geknüllt am Fußende lag.

Vivien betrachtete mich mit erhobenen Augenbrauen. »Ich verstehe einfach nicht, wie ein so guter Trainee wie du *so* unordentlich sein kann.«

Ihr tadelnder Ton erinnerte mich kurz an meine Mutter, die früher auch nie verstanden hatte, dass das Chaos mich einfach verfolgte. Mein Dad hingegen schon. Er vertrat die Devise:

besser fünf Minuten schämen, als drei Stunden putzen. Das hatte regelmäßig für Streit gesorgt, bis sie am Ende eine Putzfrau eingestellt hatten. Das war nur wenige Wochen vor ihrem Unfall gewesen.

»Das Chaos irritiert mögliche Einbrecher.«

Vivien schnaubte. »Quatsch, die sind viel zu überfordert, um dich zu beklauen.«

Ich lächelte und zuckte mit meinen Schultern. Während Vivien einen Bücherstapel auf der anderen Seite des Raumes betrachtete, schielte ich zu dem Bildband am Rande des Schreibtisches, dem sie viel zu nahe war. Es wäre zu auffällig, ihn wegzuräumen. Deshalb nahm ich ein Buch vom Boden und legte es einfach darauf.

Vivien betrachtete meinen scheinbar kläglichen Versuch, wenigstens ein bisschen Ordnung zu schaffen. »Eigentlich bin ich hier, um dich zum Frühstück abzuholen.«

»Wieso?« Ich ging zu meinem Schrank und zog frische Klamotten heraus, von denen ich inzwischen deutlich zu wenig hatte. Ich fand nicht mal eine Jeans, nur noch Röcke hingen dort.

Ich musste dringend meine Wäsche waschen. Später.

»Bin ich so leicht zu durchschauen?«

Ich sah Vivien an, während ich das Handtuch fallen ließ und mich in eine Strumpfhose zwängte. »Du hast mich noch nie zum Frühstück abgeholt, seitdem wir aus dem ersten Semester raus sind.«

Vivien betrachtete den schwarzen Rock, den ich mir über die Beine zog. »Ist das mein Rock?«

»Vermutlich.« Ich grinste. »Aber er steht mir gut, oder? Er schmeichelt meinen Hüften.«

Sie kniff ihre Augen zusammen. »Seit wann hast du den?«

Ich zuckte mit den Schultern. »Vermutlich schon ein wenig länger, wenn wir beide es nicht wissen.«

»Wolltest du ihn mir auch irgendwann zurückgeben?«

»Bestimmt«, sagte ich und lachte, als ich ihre zusammengezogenen Augenbrauen sah. »Das war nur ein Scherz. Ich habe völlig vergessen, dass ich ihn habe. Du bekommst ihn zurück, sobald ich wieder Wäsche wasche.«

»Dürfte ja nicht mehr lange dauern, wenn du nicht demnächst nackt rumlaufen willst«, murmelte Vivien mit einem Blick durch den Raum.

Ich warf mit einem alten T-Shirt nach ihr, dem sie mit einer fließenden Bewegung auswich. »Warum genau wolltest du mich jetzt abholen?«

»Thomas hat mich gebeten, noch ein wenig über Adam zu recherchieren.«

Langsam öffnete sich mein Mund vor Erstaunen. »Wie kam denn das?«

Sie schluckte und sah kurz zu Boden. »Wir haben uns vertragen. Also alles halb so wild. Wir sind immer noch Freunde. Außerdem ist er wohl neugierig und will unbedingt wissen, was es mit Adams Vergangenheit auf sich hat.«

»Und was ist mit deinen Gefühlen für ihn?«, fragte ich geradeheraus und zog mir einen Pullover über.

»Die gehen schon noch irgendwann weg«, winkte sie ab, was völlig untypisch für sie war.

»Vivien«, begann ich mahnend. »Du lässt dich doch jetzt nicht von ihm zu irgendeinem Scheiß überreden, oder?«

»Natürlich nicht.« Sie schnaubte. »Ich habe mir einfach ein paar alte Artikel aus der Zeit seines Verschwindens angesehen.«

Ich ging zu meiner Schuhsammlung neben der Tür und zog

mir flache Stiefel an. »Hätte er auch selbst machen können.« Ich sah ihren Blick, der plötzlich irgendwie geknickt wirkte, und lächelte sie an. »Hast du irgendwas herausgefunden?«

Als Vivien nicht antwortete, hob ich meinen Kopf und sah, dass sie das Bild auf meinem Nachttisch anstarrte. Darauf war ich mit meinen Eltern und Cassie zu sehen. Es war das letzte Bild, was vor ihrem Tod entstanden war. Ein leicht verwackeltes Gruppenfoto, auf dem wir mit einer riesigen Popcornschüssel in der Mitte auf unserer Couch saßen. Ich lächelte und trat neben sie. »Ich habe es kürzlich auf meiner Festplatte gefunden und ausgedruckt. Es ist ein wenig unscharf.«

Vivien lächelte warm. »Es ist perfekt.«

Einen Moment lang betrachteten wir schweigend das Bild, bevor ich mich zu ihr drehte, um den Faden der ursprünglichen Unterhaltung wieder aufzunehmen. »Hast du denn irgendwas herausgefunden?«

Viviens Blick war noch auf das Foto gerichtet, als sie den Kopf schüttelte. »Nein. Ich habe nichts gefunden.«

Ich lachte und ging in Richtung Tür, woraufhin sie mir folgte. »Und warum hast du es mir dann erzählt?«

Sie schwieg einen Moment lang, bevor sie antwortete. »Ich dachte, das macht man so unter Freundinnen.«

In diesem Moment öffnete Eva ihre Zimmertür, und sofort kniff sie ihre Augen zusammen. »Habt ihr etwa schon wieder was ohne mich bequatscht? Ich hoffe, das wird kein Dauerzustand!«

»Wir würden dich niemals absichtlich ausschließen«, beteuerte ich, lächelte Eva an und sah zu Vivien. »Ich trage übrigens einen Rock. Sieht gut aus, oder?«

»Ach, du hast den!«, rief Eva und lachte. »Ich dachte, ich hätte den verloren.«

»Aber das ist mein Rock«, sagte Vivien hörbar verwirrt. »Ich habe ein fotografisches Gedächtnis! Wie kann es sein, dass ich nicht weiß, wohin meine Sachen verschwinden?«

Eva grinste und ging voraus in Richtung Treppe. »Ich hatte ihn irgendwann versehentlich in meiner Wäsche und habe vergessen, ihn dir zurückzugeben. Bei der nächsten Wäsche muss Alexis ihn wohl eingesteckt haben.«

Vivien folgte ihr aufgebracht. »Ab jetzt pfeife ich aufs Wasser sparen! Ich wasche meine Wäsche alleine.«

»Das ist aber nicht sehr umweltbewusst«, griff ich ihre Worte von ihrem Vortrag auf, den sie uns im ersten Semester gehalten hatte.

Als Vivien mir einen finsteren Blick über die Schulter zuwarf, musste ich lachen. Ich konnte einfach nicht anders.

*

Nach dem Frühstück recherchierte ich während des Informatikunterrichts weiter. Gleichzeitig versuchte ich, Mr Saunders neu entwickelte Firewall zu knacken, wie er es uns aufgetragen hatte.

Ich kam mit beidem nicht sonderlich weit. Nach dem Mittagessen hatten wir Chinesisch, und da wegen des Auftrags Englisch ausfiel, machten wir uns nach dem Unterricht auf den Weg in unsere Zimmer.

Dieses Mal sollten wir sogar noch früher da sein, als bei der Gala.

Mir kam das gelegen, denn ich musste unbedingt herausfinden, wo diese Flamingos waren.

Gemeinsam mit Vivien und Eva ließ ich mir in der Basis des MI20 das Kleid, Schuhe, eine Handtasche und auch einen kleinen Waffenkoffer aushändigen, der eigens für diese Mission gepackt worden war.

Nachdem wir drei zurechtgemacht waren, gingen wir in die Eingangshalle, wo wir uns mit den anderen trafen.

Ich trug ein bodentiefes, enges, blaues Kleid, dessen Rückenausschnitt unanständig tief war. Meine braunen Haare trug ich ausnahmsweise offen und geglättet.

Während ich routinemäßig alle Funktionen meiner Kontaktlinsen checkte, spürte ich, wie mich jemand anstarrte. Ich schaute mich unauffällig in der Eingangshalle um, in der sich noch ein paar jüngere Trainees befanden und neugierig zu uns herüberblickten. Doch sie waren es nicht, die ich beinahe körperlich spüren konnte.

Es war Dean. Seine Augen durchbohrten mich regelrecht, finster, und seine Augenbrauen waren zusammengezogen.

Ich schlenderte zu ihm herüber. »Warum starrst du mich denn so auffällig an?« Ich musterte seinen dunkelblauen Anzug, die dunkelbraunen Lederschuhe und die dazu passende Fliege. Sein dunkles Haar hatte er zur Seite gegelt, und ich verspürte kurz den seltsamen Drang, ihm durch sein Haar zu fahren.

Dean öffnete seinen Mund, doch da tauchte Direktor Roberts auf und seine Worte blieben ungesagt.

Wir folgten dem Direktor nach draußen, wo wir in zwei SUVs des MI20 stiegen.

Auf dem Hinweg herrschte Stille, doch ich spürte die Aufregung um mich herum wie das Summen eines Bienenstocks. Sie war jedoch nichts im Vergleich zu meinen eigenen Gefühlen, die schier durchdrehten.

Ich würde Cassie retten. Das musste ich einfach.

19. Kapitel

Die Fahrt dauerte knapp zwei Stunden und führte uns außerhalb Londons zu einem edlen Hotel, einem ansehnlichen Herrenhaus, in dem die Veranstaltung stattfand. Der Fahrer brachte uns bis vor die Tür, wo bereits Securitykräfte standen, ebenso wie am Tor nahe der Straße.

Laut unserer Informationen wurden heute diverse Gäste aus aller Welt erwartet, die sich für den kunstvollen Schmuck interessierten und natürlich einige Mitglieder des Kunstsammlervereins, in dessen Hände der Schmuck nun übergehen würde. Solange dies nicht geschehen war, gehörte der Schmuck dem Vereinten Königreich.

Der Chef der Sicherheitsfirma und Veranstalter des Abends, Mr Davidson, ein sympathischer Mittsechziger, begrüßte uns, als wir ausstiegen. Er war ein ehemaliger Agent des MI20, der sich im Ruhestand selbstständig gemacht hatte.

»Es freut mich sehr«, sagte er zu Direktor Roberts, als er ihm die Hand reichte.

»Mich ebenfalls.« Unser Direktor sah ihn ernst an. »Meine Trainees werden sich wie vereinbart unter die Gäste mischen und zusätzlichen Schutz bieten.« Ein kleines Lächeln erschien auf seinen Lippen.

»Natürlich. Mit diesen Ausweisen bekommen Sie Zutritt zu allen Räumen des Hauses.« Er reichte ihm einen Stapel Karten, die der Direktor an uns weitergab. Sie waren so groß wie Kreditkarten, schlicht schwarz und ohne Beschriftung.

Der Chef der Sicherheitsfirma blickte uns an. »Sollte Ihnen etwas auffallen, scheuen Sie sich nicht, zu mir zu kommen.«

Wir nickten alle.

Er schenkte uns ein Lächeln, das dutzende Falten um seine Augen erzeugte. »Dann Ihnen allen viel Erfolg.«

»Danke«, sagten wir fast einstimmig, worauf er lachte.

Er begleitete uns noch ins Haus, dann verabschiedete er sich von uns.

Wir trennten uns kurz nach unserem Eintreffen und machten uns mit der Umgebung vertraut. Es war der perfekte Vorwand für mich, nach den Flamingos zu suchen.

Zunächst ging ich zur Rezeption, wo ein Mann um die Dreißig stand und ein strahlendes Lächeln aufsetzte, als er mich entdeckte. »Willkommen, wie kann ich Ihnen helfen?«

Ich erwiderte sein Lächeln und lehnte mich leicht gegen den Tresen. »Hallo. Eine Freundin hat mir ein Zimmer in ihrem Hause empfohlen, das besonders hübsch sein soll. Irgendwas mit Flamingos, sagte sie, aber ich kann mich nicht so recht daran erinnern. Das würde ich nämlich gerne zum Ende des Monats reservieren, falls es noch frei ist.«

Das Lächeln des Rezeptionisten wurde zu einer irritierten Grimasse. »Entschuldigen Sie, solch ein Zimmer gibt es hier nicht.«

»Oh«, machte ich und sah zu, wie sein Blick an meinen Lippen hängen blieb. »Dann muss ich irgendwas verwechselt haben. Aber ich danke Ihnen.« Ich schenkte ihm noch mein charmantestes Lächeln, bevor ich davonschlenderte.

Mein Lächeln verblasste, als ich um die Ecke bog. Verdammt! Aber einen Versuch war es wert gewesen. So wusste ich wenigstens, dass ich nicht sämtliche Zimmer überprüfen musste.

Ich blieb in einem Gang stehen und schickte Adam über mein Handy eine kurze Info-Nachricht, da auch er auf der Suche nach den Flamingos war.

»Alexis.«

Ich drehte mich um, als ich Deans Stimme hinter mir hörte, und ließ mein Handy zurück in meine Tasche gleiten. »Dean.« Ich bemühte mich, nicht mit den Zähnen zu knirschen. »Folgst du mir etwa?«

Er schien genauso wütend wie ich. »Wir müssen uns unterhalten.«

Meine Augenbrauen sprangen hoch. »Das klingt ernst.«

Dean erwiderte nichts, sondern ging mit großen Schritten zu einer Tür in der Nähe und öffnete sie. »Ist es.«

Ein ungutes Gefühl breitete sich in mir aus, doch ich folgte ihm.

Der Raum stellte sich als Konferenzraum heraus, mit grauem Teppichboden, einem langen, weißen Tisch in der Mitte des Raumes und gut zwanzig schwarzen Stühlen. Der Raum war fensterlos, doch helle, raumhohe Landschaftsbilder schafften es, die damit verbundene Enge zu vertreiben.

Ich lehnte mich gegen die Wand, während Dean die Tür schloss und sich dann zu mir umdrehte. »Also, was gibt's?«

Er sah mich an, und der Ausdruck in seinen Augen war kalt, während er mich schweigend fixierte. Langsam hob er seine Hand und schob sie vorne in sein Jackett.

Ich spannte mich an.

Dann zog er eine Karte heraus.

Mein Herz setzte einen Schlag lang aus, bevor es in vollem Tempo weiterschlug. Ich richtete mich auf. Meine Gelassenheit verpuffte einfach. »Woher hast du die?«

»Wieso hast du nichts gesagt?«

Ich biss meine Zähne zusammen und ignorierte seine Wut und Fassungslosigkeit. »Sag mir, woher du die Karte hast!«

»Aus deinem Zimmer. Ich habe dir Unterlagen vorbeigebracht. Dabei bin ich gegen deinen Bücherstapel gelaufen und die hier fiel heraus.« Er wedelte mit der Karte, und die Kälte in seinen Augen schien zuzunehmen. »Deshalb warst du in letzter Zeit so seltsam, oder?«

Kurz erwog ich zu lügen. Doch Dean kannte mich, und ich kannte ihn. Er würde nicht aufgeben. Erst recht nicht, weil die Karte ziemlich eindeutig war. Ich hätte alles sofort verbrennen sollen. »Ja.«

Er presste seine Lippen zu einer dünnen Linie, und plötzlich war da eine Enttäuschung in seinen Augen, die mir den Hals zuschnürte. »Wieso hast du nichts gesagt?«

Dazu hatte er kein Recht! »Damit hätte ich Cassies Leben riskiert. Das konnte ich nicht«, erklärte ich ihm mit leiser Stimme. Ein Teil von mir konnte die Enttäuschung in seinen Augen nicht ertragen und wollte einfach, dass er mich verstand.

Dean sah mich an, schwieg und atmete hörbar ein. Dann fiel sein Blick auf die Karte. »Weißt du, welche Flamingos gemeint sind?«

Meine plötzlich aufwallende Dankbarkeit schnürte mir den Hals zu, und ich musste schlucken, um meine Stimme wieder zu finden. »Laut Rezeptionist gibt es kein Zimmer, das eine entsprechende Eigenart hat. Deshalb wollte ich mich gerade auf die Suche machen.«

Dean nickte langsam und schob die Karte zurück in sein Jackett. »Dann sollten wir wohl damit weitermachen.« Er stellte keine Fragen, obwohl er sicher unzählige hatte. Mir war bewusst, dass es nur ein Aufschub war, nur ein kurzes Aufatmen, bevor ich ihm Antworten schuldig war. Doch das war mir egal. Er half mir. Schon wieder. Meine Gedanken und mein Herz überschlugen sich, doch ich schob alles von mir.

Ich konnte nur nicken, während ich ihn anstarrte und nicht wusste wohin mit mir und meiner Dankbarkeit.

Er sah mich an und mir war, als würden seine Augen weich werden, während er seine Lippen weiterhin zusammenpresste.

»Danke.« Ein Flüstern, mehr nicht.

Wir sahen einander an, und zum ersten Mal war es, als würden wir uns wirklich sehen. Wir waren nicht länger Konkurrenten, die zusammenarbeiten mussten. Nun waren wir Verbündete, die zusammenarbeiten *wollten.*

Mein Herz schlug noch ein wenig schneller.

Dean unterbrach diesen Moment, der vielleicht nur für mich etwas Besonderes gewesen war. »Dank mir später.« Er ging voraus, zurück in den Flur.

Mein Handy vibrierte, und ich zog es aus meiner Tasche. Adam wollte wissen, wo ich war, und ich antwortete ihm schnell. Dean drehte sich zu mir um, gerade als ich mein Handy zurück in meine Handtasche schob und hob eine Augenbraue.

Bevor ich seine unausgesprochene Frage beantworten konnte, kam Adam um die Ecke geeilt.

Als er Dean sah, nickte er ihm zu und sah dann mich an. »Hast du kurz Zeit?«

»Er weiß es.« Ich deutete auf Dean. »Er hat die letzte Karte gefunden.«

»Moment! Heißt das, er wusste davon?«, fuhr Dean mich an und konnte unter all seiner plötzlich aufwallenden Wut seinen Unglauben nicht verbergen.

Ich imitierte seinen spitzen Tonfall. »Ich habe ihn als erstes verdächtigt und wollte sein Geständnis erzwingen, aber er hat nichts damit zu tun.«

Dean starrte mich an, als hätte ich den Verstand verloren. Als ihm klar wurde, dass ich es ernst meinte, fixierte er Adam, der uns schweigend zuhörte. »Bist du dir da sicher?«

»Ja«, antwortete ich und mir wurde klar, dass es so war. All die vorherigen Zweifel waren wie weggewischt. Adam hatte mir so oft seine Hilfe angeboten, und jedes Mal hatte ich ihn zurückgewiesen. Doch als ich ihn jetzt um seine Hilfe bat, hatte er nicht gezögert.

Langsam, noch immer nicht vollständig überzeugt, nickte Dean. »Und jetzt?«

»Jetzt suchen wir die Flamingos«, meinte Adam trocken und sah mich an. »Ich habe mir die meisten Räume hier unten angesehen, da ist nichts.«

Enttäuscht presste ich kurz meine Lippen zusammen. »Laut des Rezeptionisten gibt es auch keine Zimmer, die irgendwas mit Flamingos zu tun haben.«

»Dann suche ich hier unten weiter«, sagte Adam und sah erst Dean und dann mich an. »Und ihr könntet euch vielleicht sicherheitshalber mal oben umsehen.«

Ich nickte dankbar und sah Dean an, der Adam weiter finster musterte, mir dann aber zur Treppe folgte. Unsere Schritte wurden von dem dunkelroten Teppichboden geschluckt. An den cremefarbenen Wänden hingen alle paar Meter golden gerahmte Bilder, und an der hohen Decke waren glitzernde Kronleuchter angebracht, die ein warmes Licht verströmten.

Im ersten Obergeschoss war es ruhig, doch als ich meine Kraft ausweitete, spürte ich, dass sich hinter einigen Türen Menschen befanden. Sicher waren die meisten Gäste eigens für die Veranstaltung gekommen.

»Wie lange geht das schon so?«

»Erst ein paar Tage«, antwortete ich ehrlich, während wir den langen Flur hinuntergingen. »Kurz nachdem ihr alle von euren Aufträgen zurückgekehrt seid, tauchte die erste Nachricht auf.«

»Glaubst du etwa, jemand aus unserem Jahrgang hat damit zu tun?« Dean versuchte ruhig zu bleiben, scheiterte jedoch kläglich, denn sein Tonfall hätte nicht vorwurfsvoller sein können.

Ich schluckte schwer. »Keine Ahnung. Alles deutet darauf hin.«

»Und Adam? Vertraust du ihm wirklich so sehr, dass du eher alle anderen verdächtigst als ihn?«

Ich stoppte und starrte ihn an. »Steck dir deinen selbstgefälligen Tonfall sonst wo hin! Natürlich habe ich mich erst vergewissert, dass er es nicht ist! Er war bei mir, als eine weitere Karte auftauchte. Denkst du, die Situation ist leicht für mich?«

»Wieso hast du mir nichts gesagt?«, fragte er ein wenig ruhiger, auch wenn seine Augen in Aufruhr waren. »Du und ich, wir waren immer das beste Team. Wir sind es noch.«

»Ich muss davon ausgehen, dass irgendwer von meinen Freunden etwas mit der Entführung meiner kleinen Schwester zu tun hat«, sagte ich nun deutlicher. »Adams Wissen war schon ein zu großes Risiko. Ich kann einfach keine weiteren Risiken eingehen.«

»Aber-«

»Wir wissen beide, dass es hier nur um dein Ego geht«, fuhr ich ihn an und drehte mich von ihm weg. Ich konnte ihn gerade einfach nicht ansehen. »Adam hat mir geholfen. Ich vertraue ihm.«

»Aber weshalb? Du kennst ihn doch nicht einmal richtig!«

Er machte ein schnaubendes Geräusch. »Oder stehst du auf ihn?«

»Was?« Verwirrt blieb ich einen kurzen Moment mitten auf der Treppe stehen, bevor ich weiterging und genervt den Kopf schüttelte. »Du weißt selbst, dass ich mich von sowas nicht beeinflussen lassen würde. Es geht hier immerhin um meine Schwester.«

Plötzlich packte Dean meinen Arm und hielt mich davon ab, weiterzugehen.

Ich fuhr herum. »Was soll das?« Mein Schild öffnete sich automatisch, und ich spürte so heftige Eifersucht auf mich überschwappen, dass mein Herz raste und ich nach Luft schnappen musste.

Dean aber ließ sich nichts anmerken. »Das war eine einfache Frage.«

Ich schluckte und schüttelte schließlich meinen Kopf. »Ich stehe nicht auf ihn.«

Er ließ meine Hand los und ging dann an mir vorbei. »Tut mir leid, das war unangebracht.«

Das Gefühl verschwand, und Dean wirkte so wie immer, tat so, als hätte es diese heftige Eifersucht nie gegeben, während ich noch immer ihre Nachwehen spürte. »Wäre es nicht klüger gewesen, sofort zu Direktor Roberts zu gehen?«

Ich sammelte mich und folgte Dean, der nun einige Stufen Vorsprung hatte. »Adam wollte einfach helfen. Und Direktor Roberts …«, begann ich und stockte, weil es mich plötzlich Überwindung kostete, vor Dean alles preiszugeben. Ich führte mir vor Augen, dass er mich beim Einbruch in Direktor Roberts Büro erwischt hatte. Gleichzeitig hatte er mir gedroht, diese Situation gegen mich zu verwenden. Doch das glaubte ich nicht. Wir waren Konkurrenten, aber niemals Feinde.

Dean schaute fragend über seine Schulter. Er hatte die Nachricht gefunden. Und jetzt half er mir. Das war im Moment das Einzige, was für mich zählte.

Wir erreichten die nächste Etage und liefen in den Flur hinein, nun nebeneinander her.

»Eine Akte über Cassie lag auf Direktor Roberts Tisch, als ich ihm alles sagen wollte. Er versteckte sie, damit ich es nicht bemerkte, aber da ist es schon zu spät gewesen. Ich weiß nicht, was es zu bedeuten hat, aber es hat mich davon abgehalten, mit ihm zu sprechen.«

»Bist du deshalb in sein Büro eingebrochen?« In seiner Stimme lag keine Verurteilung.

»Ja. Aber die Akte war nicht mehr da.« Von unten erklangen Stimmen, Gelächter.

Ich stoppte, nahm Deans Hand und drehte sie so, dass ich seine Uhr am Handgelenk sehen konnte. Meine eigene hatte ich für heute abgelegt. Es war bereits kurz vor acht Uhr. Die Veranstaltung würde gleich losgehen. »Wir sollten weitersuchen. Gleich müssen wir runter und unsere Aufträge erledigen.«

Deans Hand legte sich auf meine, bevor ich ihn loslassen konnte. Langsam blickte ich zu ihm auf. Er betrachtete mich durch seine blauen Augen und schien etwas zu suchen, denn sein Blick wanderte über jeden Zentimeter meines Gesichts.

»Dean ...« Ich sprach seinen Namen aus, wusste gleichzeitig aber nicht, was ich sagen sollte.

Er atmete hörbar durch die Nase ein, ließ meine Hand los und trat einen Schritt zurück. Sein Blick glitt an mir vorbei. »Es gibt hier einen Irrgarten.«

Ich drehte mich um und schaute aus dem Fenster, vor dem wir stehen geblieben waren. Es bot einen wunderschönen Ausblick auf den Park, der zum Anwesen gehörte. Weiter hinten, abgesperrt durch blickdichte Bauzäune, wuchs ein gewaltiges Labyrinth. Die Hecken schienen kaum mehr als einen Meter hoch zu sein, was erklärte, warum er weder geöffnet war, noch nirgendwo erwähnt wurde.

Ich holte aus meiner Handtasche mein Puder, schraubte den durchsichtigen Deckel ab und hielt ihn vor mein rechtes Auge, während ich das Linke zusammenkniff.

Durch das integrierte Vergrößerungsglas sah ich den Irrgarten noch schärfer. »Da ist ein Springbrunnen.« Ich stockte, und ein Lächeln breitete sich auf meinen Lippen aus, als ich das Vergrößerungsglas wieder runternahm und mich zu Dean umdrehte. »Und der Springbrunnen ist voller kleiner Flamingo-Statuen.«

Dean erwiderte mein Lächeln, auch wenn es seine Augen nicht erreichte. »Den Treffpunkt haben wir dann schon mal.«

Ich atmete tief durch und strich über den Stoff meines Kleides, bevor ich erneut durch das Fernglas schaute und die Umgebung checkte. Aber nicht einmal in der Nähe des Irrgartens befanden sich Fahrzeuge oder Personen. »Das erleichtert mich jetzt schon ein wenig.«

»Wie willst du Direktor Roberts dort hinlocken?« Es war ihm anzuhören, wie viel Überwindung es ihn kostete, diese Worte auszusprechen.

»Ich werde ihn nicht ausliefern«, antwortete ich ihm und steckte mein Puder wieder ein. »Ich liefere mich aus und hoffe, dass es klappt.«

Dean blickte auf mich herunter und nickte dann langsam. »Dann ist es ja umso besser, dass du mich jetzt im Team hast. Du wirst alle Hilfe gebrauchen können, die du finden kannst. Bei diesem grottenschlechten Plan.«

»Es ist die einzige Möglichkeit«, erwiderte ich und wusste selbst, dass dies nicht mein bester Plan war. Für meinen Geschmack war das auch zu viel Improvisation. Aber wir konnten nicht mehr aus der Situation herausholen.

»Hey, wir bekommen das hin. Bisher waren wir doch immer das unschlagbare Duo.« Dean lächelte mich an, nun voller Wärme in seinen Augen, und hielt mir seine Armbeuge hin, sodass ich mich bei ihm unterhaken konnte. Mit leichten Schritten gingen wir gemeinsam zurück zur Treppe und dann nach unten.

Mit meiner freien Hand schrieb ich Adam die kurze Nachricht, dass wir die Flamingos gefunden hatten. Seine Antwort war ein erhobener Daumen. Er würde sich den Irrgarten genauer ansehen, schrieb er kurz darauf.

Ich lächelte, als wir unten ankamen, durch das Foyer gingen und dann den Ballsaal betraten. Der Raum war doppelt so groß wie der Speisesaal der Akademie. Bodentiefe Sprossenfenster nahmen die lange Seite ein. Dahinter sah ich eine große Terrasse, von der aus man in den Park gelangte. Rechts stand auf einem Podest ein Streichquartett, dessen sanfte Töne den gesamten Raum einnahmen. Selbst das Summen der immer mehr werdenden Stimmen war leise genug, damit man die Musik genießen konnte. Es gab nur wenige Sitzplätze, nur ein Dutzend schmaler, mit samt bezogener Sofas, die an den freien Wänden aufgestellt waren.

Zwischen den Gästen liefen schwarz-weiß gekleidete Kellner umher, die Getränke und Häppchen verteilten.

Die Musiker stimmten ein neues Lied an, und Dean schaute mich von der Seite her an. »Hättest du Zeit für einen Tanz?«

Ich tat so, als würde ich mich umsehen, um die Röte von meinen Wangen fernzuhalten, bevor ich schüchtern nickte. Ich hatte keine Ahnung, was mit mir los war. Das hier war immer noch Dean. Als wir im ersten Semester Tanzunterricht hatten, war er oft genug mein Tanzpartner gewesen, sodass es mir nicht unangenehm sein durfte. Dennoch klopfte mein Herz plötzlich ein wenig schneller. Wie bescheuert! »Gerne. Meine Zielperson ist noch nicht da.«

Dean schwieg, während er mich zu den anderen Tanzenden führte und in der Mitte der Tanzfläche seine Hand auf meine Hüfte legte. Er führte mich und unsere Schritte passten sich wie selbstverständlich an die des anderen an.

»Du wirst also seit einigen Tagen erpresst«, sagte Dean nach einigen Drehungen. »Wissen Vivien und Eva davon?«

»Nein, nur du und Adam.«

Er presste kurz seine Lippen aufeinander. »Alles an Adams Geschichte ist merkwürdig. Die Entführung deiner Schwester so kurz nach seinem Auftauchen ist einfach ein zu großer Zufall.«

Ich nickte, während ich über seine Schulter hinweg die Tanzenden beobachtete. »Das war auch der Grund, weshalb ich ihn als Ersten verdächtigt habe. Aber er war es nicht, der mir die Karten in mein Zimmer gelegt hat.«

Dean atmete hörbar durch die Nase aus. »Er könnte einen Komplizen haben.«

»Könnte er«, stimmte ich ihm zu und sah hoch, bemerkte, dass er mich die ganze Zeit ansah. »Aber ich vertraue ihm mittlerweile.«

»Wie genau sollen wir später vorgehen?«, wechselte er das Thema und sah über mich hinweg. »Habt ihr einen Plan, wie ihr die Übergabe manipulieren könnt?«

»Wir werden leider viel improvisieren müssen«, gestand ich und schluckte bei dem Gedanken daran. Ich hatte in allen Simulationen, in denen ich improvisieren musste, immer hervorragende Leistungen gebracht – aber das hier war etwas anderes. Hier ging es nicht um eine Simulation, sondern um ein Menschenleben. Um meine Schwester.

Ich bemerkte erst, dass ich Deans Hand drückte, als er den Druck erwiderte. Meine Hand kribbelte warm, und ein Schauer strich mir zwischen die Schulterblätter, während meine Augen wie automatisch zu Deans Lippen wanderten. »Wir schaffen das, Alexis. Und danach werden wir klären, warum der Direktor diese Akte vor dir versteckt hat.«

Mein Herz klopfte schneller. »Danke«, flüsterte ich und versuchte nicht darüber nachzudenken, warum ich plötzlich so ein kribbeliges Gefühl in mir hatte. Die letzten Töne des Liedes erklangen, und ich löste mich von Dean. Ich presste meine Lippen zusammen, um mich auf die weit wichtigeren Themen des Abends zu konzentrieren. Der Auftrag und Cassie. Allem voran Cassie.

Ich entdeckte George, der mir ein Zeichen gab, und trat noch einen Schritt zurück. »Meine Zielperson ist da. Wir sehen uns dann später.« Bevor Dean etwas sagen konnte, umrundete ich ihn und floh. Vor ihm. Vor dem Herzklopfen. Vor all diesen Fragen, die ich wirklich nicht gebrauchen konnte.

Ich durchquerte den Saal, vorbei an Ballkleidern und Fracks. Mein Schild war die ganze Zeit halb geöffnet, sodass ich sie fühlen konnte. All ihre Emotionen streiften mich, doch ich konnte sie zurückdrängen. Dennoch hatte ich sicherheitshalber die Tablette dabei. Noch so ein Fehler wie auf der letzten Mission würde mir sicher nicht noch einmal passieren.

George stand an der Wand auf der anderen Seite des Raumes, denn wir hatten vereinbart, dass er nach der Zielperson Ausschau hielt. Um nach den Flamingos suchen zu können, hatte ich behauptet, vorher eine Sonderaufgabe erledigen zu müssen. Er hatte mir sofort geglaubt und keine weiteren Fragen gestellt.

Nun waren seine Augen fest auf unsere Zielperson gerichtet. Samantha Mayland war eine vierzigjährige Witwe, die hoch angesehen im britischen Adel war und – außer einigen wenigen ausgewählten Veranstaltungen im Jahr – viel Zeit zu Hause verbrachte. Nun trug sie einen in eine Brosche eingefassten Rubin an dem herzförmigen Ausschnitt ihres Kleides, der über fünf Millionen Pfund Wert war.

In meiner Handtasche lag eine exakte Kopie, die kaum mehr kostete, als ein Plastikring aus einem Kaugummiautomaten.

»Hast du schon den Agenten entdeckt, der sie beobachtet?«, fragte ich George, der trotz seiner schmalen Figur einen muskulösen Eindruck in seinem Smoking machte.

»Nein, noch nicht«, gestand er leise und starrte weiterhin Samantha Mayland an, die gerade zu einem Kreis von Damen ihres Alters getreten war.

»Dann machen wir uns mal auf sie Suche«, murmelte ich und schloss kurz meine Augen, bevor ich meinen Schild vollständig herunterließ. Ungefiltert strömten jegliche Emotionen in diesem Raum auf mich ein. Ich drängte sie zurück, filterte sie und sprang von einer Person zur nächsten.

Wachsamkeit.

Mit einem Ruck schloss ich meinen Schild wieder und atmete tief ein.

Ich öffnete meine Augen, suchte den Raum ab und entdeckte einen jüngeren Mann in einem feinen Anzug, der in einer größeren Runde stand und über irgendetwas lachte, was sein Nebenmann ihm erzählte. Dabei glitt sein Blick scheinbar ziellos durch den Raum und hielt einmal kurz bei Samantha Mayland an, bevor er weiterwanderte. Das könnte aber auch Zufall gewesen sein.

Dennoch machte ich George auf ihn aufmerksam.

Er nickte langsam. »Möglich. Wir sollten ihn im Auge behalten.«

»Lass mich noch ein wenig suchen.« Erneut schloss ich meine Augen und suchte.

George und ich fanden fünf Männer und Frauen, die möglicherweise zum Schutz der Brosche abbestellt worden sein könnten.

Wir teilten uns wieder auf und mischten uns unter die Leute, wobei wir die möglichen Agenten nicht aus den Augen ließen.

Nacheinander schlossen sie sich selbst aus, indem sie den Raum verließen, während Samantha Mayland noch drin war.

Irgendwann blieben noch zwei Männer übrig, die beide ab und zu in die Richtung unserer Zielperson sahen.

Da diese sich aber seit geraumer Zeit mit einer hübschen, jungen Blondine unterhielt, waren wir unsicher, wem ihre Aufmerksamkeit wirklich galt.

Ich nippte an meinem Wasser, während George neben mir so tat, als würde er sich die Broschüre über die vorliegenden Kunststücke ansehen.

»So langsam müssen wir loslegen«, sagte ich leise und presste kurz meine Lippen zusammen. »Wir müssen sie irgendwie aus dem Ballsaal locken, damit wir sehen, wer von den beiden ihr folgt.«

George nickte langsam neben mir. »Vielleicht muss sie ja gleich auf die Toilette.«

Da kam mir eine Idee. Ich schloss meine Augen und konzentrierte mich ganz auf unsere Zielperson. Langsam ließ ich meinen Schild sinken und spürte ihre Zufriedenheit, aber auch leichtes Unbehagen wegen all der Menschen um sie herum. Ganz vorsichtig näherte ich mich ihr, fühlte in sie hinein und stupste das Unbehagen an.

Als ich meine Augen öffnete, atmete ich schwer und lehnte mich leicht gegen George.

»Was hast du gemacht?«, fragte er und legte seinen Arm um meine Schultern, um mich zu stützen. Ich fühlte mich, als hätte ich einen Marathon hinter mir und konnte nur mit äußerster Konzentration meinen schweren Atem unter Kontrolle bringen.

»Nur was ausprobiert.« Ich schluckte, um meine trockene Kehle zu befeuchten, während ich Samantha Mayland beobachtete.

George machte ein Geräusch, eine Mischung aus Schnaufen und Lachen, dann atmete er auf diese langsame, ruhige Weise ein, die mir sagte, dass er sah, was als Nächstes passierte. Er konnte nur die nächsten Sekunden aus der Zukunft sehen, aber das reichte meistens aus. »Was auch immer es war, es hat funktioniert.«

Erst sah sie sich um, bevor sie etwas zu ihrer Gesprächspartnerin sagte und zur Terrasse ging.

Ich grinste, und das Zittern meiner Muskeln ließ nach, während ich die möglichen Agenten beobachtete. Beide blieben zunächst stehen, doch als Samantha Mayland beinahe außer Sichtweite war, folgte ihr der Jüngere. Er tat so, als würde er eine Rauchen gehen wollen, indem er die entsprechende Geste in Richtung seines Gesprächspartners machte. Gemeinsam gingen sie in Richtung der Terrasse.

»Bingo. Der gehört wohl mir«, murmelte ich und strich

über mein Kleid, während ich zu George hochsah. »Ich denke, es wird Zeit für eine Zigarette.«

»Ich komme dann nach und kümmere mich um die Zielperson.«

»Sehr gut.« Mit einem Lächeln und wiegenden Hüften ging ich in Richtung der Terrasse.

20. Kapitel

Als ich auf die Terrasse hinaustrat, beachtete ich weder die Zielperson noch ihren Agenten.

Ich blieb nur wenige Meter von ihm entfernt stehen und holte aus meiner Handtasche eine Packung Zigaretten, die wir zur Tarnung immer dabeihatten. Eine davon schob ich mir in den Mund und schaute kurz auf die Uhr. Zwanzig vor Zwölf. Wir hatten nicht mehr viel Zeit bis zum Feuerwerk. Zum Glück hatten wir uns darauf geeinigt, vorher fertig werden zu wollen.

Der ungewohnte Geschmack brannte in meinem Mund, und ich zwang mich, meine Lippen nicht zu verziehen.

Gleichzeitig suchte ich in meiner Handtasche nach Feuer, das ich natürlich nicht hatte.

Es dauert nicht lange, bis Schritte erklangen und kurz darauf jemand neben mir stand.

Ich schaute auf und sah, dass es der Agent war. Er lächelte mich träge an und hielt mir ein Feuerzeug hin. »Brauchen Sie Feuer?«

»Das ist aber freundlich von Ihnen.« Ich erwiderte sein Lächeln, beugte mich vor und hielt die Zigarette an meine Lippen.

Der Agent entzündete mit einem Klicken die Flamme, woraufhin ich an der Zigarette zog und den widerlichen Qualm einatmete. Ich schaffte es, nicht zu husten und ließ meine Hand sinken, während ich den Agenten ansah.

Dabei reichte ich ihm meine andere Hand. »Lilly Mayson.«

»Trevor Swift«, stellte er sich vor und griff nach meiner Hand. Mit einem angenehmen Händedruck führte er meine Hand zu seinen Lippen und küsste meinen Handrücken. Dabei ließ er mich nicht aus den Augen, und als ich kurz seine Gefühle checkte, sagte mir seine Zufriedenheit, dass er mich gerade mit seiner Kontaktlinse scannte. Er würde nichts finden. Höchstens wenn er tiefer graben würde, aber dafür würde ich ihm keinen Grund geben.

Die ganze Zeit behielt ich Georges Gefühlssignatur im Auge. So würde ich wissen, ob er den Job erledigt hatte oder nicht.

»Danke, Mr Swift«, hauchte ich und schenkte ihm ein Lächeln, das leichtes Interesse ausdrückte.

»Genießen Sie die Veranstaltung?«, fragte er und nickte seinem vorherigen Gesprächspartner zu, der sich verabschiedete und uns dann alleine ließ.

Ich bemerkte, dass er einen kurzen Blick zu Samantha Mayland warf, der George sich nun näherte. Sicher scannte er auch ihn. Ich öffnete meinen Schild und ließ seine Gefühle in mich einfließen. Er war wachsam, aber nicht alarmiert.

Als er mich ansah, spürte ich sein Begehren. Sofort schob ich den Schild wieder hoch, sodass ich nur noch Georges Gefühle wahrnahm, ließ mich aber nicht irritieren. »Es gibt gutes Essen und die ausgestellte Kunstsammlung ist wirklich interessant.«

»Haben Sie großes Interesse an Kunst?«, fragte er und zog an seiner Zigarette.

Ich schnippte Asche von der Zigarette, ohne daran zu ziehen, und wünschte mir gleichzeitig, mir den Mund auswaschen zu können. »Nicht sonderlich. Ich finde den Schmuck nur schön anzusehen.«

Er hob seine Augenbrauen. »Und was führt sie dann hierher?«

Fangfrage. Das wusste er bereits. Trotzdem antwortete ich: »Meine Chefin wünscht meine Anwesenheit. Das Magazin, für das ich schreibe, möchte einen Artikel über den Abend.« Ich zuckte mit den Schultern. »Normalerweise schreibe ich über Promis, aber dieser Schmuck hier glitzert, also passt es wohl zum Magazin.«

Mr Swift lachte. »Klingt so, als würden Sie Ihren Job nicht mögen.«

Ich sah, wie sein Blick für eine Millisekunde zu meinem Ausschnitt wanderte. »Wenn man Journalismus studiert hat, ist die Frage, ob das aktuellste Z-Promi gerade fünf Kilo zugenommen hat, nicht unbedingt das, was man sich vorgestellt hat.«

Er nickte und sein Blick flog erneut zu Samantha Mayland, die nun in eine hörbar nette Unterhaltung mit George vertieft war. Ihr Lachen perlte über die gesamte Terrasse. Ich wusste nicht, ob George den Austausch schon vorgenommen hatte, aber vermutlich noch nicht, denn ich fühlte seine Konzentration.

Mr Swift schien George noch immer nicht als Bedrohung zu sehen, denn er sah mich wieder an. »Das klingt, als wären Sie noch auf Ihrem Weg.«

Ich lächelte warm. »Das haben Sie aber nett gesagt. Wie ist es denn mit Ihnen? Sind Sie noch auf dem Weg, oder haben Sie schon Ihr Ziel erreicht?«

»Mein Ziel wurde mir schon von Geburt an vorgegeben. Mein Großvater hat ein Versicherungsunternehmen, das nun mein Vater leitet und dessen Posten ich irgendwann übernehmen werde.« Er zuckte mit seinen Schultern, und ich musste gestehen, dass er wirklich gut war. Hätte ich es nicht besser gewusst, hätte ich ihm seine Geschichte vermutlich geglaubt.

»Das klingt nach viel Verantwortung.«

»Ist es«, stimmte er mir zu und sah mich weiterhin an. »Was halten Sie davon, wenn wir später tanzen?«

Vermutlich wenn seine Zielperson endlich nach Hause fuhr. »Wir könnten nach dem Feuerwerk tanzen gehen, wenn Sie möchten.«

»Das Feuerwerk fällt leider aus. Scheinbar haben irgendwelche Vandalen die Feuerwerkskörper beschädigt. Dafür soll es wohl kurzfristig eine Feuershow als Ersatz geben.«

»Das Feuerwerk fällt aus?«, fragte ich langsam und versuchte normal zu atmen. Es könnte Zufall sein. Aber ich glaubte nicht an Zufälle.

»So eine Feuershow ist sicher auch interessant.«

»Bestimmt«, murmelte ich und lächelte ihn an. »Wissen Sie, wie spät es ist?«

Er hob seinen Arm. »Zehn vor Zwölf.«

Triumph. George war fertig. Im Augenwinkel sah ich, wie er sich verabschiedete und zurück zum Ballsaal schlenderte.

»Dann sollte ich mich schnell frisch machen, bevor ich noch etwas verpasse.« Ich blinzelte zu ihm hoch. »Wir sehen uns sicher gleich wieder.«

Er lächelte so breit, dass Fältchen sich um seine Augen sammelten. »Das hoffe ich doch sehr.«

Wir tauschten noch einen letzten Blick aus, bevor ich mich umdrehte und ging. Die Zigarette schnippte ich in einen Aschenbecher, betrat wieder den Ballsaal und ging in Richtung der Toiletten, die sich im Foyer befanden. Vor den Türen wartete George auf mich und grinste. »Alles erledigt.«

»Sehr gut. Ich muss mir jetzt erst mal den Mund auswaschen.«

Er lachte. »Wir sehen uns gleich drinnen.«

Ich nickte schnell und ging in die Damentoilette, wo ich eilig mein Handy aus der Tasche zog. Dean und Adam bekamen dieselbe Nachricht mit der Info, dass das Feuerwerk ausfiel und ich ein komisches Gefühl dabei hatte. Wir drei würden uns gleich im Irrgarten treffen, hatten wir abgemacht. Zuvor würde Adam sich aber darum kümmern, dass der Direktor nicht im Ballsaal war und die Entführer davon ausgingen, ich hätte ihn weggelockt.

Schnell wusch ich mir meinen Mund, der noch immer nach kalter Asche schmeckte. Ich verstand einfach nicht, wie man diesen Geschmack freiwillig im Mund haben wollte.

Als ich zurück in den Flur trat, sah ich weiter hinten in einem Gang Thomas. Ich fuhr meinen Schild herunter, einfach weil seine Schritte zu schnell waren und spürte seine Gefühlssignatur ungewohnt stark. Aufregung. Er hatte ein Handy am Ohr. »Ich habe keine Ahnung, was sie plant! Immerhin hat sie mich nicht eingeweiht! Aber Direktor Roberts ist in der Herrentoilette und versucht sich einen Fleck vom Hemd zu waschen. Keine Ahnung, ob sie jemanden eingeweiht-« Er verschwand um die Ecke.

Mein Herz raste plötzlich. Ich folgte ihm mit schnellen Schritten und dachte gar nicht weiter darüber nach.

Gerade als ich in den Gang einbiegen wollte, in den er geeilt war, kam Vivien mir aus einem anderen Gang entgegen. »Hey, sag mal, hast du Thomas gesehen?« Sie wirkte besorgt.

»Ja, er ist gerade da langgelaufen.« Ich zeigte den nun leeren

Gang entlang, versuchte meine aufgewühlten Gefühle unter Kontrolle zu bekommen. »Warum?«

»Er benimmt sich total seltsam«, sagte Vivien und presste ihre Lippen zusammen. »Ich wollte gerade mit ihm sprechen, da hat er mich weggeschubst und meinte, dass er für den Scheiß keine Zeit hätte.«

Sämtliche Alarmglocken begannen in mir zu schrillen. Schnell warf ich einen Blick auf mein Handy. Nur noch fünf Minuten. »Ich schau mal besser nach ihm.«

Sie wollte noch was sagen, doch ich lief los. Ich hatte keine Zeit mehr.

Ich rannte den Gang entlang und entdeckte einen Notausgang, von dem ich sicher war, dass Thomas ihn genommen hatte. In diesem Moment klingelte mein Handy.

Ich stieß die Tür auf und ging ran. »Ja?« Die Tür führte in ein Treppenhaus, von dem aus man nach draußen in den Garten kam. Nach links ging es zum Haupteingang und nach rechts zu der Terrasse und den weiter hinten liegenden Irrgarten, der nun in völliger Dunkelheit lag. Dennoch sah ich auf den Wegen, die die gesamte Gartenanlage durchzogen, Menschen, die in ihren feinen Kleidern spazieren gingen.

Ich brauchte einen Moment, um Thomas zwischen ihnen hindurcheilen zu sehen. Er lief in Richtung des Irrgartens.

»Wo bist du?«, fragte Dean hörbar beunruhigt. »Wir sind im Irrgarten. Aber hier ist niemand. Wir haben alles abgesucht. Ich glaube, das ist eine Falle.«

»Das Feuerwerk findet gar nicht statt, weil irgendwer es manipuliert hat. Keine Ahnung, was das bedeutet, aber ich glaube auch, dass das eine Falle ist. Außerdem …« Ich zögerte die folgenden Worte auszusprechen und fixierte weiterhin

Thomas' Rücken. Noch hatte er mich nicht bemerkt. »Ich verfolge Thomas.«

»Was? Wieso?« Dean klang plötzlich angespannt.

»Ich habe ihn telefonieren gehört. Er hat gesagt, der Direktor sei im Bad und er wisse nicht, was *sie* vorhat. Dean, er meinte mich!«

»Bist du sicher?« Ungläubigkeit schwang in seiner Stimme mit.

»Ja«, sagte ich und wurde schneller. »Er ist auf dem Weg zum Irrgarten.«

»Okay«, sagte Dean. »Adam steht neben mir. Wir kommen euch entgegen. Mach keinen Unsinn!« Dann legte er auf.

Ich hob den Saum meines Kleides und begann zu rennen, als Thomas immer kleiner zu werden schien. Immer weniger Menschen befanden sich in dieser Ecke des Gartens, und kurz vor ihm ragte die Absperrung zum Irrgarten auf.

Drei Minuten vor Zwölf.

»Verdammte Scheiße«, stieß ich aus und rannte schneller, während ich gleichzeitig meinen Schild senkte, um mich auf ihn zu konzentrieren. Panik. Aufregung. Vorfreude. Sehnsucht. Anspannung.

Ich war nur noch wenige Meter von ihm entfernt, und um uns herum waren nur ein paar Gäste, weshalb ich es riskierte. »Thomas!«

Er fuhr herum, und ich spürte durch meinen gesenkten Schild seine Überraschung, bevor er seine Gefühle unter Kontrolle brachte. »Alexis.«

»Thomas, wir können darüber reden«, sagte ich und wurde langsamer, als er anhielt und sich vollends zu mir umdrehte. Wir standen einander gegenüber, und um uns herum standen einzelne kunstvolle Brunnen, aus denen plätscherndes Wasser rann.

Ich spürte die Neugier der Spaziergänger, die in unserer Nähe waren, doch konzentrierte mich ganz auf ihn. »Was auch immer dich dazu bewogen hat … wir sind doch Freunde.«

Er schnaubte und schüttelte seinen Kopf, während er sich auf die Stelle unter seinem Ohr drückte. »Plan B.« Ich war mir sicher, dass er nicht mit unseren Leuten sprach.

Irritiert öffnete ich meinen Mund, während Thomas sein Jackett öffnete und einen Gurt offenbarte, der zuvor nicht zu sehen gewesen war.

Ein Keuchen entfuhr mir, als ich sah, wie Thomas auf einen Knopf drückte und drei Striche auf einem kleinen Display des Gürtels erschienen. Eine Bombe.

Drei.

Seine Augen wurden eiskalt, und ein Lächeln erschien auf seinen Lippen. »Schade, dabei wurde es gerade erst lustig.«

»Alle weg hier!«, brüllte ich so laut, dass meine Stimme durch den gesamten Park hallte.

Zwei.

»Bombe! Weg da!«, schrie ich lauter und schriller, rannte direkt auf die nächsten Spaziergänger zu und warf sie zu Boden.

Eins.

»Nein!«

Boom.

Mein Schrei ging in der Explosion unter.

Gleißend helles Licht begleitete die herausbrechenden Steine der Brunnen.

Ich wurde nach vorn geschleudert. Hart knallte ich auf den Rasen, so hart, dass alle Luft aus meinen Lungen wich.

Meine Ohren bluteten vor Schmerz. Ein langgezogenes Piepen machte mich taub.

Blitze zuckten vor meinen Augen, und das Licht blendete mich.

Thomas.

Cassie.

Ich atmete schneller und wollte mich aufrichten, doch wurde im nächsten Moment zurückgedrückt. Mr Swift tauchte plötzlich über mir auf.

»Ganz ruhig«, sagte er über das Piepen in meinen Ohren hinweg. »Sie sind verletzt. Gleich ist Hilfe da. Keine Angst, Miss Mayson, ich bleibe bei Ihnen.«

Ich starrte ihn an und atmete tief ein. »Agent Young. Kennnummer MI20240789AY.«

Mr Swift, der in Wahrheit sicherlich auch einen anderen Namen hatte, blinzelte und versteifte sich. Dann wiederholte er meine Kennnummer, vermutlich um sie mit der Datenbank abzugleichen.

Nach einem Moment seufzte er und sah mich dann mit erhobenen Augenbrauen an. »Haben Sie Ihre Aufgabe wenigstens geschafft?«

Ich lächelte unter Anstrengung, und das Piepen wurde leiser. »Sie wussten davon?«

»Ich durchlief damals dieselbe Ausbildung. Hätte auch selbst darauf kommen können. Immerhin geht es auf die Abschlussprüfungen zu, und da kann man vor Trainees, die einem den Auftrag versauen, nie sicher sein.«

Ich lächelte automatisch, auch wenn ich nichts fühlte. Thomas. Und Cassie …

Mein Kopf wandte sich in Richtung des abgesperrten Irrgartens, aus dem gerade Dean und Adam gerannt kamen. Ohne Cassie.

Ein erstickter Laut entfuhr mir.

»Keine Angst, Hilfe ist gleich da«, versicherte mir der Agent und dachte sicher, ich hätte vor Schmerz gewimmert. Dabei spürte ich gar nichts mehr.

Am Rande nahm ich das Chaos um mich herum wahr und hörte Stimmen, Weinen, Angst. Doch ich fühlte nichts und blendete alles um mich herum aus.

Dean tauchte hinter dem vermeintlichen Mr Swift auf und schob ihn zur Seite.

Adam hielt Mr Swift zurück, als dieser sich wehren wollte.

Doch Dean bekam davon nichts mehr mit. Seine Augen waren auf mich gerichtet. Er ging vor mir in die Knie und zog mich sanft an sich, bevor er mich hochhob.

»Wo ist sie?«, flüsterte ich mit zittriger Stimme und drückte mein Gesicht an seine Brust.

Dean drückte mich fester an sich. »Wir werden sie finden.«

Ich versuchte das Brennen in meinem Hals herunterzuschlucken, versuchte zu atmen, versuchte nicht durchzudrehen.

In der Ferne hörte ich Sirenen.

Ich wollte fragen, ob irgendwer verletzt wurde, doch kein Wort schaffte es über meine Lippen.

»Und Thomas?«, fragte Dean leise, während er mich trug.

Ich schüttelte meinen Kopf.

Dean hielt mich noch fester.

*

Dr. Sam kam zeitgleich mit mehreren Krankenwagen an.

Außer mir war niemand stark verletzt worden.

Außer Thomas war niemand gestorben.

In meinem Ohr war noch immer ein leichtes Piepen, als Direktor Roberts zu mir kam.

Ich lag in einem der Betten im Erdgeschoss auf dem Bauch. Meine Rückseite war voller Steinsplitter, die Dr. Sam mit einer Pinzette rausholen musste.

Dean saß neben mir und hielt meine Hand, während ich versuchte, nicht loszuschreien.

Direktor Roberts sah nur mich an. »Was ist passiert?«

»Thomas hat sich seltsam verhalten«, brachte ich heraus und presste kurz meine Zähne zusammen, als Dr. Sam eine Pinzette besonders tief in meine Haut schob.

Als sie sie wieder rauszog, atmete ich tief ein. »Ich bin ihm gefolgt. Er hatte eine Bombe an einem Gurt um seinen Bauch. Als ich sie entdeckte, habe ich geschrien. Aber es war zu spät.« Wieder presste ich die Zähne zusammen, schaffte es aber, den Direktor weiterhin anzusehen. Er wirkte entsetzt.

Ich öffnete meinen Schild, doch alles um mich herum war zu stark für mich. So stark, dass ich alles von mir abschotten musste.

»Wir müssen hier in Ruhe weitermachen«, erklärte Dr. Sam.

»Richtig. Wir sehen uns in der Akademie.« Mit diesen Worten verschwand Direktor Roberts.

»Ich glaube es einfach nicht«, flüsterte Dean. »Thomas. Da muss irgendwas faul sein. Thomas hätte niemals …« Er verstummte und schluckte hörbar.

Ich konnte nichts dazu sagen. Der Schmerz war zu groß.

Es dauerte eine Ewigkeit, bis alle Splitter entfernt waren. Das Bett und ich selbst waren voller Blut. Dr. Sam schickte

Dean raus, bevor sie das gröbste Blut von meiner Haut wusch und mich in einen Hotelbademantel wickelte.

Ich fühlte mich, als wäre alles in mir taub, als würde ich alles wie durch einen Nebel wahrnehmen.

Danach trug Dean mich unauffällig zu einem SUV.

Dr. Sam fuhr los.

Dean kam nicht mit.

Er drückte mir zum Abschied einen federleichten Kuss auf die Stirn, den ich kaum spürte.

Ich wusste nicht, wo die anderen waren.

Ich war völlig alleine mit meinen Gedanken.

Keine Ahnung, ob Dr. Sam meine Tränen sah, aber sie kommentierte sie nicht.

Die gesamte Nacht verbrachte ich auf der Krankenstation, einem weiß gestrichenen Raum mit zehn Betten und dem gläsernen Büro am hinteren Ende.

Niemand kam vorbei, außer Dr. Sam, die meine Verletzungen alle paar Stunden überprüfte. Vermutlich waren alle noch beim Hotel.

Thomas.

Er muss derjenige gewesen sein, der mir die Erpresserkarten unter der Tür durchgeschoben hatte.

Thomas.

Ich kannte ihn seit vier Jahren.

Vier Jahre, die uns zusammengeschweißt und zu einer Familie gemacht hatten.

Ich hatte keine Ahnung, wie er mir das antun konnte.

Vor meinen Augen sah ich noch seinen eiskalten Blick, kurz bevor die Bombe explodierte. Dann dieses Lächeln.

Thomas.

Ich erzitterte und zog die weiße Decke höher, die Dr. Sam über mir ausgebreitet hatte.

Thomas hatte sich umgebracht.

Er ist der einzige gewesen, der mir hätte Antworten geben können.

Er ist mein Freund gewesen.

Er ist mein verdammter Freund gewesen!

Die Taubheit wich einem Schluchzen, das meinen Körper schüttelte. Ich wollte schreien, vergrub meine Hände in meinen Haaren und spürte nur noch Schmerz. Immer wieder dieser unbändige Schmerz.

Irgendwann kam Dr. Sam wieder. Sie müsse meine Wunden versorgen.

Ich schaffte es, den Schmerz einzusperren. Tief in mir drin. So, dass nur noch Kälte übrigblieb.

21. Kapitel

Am Morgen brannten meine Augen, weil ich die ganze Zeit aus dem Fenster gestarrt hatte. Wolken waren vorbeigezogen, doch ansonsten schien es ein schöner, sonniger Tag zu werden, der so gar nicht zu dem Wetter passte, das in meinem Innern tobte.

Ein Geräusch ließ mich blinzeln, und ich blickte mich im Raum um.

Dr. Sam kam mit einem Tablett herein, das sie auf einem kleinen Tisch abstellte, der neben meinem Bett stand.

»Ich muss mir jetzt deine Verletzungen ansehen. Ist das in Ordnung für dich?«

Ich richtete mich leicht in meinem Bett auf und nickte. »Natürlich.«

Dr. Sam zog die Decke weg. Mein kurzes Krankenzimmernachthemd konnte die vielen Bandagen und Pflaster nicht verdecken, die meinen Körper zierten. Ich wusste nicht, wie lange Dr. Sam gestern Nacht noch gebraucht hatte, um alle Wunden zu versorgen, doch es hatte sich wie eine Ewigkeit angefühlt. Ich drehte mich auf den Bauch, damit sie meine Rückseite untersuchen konnte.

Nacheinander öffnete sie die vielen Verbände und untersuchte die einzelnen kleinen Wunden. Unzählige von ihnen hatten meine Haut benetzt, mein Kleid und die Sitze des Autos in Blut getränkt.

Ich beobachtete Dr. Sam, die meine Haut konzentriert betrachtete. Über alle Wunden hatte sich inzwischen eine schützende Kruste gebildet. Dank des Serums würden sie schon bald vollständig verheilt sein.

»Sehr gut.« Dr. Sam warf die Verbandsreste in den Müll, und ich deckte mich wieder zu. Ihr Lächeln behielt sie die ganze Zeit bei, auch wenn ich Dr. Sam ansehen konnte, dass sie sich dabei anstrengen musste.

»Porridge, Tee und Orangensaft«, sagte sie und stellte das Tablett auf meinem Schoß ab.

Dann setzte sie sich auf einen Hocker neben meinem Bett und drückte auf einen Knopf, sodass das Kopfteil meiner Matratze hochgefahren wurde und ich aufrecht sitzen konnte.

Ich fuhr mir mit der Hand über mein Gesicht und lächelte müde. »Danke.«

»Deine äußeren Wunden sind beinahe vollständig verheilt.« Sie sah mich ernst an. »Aber die Wunden in deinem Inneren werden länger brauchen.«

Ich schaute sie fragend an und nahm mir den Löffel, obwohl ich keinen Hunger hatte.

»Thomas hat die Bombe gezündet?«

Ich nickte langsam und schluckte den plötzlichen Kloß in meinem Hals hinunter. »Hat er.« Langsam ließ ich meine Hand sinken und befeuchtete meine Lippen. »Ich verstehe einfach nicht, wie er das tun konnte.«

Dr. Sam legte ihre Hand auf meine und lächelte mich an. Vermutlich wollte sie mir Mut machen, doch ich sah auch ohne meine Kräfte die Sorgen in ihren Augen. Das, was Thomas getan hatte, wirkte sich nicht nur auf mich aus, sondern auf uns *alle.* Irgendwas lief hier gründlich schief. Das wusste auch Dr. Sam, als sie sagte: »Wir werden das schon herausfinden. Du solltest jetzt aber erstmal etwas essen.«

Langsam nickte ich und nahm einen großen Löffel Porridge, auch wenn ich nichts schmeckte. Thomas' Gesichtsausdruck wollte mir einfach nicht aus dem Kopf gehen. Wie hatte er mich nur so täuschen können? Wie konnte er uns alle derart täuschen?

Das Porridge fühlte sich schwer in meinem Magen an, und nach der Hälfte der Schüssel gab ich es endgültig auf. Stattdessen nippte ich an dem Kräutertee, der meinen Magen wieder ein wenig beruhigte.

Nach dem Essen überließ Dr. Sam mich meinen Gedanken und ging zurück zu ihrem Büro. Das Tablett ließ sie einfach auf dem Tisch neben meinem Bett stehen. Vielleicht hoffte sie, dass ich später noch aufessen würde.

Ich schaute wieder aus dem Fenster, bemüht, die Tränen nicht zuzulassen, die tief in mir brannten.

Cassie. Thomas. Und wieder Cassie.

Ich hatte keine Ahnung, was als Nächstes passieren würde. Immerhin war ich nicht zum Treffpunkt gekommen. Ich war jedoch nicht sicher, ob die Entführer mich dort tatsächlich erwartet hatten. Nicht, nachdem Thomas ihnen gesagt hatte, dass Direktor Roberts im Badezimmer gewesen war und Dean und Adam den Irrgarten ohne etwas zu finden durchsucht hatten.

Ein Schluchzen bahnte sich den Weg über meine Kehle nach oben, doch ich presste meine Lippen zusammen und hielt es fest.

Ich musste ruhig bleiben. Ich musste mich zusammenreißen.

Plötzlich durchzuckte ein Gedanke meinen Kopf.

Vielleicht war irgendwie noch eine weitere Nachricht aufgetaucht.

Ich setzte mich vorsichtig an die Bettkante und schlug die Decke von meinen nackten Beinen, bevor ich mich langsam erhob.

Dr. Sam, die mich gehört hatte, stand auf und stellte sich mir in den Weg. »Du musst noch bleiben, bis ich all deine Werte geprüft habe.«

Ich zögerte. »Ich würde mir gerne aus meinem Zimmer ein Buch holen.«

Dr. Sam sah mich an, und kurz glaubte ich, sie würde meine Lüge entlarven. Doch dann nickte sie knapp und deutete auf den Schrank neben der Tür. »Nimm dir ruhig einen von meinen Kitteln. Wir wollen ja nicht, dass du mit deinem Nachthemd irgendwem den Kopf verdrehst. Schuhe sind auch da.«

Mein gespieltes Lächeln sah sicher aus wie eine Grimasse. Aber Dr. Sam erwiderte es und ging zurück an ihren Schreibtisch.

Ich holte mir also Hausschuhe und einen Kittel heraus, zog beides an und ging dann in den Flur.

Es war früher Morgen, und die Akademie war noch im Schlaf versunken. In nur wenigen Stunden würden alle wissen, was Thomas getan hatte.

Ich zog den Kittel fest um mich und lief durch den langen Flur des Erdgeschosses bis zur Treppe. Meine Füße flogen quasi über die Stufen, und ich spürte nichts mehr von den Verletzungen der gestrigen Nacht.

Im dritten Stock angekommen atmete ich schwer vor Aufregung. Als ich meine Zimmertür erreichte, zögerte ich einen Moment, hoffte und bangte zur selben Zeit.

Ich schob die Tür auf. Es war keine Karte zu sehen. Natürlich. Thomas war tot.

Und Cassie …

Nun schossen mir doch Tränen in die Augen. Ich schloss die Tür hinter mir, lehnte mich dagegen und ließ ihnen freien Lauf. Sie benetzten mein Gesicht, liefen über meinen Hals und brannten in meinen Augen.

Ich zitterte so stark, dass ich mich mit dem schmerzenden Rücken an der Tür hinuntergleiten ließ. Fest umklammerte ich meine Knie und legte meine Stirn auf ihnen ab, während die Schluchzer mich durchschüttelten.

Ich weinte um Cassie. Und ein bisschen um Thomas. Alles war zu frisch, zu unverständlich.

Thomas.

Wie hatte er das nur tun können?

*

Als ich auf die Krankenstation zurückkehrte, merkte ich erst, dass ich das angebliche Buch vergessen hatte.

Dr. Sam kommentierte es jedoch nicht, sondern lächelte mich verständnisvoll an, während ich die Sachen zurück in den Schrank legte und mich dann wieder unter der Bettdecke verkroch.

Ich konnte nicht schlafen, also starrte ich aus dem Fenster und sah zu, wie die Sonne immer höher wanderte. Dabei versuchte ich zum ersten Mal gar nichts zu fühlen.

Dr. Sams Stimme riss mich irgendwann aus meinem Zustand. »Deine Werte sind alle sehr gut.«

Ich blinzelte sie an. »Das ist schön.«

»Möchtest du morgen früh nach dem Frühstück zu mir kommen?«

Da ich wusste, dass ich keine andere Wahl hatte, nickte ich.

Einzelsitzungen mit Dr. Sam liefen immer darauf hinaus, dass sie unseren psychischen Zustand checkte.

Dass sie das jetzt auch bei mir tun würde, war ja klar. Immerhin hatte ich gestern zusehen müssen, wie jemand sich in die Luft gesprengt hatte. Jemand, von dem ich geglaubt hatte, er wäre ein Freund gewesen.

Nun musste ich davon ausgehen, dass alles eine Lüge gewesen war.

»Lass es bitte heute langsam angehen. Kein hartes Training. Dein Körper hat sich zwar regeneriert, aber eine Pause kann nicht schaden«, riet mir Dr. Sam noch.

»Mache ich. Danke.« Ich schlüpfte wieder in einen Kittel und Hausschuhe, bevor ich mich von ihr verabschiedete und ging.

Als ich die Bibliothek passierte, blitzte eine Erinnerung an Thomas in meinem Kopf auf. Wie oft hatten wir hier gemeinsam gelernt? Wie konnte all das Vergangene eine Lüge sein?

Ich blinzelte und ging ein wenig langsamer. Vielleicht auch nicht. Vielleicht hatte irgendwer ihn gezwungen. So wie mich.

Ich kam am Speisesaal vorbei und sah mit einem kurzen Blick, dass das Buffet gerade bestückt wurde.

Der Geruch von Speck lag in der Luft. Normalerweise hätte mein Magen vor Freude geknurrt. Nun protestierte er mit einem leisen Grummeln.

Ich lief zur Treppe und ging hoch zu den Schlafräumen. Dieses Mal begegnete ich Trainees in Trainingskleidung, die vermutlich auf dem Weg zum Morgenlauf waren.

Ich spürte ihre neugierigen Blicke, ignorierte sie jedoch, und fuhr meinen Schild hoch.

Als ich in meinem Zimmer ankam, suchte ich erneut nach

einer Karte, auch wenn ich tief in meinem Inneren wusste, dass keine mehr kommen würde.

Schließlich stellte ich mich unter die Dusche und wusch den gestrigen Tag von meinem Körper.

Ich versuchte mir Zeit zu lassen, versuchte mich abzulenken, doch schon nach wenigen Minuten stand ich in Trainingskleidung in meinem Zimmer. Vielleicht würde der Morgenlauf mich ablenken. Das war kein anstrengendes Training, und ich würde Dr. Sams Bitte nicht zuwider handeln.

Gerade als ich zur Tür gehen wollte, hörte ich eilige Schritte im Flur, die direkt auf mein Zimmer zukamen.

Bevor ich meinen Schild herunterlassen konnte, um zu prüfen, wer das sein könnte, riss Dean die Tür auf.

Wir starrten einander an, waren einen Moment lang völlig erstarrt.

Dean fing sich als erster. Mit wenigen Schritten hatte er den Abstand zu mir überbrückt. Seine Armen umschlossen mich, und er drückte mich fest an seine Brust.

Mein Herz wummerte.

Ich nahm mir einen Moment Zeit, um mich von ihm halten und einfach fallen zu lassen.

Als ich mich von ihm lösen wollte, hielt Dean mich nur noch fester. »Gib mir einen Moment.«

Ich lachte erstickt in sein Shirt. »Scheiße.«

Dean schnaufte, und ich spürte das Geräusch überall. »Du machst mich fertig. Wieso machst du mich nur so fertig?« Seine Stimme war so voller Sorge, dass ich nur stumm nicken konnte.

Wir berührten uns überall, und seine Umarmung schien noch fester zu werden. Ich ließ zu, dass er mich hielt, ließ zu, dass mein Herz immer schneller schlug.

Sein Atem strich über mein Haar. »Ist alles verheilt?«

Ich nickte an seiner Brust und atmete seinen Duft ein. »Ansonsten hätte Dr. Sam mich niemals gehen lassen.«

Deans Lachen ließ unsere Körper vibrieren. »Sie hätte dich wohl vorher eher ans Bett gefesselt.«

Ich wollte bei der Vorstellung lächeln, stattdessen sammelten sich Tränen in meinen Augen. »Dean …« Meine Stimme war kaum mehr als ein ersticktes Flüstern.

»Wir werden sie finden«, versprach er mir leise, und ich spürte seine Lippen auf meinen Haaren.

Ich wusste nicht, wie lange wir ineinander verschlungen dastanden, aber irgendwann lösten wir uns voneinander.

Dean umfasste mein Gesicht und betrachtete mich voller Sorge, tastete jeden Zentimeter mit seinen Augen ab, als könnte er sich nur so versichern, dass es mir wirklich gut ging.

»Habt ihr irgendwas gefunden? Wurde noch irgendwer verletzt?« *Ist Thomas wirklich tot?*

Dean schloss seine Augen. »Die Explosion hat viel Schaden angerichtet. Außer ein paar Schrammen haben die Zivilisten nichts abbekommen. Direktor Roberts und andere Agenten sichern noch die Beweise.«

»Haben sie euch weggeschickt?«

Er nickte und lächelte traurig. »Ja, aber erst nachdem wir so viele Aussagen wie möglich aufgenommen haben, bis andere Agenten aufgetaucht sind. Wir sind gerade erst zurückgekommen. Aber wir kannten ihn zu gut, um unvoreingenommen zu sein, weshalb wir nicht weiter an den Ermittlungen teilnehmen durften. Zumindest *glaubten* wir, Thomas gekannt zu haben.« Er schloss kurz seine Augen, vielleicht um die Trauer zu verbergen, die ich kurz darin hatte aufblitzen sehen. Die beiden waren seit dem ersten Tag an der Akademie die besten Freunde gewesen. Sie hatten so viel Unsinn und Lachen in mein Leben gebracht. Allein die Vorstellung, Thomas könnte das alles gespielt haben, fühlte sich einfach nur falsch an.

»Vielleicht wurde er gezwungen«, sagte ich leise und genoss das Gefühl von Deans Händen auf meiner Haut, die noch immer meine Wangen umfassten. *So wie ich*, dachte ich, sprach es aber nicht laut aus.

»Vielleicht«, murmelte Dean und blickte nachdenklich an mir vorbei, als hätte er das noch nicht in Betracht gezogen.

Dann sah er wieder mich an. In seinen Augen lag noch immer Trauer, und dennoch spürte ich seinen Herzschlag unter meinen Fingern, spürte seinen zittrigen Atem auf meiner Haut.

Er beugte sich zu mir herunter, und plötzlich streiften seine Lippen meine. Leicht, sanft und so kurz, dass ich nicht sicher war, ob unsere Münder sich wirklich berührt hatten.

Ich fühlte mich wie benebelt, als ein kurzes Vibrieren die Luft erfüllte.

Dean wandte sein Gesicht ab, und als ich seinem Blick folgte, entdeckte ich meine völlig zerrissene und verdreckte Abendtasche. Ich hatte sie total vergessen.

»Mein Handy«, flüsterte ich, während Dean schließlich seine Hände von meinen Wangen löste und meine Tasche öffnete.

Als er mein Handy herauszog, rieselte Erde auf meine Füße, doch ich konnte nur auf das Blinken achten, das eine eingegangene Nachricht anzeigte. Sie könnte von *jedem* sein.

Ich nahm das Handy an mich, entsperrte es und sah, dass mir vor wenigen Sekunden eine unbekannte Nummer ein Video zugespielt hatte.

Ich atmete tief durch und drehte mich so, dass Dean auch

auf den Bildschirm blicken konnte. Dann öffnete ich das Video.

Zunächst sah man nur Betonboden, bevor derjenige, der das Video machte, die Kamera hob und man ein Glasbecken sah. Darin stand ein Stuhl, der mit Ketten am Boden festgemacht war. Auf diesem Stuhl saß Cassie. Ihre Augen waren geschlossen, ihr Kopf hing bewusstlos herab und ihr Mund war mit einem Klebeband zugeklebt. Sie war so fest an den Stuhl gefesselt, dass sie trotz ihres bewusstlosen Zustandes aufrecht saß.

»Du hast bis acht Uhr Zeit, sie zu retten. Ansonsten wird sie ertrinken«, ertönte eine Stimme, bevor man ein Rauschen hörte und aus einem Schlauch von oben Wasser in das gläserne Becken rauschte.

Innerhalb weniger Sekunden umspülte eine Pfütze Cassies Füße.

Dann wurde das Bild schwarz.

Und ich schrie.

22. Kapitel

Meine Zimmertür wurde aufgerissen. Ich bekam kaum Luft, hyperventilierte und wedelte mit meinen Händen, versuchte irgendwie zu atmen. Panik erfüllte mich so plötzlich, dass ich glaubte, jeden Moment ohnmächtig zu werden.

Dean packte mich und schüttelte mich. »Alexis!«, schrie er.

Der Klang seiner Stimme reichte, um die Panik abflachen zu lassen. Noch immer atmete ich heftig und schwer, doch ich wurde langsam ruhiger. Kleine Punkte tanzten vor meinen Augen.

Vivien trat zögernd näher und legte ihre Hand auf meinen Unterarm. Dabei sah sie Dean an, als hätte er mir etwas angetan. »Was ist hier los?«

Ich hob meinen Kopf und sah, dass Adam hinter ihr stand. Ebenso wie Eva, George und Christopher. Sie waren alle da. Vielleicht würden sie es immer sein. Meine Freunde. »Meine Schwester. Sie wurde entführt.« Mit zitternden Händen gab ich Vivien mein Handy und ließ zu, dass Dean mich wieder an sich zog und festhielt.

Es störte mich nicht, dass sie meine Tränen sahen, denn vor ihnen war ich schon so oft gefallen und wieder aufgestanden.

»Oh mein Gott«, flüsterte Eva, während sie und die anderen über Viviens Schulter blickten. Ihre Augen trafen meine, und Entschlossenheit ließen sie nahezu schwarz wirken. »Wem müssen wir aufs Maul hauen?«

Ein ersticktes Geräusch entfuhr mir, und ich löste mich von

Dean, bevor ich mir über die Augen und Wangen strich. Meine Stimme zitterte immer noch leicht. »Keine Ahnung. Ich weiß nicht, was sie wollen«, sagte ich.

»Wir werden sie finden«, versprach mir Adam und sah mich ernst an. »Hat Cassie irgendwas bei sich, das uns helfen könnte?« Er hob die Augenbrauen, nur so leicht, dass es mir auffiel, bevor er wieder damit aufhörte.

Erst wusste ich nicht, was er meinte, dann schluckte ich und nickte. »Ja. Einen USB-Stick. Ich habe ... ich habe mal ein Programm drauf gespielt, damit ich ihn orten kann und ihn ihr gegeben. Aber ich glaube nicht, dass er gerade benutzt wird. Ich weiß nicht mal, ob mein Programm wirklich funktioniert.«

»Dann werden wir das herausfinden«, sagte Vivien und lächelte mich entschlossen an. Sie ging zu meinem Laptop und öffnete ihn, während sie sich auf die Kante meines Bettes setzte. Sie klopfte auf den Platz neben sich.

Ich setzte mich neben sie, während die anderen wartend zusahen. »Ich habe das Programm mit meiner Uhr gekoppelt.« Ich nahm meine Uhr, die ich vor dem Auftrag auf meinem Nachttisch zurückgelassen hatte.

»Sehr gut.« Vivien schloss sie an den Laptop an und begann zu tippen. »Dann schauen wir uns das mal genauer an.«

Ich sah zu Dean auf, der abwartend neben mir stand. Dann wanderte mein Blick zu Adam, der sich gegen die Wand lehnte. Eva trat unruhig von einem Bein auf das andere, wollte vermutlich etwas tun. Christopher hingegen starrte Vivien ernst an und wartete darauf, dass sie etwas sagte.

Als mein Blick auf George traf, begann er plötzlich zu lächeln. Seine Augen fanden meine, und er nickte.

Hoffnung durchströmte mich.

Im nächsten Moment entfuhr Vivien ein Laut. »Ich hab ihn. Irgendwer hat ihn vor ein paar Tagen eingesteckt.«

»Was?« Verwirrt sah ich sie an. »Wieso habe ich dann keine Nachricht auf mein Handy bekommen?«

»Vermutlich war die Zeit zu kurz. Du hast da auch einen kleinen Fehler bei dem Übermittlungscode gemacht.« Sie zuckte mit ihren Schultern, und ein grimmiges Lächeln erschien auf ihren Lippen. Erst jetzt fiel mir auf, dass ihre Augen rot waren, als hätte sie geweint. »Ich kann das Signal nachverfolgen.«

»Tu es«, drängte Eva und knetete ihre Fäuste. Ihr Blick traf meinen. »Wir retten deine Schwester.«

Dankbarkeit breitete sich in mir aus. Genauso wie mein schlechtes Gewissen. Sie alle hatte ich verdächtigt, und nun standen sie bei mir und wollten mir helfen.

»Ich habe einen Standort.« Viviens Worte ließen mein Herz langsamer schlagen, alles wie in Zeitlupe laufen, die Zeit anhalten, bevor die Sekunden wieder weiterliefen.

»Der Stick wurde außerhalb Londons in einem Lager eingesteckt. Es gehört …« Sie verstummte kurz und schien zu suchen. »Es gehört einem Frederik Walsh.« Ihre Finger flogen über die Tastatur, und sie stieß ein abfälliges Schnauben ab. »Der natürlich seit dreißig Jahren tot ist.«

»Lasst uns fahren«, stieß Dean aus und reichte mir seine Hand.

Ich ergriff sie und stand auf.

»Wir sollten Direktor Roberts Bescheid sagen«, sagte Vivien und stellte den Laptop weg.

»Dann schreib ihm eine Nachricht und lass uns fahren«, sagte Christopher und hob sein Kinn, während er mich ansah. Entschlossenheit, Wut und Trauer lagen in seinen Augen. Er wollte jemanden verprügeln für den Schmerz, den er gerade fühlte. »Er wird es verstehen und kann direkt Verstärkung mitbringen.«

Ich nickte langsam und lächelte ihn an.

»Wir müssen uns beeilen«, entschied Adam. »Wir sollten unsere Waffen holen und uns in zwei Minuten im Flur treffen.«

Alle nickten, selbst Vivien, und kurz darauf waren nur noch Dean und ich in meinem Zimmer. Er drückte meine Hand und sah mich ernst an. »Wir retten sie.«

»Ja«, flüsterte ich voller Dankbarkeit und atmete langsam aus. »Danke.«

Mein Blick fiel auf seine Lippen, und meine Gedanken kreisten um diesen einen kurzen Moment – bevor wir unterbrochen wurden. Es war ein blöder erster Kuss gewesen, im denkbar schlechtesten Moment und dennoch …

Ich stellte mich auf Zehenspitzen, spürte Deans Überraschung und zog ihn zeitgleich zu mir herunter. Unsere Lippen berührten sich erneut.

Er knurrte und seufzte zugleich, umschlang mich fest mit seinen Armen und erwiderte meinen Kuss.

Es gab kein Zögern, kein Abwarten. Da war nur Verlangen. Ich krallte meine Hände in sein Oberteil, um ihn irgendwie noch enger an mich heranzuziehen.

Keuchend löste ich mich schließlich von ihm und starrte ihn an.

»Später«, flüsterte er. Dann trat er zurück und verließ eilig mein Zimmer.

Ich atmete zittrig aus und strich mir über mein Gesicht, zwang mich, Ruhe zu bewahren und meine wirren Gefühle beiseite zu schieben. Ich war plötzlich voller Zuversicht.

Meine Freunde waren jetzt an meiner Seite.

Wir würden Cassie retten. Heute noch.

Ich lief ins Bad, setzte meine Kontaktlinsen ein und ging dann blinzelnd zurück in mein Zimmer. Nachdem das System hochgefahren war, rief ich die neuesten Informationen ab. Noch war keine Meldung über den gestrigen Abend aufgetaucht. Aber das würde es schon noch. Spätestens, wenn die ersten Gerüchte im Umlauf waren.

In meinem Zimmer hatte ich ein Messer, Pfefferspray und noch all die Waffen, die mir für gestern Abend zur Verfügung gestellt worden waren. Ich stopfte alles in die Taschen meines Trainingsoutfits. Dann band ich meine Haare zu einem strengen Zopf.

Als ich in den Flur trat, wartete Eva bereits umgezogen auf mich. »Ich gehe schon mal vor und lasse uns zwei Autos warmlaufen, okay?«

Ich nickte, im nächsten Moment spürte ich einen Windstoß, und Eva war verschwunden.

Nach und nach kamen auch George, Christopher, Adam, Vivien und Dean in den Flur. Sie alle hatten sich umgezogen und trugen nicht mehr die schicke Kleidung von gestern.

Gemeinsam gingen wir über die Treppe in den untersten Stock, wo sich nicht nur die Trainingsräume befanden, sondern auch ein Zugang zur Tiefgarage des MI20. Dieser lag versteckt in der hintersten Ecke und war als Putzmittelkammer getarnt. Er galt als Notausgang, doch kürzlich hatte man ihn uns offenbart. Nur Trainees und Agenten mit der Geheimhaltungsstufe *Secret, Klasse drei* wussten davon.

In der Tiefgarage roch es nach Abgasen, und das Röhren zweier Autos hallte durch den bunkerartigen Raum. Über uns flackerte das Licht von dutzenden Leuchtstoffröhren und verdrängte die Dunkelheit, die sich zwischen den dutzenden Autos sammelte, die sich nebeneinander aufreihten. Ein gruseliger Ort. Sofort überkam mich das Gefühl, beobachtet zu werden.

Ich öffnete meinen Schild, nur zur Vorsicht, nahm aber nur meine Freunde wahr. Alles war okay, ich war nur überreizt. Die Erinnerung an die letzte Tiefgarage, in der ich angeschossen worden war, saß offensichtlich noch zu tief.

Als würde Dean dies spüren, griff er nach meiner Hand, während wir den Motorengeräuschen folgten. Ich wollte ihn anlächeln, konnte es aber nicht und drückte stattdessen leicht seine Finger, die sich mit meinen verschränkt hatten.

Weiter hinten stand eine Reihe von schwarzen SUVs. Vor zweien davon stand Eva und wippte wartend und ungeduldig mit ihrem Bein auf und ab. »Na endlich!«

»Für dich dauert doch jede Sekunde eine Ewigkeit«, zog Christopher sie auf und nickte ihr anerkennend zu. »Woher hast du die Schlüssel?«

Sie grinste. »Wollt ihr das wirklich wissen?«

Ein seltsam ersticktes Geräusch erklang von Vivien. »Ähm. Ja!«

»Sie hat sie von mir«, sagte ich schnell, bevor Eva antworten konnte. Alles, was jetzt passierte, würde ich voll und ganz auf meine Kappe nehmen. So sehr ich Vivien mochte, aber sie war so korrekt, dass sie das später melden würde. Sie müsste es. Ebenso wie die anderen. Niemand sollte für meine Fehler Ärger bekommen.

Eva wollte etwas sagen, doch ich kam ihr erneut zuvor. »Wir sollten jetzt fahren.«

»Aber-«

»Wenn du bleiben willst, dann bleib. Aber hör auf, uns zu bremsen«, schnauzte Christopher Vivien an, die sichtlich überfordert mit der Situation war. Ich sah ihr an, wie sehr sie zwischen unserer Freundschaft und ihrer Treue zum MI20 rang.

»Vielleicht solltest du bleiben und dem Direktor Bescheid geben, sobald er wieder da ist«, schlug ich ihr vor und lächelte sie an, versuchte es zumindest. Gerade war mir eher danach, so schnell wie möglich aufzubrechen. »Aber bitte lass uns wenigstens Zeit, das Gelände zu verlassen. Er würde uns nicht so schnell gehen lassen, und wir haben kaum noch Zeit.«

»Nein.« Sie schüttelte ihren Kopf und sah mich entschlossen an. »Ich komme mit, und wir sagen ihm gleich Bescheid. Er wird das sicher verstehen.«

»Will ich doch wohl meinen«, murmelte Adam.

Deans Griff verstärkte sich kurz, doch als ich ihn ansah, ließ er sich nichts anmerken. »Und wie sollen wir rauskommen? Der Pförtner wird uns nicht einfach so fahren lassen.«

»Darum kümmere ich mich«, sagte ich und hoffte, dass ich es schaffen würde.

»Dann los, einsteigen bitte«, rief Eva, und wir verteilten uns auf die beiden Autos. Sie, Adam und Christopher saßen in einem Auto, während Dean, George, Vivien und ich mit dem anderen Auto fuhren.

Ich saß vorne neben Dean. Wir fuhren durch die Tiefgarage nach draußen. Als wir uns von der Akademie entfernten, die still im Morgengrauen lag, hatte ich den Drang mich umzudrehen. Das Gefühl, ich würde niemals zurückkehren, wurde mit einem Mal ganz stark. Doch ich blickte entschlossen nach vorne.

Mir war klar, dass Mortimer, der Pförtner, uns nicht so einfach fahren lassen würde. Immerhin hatten wir hier zwei Autos gestohlen und wollten ohne Erlaubnis das Gelände verlassen.

Ich öffnete meinen Schild und drängte alle Gefühle um

mich herum zurück, bis ich die Gefühlssignatur des Pförtners wahrnahm. Ich spürte den Moment, als er uns entdeckte, seine Überraschung und seinen Argwohn. Er wusste, dass etwas nicht stimmte. Sicher wusste er schon von den Geschehnissen der gestrigen Nacht.

Dean fuhr langsamer auf das Eisentor zu, bis er schließlich neben dem Pförtner hielt.

Ich lächelte ihm durch die halb geöffnete Fensterscheibe zu. »Guten Morgen, Mortimer. Wir müssten mal da durch.«

Sein Argwohn wurde riesengroß. Ich konzentrierte mich ganz darauf, strich sanft darüber, spürte wie sein Argwohn langsam schrumpfte und lächelte dabei die ganze Zeit, auch wenn jeder meiner Muskeln zu zittern begann.

Schließlich lächelte er mich an.

Ich entdeckte in ihm das Vertrauen zu mir und lockte es sanft, bis es weiter wuchs. Dabei wurde mir beinahe schwarz vor Augen, und Schweiß bedeckte meine Stirn. Aber ich musste es tun. Für Cassie.

»Ihr werdet schon wissen, was ihr tut«, sagte er auf einmal und runzelte dabei seine Stirn, als wäre er nicht sicher.

»Wir sind bald wieder da«, versicherte ich ihm und unterdrückte ein Keuchen.

»Viel Erfolg.« Mortimer öffnete das Tor.

Dean fuhr sofort los, und Adam, der den anderen Wagen fuhr, folgte uns. Wir hatten es geschafft.

Als wir auf der Hauptstraße waren, durchbrach Vivien mit ihrem lauten Ausatmen die Stille. »Was war das eben?«

»Alexis hat wohl gerade ihre Kraft demonstriert. Sehr cool«, sagte George anerkennend von hinten.

Ich keuchte und versuchte mich von der Anstrengung zu erholen, die all meine Muskeln zum Zittern gebracht hatte.

»Seit wann kannst du das?«, fragte Vivien leise von hinten, und ich glaubte, leichte Furcht aus ihrer Stimme herauszuhören.

»Noch nicht lange und auch nicht wirklich gut«, versuchte ich sie zu beschwichtigen, doch ich ahnte bereits, dass es mir nicht gelingen würde.

»Aber scheinbar gut genug«, sagte sie leise und schwieg dann.

Ich verkrampfte mich bei dem Gedanken, dass sie Angst vor mir haben könnte. Dennoch sagte ich nichts mehr, denn ich brauchte meine Konzentration woanders. Bei Cassie.

Dean fuhr schnell, aber nicht zu schnell, damit wir nicht auffielen. Der Berufsverkehr war noch nicht so stark, aber stark genug, um uns mehr aufzuhalten, als ich ertragen konnte.

Ich schaute auf die Uhr. Kurz vor Sieben. Wir hatten schon eine halbe Stunde verloren. »Wie lange brauchen wir noch?«

»Dreißig bis vierzig Minuten«, sagte Dean und legte seine Hand auf mein Bein, während er mit der anderen Hand lenkte. »Wir werden sie da rausholen.«

»Ja«, stimmte ich ihm leise zu, denn das *mussten* wir einfach. Uns blieb keine andere Wahl. Ich konnte und wollte nicht darüber nachdenken, was wäre, wenn wir zu spät kämen.

Dean fuhr ein wenig schneller, als würde er dasselbe denken. Ich drückte seine Hand und klammerte mich daran fest.

In meiner Hosentasche steckte mein Handy, und ich holte es heraus, um zu prüfen, ob ich noch weitere Nachrichten bekommen hatte.

Nichts.

Obwohl ich es hasste, öffnete ich erneut das Video und schaute es mir an.

»Wieso tust du dir das an?«, fragte Dean, und ich hörte, wie viele Sorgen er sich um mich machte.

»Weil ich beim ersten Mal nur auf Cassie geachtet habe«, gab ich zu. »Vielleicht sehe ich etwas, das uns weiterhilft.«

»Gute Idee«, sagte George von hinten, und ich spürte, wie er sich in seinem Sitz aufrichtete und mir über die Schulter sah. »Man erkennt aber nicht viel.«

»So eine Scheiße. Die haben den Fokus auf Cassie und das Becken gelegt. Darum herum ist alles weiß und verschwommen.«

»Um den Filter wegzumachen, haben wir zu wenig Zeit«, hörte ich Vivien leise von hinten sagen.

»Aber ich verstehe nicht, was sie von deiner Schwester wollen.«

»Ich weiß es auch nicht«, presste ich hervor, auch wenn Adam und ich schon ein paar Vermutungen angestellt hatten.

»Wir werden herausfinden, was hier los ist, aber vorher retten wir deine Schwester«, sagte George von hinten, und ich nickte stumm.

Stille breitete sich im Wagen aus, und je mehr sich meine Muskeln erholten, umso nervöser wurde ich.

Die ganze Zeit starrte ich abwechselnd auf mein Handy und nach draußen.

Wir mussten es einfach schaffen.

Ich wollte mir gar nicht ausmalen, was passierte, wenn der Ort ganz woanders wäre als dort, wo sich der Stick befand.

23. Kapitel

Als wir endlich das Industriegebiet erreichten, war eine weitere halbe Stunde vergangen. Dean fuhr direkt auf den hinteren Parkplatz des Geländes.

LKWs wurden in der Halle nebenan beladen, doch niemand achtete auf uns, als wir ausstiegen und uns das alte Gebäude näher ansahen. Von außen wirkte es verlassen, doch der Schein trog.

»Ganz schön viele Kameras«, bemerkte Christopher.

Adam trat neben mich und hatte seine Augenbrauen zusammengezogen. »Das ist keine normale Lagerhalle.«

Ich senkte meinen Schild, drängte alle plötzlich über mich hereinbrechenden Emotionen zurück und konzentrierte mich ganz auf das Gebäude vor uns. Ich versuchte, die vielen Gefühlssignaturen zu greifen, um die Lage besser einschätzen zu können. »Da sind Menschen drin. Zehn.«

»Okay, wie ist der Plan?«, fragte Vivien und blickte die brüchige Fassade aus roten Klinkersteinen hoch. Weit oben gab es eine Fensterreihe, zu der wir am helllichten Tag aber schlecht hochklettern konnten.

»Wir trennen uns, umrunden das Gebäude und suchen nach Eingängen.« Dean blickte uns nacheinander an.

Vivien schien als einzige gegen den Plan zu sein. »Sollten wir nicht langsam Bescheid sagen und auf die Verstärkung warten?«

Am liebsten hätte ich sie geschüttelt. »Wie wäre es, wenn

du hierbleibst, das Gebäude im Auge behältst und auf die Verstärkung wartest?«

Sie hörte meinen ungeduldigen Tonfall und funkelte mich an. »Genauso steht es im Protokoll.«

»Scheiß auf das Protokoll!«, zischte ich. »Vermutlich ist meine Schwester da drin und könnte jeden Moment ertrinken!«

Vivien presste ihre Lippen zusammen und nickte schließlich. »Du hast Recht. Wir sollten keine Zeit verlieren.« Sie holte ihr Handy heraus. »Ich schreibe ihm einfach eine Nachricht.«

»Dann ist das ja geklärt«, mischte sich nun Christopher ein und hielt seine Hand in die Mitte. »Können wir also endlich unsere Systeme koppeln und loslegen?«

Der Reihe nach hielten wir unsere Uhren aneinander, sodass sie sich verbinden und wir gleich miteinander sprechen konnten.

»Gut.« Eva klatschte in ihre Hände. »George, Vivien, Christopher und ich gehen rechts herum.« Sie sah mich an. »Du, Dean und Adam geht links um das Gebäude. Teamführer sind Dean und ich.«

Wir alle nickten und trennten uns dann. Dean ging voraus, ich folgte ihm, und Adam war dicht hinter mir.

Auf der anderen Seite des Gebäudes befand sich ein kleines Waldstück.

»Auf der Ostseite ist eine Tür«, sagte Dean in seine Uhr, und gleichzeitig hörte ich seine Stimme leise in meinen Ohren.

Kurz darauf folgte Evas Stimme. »Auf der Südseite ebenfalls. Wir gehen rein.«

»Wir sehen uns dann drinnen.«

Evas leises Lachen erklang in meinen Ohren. Ich hörte ihre

Aufregung, und würde es nicht um meine Schwester gehen, hätte ich mich sicher davon anstecken lassen. Doch ich war einfach nur angespannt.

Dean blieb unweit der Tür stehen, und ich war mir sicher, dass er sie mit seinen Kontaktlinsen scannte. »Da ist irgendein Mechanismus. Entweder die Tür fliegt in die Luft oder ein Alarm wird ausgelöst.«

»Sicher ist es ein Alarm«, meinte Adam. »Eine Explosion wäre doch viel zu auffällig in einem Industriegebiet.«

»Denke ich auch«, stimmte Dean zu und ging auf die Tür zu. »Mal sehen, ob wir Recht haben.«

Ich atmete tief durch und folgte Dean. Dabei ließ ich meinen Schild die ganze Zeit leicht geöffnet und blieb wachsam.

Im Augenwinkel sah ich, wie sich eine der Kameras unterm Dach bewegte. »Ganz schöner Aufwand für so eine stinknormale Lagerhalle.«

Bei meinem sarkastischen Tonfall stieß Adam ein schnaubendes Lachen aus.

»Wir müssen davon ausgehen, dass das hier eine Falle ist«, sprach ich den Gedanken aus, der seit dem Aussteigen nicht mehr aus meinem Kopf ging und immer lauter wurde.

Dean nickte. »Allerdings.«

Mein Magen verkrampfte sich. »Wir hätten es den anderen sagen sollen.«

»Wir sind hier, um Cassie zu retten. Den anderen ist klar, dass wir uns in Gefahr begeben«, sagte Adam ruhig, und Dean unterstrich dies mit einem Nicken.

Ich schluckte und sammelte mich. »Okay, hoffentlich wird alles gut.«

Wir hatten die Tür erreicht. Stille breitete sich zwischen

uns aus. Zuerst drückte Dean die Türklinke herunter. Nichts passierte.

Ich stieß die angehalte Luft aus, während ich zusah, wie Dean einen Dietrich aus seiner Hosentasche zog und sich dann am Schloss zu schaffen machte.

Es dauerte nur wenige Sekunden, bis ein Klicken ertönte, doch für mich fühlte es sich wie eine Ewigkeit an.

Dean verstaute sein Werkzeug, bevor er die Tür langsam aufzog. Sie knarrte, als wäre sie ein hungriger Wolf.

Nichts passierte.

Ich atmete auf und folgte Dean in das Gebäude. Zunächst kamen wir in einen Flur, der in völliger Dunkelheit lag. Als würden wir direkt in den Schlund eines Monsters treten.

Wir liefen den Flur entlang, und ich tastete nach einer Spur von Gefühlen um mich herum, aber sie schienen weit genug entfernt.

Plötzlich wurde eine Tür direkt neben mir aufgerissen.

»Wir werden angegriffen«, hörte ich Dean rufen.

Durch die Tür stürzte ein Mann auf uns zu, der so breit war, dass er fast den gesamten Türrahmen ausfüllen konnte.

Er packte mich und schleuderte mich gegen die Wand, als wäre ich eine Puppe. Ich knallte mit der Schulter und dem Hinterkopf gegen den gestrichenen Stein und stöhnte vor Überraschung und Schmerz. Ich hatte ihn nicht kommen gesehen. Auch jetzt spürte ich nichts aus seiner Richtung. *Wie war das möglich?*

Dean griff ihn an, doch auch er wurde mühelos zur Seite gestoßen.

Dann drehte der Große sich zu Adam, und ein fieses Grinsen bildete sich auf seinem Gesicht. »Lang nicht mehr gesehen, Verräter.«

Adam stieß ein Knurren aus und rammte unseren Angreifer zurück in den Raum.

»Los! Findet Cassie«, rief er uns über seine Schulter hinweg zu, während er sich auf ihn stürzte.

Ich rappelte mich hoch und warf einen Blick auf meine Uhr. Noch zwanzig Minuten.

Dean packte meine Hand und zog mich mit sich, diskutierte gar nicht viel herum.

Ich wollte mich losreißen, Adam helfen, aber ich musste weiter, ich musste Cassie einfach finden.

»Sie kannten sich«, rief ich Dean zu, während wir den dunklen Flur entlangliefen.

»Das wird Adam uns später auf jeden Fall erklären müssen!«

»Aufpassen!«, schrie ich, als plötzlich zwei Mädchen hinter der nächsten Biegung auftauchten, die mir mit meiner Kraft ebenfalls nicht aufgefallen waren.

Erst dieser Riese und jetzt die beiden! Irgendwas lief hier gewaltig schief, und ich musste plötzlich an Nummer 17 denken. Hatte *sie* was mit alldem hier zu tun?

Und Adam?

Ich verschob diese Frage auf später, denn plötzlich rannten die beiden Mädchen mit lautem Gebrüll auf uns zu.

»Ich hasse es, gegen Mädchen zu kämpfen«, rief Dean mir zu, als er einen Angriff parierte.

Ich boxte meine Angreiferin so fest ich konnte in den Magen. »Bei mir hat dich das doch nie gestört!«

Dean lachte und trat dem Mädchen gegen die Beine, sodass es nach vorne fiel. »Du bist ein Trainee und alles andere als ein stinknormales Mädchen.«

Bei diesem Kompliment hätte ich gelächelt, wenn ich nicht gerade von meinem Gegenüber zurückgedrängt worden wäre.

Ich stand mit dem Rücken an der Wand und wich ihrer Faust aus, die in diesem Moment auf mich zu schnellte. *Diese zwei schienen aber auch keine stinknormalen Mädchen zu sein.*

Sie traf die Wand hinter mir. Im selben Moment hörte ich das knackende Zersplittern ihrer Knochen, und sie schrie auf.

Ich schob sie von mir. Sie stolperte und landete auf ihren Knien, während sie vor Schmerzen schrie.

Plötzlich schrie auch die andere und kippte einfach um.

Ich blinzelte Dean an, der genauso schockiert mit erhobenen Fäusten dastand und sie nur langsam sinken ließ. Ich hörte Schritte und sah, dass Adam auf uns zu rannte. »Los! Weiter! Die stehen erst mal nicht wieder auf!«

Dean stellte sich ihm in den Weg. »Zuerst sagst du uns, was hier los ist! Was sind das für Leute? Warum haben die solche Fähigkeiten?«

Adam blieb vor ihm stehen und sah auf die beiden Mädchen zu seinen Füßen herunter. »Das sind Experimente. Wir sollten jetzt wirklich weiter!«

»Woher wissen wir, dass das keine Falle ist und du nicht zu denen gehörst?«

Adam hob seinen Kopf und starrte Dean an. Da mein Schild unten war, spürte ich seinen Schmerz und seine Wut. »Weil ich vor ihnen geflohen bin.«

»Aber-«

»Er sagt die Wahrheit«, rief ich Dean zu und schaute ihn verzweifelt an, als er sich zu mir umdrehte. »Du willst ihm nicht vertrauen, aber vertrau bitte mir! Ich glaube ihm. Bitte. Die Zeit rennt uns davon.«

Dean nickte, warf Adam einen warnenden Blick zu und lief dann los. Nicht, ohne mir noch einmal sanft über den Arm zu streichen. Dann übernahm er wieder die Führung.

Adam schloss zu uns auf. »Danke.«

Mein Blick war nach vorne geheftet, an Dean vorbei den dunklen Gang entlang, an dessen Ende ein kleiner Lichtpunkt zu sehen war. »Du hast später noch so einiges zu erklären!«

Adam machte ein zustimmendes Geräusch und schwieg dann.

Völlige Stille umgab uns, während wir jede Tür öffneten, um die Räume zu überprüfen.

Als wir schließlich das Ende des Flures erreichten, wurden wir langsamer. Das Licht trat durch einen Spalt unter der Tür hervor, die natürlich geschlossen war.

Wir traten leise an die Tür heran, ich schloss meine Augen und konzentrierte mich auf alles, was dahinter lag. »Ich spüre fünf Menschen.« Als ich meine Augen wieder öffnete, sah ich Adam direkt an. »Aber wer weiß, wie viele da noch drin sind, die ich ebenfalls nicht wahrnehmen kann.«

Adams Blick bohrte sich in meinen. »Wir sollten uns auf ein paar ziemlich starke Gegner einstellen.«

Dean schnaubte und legte seine Hand auf die Türklinke. »Gut zu wissen.«

»Dann mal los«, sagte ich leise und sah zu, wie er die Klinke herunterdrückte. Nicht abgeschlossen.

Er schob die Tür auf, und ihr metallisches Quietschen hallte durch den dahinter liegenden Raum.

Nichts passierte.

Wir traten ein, und er entpuppte sich als riesige Halle. Vor uns türmten sich alte Regale aus rostigem Metall. Einige Fächer waren leer, die meisten waren aber mit staubigen Kartons gefüllt.

»Na toll«, murmelte ich. »Hinter jeder Ecke hockt jetzt sicher einer von denen und will uns angreifen.«

Dean nickte. »Davon sollten wir ausgehen.« Er räusperte sich und hielt sich die Uhr an den Mund. »Sind in einer großen Lagerhalle voll mit Kartons, und ihr?«

»Wir jetzt auch. Laut GPS Tracker seid ihr genau auf der anderen Seite.« Evas Stimme in meinem Ohr klang ruhig und zugleich aufgeregt. »Dann sehen wir uns wohl gleich in der Mitte.«

»Alles klar«, meinte Dean und sah dann zu mir und Adam. »Bereit?«

Wir nickten zeitgleich.

»Gut.« Dean drehte sich wieder um und ging langsam voraus.

Fahles Licht drang durch die schmutzigen Fenster und versuchte auch die letzten Ecken zwischen den Regalen zu erreichen, doch es scheiterte kläglich.

Mit einem Handzeichen deutete Dean erst auf sich, dann nach rechts und vorne. Ich nickte, deutete auf mich und nach links und oben. Adam deutete nach hinten.

Unsere Beobachtungsbereiche waren also geklärt. Auf Deans Kommando hin liefen wir los und blieben dabei immer dicht beieinander. Ich hielt meinen Schild geöffnet, blendete die Gefühle der beiden aus und tastete um mich herum.

»Rechts«, zischte ich.

Im nächsten Moment sprangen drei Jugendliche aus dem Schatten des Regals und bauten sich vor uns auf.

Kurz darauf knurrte Adam, als auch noch drei weitere Jugendliche von der anderen Seite kamen und uns umkreisten.

Ein Dunkelhaariger, breit gebauter Junge, vielleicht drei Jahre jünger als ich, trat auf uns zu und rieb sich seine Fäuste. »Nummer 8. Schön dich wiederzusehen.«

Ich konzentrierte mich ganz auf ihn, spürte aber so viel Zerrissenheit und Wut, dass ich zurückzuckte und die anderen betrachtete. Sie waren alle Teenager, Jungs und Mädchen, alle in dieselbe einheitliche, graue Uniform aus Cargohose und Shirt gekleidet. Rechts auf ihrer Brust standen Zahlen. Sie hatten diese zerrissene, verwirrende Gefühlssignatur wie diese Nummer 17 damals.

»Ich habe einen Namen«, erwiderte Adam und ging direkt in den Angriff über.

Die anderen brüllten und stürzten sich auf uns. Ich hatte keine Zeit mehr, an ihre Gefühle heranzukommen.

Ein Mädchen, vielleicht fünfzehn, sprang auf mich zu. Ich wich ihr aus, überrascht, wie schnell sie war, und hockte mich hin, bevor ich mit einem Tritt ihre Beine wegriss. Sie schrie, als sie auf den Rücken fiel, doch sprang in einer fließenden Bewegung wieder hoch. Gleichzeitig packte mich jemand von hinten und hielt mich so fest, dass ich aufkeuchte.

Das Mädchen nutzte ihre Chance und verpasste mir mehrere feste Hiebe in den Magen.

Ich brüllte, trat der Person hinter mir mit voller Wucht auf den Fuß und stieß ihr meinen Ellenbogen in den Bauch.

Ein Grunzen ertönte und der Griff lockerte sich.

Ich nutzte meine Chance und riss mich los, bevor ich herumwirbelte und dem Jungen, der nun vor mir stand, einen festen Tritt gegen die Brust verpasste. Er stolperte zurück und knallte gegen ein Regal, rutschte herunter und sackte in sich zusammen.

Schnell drehte ich mich zu dem Mädchen herum, das nun erneut auf mich zu stürzte. Sie wollte nach mir greifen, doch ich wich ihr aus, packte sie an ihrem Shirt und schleuderte sie gegen ein Regal. Das Mädchen landete mit dem Gesicht voran auf dem Boden und regte sich nicht mehr.

Ich drehte mich zu Deans Gegner um, der ebenfalls gerade ohnmächtig wurde und neben einem anderen Jungen zusammensackte. Adam hatte die anderen beiden bereits erledigt.

»Das war viel zu leicht.« Deans Blick war auf Adam gerichtet, bevor er auf seine Uhr sah. »Ich hoffe du hast eine gute Erklärung dafür.«

Ohne Adams Antwort abzuwarten lief er weiter und sagte: »Haben gerade sechs unnatürlich starke Jugendliche bekämpft. Alle wurden nach kurzem Kampf ohnmächtig.«

»Wir bekommen auch gerade Besuch«, hörte ich Eva in meinem Ohr. Danach war Stille, vermutlich weil sie ihre Konzentration woanders brauchte.

Ich blickte auf meine Uhr und keuchte. Nur noch zehn Minuten. »Los! Los! Los!«

Dean wurde schneller, und wir begannen zu rennen. Von weiter vorne waren Kampfgeräusche zu hören.

Wir erreichten die Mitte der Halle. Hier standen keine Regale mehr. Vor unseren Augen führte ein Förderband quer durch die Halle. Links befand sich eine weiße Wand und ein gläsernes Becken, das schon fast zur Hälfte mit Wasser gefüllt war. In dessen Mitte saß ein gefesseltes, bewusstloses Mädchen. *Cassie!*

Ich wollte schreien, doch plötzlich sprangen mehrere grau gekleidete Jugendliche von dem oberen Teil des Förderbandes herunter und landeten direkt vor uns.

Ich zwang mich, meinen Fokus auf den bevorstehenden Kampf zu lenken und packte den ersten Typen, der sich mir in den Weg stellte. »Hau ab!« Mit all meiner Kraft schubste ich ihn gegen seine Freunde, die überrascht zur Seite stoben und dann wieder vorpreschten. Immer mehr von ihnen tauchten auf, von allen Seiten umzingelten sie uns und trieben uns von Cassie weg.

Ich stieß ein Mädchen weg und sah zu meiner Schwester. Sie war noch immer bewusstlos. Ihr Kinn hing im Wasser. Sie würde ertrinken!

Ich schrie, boxte einen Gegner und trat nach einem anderen. Doch egal wie viele von ihnen ich zurückdrängte, es kamen immer welche nach.

Panik breitete sich in mir aus, ließ mich immer stärker, schneller und härter kämpfen.

Sie waren zu mächtig. Es waren einfach zu viele.

Mein Blick flog erneut zu Cassie.

Wasser umspielte ihren Mund.

Ein weiterer Schrei entfuhr mir, meine Konzentration wackelte. Jemand packte mich. Ich wurde getreten und geboxt, herumgeschubst und konnte kaum meine Arme heben, so schnell waren die Gegner.

Ich hob meinen Kopf, blickte über die vielen wütenden Gesichter hinweg. Cassies Nase war unter Wasser.

»Nein!« Ich ließ meinen Schild vollständig herunter, spürte all die Wut und Zerrissenheit um mich herum und brüllte immer lauter. »Nein!« Ich presste meine Augen zusammen, spürte um mich herum so viele Gefühle, spürte ihre Wut, ihre Angst und ihren Schmerz.

Meine Augen öffneten sich. Cassies Augen waren unter Wasser. »Neeein!«

Tränen liefen über meine Wangen, und ich schrie aus vollem Halse, so laut, dass meine Ohren brannten. Ich schleuderte alles um mich herum von mir, die Gefühle, die wie eine Flutwelle über mich hereinbrechen wollten.

Ein Ruck ging durch mich hindurch, und im nächsten Moment war ich frei.

Ich sah mich nicht um, sondern rannte einfach los. Innerhalb weniger Sekunden war ich am Becken. Ich riss den Schlauch heraus, der Wasser über den Boden verteilte und sprang hoch. Mit meiner Hand drückte ich mich über den Beckenrand hinweg und landete im Wasser. »Cassie.« Ich keuchte und hob ihren Kopf, doch ihre Augen blieben geschlossen.

»Cassie …« Irgendwie hielt ich ihren Kopf oben und versuchte an ihren Fesseln zu reißen, doch sie waren so fest, dass sich das Wasser vom Blut rot färbte.

»Cassie!« Ich brüllte, als ihr Gesicht aus meinen Händen glitt und ich ihren Kopf erneut hochhalten musste. »Verdammte Scheiße!«

Ich sah mich um und trat gegen das Glas. Es riss.

Wieder trat ich zu. Fester. Immer wieder.

Risse überzogen das Glas, bildeten ein Muster, das an das Netz einer Spinne erinnerte. *Knack.* Im nächsten Moment zerbarst das Glas in tausend Teile, und Wasser flutete den Boden der Halle.

Ich hielt Cassie fest und spürte, wie der Sog an meiner Trainingskleidung zerrte.

Ich kniete mich vor Cassie und löste eilig ihre Fesseln. Erst von ihren nackten Füßen. Dann von ihrem Bauch. Zum Schluss von ihren wundgescheuerten Armen und Händen. »Bitte wach auf. Ich bin hier. Cassie, ich bin hier.« Ein Schluchzen entfuhr mir, als ich ihre blutigen Handgelenke befreite. »Es tut mir so leid. Bitte wach auf.«

Doch Cassie rührte sich nicht. Als ich die Fesseln um ihren Oberkörper löste, sackte sie nach vorne, als wäre sie tot. Sie war eiskalt.

Ich keuchte und umklammerte sie, brauchte ewig, um mich zu beruhigen. Fahrig fuhr ich mit einer Hand zu der Stelle unter ihrem Ohr, suchte und suchte. Nichts. *Oder doch? Moment!*

Ich spürte ein schwaches Pulsieren unter meinen Fingerkuppen. *Sie lebte!* Vor Erleichterung stöhnte ich und hielt Cassie noch fester umklammert. Ich hob sie hoch. Sie war so leicht.

Um meine Füße schwappte das immer noch nachlaufende Wasser aus dem Schlauch, und unter meinen Sohlen knirschte Glas.

Ich drehte mich um und erstarrte.

Mindestens zwei Dutzend Menschen lagen nur wenige Meter von mir bewusstlos auf dem Boden.

Meine Freunde erhoben sich langsam und starrten mich an, als hätte ich sie eigenhändig umgehauen.

»Vivien ist verletzt!«, rief George auf einmal und hob sie hoch, so, wie ich auch Cassie hielt.

»Wir sollten Meldung abgeben und so schnell wie möglich zur Akademie zurück«, sagte Dean und betrachtete mich ernst und nachdenklich, während auch er sich aufrichtete.

Ich nickte, hielt Cassie fest und rannte den anderen hinterher zum Ausgang. Auf dem Weg liefen wir an ohnmächtigen Jugendlichen vorbei, doch ich konnte nicht an sie denken. Cassie lebte. Noch. Doch ich hatte keine Ahnung, was sie ihr angetan haben könnten.

Wieder verteilten wir uns auf die Autos.

Ich saß mit Cassie hinten, hielt sie an mich gedrückt als wäre sie ein kleines Kind. Sie war so *groß*. Vielleicht überragte sie mich sogar schon.

Am Rande bekam ich mit, wie Dean die Akademie anrief und ihnen unsere Koordinaten mitteilte.

24. Kapitel

Als wir die Akademie erreichten, standen Agenten am Tor. Sie ließen den Wagen mit George, Eva, Christopher und Vivien nach einer kurzen Kontrolle durch.

Sobald wir neben das Pförtnerhäuschen fuhren, fiel mir auf, dass Mortimer gar nicht drin saß. Das Häuschen war leer, und davor standen zwei Agenten in schwarzer Trainingskleidung. Dean ließ das Fenster herunter. »Wir haben eine verletzte Zivilistin.«

»Wir können nicht zulassen, dass eine Zivilistin ohne Berechtigung das Gelände betritt«, sagte der große, stämmigere von den beiden, und sein Blick schien noch finsterer zu werden.

»Das ist meine Schwester«, erwiderte ich kalt von hinten und strich über ihre Stirn, die von meiner Berührung schon ganz heiß war. Meine Hand zitterte, Schweiß lief mir über meine Schläfen, und meine Kleidung klebte feucht an mir. Es kostete mich all meine Kraft, meinen Schild oben zu behalten. Irgendetwas war vorhin passiert. Mein Schild war kaputt. Ich konnte kaum geradeaus gucken. »Reden Sie mit Direktor Roberts!«

Der Agent kniff seine Augen zusammen. »Für einen entlaufenen Trainee hast du eine ganz schön große Klappe.«

»Ist mir egal! Reden Sie mit dem Direktor oder lassen Sie uns durch!«

Er sah aus, als würde er noch etwas sagen wollen.

»Bitte rufen Sie ihn an. Sie sehen doch, wie es den beiden geht«, sagte Dean und hielt dem Agenten seinen Ausweis entgegen.

Der Agent nahm ihn entgegen und warf einen kurzen Blick darauf, bevor er auch von Adam und mir den Ausweis forderte. Meine Hand zitterte zu sehr, um ihn herauszuholen. »Meine Kennnummer lautet MI20240789AY«, krächzte ich und musste mich räuspern, während ich fest meine Augen zusammenpresste und versuchte, all die Gefühle um mich herum auszublenden, die jedoch stetig in mich hinein zu sickern schienen. Es kostete mich so viel Kraft. Unendlich viel Kraft. Ich zitterte immer stärker, und immer wieder drangen kleine Emotionsfetzen zu mir durch.

Ich musste stark bleiben.

Der Agent prüfte mit seinem Tablet meine Kennnummer und nickte. Dann rief er endlich Direktor Roberts an und behielt Cassie die ganze Zeit im Auge, als wäre sie eine Gefahr. Mir war es egal. Hauptsache wir konnten bald durch. In der Akademie würde sie endlich in Sicherheit sein.

Schließlich nickte er. »Ihr dürft fahren.«

Dean gab Gas.

Kaum hatte er in der Tiefgarage geparkt, riss ich die Hintertür auf und rannte mit Cassie auf dem Arm los. Dean und Adam folgten mir.

Verdutzte Blicke folgten uns, als wir durch die Akademie rannten. Scheinbar waren wir direkt in der Pause zurückgekehrt.

Ich ignorierte die Blicke der anderen und lief direkt in das Krankenzimmer. Vivien lag bereits auf einem Krankenbett. Dr. Sam hatte sich über sie gebeugt, sah aber auf, als sie uns hereinkommen hörte. Sie entdeckte Cassie in meinen Armen, und ihre Augenbrauen hoben sich. »Leg sie auf ein Bett. Ich bin gleich bei euch.« Sie drehte ihren Kopf zu George, der neben Viviens Bett stand. »Holen Sie bitte Mr Turner.«

George nickte und verließ den Raum. Als er an mir und Cassie vorbeikam, warf er mir ein gepresstes Lächeln zu.

Ich erwiderte es und spürte plötzlich Deans Anwesenheit neben mir. Er nickte zu dem freien Bett und half mir, Cassie auf die Matratze zu legen. Sie sah so zerbrechlich aus, dass ich meine Lippen zusammenpressen musste. Vorsichtig strich ich ihr einige goldblonde Strähnen aus dem Gesicht, die nass an ihrer Haut klebten. Meine Hand zitterte dabei, und ich spürte, wie all die Anspannung und Angst darum kämpften, endlich loslassen zu können. Doch solange Cassie nicht wach war und ich mir nicht vollends sicher war, dass es ihr wirklich gut ging, würde beides weiter in mir toben. Meine Hände zitterten immer mehr. Ich war so durchnässt, dass ich inzwischen fröstelte und meine Augen zusammenpressen musste, um meine letzten Kräfte zusammenzunehmen.

Die Tür des Krankenzimmers wurde aufgestoßen, und Mr Turner kam herein. Er schnappte sich einen Kittel aus dem Schrank neben der Tür und sah sich dann um. Als er uns entdeckte, kniff er seine Augenbrauen zusammen und ging zu Dr. Sam.

Verständlich. Immerhin hatte ich eine Zivilistin in die Akademie gebracht und damit gegen eine wichtige Regel verstoßen.

Gerade als er zu Dr. Sam trat, wurde die Tür erneut aufgestoßen und Direktor Roberts trat in das Krankenzimmer. Sein Blick fiel erst auf mich und dann auf meine Freunde. »Sie alle kommen sofort mit! Dr. Sam und Mr Turner kümmern sich um die Verletzten.«

Ich warf einen letzten Blick auf Cassie und folgte ihm dann nach draußen. Hier war sie in Sicherheit. Niemand würde ihr etwas tun.

Direktor Roberts führte uns in einen Unterrichtsraum, der sich etwas weiter den Flur hinunter befand.

Erst als Dean, Adam, George, Christopher, Eva und ich eingetreten waren und uns in einer Reihe aufgestellt hatten, schloss der Direktor die Tür. Als er sich umdrehte, war sein Blick eiskalt. »Noch nie hatte ich einen so enttäuschenden Abschlussjahrgang vor mir stehen! Für dieses Fehlverhalten müsste ich Sie alle von der Akademie werfen lassen! Wie sind Sie auf die Idee gekommen, unerlaubt die Akademie zu verlassen und selbstständig eine Mission auszuführen, ohne wenigstens *einen* Agenten zu informieren?«

Ich reckte mein Kinn und sah dem Direktor in die Augen, versuchte es zumindest, denn meine Sicht verschwamm immer mehr. »Das ist meine Schuld. Ich habe sie gezwungen.«

Er schnaufte. »Wie nett von Ihnen, sich für die Gemeinschaft zu opfern, aber es fällt mir schwer zu glauben, dass so viele Agenten auf einmal ihre Fähigkeit mitzudenken verloren haben. Ich habe hier doch keine Schafe unterrichtet!«

»Meine Schwester wurde entführt. Ich war in Panik und habe die anderen damit angesteckt. Darf ich Ihnen das Video zeigen, das mir zugespielt wurde?«

Er nickte knapp.

Ich holte mein Handy aus meiner Tasche, öffnete die Nachricht und dann das Video, bevor ich es ihm reichte. Meine Hand zitterte nun so sehr, dass ich es fast fallen ließ.

Direktor Roberts verzog nicht eine Miene, während er mir das Handy abnahm und sich das Video ansah. Der Verdacht, er hätte von der Entführung schon vorher gewusst, ließ meinen Magen grummeln.

Als das Video zu Ende war, ließ er das Handy sinken, gab es mir aber nicht zurück. »Ich verstehe, dass dieses Video Sie aufgebracht haben muss«, sagte er nun viel ruhiger. »Dennoch hätten Sie sich an mich wenden müssen.«

Ich nickte, wusste nicht, was ich sagen sollte, wenn ich meinen vorherigen Verdacht, dass er etwas mit alldem zu tun hatte, nicht laut äußern wollte. Ich schluckte die plötzliche Übelkeit herunter.

»Das wird Konsequenzen haben, die ich mit den Leitern des MI20 besprechen muss. Sie alle dürfen bis dahin das Gelände nicht verlassen und sind hiermit offiziell verwarnt.«

»Sie haben es wegen mir gemacht. Ich habe sie manipuliert, so wie ich den Pförtner manipuliert habe.« Meine Stimme war leise, und ich bemühte mich, ruhig zu bleiben. Atmen. Ein. Aus. »Ich nehme die volle Verantwortung auf mich.«

Direktor Roberts sah aus, als wüsste er nicht, was er davon halten sollte. »Es wird dennoch ein Verfahren gegen Sie alle geben. Solange wird auch Ihre Ausbildung ausgesetzt. Die von Ihnen allen.«

Ich dachte an Vivien, und mein Magen verknotete sich, denn ich wusste nicht einmal, wie schwer sie verletzt war, weil ich so sehr auf Cassie fixiert gewesen war.

Alles um mich herum schwankte, und ich presste meine Lippen zusammen, bemühte mich, den Schild oben zu lassen. Immer mehr Emotionsfetzen prasselten auf mich ein und durchzuckten meinen Kopf.

Direktor Roberts sah uns alle nacheinander streng an und öffnete seinen Mund, um etwas zu sagen.

In diesem Moment erschlaffte meine Kraft. Der Schild fiel

herunter. All die Emotionen in meiner Nähe regneten auf mich nieder, zogen mich hinab und umspülten mich, bis ich das Gefühl hatte, zu ertrinken.

Ich schrie, spürte Wut, Trauer, Liebe, Freude, Leidenschaft. Alles auf einmal. Ich spürte so viel, dass es mir die Luft zum Atmen nahm, dass mein Schrei voll Heiserkeit zu ersticken drohte.

Mein Körper sank zu Boden. Arme fingen mich auf. Jemand hielt mich. Stimmen redeten auf mich ein.

Ich schrie.

Es tat so weh!

Ekel!

Wut. Wut. Wut.

Unverständnis.

Liebe. Liebe!

Freude.

Ärger!

Scham. Scham. Scham!

Ich schrie immer lauter.

Ich schrie so sehr, dass meine Stimme versagte und noch weiter. Schließlich wurde alles schwarz. Ich verlor mein Bewusstsein.

25. Kapitel

Als ich aufwachte, lag ich auf weichem Untergrund.

Meine Erinnerungen an Cassies Rettung und meinen Zusammenbruch kamen schlagartig zurück, und ich horchte in mich hinein. Ich spürte nichts. Vor Erleichterung lächelte ich.

Blinzelnd öffnete ich meine Augen, und ein Stöhnen entkam meinen Lippen, als ich die schwarzen, gepolsterten Wände und die verstärkte Glastür sah. Sie hatten mich eingesperrt.

Ich kannte diesen Raum, denn kurz nachdem ich an die Akademie gekommen war, hatten sie mich öfter hierhergebracht. Immer wenn mich meine Kraft an meine Grenzen gebracht hatte. So lange, bis ich es geschafft hatte, meinen Schild dauerhaft oben zu halten.

Mein Blick wanderte über den schwarzen, widerstandsfähigen Stoff, der den Raum auspolsterte und auch die festesten Schläge dämpfte. Hier hatte ich fast die gesamten ersten drei Monate meiner Ausbildung verbracht, bis Dr. Sam und ich es geschafft hatten, mich so weit zu bringen, nicht mehr im Speisesaal völlig auszuflippen.

Ich lag flach auf einem Sofa, und als ich zur Seite blickte, sah ich ein Bücherregal. Eine Decke war über mir ausgebreitet, spendete Wärme und verbreitete den vertrauten Duft eines blumigen Waschpulvers. Wenigstens war ich in einem der Regenerationsräume, die zum Ausruhen für Agenten gedacht waren. Die anderen hatten keine Möbel, da es gerne mal vorkam, dass überforderte Trainees, vor allem diejenigen aus dem ersten Jahr, durchdrehten und um sich schlugen.

Früher hatte ich diesen Raum gehasst, weil er mich daran erinnert hatte, wie schwach ich war. Heute bedeutete er für mich Ruhe und Frieden.

Mein Blick fiel auf das Glas, und ich hob meinen Kopf, als ich Dr. Sam auf der anderen Seite sitzen sah. Sie lächelte mich an. Das hatte sie immer getan, wenn ich hier nach einem Rückfall aufgewacht war. Die Vorstellung, sie würde hier über mich wachen, hatte etwas Tröstliches.

Sie drückte auf den Knopf neben der Tür. Ein kurzes Rauschen ertönte und dann ihre Stimme. »Wie geht es dir?«

»Ging mir schon besser.« Ich setzte mich ganz auf und strich die Decke von mir. Noch trug ich die Sachen von gestern, und ich entdeckte einen Satz frischer Klamotten vor der Tür. Die Trainingskleidung klebte steif an meinem Körper, und ich wäre am liebsten duschen gegangen, doch das war hier drin nicht möglich. »Ist Cassie aufgewacht?«

»Noch nicht.« Dr. Sams Stimme klang bedauernd, aber durch die Isolation des Raumes konnte ich ihre Gefühle nicht eindeutig greifen. »Wir wissen noch nicht, was ihr fehlt.«

Ich krallte die Finger in meine Trainingshose. »Aber Sie werden es herausfinden.«

»Wir tun unser Bestes.«

»Und wie geht es Vivien?«

»Es wird ihr wieder besser gehen. Aber jetzt müssen wir uns um dich kümmern.« Ihre ehrliche Antwort war alles, was ich bekommen würde. Ich kannte sie gut genug, um nicht weiter nachzuhaken. Wenn sie sagte, dass es Vivien wieder besser gehen würde, dann stimmte das auch. Auch wenn es bedeutete, dass es ihr jetzt gerade noch nicht gut ging.

»Ich weiß nicht, wie das passieren konnte.« Ich rieb mir die Stirn, versuchte alles zu rekonstruieren. »Irgendwas hat meinen Schild außer Gefecht gesetzt.«

Dr. Sam nickte und lächelte weiterhin. »In ein paar Tagen wirst du keine Probleme mehr haben. Doch dafür musst du hierbleiben. Okay?«

Ich nickte, denn ich hatte schon zu oft aus falschem Stolz darauf bestanden, früher raus zu können, und war dann nach wenigen Tagen wieder hier drinnen gelandet.

Auf ihrem Gesicht breitete sich ein stolzes Lächeln aus. »Hier ist noch was zu essen und ein Buch. Ruh dich aus. Es reicht, wenn wir morgen mit dem Training beginnen.« Sie schob ein Tablett mit einer Haube in eine Durchreiche neben der Tür, die so konzipiert war, dass ihre Seite zuerst geschlossen sein musste, bevor ich meine Seite öffnen konnte. So schirmte man die Trainees vor weiteren äußeren Einflüssen ab.

»Ich komme bald wieder. Sollte etwas sein, kannst du jederzeit den Knopf drücken. Okay?«

Mein Blick fiel auf den kleinen, roten Knopf über der Durchreiche. »Ist okay.«

Als Dr. Sam weg war, stand ich auf und zog mir die Jogginghose und ein Sweatshirt mit dem Akademienamen darauf an.

Als ich mich umgezogen hatte, ging ich zur Glastür, und spähte hinaus. Es gab drei solcher Räume, dessen Türen sich wie im Kreis zueinander befanden. Ich konnte eine kleine Ecke der anderen Zellen sehen, doch niemand war hier oder wollte sich zeigen.

Manchmal konnte man sich mit anderen unterhalten, was ganz nett war, sobald man die erste Scheu überwunden hatte.

Es war schwer, sich in diesem zellenartigen Raum nicht wie ein Versager zu fühlen.

Ich drückte auf einen gelben Knopf links von der Glastür. »Zelle drei ist belegt.« Meine Stimme würde nun leise in den anderen Räumen erklingen, genauso wie im Überwachungsraum.

Einen Moment lang wartete ich, aber nichts passierte. Vielleicht war ich alleine, vielleicht aber auch nicht.

Also ging ich zu meinem Tablett und hob die Essenshaube. Es gab Pasta, Salat, Pudding und Orangensaft aus einem Saftpäckchen. Daneben lag ein Buch mit Kreuzworträtseln. Meine Stimme klang etwas eingerostet, als mir ein Lachen entwich, und lächelte noch immer, als ich schließlich mit dem Essen begann.

Es war, als wäre nun eine tonnenschwere Last von meinen Schultern gefallen.

Cassie war hier.

Vivien war in den richtigen Händen.

Jetzt würde alles gut gehen.

*

Es dauerte zwei Tage, bis ich wieder soweit war, dass ich meinen Schild ohne Probleme oben halten konnte. Erst dann betrat Dr. Sam meine Zelle und brachte einen Stuhl mit, setzte sich aber neben mich aufs Sofa. »Was fühlst du?«

Ich lächelte. »Mich selbst.«

Sie erwiderte mein Lächeln. »Das freut mich. Dann würde ich nun zum Test jemanden dazu holen, okay?«

Das hatte sie noch nie getan. Als ich zustimmend nickte, holte sie ihr Handy heraus und verschickte eine Nachricht.

Sie hatte kaum ihr Handy weggepackt, als Dean auch schon vor der gläsernen Tür auftauchte.

Nervosität wallte in mir auf. Mit einem Mal kam mir dieser schützende Ort wie eine Gummizelle vor.

Als er eintrat, schaute ich nicht ihn an, sondern hielt meinen Blick fest auf Dr. Sam gerichtet. Sie konnte nicht wissen, dass es für mich jeder hätte sein können, nur nicht *er*. Doch schließlich riss ich mich zusammen und blickte in Deans Augen. Ich fixierte ihn, wollte ihm beweisen, dass ich freiwillig hier war und nicht, weil ich ausgetickt bin.

»Hi«, sagte ich, bevor er es tun konnte, und sah zu, wie er sich uns gegenüber auf den Stuhl setzte, den Dr. Sam mitgebracht hatte.

»Nett hast du es hier.«

Ich presste meine Lippen zusammen und öffnete automatisch meinen Schild. Sein Mitleid traf mich wie ein Schlag. Schnell hob ich ihn wieder an und versuchte mir nichts anmerken zu lassen. Doch gleichzeitig konnte ich nicht leugnen, dass sich ein Feuer in meiner Brust ausbreitete.

Als ich Dean nicht antwortete, übernahm Dr. Sam wieder das Gespräch. »Alexis, was fühlst du jetzt?«

Demütigung. Scham. Wut. »Mich selbst.« Ich wollte, dass Dean ging, sagte es aber nicht und verschloss meine Gefühle den anderen gegenüber.

»Sehr gut.« Sie sah zu Dean. »Würdest du uns sagen, was während eurer Rettungsaktion passiert ist?«

Verwirrt sah ich zwischen den beiden hin und her und hatte keine Ahnung, was das jetzt sollte.

Dean sah zu mir herüber, die Augenbrauen ernst zusammengezogen. »Wir waren umzingelt von Jugendlichen mit … außergewöhnlichen Kräften. Cassie war kurz davor zu ertrinken. Alexis schrie, und im nächsten Moment wurde alles schwarz.« Seine Augenbrauen zogen sich bei der Erinnerung noch fester zusammen. »Ich denke, es müsste ungefähr eine halbe Minute vergangen sein, bevor ich wieder aufwachte. Ebenso wie die anderen unseres Jahrgangs. Durch ihren Schrei wurden wir ohnmächtig.«

Mein Mund öffnete sich, doch kein Wort konnte meine Überraschung ausdrücken. Nicht einen Moment lang hatte ich darüber nachgedacht, dass *ich* Schuld an dieser kollektiven Ohnmacht gewesen sein könnte.

»Alexis, was fühlst du?«

Schock. »Mich selbst.«

Dr. Sam lächelte und notierte sich etwas auf ihrem Klemmbrett. »Dean, danke für deine Hilfe.«

Dean stand auf. Ich spürte seinen Blick auf mir, konnte ihn aber nicht ansehen. Ich wollte zwar wissen, ob er und die anderen sauer auf mich waren, aber ich traute mich nicht zu fragen. Ich war kein Feigling, aber jetzt in diesem Moment fühlte ich mich wie einer.

Erst als er draußen war, sprach ich wieder. »Ist das ein Test?«

Dr. Sam nickte und ließ das Klemmbrett sinken. »Du musst alle kommenden Neuigkeiten sowieso erfahren. Deine Kraft wurde erschüttert, und um die Gefahr eines erneuten Zusammenbruchs zu reduzieren, möchte ich deine Reaktionen besser einschätzen können. Ich hoffe, das ist für dich okay.«

Ich starrte sie einen Moment lang an. Ihre Worte ergaben Sinn. Dennoch ließen sie das Gefühl des absoluten Versagens in mir aufkommen. »Ja, vermutlich sollten wir es besser jetzt testen.«

»Danke für dein Verständnis.« Sie verschickte eine erneute Nachricht mit ihrem Handy.

Kurz darauf kam Adam durch die Tür. Er betrachtete den Raum mit einem Stirnrunzeln, bevor er mich ansah und lächelte. Weil ich sein Mitleid nicht spüren wollte, ließ ich meinen Schild oben.

Er setzte sich ebenfalls auf den Stuhl. »Hey.«

»Hey«, wiederholte ich matt.

»Ich darf dir nichts sagen«, begann er sofort. »Du hast die Wahrheit verdient, aber die Geheimhaltungsstufe …«

»Ich weiß«, meinte ich schnell und verzog meinen Mund.

Adam holte hörbar Luft und sah mir in die Augen. »Dennoch gibt es etwas, das ich dir sagen kann und auch sollte. Ich bin schuld, dass deine Schwester entführt wurde.«

Die Worte drangen wie durch einen Schleier zu mir durch. Ich starrte ihn an und versuchte zu begreifen, was er da sagte, doch es gelang mir einfach nicht. »Was?« Das Wort klang hohl.

Adam sah nicht weg. »In der Nacht, als wir uns außerhalb der Akademie getroffen haben, bin ich dir gefolgt.«

»Nein«, flüsterte ich und spürte Wut in mir hochsteigen. Wut auf ihn, aber auch auf mich, weil ich ihm nicht von Anfang an mehr misstraut hatte. »Wieso hast du das getan?«

»Ich war einfach neugierig darauf, was du mitten in der Nacht draußen machst. Ich konnte nicht wissen, dass sie mir einen Ortungschip implantiert hatten. Die Akademie war sich sicher, dass wir alles gefunden haben, was *sie* mir unter die Haut gesteckt haben.«

»Unter die Haut?«

Er nickte und wich meinem Blick nicht aus, obwohl Unbehagen in seinen Augen aufblitzte. Langsam schob er die Ärmel seines Pullovers hoch und entblößte die Narben, die mit der Zeit zu verblassen schienen. »Elektroden, die Stromstöße durch meinen Körper gejagt haben, immer wenn ich nicht tat, was mir aufgetragen wurde. Abhörgeräte, die jedes meiner Worte aufgezeichnet haben und mehrere Ortungschips. Vielleicht, falls mal einer ausfällt. Keine Ahnung.« Er seufzte und strich sich über sein Gesicht, als wolle er die Erinnerung daran wegwischen.

»Wer sind *sie?*«, fragte ich und konnte die Schärfe in meiner Stimme nicht zügeln.

»Direktor Roberts und ich waren sicher, wir hätten sämtliche Fremdkörper entfernt. Dem war nicht so«, sagte Dr. Sam entschuldigend und zugleich ausweichend. »Sie haben Adam geortet und müssen dann so auf Cassie gestoßen sein.«

»*Wer. Sind. Sie?*«, fragte ich erneut. Aber wieder – keine Reaktion. So langsam nervten mich diese Geheimhaltungsstufen. Ich fixierte Adam, denn ich wollte endlich Antworten haben. »Warum warst du damals überhaupt draußen?«

»Ich musste raus. Diese Akademie ist voller Erinnerungen, denen ich einfach entkommen wollte.« Seine Augen fanden meine. »Es tut mir leid. Erst als du mir das Messer an die Kehle gehalten hast, wurde mir klar, dass es meine Schuld gewesen sein muss. Dr. Sam hat den Ortungschip sofort danach entfernt. Wir haben Cassie gesucht, aber nicht gefunden.«

Ich zitterte leicht und sah von ihm zu Dr. Sam. »Sie wussten es?«

»Von der Entführung deiner Schwester?«

Ich konnte nur nicken. Meine Finger gruben sich in die Sitzpolster.

»Ja. Es tut mir leid.« Keine Erklärung, nur eine Entschuldigung.

Ich konnte nichts darauf erwidern und sah zu Adam, während in meinem Innern alles zitterte. »In dieser Fabrik. Du sagtest, die Jugendlichen wären Experimente. Was meintest du damit? Wer hat an ihnen experimentiert?« *An dir*, dachte ich, konnte es aber nicht aussprechen.

Doch wie ich befürchtet hatte, schüttelte Adam seinen Kopf und sah kurz zu Dr. Sam, die gerade etwas notierte. »Dazu darf ich leider nichts sagen.«

»Ich verstehe«, murmelte ich, auch wenn ich am liebsten auf irgendwas eingeschlagen hätte. Ich war so wütend! Wieso gab man mir keine Antworten?

Nun sah Dr. Sam auf. »Ich danke dir, Adam.«

»Gerne.« Er stand auf und warf mir ein gepresstes Lächeln zu. »Es tut mir leid.«

»Ich weiß«, sagte ich, denn zumindest *das* glaubte ich ihm.

Er ging, und ich sah ihm nach, bis er die Tür hinter sich zuzog und ich wieder Dr. Sam meine Aufmerksamkeit schenkte. Sie hatte es gewusst und nichts gesagt.

»Und was fühlst du jetzt?«

Enttäuschung. Wut. Misstrauen. »Mich selbst.«

Ihr Lächeln war dieses Mal nicht so enthusiastisch. Sie schrieb eine erneute Nachricht von ihrem Handy, und ich ahnte schon, wer als Nächstes an der Reihe war.

Tatsächlich kam nur wenig später Direktor Roberts in den Raum, dem ich nun nichts Positives mehr abgewinnen konnte. Diese Wände waren nur noch ein Zeichen meines absoluten Versagens.

»Alexis.«

»Direktor Roberts«, imitierte ich seinen trockenen Tonfall.

Direktor Roberts sah mich ernst an, als er sich setzte. »Nach allem was passiert ist, wirst du einen Klassentest machen müssen.«

Ich schluckte. Das bedeutete, er würde mich runterstufen. Ich hatte meine Fähigkeiten nicht mehr vollständig unter Kontrolle, was mich automatisch nicht mehr der Geheimhaltungsstufe *Secret, Klasse drei* zugehörig machte. Dieser Test war unnötig. Ich wusste, dass meine Situation aussichtslos war. Allein dass er einen Klassentest ansprach, bedeutete, dass meine Geheimhaltungsstufe auf *Secret, Klasse zwei* runtergestuft werden würde.

Eine Runterstufung in diesem Jahrgang bedeutete für mich, dass ich nicht weiter an den Abschlussprüfungen teilnehmen konnte, denn ausschließlich Trainees der Klasse drei durften die Prüfungen absolvieren.

Soweit ich wusste, war eine Runterstufung im Abschlussjahr noch nie vorgekommen.

Mein zittriges Einatmen war lautlos, und dennoch war ich mir sicher, dass der Direktor es hören konnte, denn kurz huschte ein mitfühlendes Lächeln über seine Lippen. »Es wird sich schon alles regeln.«

»Was waren das für Jugendliche?«, fragte ich, weil mir inzwischen alles egal war. »Adam sagte, sie seien Experimente und sie hatten Kräfte. Kommen sie jetzt an unsere Akademie?« Keine Ahnung, wieso mir gerade *diese* Frage in den Sinn kam.

Direktor Roberts schüttelte bedauernd seinen Kopf. »Nein. Als wir ankamen, waren bereits alle fort.«

Schock breitete sich in mir aus. »Alle?«

Er nickte, und ein bitteres Lächeln umspielte seine Lippen. »Es war nichts mehr da. Auch keine Spuren, die darauf schließen ließen, wo sie als Nächstes hin sind. Ihre Führer werden sie geholt haben, bevor wir aufgetaucht sind – oder sie sind vorher aufgewacht und gegangen.« Ein untypisches Schnauben entkam ihm. »So nah sind wir ihnen noch nie gewesen.«

Und ich hatte alles versaut. »Wem genau? Wer sind die?«

Ein kurzes, entschuldigendes Lächeln kam vom Direktor. »Das liegt leider außerhalb deiner Geheimhaltungsstufe.«

Kurz entglitten mir meine Gesichtszüge, und am liebsten hätte ich ihn gepackt und geschüttelt, bis er mir alles sagte. Doch ich riss mich zusammen. »Was passiert jetzt?« Meine Stimme war kühl.

Direktor Roberts Miene verzog sich und wurde weich. »Du hättest mir oder einem Lehrer von dem Video erzählen müssen, statt eigenmächtig zu handeln.«

»Sie hätten mir von der Entführung erzählen müssen«, erwiderte ich und atmete zittrig ein. »Ich wollte zu Ihnen gehen und Ihnen alles sagen, aber dann habe ich Cassies Akte auf Ihrem Tisch gesehen, und Sie haben sich so komisch verhalten …« Ich verstummte, als ich die Bestürzung in seinen Augen sah.

»Du dachtest, ich hätte etwas damit zu tun«, schlussfolgerte er.

Ich öffnete meinen Schild und konzentrierte mich ganz auf ihn. Seine Bestürzung war echt. »Ich konnte kein Risiko eingehen.«

Er sah mich an, und ich spürte auch Dr. Sams prüfenden Blick auf mir.

Obwohl ich dazu ausgebildet worden war, konnte ich es in diesem Fall nicht so einfach hinnehmen. »Das erklärt nicht, warum Sie mir nichts gesagt haben.«

Der Direktor nickte und sah an mir vorbei durch den Raum. »Wir wollten sie retten, bevor du etwas merkst. Cassie ist deine Achillesferse. Du würdest alles für sie tun. Wie sich jetzt offensichtlich auch bestätigt hat.«

Ich presste meine Lippen zusammen, als ich den leisen Vorwurf in seiner Stimme hörte. »Wir alle haben etwas, das uns angreifbar macht.«

Er nickte und lächelte mich dann knapp an. »Vorerst sind wir hier fertig. Der Vorstand berät noch über die Konsequenzen eures Handelns.«

»Es ist alles meine Schuld«, wiederholte ich, wie schon vor ein paar Tagen.

Direktor Roberts stand schon im Türrahmen, als er sich nun nochmal zu mir umdrehte. »Du hast deinen Mitschülern einen Anreiz gegeben, aber jeder von ihnen hat sich selbst dazu entschieden, dir widerstandslos zu folgen. Es war ihre Entscheidung, und damit müssen sie nun leben.« Mit diesen Worten ging er und ließ mich mit Dr. Sam zurück.

»Ich fühle nur mich selbst«, antwortete ich, bevor sie mich überhaupt fragen konnte. »Kann ich gehen?«

»Ja. Das kannst du.« Sie klang entschuldigend.

Ich sah sie nicht an, als ich den Raum verließ. Ich wollte das alles einfach nur noch hinter mir lassen. Sie und diese Räume.

Ich ließ den Regenerationstrakt hinter mir, durchquerte einen schmalen Flur, passierte den Überwachungsraum und stieß die Tür auf, die mich in den großen Flur der Basis führte. Ich schaffte es gerade noch die dunkle Holztür nicht vor Wut hinter mir zuzuschlagen, als ich Dean auf dem Flur stehen sah. Er lehnte an der Wand gegenüber der Tür, hatte die Hände in den Hosentaschen vergraben und betrachtete mich besorgt.

»Hier hast du den Beweis, dass ich ein Freak bin.« Meine Stimme war kaum mehr als ein Zischen, weil ich nicht wollte, dass mich irgendjemand hörte. Das irgendjemand den

Schmerz in meiner Stimme wahrnahm. Ich schob meine Hände vor Wut in die Bauchtasche des Trainingspullovers und ging an ihm vorbei. Dabei hielt ich Abstand. Ich wollte gar nicht wissen, wie ich gerade roch.

Im Augenwinkel sah ich, wie Dean sich von der Wand abstieß und mir mit einigen Schritten Abstand folgte. »Du bist kein Freak«, sagte er ernst. »Das warst du nie.«

Ein Schnauben entkam mir, während ich geschlossene Türen passierte. Als ich meinen Schild kurz öffnete, spürte ich, dass Menschen hinter den Türen waren. Ich nahm Neugierde wahr. Sie konnten uns hören.

Ich ging noch einen Schritt schneller. »Achja? Ich erinnere mich noch sehr gut daran, wie du mich damals gehänselt hast. Jedes Mal, wenn ich von einer Regeneration zurückkam.«

»Ich war ein dummer Junge. Es tut mir leid«, sagte er leise.

Fast wäre ich gestolpert. Ich warf einen Blick über meine Schulter, um in sein Gesicht zu sehen und zu prüfen, ob er es ernst meinte. »Ist jetzt auch egal. Könntest du aufhören, mir hinterherzulaufen?« Wir erreichten die Eingangshalle der Basis und gingen auf die Verbindungstür zu, durch die wir in die Akademie kamen.

»Ich muss zufällig auch dahin«, erwiderte er, und ich hörte ein Schmunzeln in seinen Worten.

Am liebsten hätte ich mich umgedreht, um ihn zu boxen. Mit zusammengepressten Lippen durchquerte ich die Halle, in der nur ein paar Agenten standen und sich leise unterhielten. Uns musterten sie nur kurz, bevor sie sich wieder ihren Gesprächen widmeten.

Ich öffnete die Verbindungstür und lief hindurch, wartete nicht auf Dean, dessen Schritte ich leise hinter mir hörte.

In der Akademie war einiges los, überall standen kleine

Grüppchen von Schülern zusammen. Sie alle wussten vermutlich schon Bescheid. Über Thomas. Über Cassie. Über all meine Fehler. Nein, nicht *alle.* Nicht, dass ich das MI20 hintergangen hatte.

Ich hielt den Kopf erhoben, sah aber niemanden direkt an und sperrte auch alle Gefühle aus.

Erst als wir die Treppe erreichten und wieder alleine waren, sprach Dean mich erneut an. »Wieso rennst du vor mir weg?«

Ich setzte einen möglichst arroganten Blick auf, bevor ich über meine Schulter sah. »Ich will nur auf mein Zimmer und meine Ruhe.«

»Alexis, es ist viel passiert, und ich will endlich Antworten haben«, sagte er hinter mir.

Ich fuhr mitten auf der Treppe herum. »Du willst Antworten? Ich habe alles dafür getan, meine Schwester zu retten. Dabei habe ich euch *alle* verletzt, weil ich scheinbar immer noch keine Kontrolle über meine Kräfte habe! Ich werde eine Klasse runtergestuft.« Ein leicht hysterisches Lachen entfuhr mir, während mir gleichzeitig Tränen in die Augen schossen. »Das bedeutet, ich werde die Abschlussprüfung nicht machen dürfen. Also herzlichen Glückwunsch, denn damit hast du mich endgültig überholt und bist Sieger unseres beschissenen kleinen Machtkampfes.«

Er starrte mich an, als hätte ich den Verstand verloren. Mitten auf der Treppe ging er auf mich zu. »Glaubst du etwa, mich interessiert dieses dumme Spiel, das wir seit Jahren spielen, überhaupt noch? Hast du es denn nicht begriffen?«

Ich wich zurück, bis ich das kühle Treppengeländer im Rücken spürte. »Was begriffen?«

Er knurrte und fuhr sich durch sein Haar, zeigte mir eine Unsicherheit, die ich so nicht von ihm kannte. »Wie kann man nur so blind sein? Was denkst du denn, was das für ein Kuss zwischen uns war? Glaubst du etwa, dass ich mit dir spiele?«

Kopfschüttelnd starrte ich ihn an, und mein Herz schlug viel zu schnell, viel zu stark. »Was meinst …?«

Dean stieß erneut ein Knurren aus, unterbrach meine Frage und packte mich an den Schultern. Dann beugte er sich zu mir herunter. Seine Lippen pressten sich auf meine. Fest, hart, geradezu wütend, und seine Arme umschlangen mich, als wäre er sich nicht sicher, ob er mich umarmen oder schütteln sollte.

Vor Überraschung stieß ich ein Geräusch aus, das von seinen Lippen geschluckt wurde. Ein elektrisches Kribbeln schoss durch meinen Körper, von meinen Lippen, bis hin zu meinen Zehenspitzen.

Meine Hände legten sich ganz unbewusst in seinen Nacken und zogen ihn noch näher an mich heran. Kein Blatt passte mehr zwischen uns.

Das hier war unbeschreiblich.

Ich seufzte an seinen Lippen, erwiderte den Druck, der von ihnen ausging und erzitterte, als seine Hände über meinen Rücken fuhren.

Alles in mir pulsierte. Unsere Körper berührten sich überall.

Das Gefühl unseres ersten Kusses kam zurück, und ich ließ es zu, sog alles in mich auf und schmolz dahin.

Meine Lippen teilten sich, und Deans Zunge stieß vor, fand meine und umkreiste sie. Ein tiefer Laut drang aus seiner Kehle.

Ich stöhnte, öffnete meinen Schild wie automatisch und zuckte im nächsten Moment zurück, als ich die Gefühle sich nähernder Personen wahrnahm.

Dean blinzelte. Er starrte mich mit vom Küssen geschwollenen Lippen an. Er brauchte einen Moment, bis er die Schritte auf der Treppe wahrnahm und trat erst dann zurück. Er schluckte hörbar, als seine Augen die meinen fanden. Sie blickten mich so offen an wie noch nie. Es lag so viel darin, doch ich sah nur sein Begehren. Er *wollte* mich.

Ich spürte dasselbe Begehren in mir, dieselben Gefühle, die zu körperlich waren und mein Herz schmerzten. Das hier war nicht das, was ich wollte. Aber was ich wollte, was ich gerade fühlte, war unwichtig, solange noch all meine Lügen zwischen uns standen.

Ich drehte mich von ihm weg. »Es tut mir leid«, flüsterte ich. »Aber ich kann das nicht.«

Bevor er etwas sagen konnte, lief ich hoch und passierte dabei eine Gruppe jüngerer Trainees, die mir tratschend entgegenkamen.

Ich sprang die letzten Stufen geradezu hoch, denn ich brauchte dringend Abstand zu Dean. Der mich geküsst hatte.

Meine Lippen pressten sich aufeinander, doch auch so konnte ich das Kribbeln auf meiner Haut nicht verscheuchen. Meine Muskeln fühlten sich weich an, geradezu schwach. Deshalb konnte ich das erleichterte Seufzen nicht zurückhalten, als ich schließlich den Flur zu meinem Zimmer erreicht hatte.

26. Kapitel

Ich warf meine Zimmertür hinter mir zu und rieb mir stöhnend mein Gesicht, versuchte das Kribbeln irgendwie loszuwerden. Dean hatte mich geküsst. *Mich!* Genauso wie ich ihn. Und nicht nur einmal. Das war doch verrückt!

Während ich duschte und den Schweiß der letzten Tage von mir wusch, versuchte ich mein Gefühlschaos zu entwirren. Es war so viel passiert, und jetzt spielte auch noch mein Herz verrückt! Wenn ich mich auf etwas hatte verlassen können, dann auf die kleinen Kämpfe mit Dean. War das nun vorbei?

Ich lachte unter dem Wasserstrahl und verschluckte mich beinahe. Natürlich war es vorbei! Alles war vorbei. Er und die anderen würden ihre Ausbildung beenden. Und dann wären sie weg. Was mit mir passierte, wusste ich noch nicht. Ich schluckte und kniff fest die Augen zusammen. Nein, darüber konnte ich jetzt noch nicht nachdenken.

Ich stellte das Wasser ab, trocknete mich ab und ging dann in mein Zimmer, um mir etwas zum Anziehen rauszusuchen.

Während ich noch meine Jogginghose über die Beine zog, schaute ich mich in meinem Zimmer um. Noch immer stapelten sich Klamotten und Bücher auf dem Boden. Es war so unordentlich wie immer, und plötzlich konnte ich dieses ständige Chaos nicht mehr aushalten.

Ich schlüpfte in ein weißes Shirt und sammelte dann die Wäsche vom Boden auf. Ich musste ganze drei Mal zum Waschzimmer gehen, um all meine Wäsche zu transportieren.

Zum Glück waren die drei Waschmaschinen frei, denn so konnte ich sie in hell, bunt und dunkel aufteilen und alle gleichzeitig laufen lassen.

Währenddessen ging ich zurück in mein Zimmer und sammelte all meine herumliegenden Bücher ein, um sie endlich in das Bücherregal zu stellen, das bisher immer leer gewesen war.

Danach machte ich mich über meinen Schreibtisch her und entsorgte alle unnötigen Notizen. Hier lag so viel Müll rum, den ich einfach nicht mehr brauchte. Wieso hatte ich das nicht schon eher getan?

Als ich wieder zurück zum Waschraum lief, piepten die Maschinen bereits. Ich holte die Wäsche heraus und stopfte sie in die Trockner.

»Ist heute Waschtag?«, fragte Eva plötzlich hinter mir.

Ich schloss die letzte Klappe, stellte das Programm ein und erwiderte, ohne mich zu ihr umzudrehen: »Muss auch mal sein.«

Sie schnaubte. »Du versteckst dich doch nur hier.«

»Wovor sollte ich mich denn verstecken?« Ich reckte mein Kinn und funkelte sie über meine Schulter hinweg an.

Sie stand am Türrahmen gelehnt. »Keine Ahnung. Vor uns? Vor Vivien? Vor Cassie? Hast du überhaupt einmal nach den beiden gesehen?«

»Ich war im Regenerationsraum. Meine Kräfte haben verrückt gespielt, nach allem was passiert ist.« Ich verstummte, dachte daran, dass ich den Klassentest wiederholen musste und schluckte. Darüber sollte ich nicht nachdenken. Ich konnte es sowieso nicht ändern. »Wie geht es Vivien?«

»Sie ist gestern aufgewacht.«

Ich schluckte. Dann musste es ziemlich schlimm gewesen

sein, wenn ihr Körper so lange gebraucht hatte, um sich zu regenerieren. »Dann sollte ich wohl hingehen.«

Eva stieß sich ab und seufzte. »Lass uns mit diesem Unsinn aufhören. Was ist in der Lagerhalle passiert?«

Ich sah meine Freundin an und spürte mit einem Mal das schlechte Gewissen, das sich wie ein Amboss auf meinen Magen drückte. Auch sie hatte ich verdächtigt, auch wenn sie das nicht wusste. Ich hatte immer noch niemand anderem von den Karten erzählt. »Keine Ahnung«, gab ich zu und betrachtete mit gerunzelter Stirn die Bodenfliesen. »Ich habe nur noch Cassie gesehen. Dean sagte, es wäre alles meine Schuld. Die Ohnmacht. Vivien.«

»Du hast es nicht mit Absicht gemacht. Wir sind nicht sauer auf dich, falls du das denkst.« Ich sah auf, und sie lächelte mich an. »Komm schon, wir sind doch alle ein Team. Das ist doch irgendwie Berufsrisiko.«

Fast hätte ich gelächelt. »Wie geht es Vivien? Ist sie sauer auf mich?«

»Sie ist nicht sauer. Aber es geht ihr auch noch nicht so gut«, gab Eva zu und sah nun ihrerseits weg. Ich spähte über meinen Schild hinweg und spürte ihr Unwohlsein, wusste aber nicht genau, weshalb sie sich so fühlte.

Ich hob den Schild wieder an. »Vielleicht hast du Recht. Ich verstecke mich. Dabei sollte ich jetzt bei ihr sein.« Ein beschämtes Lachen entfuhr mir, und ich rieb mir die Stirn. »Was bin ich für eine beschissene Freundin? Ich räume vor lauter Angst mein Zimmer auf, anstatt zu ihr zu gehen. Und Cassie … all das, um sie zu retten, und dann traue ich mich nicht einmal, sie zu besuchen.«

Eva lachte. »Wenn du dich lieber dem Chaos in deinem

Zimmer als den beiden stellst, dann muss es ja wirklich ernst sein. Soll ich mitkommen?«

»Nein, ich schaffe das schon.« Der Amboss in meinem Bauch schien immer schwerer zu werden, doch ich ließ mir davon nichts anmerken.

Wir verließen gemeinsam den Waschraum, bevor wir uns an der Treppe trennten. Sie drückte einmal kurz meinen Arm, sprach mir stumm Mut zu, und ich erwiderte diese Geste mit einem kleinen Lächeln. Während Eva zu den Schlafräumen ging, nahm ich die Treppe nach unten.

Es war Nachmittag. Die anderen Trainees waren im Unterricht, während unser Semester in dieser Woche davon ausgeschlossen wurde, solange noch nicht entschieden war, wie sie uns bestrafen sollten.

Ich erreichte das Erdgeschoss, das verlassen dalag, und lief den Hauptflur hinunter.

Kurz bevor ich das Krankenzimmer erreichte, wurde ich unwillkürlich langsamer. Ich wischte mit meinen Händen über meine Oberschenkel, als wären sie klamm. Doch ich schwitzte nicht.

Mein Blick war fest auf die Türklinke gerichtet.

Edelstahl. Matt. Gebogener Griff.

Die Tür bestand aus dunklem Holz, verziert mit kleinen Narben aus den letzten hundert Jahren.

Mir fielen spontan fünfzehn Arten ein, wie ich die Tür öffnen könnte.

Nur eine davon war angemessen. Also legte ich meine Hand auf die Klinke und drückte sie herunter.

Der Geruch von Desinfektionsmittel lag in der Luft, und ich zwang mich, meine Nase nicht zu verziehen.

Im Bett gegenüber der Tür lag Vivien. Sie hatte ihr Gesicht

von mir abgewandt und schaute zur Seite. Ich folgte ihrem Blick, aber das Büro von Dr. Sam war leer.

Seit unserem ersten Aufeinandertreffen an meinem ersten Tag in der Akademie war ich ihr gegenüber nicht mehr so unsicher gewesen.

Mein Blick glitt weiter zu dem Bett am Ende des Raumes. Die Vorhänge waren zugezogen und schufen so ein bisschen Privatsphäre. *Cassie.*

Ich konzentrierte mich auf Vivien und schloss die Tür hinter mir.

Sie blinzelte und drehte ihren Kopf, um zu sehen, wer gekommen war.

Als ich ihr Gesicht sah, spürte ich Galle in mir aufsteigen. Meine Schuldgefühle drückten meinen Magen so fest zusammen, dass ich mich zusammenreißen musste, um nicht zu zeigen, wie schockiert ich war.

»Hi«, sagte sie und lächelte leicht, als würde sie meine Gefühle wahrnehmen können.

Ich schluckte den Schmerz herunter. »Hi.« Mein Blick wanderte über ihr Gesicht, über die Narbe, die sich von ihrer Wange bis über ihren Hals hinunter zu ihrer Brust zog und dann unter dem Krankenhaushemd verschwand. »Es tut mir *so* leid.«

Ihr Lächeln vertiefte sich. »Es war ein Unfall.«

»Ich hätte stärker sein müssen.«

Sie lachte kurz und leise auf. »Du bist stark genug. Immerhin hast du es geschafft, eine ganze Lagerhalle voller Menschen lahmzulegen. Bitte, hör auf, dich schlecht zu fühlen.«

»Ich …«

Vivien sprach weiter, als ich es nicht mehr konnte. »Ich kenne dich mittlerweile ziemlich gut. Du brauchst mir nichts vorzumachen.« Sie klopfte neben sich auf das Bett. »Jetzt hör auf da herumzustehen, als hättest du Angst vor mir.«

Ich lächelte, als ich ihren tadelnden Tonfall bemerkte und ging zu ihr. Vorsichtig setzte ich mich am Fußende des Bettes auf die Kante und betrachtete sie. »Wie konnte das passieren?«

»Der Typ, gegen den ich gerade gekämpft habe, hatte ein Messer in der Hand, als es passierte. Scheinbar ist in dem Moment, als wir alle bewusstlos wurden, so ein riesiger Kerl auf meinen Angreifer gefallen, sodass seine Waffe in meinem Gesicht landete. Ich hatte einfach Pech.«

Ich schluckte und spürte, wie plötzlich Tränen in mir aufstiegen. Es musste eine schreckliche Verletzung gewesen sein, wenn die Narbe nach drei Tagen noch so gut zu sehen war. Sie glänzte leicht, wahrscheinlich weil Dr. Sam erst kürzlich eine heilende Salbe draufgeschmiert hatte. »Tut es noch sehr weh?«

»Es juckt.« Sie kicherte und zuckte mit ihren Schultern, während sie sich ein bisschen weiter aufsetzte. »Heißt doch angeblich, dass es heilt, oder?«

Ein Schmunzeln legte sich über meine Lippen, und ich strich über die Decke. »Sowas habe ich auch schon mal gehört.« Ich musste mich räuspern, bevor ich die folgende Frage aussprechen konnte. »Wird es vollständig verheilen?«

Sie zuckte mit ihren Schultern, als wäre es unwichtig. »Das meiste, ja. Ein Schatten von einer Narbe wird aber wohl zu sehen sein.«

Ich presste meine Lippen zusammen. »Scheiße, das tut mir so leid.«

Klatsch. Ein Kissen traf mich am Kopf. Ich zuckte zusammen und starrte Vivien an. »Was sollte das?«

»Du tust ja gerade so, als wäre ich vollkommen entstellt.«

Wieder dieser tadelnde Tonfall. »Ich sehe *toll* aus und bin immer noch die Schlauste des Semesters.«

»Vermutlich die Schlauste der ganzen Akademie«, stimmte ich ihr zu und spürte, wie mein Lächeln immer echter wurde und die Schwere in meiner Brust langsam abnahm. Auch, wenn sie nicht gänzlich verschwand – ich fühlte mich ein kleines Stückchen besser. Dank meiner Freundin.

Vivien blickte zur Seite, dorthin, wo Cassies abgeschirmtes Bett stand. »Das ist also deine Schwester? Sie ist älter, als ich dachte.«

Ich grinste. »Sie ist ein bisschen gewachsen, seit ich das letzte Mal mit ihr gesprochen habe.«

»Sie ist bisher nicht aufgewacht«, sagte Vivien und schaute mich ernst an. »Scheinbar weiß Dr. Sam nicht, was ihr fehlt.«

»Scheiße«, flüsterte ich und presste meine Lippen zusammen. »Ich hoffe, sie wacht bald auf.«

»Ich auch.«

Mein Blick war noch immer auf den grauen Vorhang gerichtet. »Das hätte niemals passieren dürfen.«

»Wie konnte es überhaupt dazu kommen?«, fragte Vivien, und ich hörte Neugier in ihrer Stimme.

Ich schloss die Augen. »Als ich mich das letzte Mal rausschlich, um nach ihr zu sehen, ist mir jemand gefolgt. Ich habe es nicht gemerkt.« Ein Schnauben entfuhr mir. Es waren noch so viele Fragen offen, und ich musste dringend mit Adam sprechen. Er würde mir Antworten geben können, und dieses Mal würde ich ihn dazu zwingen, mir alles zu sagen. Scheiß auf die Geheimhaltungsstufen! Dennoch wollte ich ihn nicht verraten, denn ich konnte ihm einfach nicht die Schuld für all das geben. *Er* war nicht derjenige, der meine Schwester entführt hatte. Adam war ebenso ein Opfer, wie sie es war.

»Und dann kam das Video?«, fragte Vivien, als ich nicht weitersprach.

Kurz zögerte ich, wollte ihr von den Karten erzählen, aber tat es dann doch nicht. Ich hatte dem Feind zugespielt. All das hätte eventuell verhindert werden können, wenn ich direkt mit Direktor Roberts gesprochen hätte. »Ja.«

Viviens Blick war so intensiv, dass ich ihn auf meiner Haut spüren konnte. »Wir werden schon herausfinden, was sie von dir und Cassie wollten.«

»Wer auch immer die sind«, seufzte ich und atmete tief ein, bevor ich sie ansah. Ihre Haut war blasser geworden und leichte Ringe zeichneten sich unter ihren Augen ab. »Du siehst müde aus.«

»Bin ich auch«, gab sie zu und unterdrückte ein Gähnen. »Scheinbar brauchen selbst Superagenten Zeit zum Heilen.«

Ich lächelte, auch wenn es sich schwer anfühlte. »Dann ruh dich ein wenig aus. Kann ich dich später noch mal besuchen? Ich denke, eine Runde Uno könnte dir guttun.«

»Uno«, schnaubte sie, doch ich sah ihr an, dass sie sich freute. »Du nimmst auch immer die dümmsten Spiele, damit du eine Chance zu gewinnen hast.«

Ich gab ihrem Bein einen Klaps und lachte laut auf. »Du eingebildetes Stück! Kann ja nicht jeder so schlau sein wie du und tausend Spielzüge in fünf Sekunden durchrechnen. Bei Uno hast du keine Chance. Alles Glückssache!«

Sie fiel in mein Lachen mit ein, und für einen Moment war das Krankenzimmer von Freude und Leichtigkeit erfüllt.

Dann gähnte sie, und ich erhob mich von ihrem Bett. »Schlaf ein bisschen. Ich bringe dann Eva mit, ja?«

»Ein Mädelsabend klingt toll.« Ihre letzten Worte waren

nur noch gemurmelt, weil sie schon wieder ein Gähnen unterdrückte.

Ich kniff ihr in den großen Zeh und legte dann die Decke über ihre nackten Füße. »Eine Pediküre könntest du auch mal wieder vertragen.«

Sie versuchte mich zu treten.

Ich lachte und wich zurück.

Ihre Augen folgten mir, aber sie blinzelte, als könnte sie sie nicht mehr lange offenhalten.

Ich ging zu Cassies Bett und trat hinter den Vorhang. Schlagartig versiegte meine gute Stimmung, und ich presste die Hände auf meinen Mund, um das schockierte Keuchen aus meiner Kehle zu dämpfen.

Cassie war blass und ihre Wangen eingefallen. Eine Decke war bis zu ihrer Brust hochgezogen, doch ihre Arme lagen frei. Ein Monitor zeigte ihre Herztöne und sonstigen Werte, und ihr Körper war über und über mit Schläuchen und Zugängen versehen.

Das Piepen ihres Herzschlages war nur leise, doch es dröhnte in meinen Ohren, als würde es mich überrollen wollen. Langsam senkte ich meinen Schild, und mir wurde klar, dass ich ihre Gefühlssignatur nicht mehr wahrnehmen konnte. So wie bei den Jugendlichen, die uns überraschend in der Lagerhalle angegriffen hatten. Ein Zittern überrollte mich bei der bloßen Vorstellung, dass sie etwas mit diesen Leuten gemeinsam haben könnte, und ich schlang meine Arme um mich.

Ich wusste nicht, wie lange ich dastand und sie anstarrte, aber irgendwann setzte ich mich in Bewegung, machte einen Schritt nach dem anderen, bis ich an ihrem Bett stand.

Daneben stand ein kleiner Stuhl, als hätte er nur darauf gewartet, dass ich endlich kam und meine kleine Schwester besuchte.

Ich schluckte. Zuvor hatte ich angenommen, dass alles gut werden würde, sobald Cassie sicher in die Akademie gebracht worden wäre. Nun regten sich jedoch leichte Zweifel in mir.

Meine Beine zitterten, als ich mich setzte, und ich starrte auf Cassies zarte, zerbrechlich wirkende Hand. Ihre Fingernägel waren eingerissen und stumpf.

Sie hatte gekämpft.

Ich schluckte und konnte dennoch nicht verhindern, dass sich eine Träne aus meinem Augenwinkel stahl.

Langsam griff ich nach ihrer Hand. Sie war warm.

Ich atmete aus. »Hey. Tut mir leid, dass es so lange gedauert hat. Aber jetzt bist du hier. In Sicherheit.« Meine Stimme stockte, und mir fehlten Worte, um die Leere zwischen uns zu füllen, die sich ausdehnte wie ein Abgrund. Sie war so still. Wie Dornröschen. Schlafend und so schön. Ein bitteres Lächeln bildete sich auf meinem Gesicht. Sie war so schön wie meine Mutter. Selbst mit den Schläuchen, der Blässe und dem stumpfen Haar. »Jetzt wird alles gut.«

Ein Räuspern erklang hinter mir. Ich erschrak so sehr, dass ich beinahe zusammenzuckte. Dennoch schaffte ich es, mich ruhig umzudrehen. »Hallo.«

Dr. Sam lächelte, wie sie es immer tat. »Tut mir leid, ich wollte euch nicht stören.«

Ich strich mir über meine Wangen und wischte die Tränen fort. »Haben Sie eine Vermutung, warum Cassie noch nicht aufgewacht ist?«

Dr. Sam ging auf die andere Seite des Bettes und überprüfte den Tropf. »Ihre Blutproben werden noch ausgewertet. Ich hoffe, dass wir so erfahren können, was mit deiner Schwester los ist.«

Stille breitete sich aus, während Dr. Sam sich über Cassie beugte, ihre Augenlider öffnete und sie mit einer Pupillenleuchte anstrahlte. Als sie fertig war, drehte sie sich zu mir. »Es tut mir leid, dass ich es dir nicht gesagt habe.«

»Sie hatten vermutlich Ihre Gründe.« Ich drückte Cassies Hand fester, und für einen winzigen Moment hoffte ich, sie würde meinen Händedruck erwidern.

Natürlich tat sie es nicht.

Ich lockerte meinen Griff wieder. »Aber ich denke, wir sind quitt. Ich hätte auch etwas sagen können.«

»Nun ja, so wie es für mich aussieht, hattest du gar nicht so viel Zeit zum Handeln. Ich weiß nicht, wie ich reagiert hätte, wenn ich so ein Video bekommen würde und jemandem, den ich liebe, nur noch so wenig Zeit bliebe.« Echtes Mitgefühl lag in ihrer Stimme.

Sie hatte keine Ahnung, wie lange dieses Spiel gegangen war, und ich machte es noch schlimmer, indem ich schwieg. Ich *musste* es beichten.

Bald.

Jetzt wollte ich nur noch für ein paar Stunden so tun, als würde alles gut werden. Nur noch ein wenig darauf hoffen, dass sich nicht mein gesamtes Leben verändern würde.

»Lass dir so viel Zeit, wie du brauchst. Vielleicht hört Cassie dich sogar. Wer weiß? Dennoch würde ich sagen, es wäre nicht verkehrt, wenn du gleich etwas isst. Das Abendessen beginnt bald.«

»Danke«, sagte ich und sah ihr hinterher, als sie ging. Dr. Sam war in all den Jahren für mich dagewesen, hatte mich gefördert und mir niemals das Gefühl gegeben, schwach zu sein, egal wie lange es gedauert hatte, meine Kräfte zu kontrollieren.

Mit einem Mal wünschte ich mir, ich hätte mich wenigstens *ihr* anvertraut.

Wieder umhüllte mich Stille, und ich brauchte eine Weile, bevor ich mich schließlich räusperte. »Es wäre echt toll, wenn du bald aufwachst, Cassie. Ich würde dir gerne alles zeigen und erklären. Mom und Dad waren nämlich auch hier.« Ich holte tief Luft, als ich die Klingel hörte, die das Ende der letzten Stunde und den Beginn des Abendessens einläutete. »Aber vermutlich ist das eine Geschichte, die du mit klarem Kopf hören willst.« Wieder drückte ich ihre Hand. »Es tut mir leid. Wirklich, so unendlich leid.«

Es kam keine Antwort. Natürlich nicht.

Ich blieb noch eine Weile sitzen. Ich verpasste das Abendessen, aber das war mir egal. Obwohl niemand mir die Schuld gab, wusste ich es besser. Dieser ganze Kampf hätte vielleicht verhindert werden können, wenn ich früher etwas gesagt hätte.

Thomas kam mir in den Sinn. Thomas, der mich erpresst hatte, der dieses Spiel gespielt hatte und nun tot war. Bei diesem Gedanken konnte ich kaum noch atmen. Wie hatte er mir das antun können? Wieso hatte er das alles getan? Ich wollte endlich Antworten, doch wusste nicht, woher ich sie nehmen sollte. Adam, Direktor Roberts und vielleicht auch Dr. Sam. Sie alle wussten mehr. Wussten sie vielleicht auch mehr über Thomas?

Langsam erhob ich mich von meinem Platz und sah meine Schwester noch einmal an. Sie war in Sicherheit. Und nur das zählte für diesen Moment.

Als ich das Krankenzimmer durchquerte, schlief Vivien noch immer, und Dr. Sam war in ihrem Büro am Computer.

Sie sah auf und winkte mir kurz durch die Glaswand hindurch zu.

Ich erwiderte es und verließ den Raum.

Ich machte mich auf den Weg zu Adams Zimmer. Als ich klopfte, hörte ich, dass er hin und her lief. »Adam? Wir müssen reden.«

»Herein.«

Ich öffnete die Tür und blieb überrascht stehen, als ich den Koffer auf seinem Bett liegen sah. »Was wird das hier?«

»Ich packe«, sagte er und stand, mir den Rücken zugewandt, vor seinem fast leeren Kleiderschrank.

»Wieso?« Ich trat ein und schloss die Tür. »Willst du in den Urlaub fahren?«

Mein trockener Tonfall ließ ihn nur milde Schnauben. »Ich verlasse die Akademie.«

27. Kapitel

»Was?« Ich starrte Adams Rücken an, sicher, dass ich mich verhört haben musste. »Was erzählst du da für einen Unsinn?«

Er hob seine Schultern, als müsste er sich wappnen, und drehte sich zu mir um. Sein Gesichtsausdruck war ernst, genauso wie bei unserem ersten Treffen. »Ich habe genug Schaden angerichtet.«

»Blödsinn!«, entfuhr es mir. Ich ballte meine Hände zu Fäusten und wollte ihn packen und schütteln. Stattdessen deutete ich auf seinen Koffer. »Was soll der Scheiß?«

»Ich gehe«, widerholte er ernst und faltete ein Shirt zusammen. »Wie gesagt, werde ich die Akademie verlassen. Wäre ich dir nicht gefolgt, hätten die niemals deine Schwester erwischt. Das ist meine Schuld gewesen.«

Ich schüttelte meinen Kopf und konnte es einfach nicht fassen. »Ich hätte dich nicht für so einen Feigling gehalten.« Meine Stimme triefte nur so vor Provokation.

Doch Adam lächelte nur milde. »Warum stört es dich, dass ich gehen will?«

»Weil du mein Freund bist!«, rief ich aufgebracht. »Wir haben gemeinsam gekämpft, und du hast mir geholfen! Verdammt, wir haben uns sogar geküsst! Bedeutet dir das gar nichts?«

Adam blinzelte überrascht und schüttelte dann mit gerunzelter Stirn seinen Kopf. »Wie kannst du noch mit mir befreundet sein nach allem, was passiert ist?«

»Weil ich dich mag! Ich habe dir ein verdammtes Messer an die Kehle gehalten, und du hast mich nicht umgebracht, sondern wolltest mir die ganze Zeit helfen. Wir haben meine Schwester gesucht und befreit. Wir sind verdammt noch mal Freunde! Du bist … keine Ahnung, wie ein Bruder für mich. Ich bin nicht wütend auf dich, weil das alles mit Cassie passiert ist. Ich bin wütend, weil du die ganze Zeit über geschwiegen hast!«

Er hob eine Augenbraue. »Ein Bruder?«

»Ist halt so«, erwiderte ich und verschränkte meine Arme. »Jetzt sag mir, warum du gehst, und schieb den Mist mit Cassie nicht vor. Du weißt genauso wie ich, dass du nur ein Opfer von diesen Psychopathen bist, über die mir keiner was erzählen will.«

»Ich muss«, gab er zu und blickte zur Seite, um aus dem Fenster zu sehen. »Ich passe einfach nicht mehr hierher. Ihr alle seid ein Team, und auch wenn ich mich gut mit allen verstehe, fühle ich mich nicht dazugehörig. Keine Ahnung, ob du weißt, was ich meine.« Er holte tief Luft und sah mich an. »Ich werde gehen. Direktor Roberts hat eine Möglichkeit gefunden, wie ich meine Ausbildung zu Ende bringen kann. Und die werde ich nutzen.«

»Und wenn ich nicht will, dass du gehst?«, fragte ich und fühlte mich für einen Moment ganz klein. Ich hatte keine Ahnung, wieso er mir so wichtig war, wieso ich ihn nicht einfach gehen lassen konnte. Ich wusste so gut wie nichts über ihn, und dennoch wollte ich ihn nicht einfach so gehen lassen.

Er schmunzelte, und ich sah ihm an, dass er mich damit nur zum Lächeln bringen wollte, denn seine Augen erreichte dieses Schmunzeln nicht. »Weil ich dein Bruder bin?«

»Weil du ein Trottel bist«, erwiderte ich und musste nun

doch lachen. »Scheiße, keine Ahnung was mit mir los ist«, stieß ich aus und drehte mich von ihm weg, strich über mein Gesicht. »Ich stehe ja nicht mal auf dich!«

»Vielleicht ja doch.« Seine Stimme war ein einziger Lacher.

Ich schnaubte und drehte mich mit blitzenden Augen zu ihm um. »Sicher nicht.«

Adam lächelte kurz, bevor er wieder ernst wurde und weiter seine Sachen packte. Viel war es nicht, was er hatte. Sein Leben passte in einen Koffer. Zum ersten Mal wurde mir die Einsamkeit offenbart, die ihn ummantelte und ich vielleicht vorher einfach nicht hatte sehen wollen. Ich hatte Cassie und all meine Freunde. Doch wen hatte er?

»Soll ich dir helfen?«, fragte ich überflüssigerweise. Er brauchte keine Unterstützung mehr. Er war so gut wie fertig.

Adam warf mir einen Blick zu, der eindeutig klarmachte, dass er mich durchschaute. »Du kannst ja zugucken, wenn du sonst nichts zu tun hast.«

Ich schlenderte zu seinem Schreibtisch und setzte mich auf die leere Tischplatte. Mein Blick wanderte durch das Zimmer, das noch deutlicher machte, dass er niemals hier angekommen war. Als sei er ein Gast in seiner eigenen Welt. Ich fröstelte und umschlang meine Arme. »Wirst du dich zwischendurch mal melden?«

»Soll ich dir Briefe schreiben?«, fragte er neckend.

Ich schmunzelte. »Wenn du Langeweile haben solltest, kannst du das natürlich tun.«

Adam lachte plötzlich laut auf. »Weißt du was?«

Ich schüttelte meinen Kopf, aber ein breites Grinsen stahl sich auf mein Gesicht.

»Du benimmst dich auch wie eine kleine Schwester! Total nervig.«

»Ey«, kicherte ich und suchte nach etwas, mit dem ich ihn bewerfen konnte, fand aber nichts und streckte ihm stattdessen die Zunge entgegen.

»Aber ich mag dich auch«, fügte er leise hinzu. »Es tut mir wirklich leid, was mit deiner Schwester passiert ist. Das wollte ich nie.«

»Ich weiß«, sagte ich leise und räusperte mich dann. »Aber dir muss doch klar sein, dass ich Antworten haben möchte.«

»Ich kann dir nicht viel sagen.« Er schluckte und presste seine Lippen aufeinander. »Es wäre besser, du würdest das alles vergessen. Aber ich kann verstehen, wenn das für dich nicht geht.«

Ich hob meine Augenbrauen. »Also so gut solltest du mich doch mittlerweile kennen, oder?«

Sein leises Lachen ging beinahe unter, als er den Koffer schloss und den Reißverschluss zuzog. »Das habe ich mir schon gedacht.«

»Du musst mir einen Hinweis geben. Irgendwas«, bat ich ihn ehrlich. Ich wollte ihn nicht länger zu einer Aussage zwingen. Er war ein Freund, und ich spürte mittlerweile, dass sein Wissen Geheimnisse barg, die noch viel tiefer gingen, als ich begreifen könnte.

Er schien zu zögern, abzuwägen, was er sagen sollte und was nicht. »Dieses Wissen könnte dir gefährlich werden.«

»Warum?«, fragte ich leise.

Adam schaute mich mit erhobenen Augenbrauen an. »Weil du Ärger magisch anziehst.«

Ich schmunzelte. »Du lenkst ab.«

»Okay. Diejenigen, die deine Schwester entführt haben, gehören zu einer Organisation, die versucht, das Serum nachzustellen. Deswegen diese modifizierten Jugendlichen. Sie sind deren Experimente. Sie nennen sich *Numbers.*«

»Und du warst …?«

»Auch einer von ihnen. Nur hatte ich das Serum bereits injiziert bekommen. Sie haben versucht es nachzustellen.«

Mein Blick fiel auf die Narben, die sein T-Shirt kaum mehr verbarg. »Scheiße.«

»Ja, kann man so sagen«, nickte er und blinzelte, als würde er tief vergrabene Erinnerungen verscheuchen wollen. »Ich bin hergekommen, weil sie dachten, sie hätten mich zu einem von ihnen machen können. Wie eine Art Doppelagent. Sie ließen zu, dass das MI20 auf eine Spur von mir stieß und mich so retten konnte. Kaum war ich hier angekommen, habe ich Direktor Roberts von allem erzählt.«

»Wie konnten sie sicher sein, dass du sie nicht einfach verrätst? Immerhin haben sie dich entführt und wollten dich dann wieder zurück in deine Heimat schicken. Sie mussten doch davon ausgehen, dass du sie sofort verrätst. Das wäre doch bescheuert.«

Adams Blick flackerte kurz. »Fünf Jahre sind eine lange Zeit. Ich habe anfangs gegen sie angekämpft, doch irgendwann wurde mir klar, dass ich nur überleben würde, wenn ich mitspielte. Also wurde ich einer ihrer besten Agenten. Dennoch ließen sie mich immer wieder spüren, dass ich tun musste, was sie von mir verlangten.« Er strich sich über seine Brust, eine Geste, die unbewusst schien. Seine Hand stockte, und er sah mich an. »Ich habe viele Dinge getan, die ungesagt bleiben sollten, nur damit sie mir vertrauen.«

»Wer *sind* diese Leute?«

Er schüttelte seinen Kopf und schien nun entschlossen zu sein. »Das Wissen wird dir nur schaden.«

Plötzlich kam mir ein Gedanke, der mir kurz die Luft zum Atmen nahm. »Meinst du, sie haben mit Cassie …« Ich schluckte die letzten Worte herunter, konnte sie einfach nicht aussprechen.

»Vermutlich.«

Ein Wort reichte, um mein Herz brennen zu lassen. Angst stieg in mir hoch, und ich wollte mich zusammenrollen, so sehr schmerzte mich dieser Gedanke. »Was genau ist mit diesen Jugendlichen los? Worauf muss ich mich gefasst machen?«

»Cassie lebt. Darauf solltest du dich fokussieren.«

Ich schluckte. Es hätte also auch anders ausgehen können. »Wie bist du dort gelandet?«

Er lächelte traurig. »Vielleicht hebe ich mir diese Geschichte für einen unserer Briefe auf.«

Ich imitierte seinen Gesichtsausdruck. »Direktor Roberts weiß aber, wer die sind?«

»Er weiß alles«, sagte Adam mit einem Tonfall, den ich nicht ganz zuordnen konnte. Er nahm seinen Koffer vom Bett und ging in Richtung Tür. »Er weiß jedoch nichts von den Karten. Ich habe ihm nichts davon gesagt. Das ist deine Aufgabe, Alexis.«

»Er wird es bald erfahren. Aber ich werde ihm nicht sagen, dass du Bescheid wusstest. Du hast mir geholfen und solltest dafür keinen Ärger bekommen.« Ich stand von der Tischplatte auf und folgte ihm. Die Räder seines Koffers klangen unnatürlich laut auf dem Parkett. »Willst du den anderen noch Tschüss sagen?«

»Die wissen Bescheid. Ich muss nur noch einmal zu Direktor Roberts, und dann geht es weiter.« Bei der Treppe blieb er stehen und drehte sich zu mir um. Warm blickte er zu mir herunter. »Ich werde dich ja schon irgendwie vermissen.«

Ich grinste schief. »Mich kann man nur vermissen.«

Er lachte auf und schlang plötzlich einen Arm um mich, drückte mich fest an sich und seufzte hörbar. »Wir sehen uns sicher wieder. Vielleicht werden wir ja auch irgendwann mal für einen Einsatz zusammen eingeteilt.«

Ich lächelte und erwiderte seine Umarmung. »Wäre gar nicht so übel, was?«

Adams Lachen schüttelte mich durch. Er ließ mich los und grinste mich an. »Mach keinen Unsinn.«

»Du auch nicht«, erwiderte ich lahm und sah dabei zu, wie er seinen Koffer nach unten trug.

Als ich mich schließlich nach einigen endlosen Minuten umdrehte, war er längst verschwunden.

Dean stand in seiner Zimmertür. Sein Blick war distanziert.

Bevor ich überhaupt die Möglichkeit hatte, ihn anzusprechen, verschwand er in seinem Zimmer. Erneut umschlang ich meinen Bauch und presste fest meine Lippen zusammen. Dean hatte gesehen, wie ich Adam umarmte. Mehr nicht. Doch ich vermutete, dass es für ihn viel schlimmer ausgesehen hatte, als es eigentlich war. Ich hatte ihn nach unserem Kuss einfach stehengelassen.

Ich fühlte mich wie ein Miststück. Ein Teil von mir wollte zu ihm gehen und dort weitermachen, wo wir vorhin aufgehört hatten – und doch blieb ich wie festgefroren stehen und starrte seine geschlossene Tür an.

Vivien hatte Recht. Gefühle machten alles nur kompliziert.

Ich atmete einmal tief durch und schüttelte mein schlechtes Gewissen ab, bevor ich mich zu Evas Zimmer wandte.

»Herein«, ertönte es nach einem kurzen Klopfen.

Ich schob die Tür auf und entdeckte Eva auf ihrem Bett. Sie

trug ihre Trainingskleidung. »Bist du schon zurück oder musst du noch los?«

»Ich muss noch los. Bin irgendwie bei so einem dummen Spiel versackt.« Sie verdrehte ihre Augen und hüpfte vom Bett – und stand innerhalb eines Wimpernschlags vor mir. »Wie war es bei Vivien?«

Ich spürte wieder diesen Amboss in mir. »Es hat sie ganz schön erwischt. Sie ist zwar nicht sauer auf mich, aber ich fühle mich beschissen. Das ist alles meine Schuld.«

»Hör auf dich so fertig zu machen. Vivien ist hart im Nehmen.«

»Sie braucht übrigens eine Pediküre«, wechselte ich das Thema. »Und eine Runde UNO und ein bisschen Süßkram.«

Eva machte sich einen hohen Zopf. »Dann absolviere ich jetzt erstmal das Training und bringe später alles für die Pediküre mit – organisierst du den Rest?«

Ich ging zurück zur Tür, und Eva folgte mir. »Mach ich. Wir sehen uns dann nachher.«

»Bis gleich«, rief sie und war im nächsten Moment verschwunden.

Zurück in meinem Zimmer holte ich all meine Süßigkeitenvorräte heraus und sammelte sie auf meinem Bett, bevor ich in den Gemeinschaftsraum lief, um das Kartenspiel zu holen.

Danach holte ich meine Wäsche aus dem Waschraum und stellte die Körbe in die Ecke. Aufs Wäschefalten hatte ich so gar keine Lust. Mir fiel wieder ein, warum ich so selten Wäsche wusch.

Schließlich machte ich mich mit Süßkram und Kartenspiel bewaffnet auf den Weg ins Krankenzimmer.

Als ich hereinkam saß Eva bereits am Fußende von Viviens Bett und hatte einen ihrer Füße auf dem Schoß. Neben ihr lagen eine ganze Reihe von Nagellacken. »Welchen findest du am besten? Vivien will einen durchsichtigen Nagellack. Als ob ich sowas besitze.«

Ich trat ans Bett und betrachtete die kleinen Fläschchen. »Also, wenn das so ist, wäre ich für Orange.«

»Auf keinen Fall!«, rief Vivien entsetzt. »Dann nimm den hellrosa Nagellack!«

Eva nahm das kleine Fläschchen in die Hand. »Siehst du. War das so schwer?«

»Orange«, zischte Vivien und lehnte sich wieder in ihrem Bett zurück. »Ihr seid doch wahnsinnig.«

Ich stimmte in Evas Lachen ein, doch verstummte, als ich Dr. Sam entdeckte, die gerade hinter Cassies Vorhang hervorkam. »Ich bin gleich wieder da.«

Als ich zu Dr. Sam trat, notierte sie sich gerade etwas. »Hat sich schon etwas getan?«

Sie sah mich bedauernd an. »Ihre Werte sind unverändert.«

»Und die Blutwerte?«

»Die sind noch nicht angekommen.«

Ich zwang mich, meine Frustration im Zaum zu halten. »Okay, trotzdem danke.«

»Versuch dir einen netten Abend zu machen. Es bringt deiner Schwester nichts, wenn du vor lauter Sorgen graue Haare bekommst.«

Ich zwang mich zu einem Lächeln. »Das stimmt.«

Dr. Sam ging, und ich legte meine Hand auf Cassies. Wieder hatte ich diesen kurzen Hoffnungsschimmer, dass ihre Finger zuckten, doch nichts passierte.

Mir fiel auf, dass ich in der anderen Hand noch immer die Tasche mit den Süßigkeiten und dem Spiel hielt und strich ein letztes Mal über die Hand meiner Schwester. Dann ging ich zurück zu den anderen.

»Wie soll das denn gehen?«, fragte Vivien gerade.

»Wie soll was gehen?« Ich schüttete den Inhalt der Tasche neben ihr auf dem Bett aus.

Sofort schnappte sie sich einen Schokoriegel und öffnete knisternd die Verpackung. »Eva hat mir gerade erzählt, dass Adam die Akademie verlassen hat und jetzt seine Ausbildung woanders beendet.«

»Hat er mir auch erzählt.«

Vivien biss in den Schokoriegel und hob fragend ihre Augenbrauen. Sie würde niemals mit vollem Mund sprechen.

Ich ging um das Bett herum und setze mich auf ihre andere Seite. »Keine Ahnung wie er das macht.«

»Schon komisch«, meinte Eva und sah Vivien streng an. »Jetzt musst du stillhalten.«

Sofort erstarrte Vivien.

Innerhalb weniger Wimpernschläge färbten sich ihre Fußnägel rosa.

Eva wurde langsamer und betrachtete zufrieden ihr Werk, bevor sie mich ansah. »Du auch?«

Erst wollte ich ablehnen, überlegte es mir dann anders. »Ich möchte auch rosa.« Ich zog meine Socken aus und legte mich neben Vivien, sodass sie ein wenig zu Seite rutschen musste.

Eva wandte sich nun mir zu. »Ich frage mich, warum er überhaupt geht. Er ist doch eigentlich gut klargekommen, oder nicht?«

Ich schaute ihr zu, wie sie meine Nägel mit einer Nagelpfeile bearbeitete. »Das Gefühl hatte ich auch.«

»Mehr hast du nicht zu sagen? Komm schon. Es hat doch jeder gesehen, dass da was zwischen euch war.«

»Da hat sie nicht ganz Unrecht«, stimmte Vivien Eva zu.

Ich stöhnte demonstrativ. »Wir sind nur Freunde. Ehrlich«, fügte ich hinzu, als die beiden mich zweifelnd ansahen.

»Stimmt«, meinte Eva, und ihre Augen blitzten. »Aber weiß Dean das auch?«

Ich sah sie nicht an. »Keine Ahnung was du meinst.«

»Was? Du und Dean? Wie konnte ich das denn verpassen?« Empört stieß Vivien mich mit ihrem Ellenbogen an.

»Da ist nichts.«

»Natürlich nicht.«

Ich warf Eva einen vernichtenden Blick zu. »Wir hatten nichts miteinander. Nur …«

»Ich wusste es.« Eva grinste, als ich sie ansah. »Bitte mehr Details. Wir werden jetzt einfach mal ignorieren, dass du uns nicht sofort alles erzählt hast. Aber wenn du jetzt schweigst, werde ich ernsthaft und sehr nachtragend sauer sein. Denkst du, dass mir nicht aufgefallen ist, wie ihr bei unserer verbotenen Mission Händchen gehalten habt?«

Schmunzelnd betrachtete ich Viviens rosa Fußnägel und spürte gleichzeitig, wie meine Wangen heiß wurden. Für einen kurzen Moment ließ ich die Erinnerung an diesen Moment mit Dean zu. »Wir haben uns geküsst, kurz bevor wir zu … bevor wir aufgebrochen sind, um Cassie zu retten.« Ich schluckte schwer bei der Erinnerung an den Einsatz, schob sie dann aber von mir. »Danach haben wir uns wieder geküsst, als ich aus dem Regenerationsraum entlassen wurde.« Ich verzog meinen Mund und sah die beiden mit einem kurzen Schulterzucken an.

»Aber?« Evas Augenbrauen hoben sich vorwurfsvoll.

Ein schweres Seufzen entkam mir, und ich strich die Bettdecke über Viviens Beinen glatt. »Ich habe es wohl versaut. Irgendwie wurde mir in dem Moment alles zu viel. Ich bin abgehauen.«

»Verständlich.« Vivien nickte und drückte meine Hand. »Immerhin ist viel passiert. Da ist Rumknutschen nicht unbedingt das, was einem in den Sinn kommt.«

»Sagt die, die ihre Jungfräulichkeit im Eifer des Gefechts verloren hat«, konterte Eva trocken.

Ich prustete los, während Vivien knallrot wurde.

»Und was willst du jetzt tun?«, fragte Eva mich, während sie Vivien ein schadenfrohes Grinsen zuwarf.

»Ich weiß es nicht«, antwortete ich leise. Was auch immer zwischen uns war – ich wusste nicht, ob es fair von mir wäre es zu vertiefen, solange ich nicht die volle Wahrheit gesagt hatte.

»Und jetzt schön stillhalten«, sagte Eva plötzlich, und ich vermutete, dass mein Tonfall ihr deutlich machte, dass es hier um mehr als nur ein bisschen verliebten Herzschmerz ging. Sie war eine zu gute Freundin, als dass sie mich drängen würde.

Ich tat wie mir geheißen, und kurz darauf hatte ich denselben rosa Nagellack drauf wie Vivien. Lächelnd wackelte ich mit meinen Zehen und lehnte meinen Kopf an Viviens Schulter, bevor sich plötzlich wieder das Gefühl von Schwere auf meine Brust legte. »Wieso musste das passieren? Ich verstehe es einfach nicht.«

Sie wusste sofort, dass ich von Thomas sprach. Ich spürte, wie ihr Körper sich verkrampfte. »Jeden Tag frage ich mich das. Ich habe mit ihm geschlafen. Hätte ich da nicht etwas merken müssen? Ich verstehe es einfach nicht, und dennoch vermisse ich ihn.«

Eva schob ihre Füße zur Seite und machte es sich gemütlicher. »Ende der Woche ist die Trauerfeier für ihn, und es fühlt sich noch so surreal an.«

»Die Trauerfeier?« Ich blinzelte.

»Ja, das wurde während deines Aufenthalts im Regenerationsraum bekannt gegeben«, nickte Eva. »Obwohl noch nicht sicher ist, was genau bei der Mission passierte, sollen wir uns verabschieden können.«

»Er wurde sicher gezwungen.« Viviens Stimme zitterte, und ich griff nach ihrer Hand. »Thomas hätte das niemals freiwillig getan.«

Ich erinnerte mich an die Kälte in seinen Augen, kurz bevor die Explosion losging. Mittlerweile wusste ich nicht mehr, was ich denken sollte. Dennoch war Thomas lange Zeit einer meiner besten Freunde gewesen.

Zum ersten Mal gestattete ich mir, um ihn zu trauern. Ich spürte, wie Tränen sich in meinen Augen sammelten. Meine Brust fühlte sich plötzlich eng an, und ich wollte mich zusammenrollen und um den Freund weinen, den wir verloren hatten.

»Das glaube ich auch«, pflichtete Eva Vivien bei und strich ihr beruhigend über das Schienbein. »Er war ein guter Mensch und wäre auch ein guter Agent geworden.« Die letzten Worte sagte sie nur leise.

Vivien nickte und schluchzte gleichzeitig. »Warum musste das alles passieren? Scheiße«, murmelte sie und schniefte dann. »Ich vermisse ihn so sehr.«

Ich hielt ihre Hand fester.

Eva räusperte sich und zog unsere Aufmerksamkeit auf sich. »Wir hatten noch gar keine Zeit über alles zu sprechen. Was genau ist an dem Abend der Veranstaltung passiert?«

Ich schluckte, auch wenn ich gewusst hatte, dass diese Frage irgendwann kommen würde. »Stimmt«, sagte ich und riss mich zusammen. »Es war echt seltsam. Ich bin durch die Hotelanlage gelaufen und habe Thomas gesehen. Er telefonierte und wirkte aufgebracht. Anders als sonst.« Ich zuckte mit meinen Schultern und presste dabei kurz meine Lippen zusammen. »Deswegen bin ich ihm gefolgt. Ich dachte, irgendwas sei passiert. Draußen rannte er plötzlich los, und als er am Ende des Gartens ankam, stellte ich ihn zur Rede, wollte wissen, was los war. Und dann sah ich die Bombe.« Meine Stimme zitterte bei der Erinnerung daran. »Dann explodierte alles.«

Vivien schluchzte und presste ihre freie Hand auf ihren Mund.

Eva schüttelte schockiert ihren Kopf. »Ich verstehe einfach nicht, wieso er das getan hat.«

»Ich auch nicht.« Jetzt wäre der Moment gekommen, ihnen von der Erpressung zu erzählen und von meiner Vermutung, dass auch er zu seiner Tat gezwungen wurde. So wie Vivien es selbst schon vermutete – oder vielleicht auch nur hoffte. Was auch immer Thomas dazu bewegt hatte, bei Cassies Entführung mitzuhelfen, es musste derart groß gewesen sein, dass er sein Leben dafür gegeben hatte. Dennoch … die Art, wie er geredet hatte und dieser »Plan B«, den er erwähnt hatte, ließen mich gleichzeitig an seiner Unschuld zweifeln.

Tränen liefen über meine Wangen, und ich dachte an all die bescheuerten Spitznamen, die er mir im Laufe der Jahre gegeben hatte. Wie hätte er das spielen können? Als wir an die Akademie kamen, waren wir beide fünfzehn gewesen. Kaum mehr als besserwisserische Teenager, die niemals in der Lage sein dürften, derart gut zu lügen.

Fahrig strich ich mir über meine Wangen, versuchte dem Strom aus Tränen Herr zu werden, schaffte es aber nicht wirklich. Thomas nahm all meine Gedanken ein, jetzt, da ich mir endlich eingestand, an ihn zu denken. Er war mein Freund gewesen. Wie hatte er mir das nur antun können?

Wut kam in mir auf, und mir wurde klar, dass ich es Vivien und Eva noch nicht sagen konnte. Nicht jetzt. Sie würden meine Wut spüren. Vielleicht würden sie sie verstehen, doch ich würde sie damit zwingen zu wählen. Zwischen mir und ihm. Mir, der Verräterin, und ihm, dem Toten.

Ich schluckte, und weitere Tränen folgten. Trotz meiner Wut spürte ich weiterhin die Trauer um unsere Freundschaft.

Mein Blick glitt zu dem Vorhang, hinter dem Cassie lag, und ich schluckte erneut. Ich konnte einfach nichts sagen. Sie würden mich hassen.

Weil ich ihnen nicht genug vertraut hatte, um sie von Anfang an einzuweihen. Verdammt, sie waren meine besten Freundinnen. Ich vertraute ihnen.

Thomas hatte ich auch vertraut.

Wir schwiegen, und die Trauer gepaart mit dutzenden Fragen, auf die wir vielleicht niemals eine Antwort bekommen würden, überschattete den Rest unseres Mädelsabends. Trotzdem tat es gut, hier zu sitzen. Zusammen mit meinen besten Freundinnen.

28. Kapitel

Die nächsten Tage verbrachte ich ausschließlich an Viviens oder Cassies Bett. Dean und ich schlichen umeinander herum, doch niemand sagte etwas, und irgendwie schien die Zeit zwischen uns stillzustehen.

Es war bescheuert und irgendwie kindisch. Wir kannten uns seit Jahren und hatten uns jetzt geküsst. Na und? War das ein Grund, nicht mehr miteinander zu sprechen? Für Dean scheinbar schon. Und ich traute mich auch nicht, das Gespräch mit ihm zu suchen, weil ich nicht wusste, was ich sagen sollte. Ich wusste ja nicht einmal, was ich *denken* sollte. Jedes Mal, wenn ich an diesen unglaublichen Kuss auf der Treppe dachte, bekam ich weiche Knie, und mir wurde heiß und kalt zugleich. Genau deshalb wusste ich nicht, was ich ihm sagen sollte. Ein „Hey, der Kuss war zum Niederknien, aber mehr wird zwischen uns nicht sein können, da ich vermutlich das Jahr wiederholen muss, während du in den aktiven Dienst kommst und keine Zeit für Beziehungen haben wirst' kam mir irgendwie blöd vor. Also schwieg ich lieber.

Meine Füße donnerten hart auf den Waldboden, während Musik in meinen Ohren dröhnte und kühle, feuchte Luft langsam durch meine Trainingskleidung drang. Weil mich ein Albtraum von explodierenden Brunnen aus dem Schlaf gerissen hatte, war ich früher zum Morgenlauf aufgebrochen.

Ich wurde erst langsamer, als ich zum fünften Mal am Ende des Grundstücks ankam, und beugte mich vor, um meine Waden zu dehnen. Mein Atem bildete kleine Wölkchen in der Luft, die sich sofort wieder auflösten.

Eine Gefühlssignatur streifte mich, ganz leicht nur, doch so unverwechselbar.

Ich tat so, als hätte ich sie nicht bemerkt, und dehnte mich weiter, während ich stur geradeaus schaute und hoffte, er würde einfach weiterlaufen.

»Tu nicht so, als hättest du mich nicht gespürt«, sagte Dean hinter mir, und ich hörte, dass seine Schritte langsamer wurden, bis er schließlich ganz stehen blieb.

Langsam drehte ich mich um und betrachtete sein dunkles Haar, das trotz des Wetters perfekt aussah. Er versuchte gleichgültig zu wirken, doch ich sah den Sturm in seinen Augen toben. Dean war ein Perfektionist, der sich und seine Gefühle immer unter Kontrolle hatte. Das hatte ich zumindest geglaubt, bis er mich neulich geküsst hatte.

»Ich war in Gedanken«, sagte ich lahm und nahm einen Kopfhörer aus meinem Ohr, während irgendein Song aus den Charts weiterhin in dem anderen dröhnte.

»Du gehst mir aus dem Weg.«

»Du mir ebenfalls.«

Ein freudloses Lachen entfuhr ihm. »Ich wollte dir Zeit geben, mit der neuen Situation klarzukommen. Dann ist mir klar geworden, dass du dich vor mir versteckst. Aber wir sollten *wirklich* miteinander reden.«

»Worüber?« Ich schluckte. »Über den Kuss?«

Dean kam auf mich zu, bis uns nur noch wenige Schritte trennten. Die umstehenden Bäume umschlossen uns wie eine Blase, und kurz fühlte es sich an, als wären wir ganz alleine auf der Welt. »Ja, über den Kuss.«

»Wieso? Es war nur ein Kuss, vielleicht auch zwei.«

Wut flackerte in seinen Augen auf. »Nur ein Kuss? Was soll der Mist Alexis? Ich war dabei! Ich habe doch gemerkt, dass es dir ebenso viel bedeutet hat wie mir. Beide Male.«

Das hatte es, und genau *das* machte mir Angst. »Wir sollten uns professionell verhalten«, hörte ich mich sagen. »Immerhin waren es *nur* Küsse. Ist ja nicht so, als hätten wir miteinander geschlafen. Wir sind Freunde. Und Partner.«

»Du redest so einen Müll!« Er machte einen weiteren Schritt auf mich zu. »Es war mehr als nur Rumgeknutsche.« Noch ein Schritt. »Glaubst du etwa, mir fällt das hier leicht?« Noch ein Schritt. »Wir haben so viel gekämpft. Miteinander. Gegeneinander. Denkst du, es fällt mir leicht zu akzeptieren, dass ich jetzt jedes Mal, wenn ich auch nur an dich denke, das Verlangen habe, dich wieder zu küssen?«

Ich musste meinen Kopf in den Nacken legen, um ihn ansehen zu können. Mein Atem ging schneller, und mein Herz überschlug sich fast. »Das ist unprofessionell.«

Dean lachte erneut. »So große Angst hast du also? Du wirktest auf mich nie wie ein Feigling.«

»Was willst du jetzt von mir hören?«

Er presste seine Lippen zu einem grimmigen Lächeln. »Gib zu, dass du es ebenso genossen hast wie ich!« Er trat nun so nahe an mich heran, dass wir uns beinahe berührten. »Gib zu, dass du es wiederholen möchtest.« Die letzten Worte flüsterte er und beugte sich zeitgleich zu mir herunter. Fast glaubte ich, er würde mich küssen, stattdessen verharrte er kurz vor meinen Lippen. »Gib es zu, Alexis.«

Sein Atem streifte meine Haut, meine Lippen, und plötzlich konnte ich mein Herzklopfen kaum noch kontrollieren. Wie automatisch beugte ich mich vor und strich mit meinen Lippen über die seinen.

Ein Keuchen entfuhr ihm, und ich erzitterte, doch zeitgleich zuckte ich wieder zurück, bevor er den Kuss vertiefen konnte. Wir starrten einander an.

Dean regte sich als erster und trat zurück, während er einen distanzierten Gesichtsausdruck aufsetzte. »Sag mir Bescheid, wenn du weißt, was du willst.«

Doch ich erwiderte nichts. Ich wusste nicht, was, und sah zu, wie er weiterjoggte und dann zwischen den Bäumen verschwand. Mein Herz klopfte noch immer viel zu schnell, und dieser kurze Kuss brannte auf meinen Lippen. Es machte mir eine Scheißangst, wie sehr ich es bereute, den Kuss unterbrochen zu haben.

Ich hatte tausend Gründe gehabt, um mich von ihm fernzuhalten. Nun wollte mir nicht ein einziger einfallen.

Stöhnend rieb ich mir meine Stirn, bevor ich ebenfalls weiterrannte.

Niemals hätte ich gedacht, dass gerade *er* mein Herz dazu bringen würde, doppelt so schnell zu schlagen.

*

Am selben Abend durfte Vivien das Krankenzimmer verlassen. Die Narbe war noch immer deutlich zu sehen, aber sie bestand darauf, dass sie sich fit genug fühlte. Dr. Sam hatte scheinbar nichts zu beanstanden, weshalb wir kurz darauf mit den anderen an unserem Tisch im Speisesaal saßen.

Ein paar der jüngeren Trainees beobachteten sie neugierig, doch zogen schnell ihre Köpfe ein, als wir böse zu ihnen rüber schauten.

»Ich habe gestern eine Unterhaltung zwischen Direktor Roberts und Dr. Sam mitgehört«, sagte Christopher, als sich das

Gespräch von unverfänglichen Themen auf Thomas konzentrierte, da bereits morgen Abend die Trauerfeier für ihn stattfinden würde.

»Scheinbar gehen die davon aus, dass er für irgendwen anders als das MI20 gearbeitet hat. Wie ein Spitzel.«

»Was?« Eva schnappte nach Luft. »So ein Schwachsinn!«

»Das ist unmöglich«, stimmte George ihr zu. »Wieso sollten wir dann diese Trauerfeier abhalten?«

Ich sah zu Dean hinüber, der schweigend das Gespräch verfolgte. Wut verdunkelte seine Augen. »Thomas würde das MI20 niemals hintergehen!« Kurz sah er zu mir herüber. Er wusste alles, und er könnte mich jetzt hier vor allen verraten. Dennoch schwieg er. Ich schluckte, als ein Knoten aus Schuld meinen Hals verengte.

»Ich hätte ihm das auch niemals zugetraut«, ruderte Christopher zurück. »Ich wiederhole auch nur, was ich gehört habe.«

»Vielleicht solltest du deine Sensationsgeilheit einfach mal runterfahren«, blaffte Dean ihn an. »Halt am besten einfach mal dein Maul!«

»Komm mal runter«, ging George dazwischen und hob seine Hände. »Er hat Thomas ja nicht als Verräter bezeichnet. Wir alle vermissen ihn. Er war unser Freund.«

Dean schnaubte, und sein Stuhl kratzte über den Boden, als er ruckartig aufstand. »Ich kann mir den Scheiß nicht mehr anhören.«

Wir sahen ihm zu, wie er sein Tablett wegbrachte und dann den Speisesaal verließ.

»Ganz schön empfindlich«, murmelte Christopher und schob sich eine Ladung Nudeln in den Mund.

»Du bist ein Idiot«, erwiderte Eva und betrachtete ihn missbilligend. »Thomas und Dean waren beste Freunde. Jetzt knallst du so unsensibel die Info auf den Tisch, dass der Direktor ihn angeblich des Verrats bezichtigt.«

Er stöhnte und wischte sich mit einer Serviette über den Mund. »Habe ich jemals gesagt, dass ich das glauben würde? Ich habe es euch nur erzählt, weil ihr auch ein Anrecht darauf habt, es zu wissen.«

»Thomas war kein Verräter«, sagte nun Vivien und stand ebenfalls auf. Ihre Augen waren glasig, und sie starrte auf ihr Tablett. »Das wird auch der Direktor noch begreifen.«

Ich sah ihr hinterher und atmete tief durch. Wenn Thomas unschuldig war, würden die Agenten des MI20 das herausfinden. Dafür musste ich nichts sagen. Noch nicht. Aber bald.

Ich aß weiter und hörte mit halbem Ohr zu, wie George das Thema nun auf den neusten großen Erfolg des MI20 lenkte. Erst gestern Nacht hatten wohl einige unserer Agenten ein Versteck von Terroristen mitten in London enttarnt und geräumt. Dabei waren konkrete Pläne für einen Anschlag gefunden worden. Dank der Agenten hatte es zwanzig Verhaftungen gegeben. Das Lob heimsten natürlich die Polizei und das MI6 ein, doch so war es nun mal, wenn man für eine geheime Organisation arbeitete.

Ich stocherte nur halbherzig in meinen Nudeln und gab es schlussendlich ganz auf. »Ich gehe zu Cassie. Wir sehen uns später im Gemeinschaftsraum.«

Die anderen nickten, und ich brachte mein Tablett weg, bevor ich den Speisesaal verließ und zum Krankenzimmer ging.

Dr. Sam war nicht da, und ich holte mir schnell ein leeres Blatt Papier aus ihrem Drucker, bevor ich zu Cassies Bett ging. Nun, da sie die einzige Patientin war, wurde sie auch nicht mehr abgeschirmt.

Ich setzte mich an ihr Bett und begann mit geübten Griffen

eine Papierblume zu falten. »Ich werde es ihnen sagen müssen.« Mein Flüstern war so leise, dass sie es kaum verstehen würde, selbst wenn sie wach wäre. »Keine Ahnung wie die Strafe ausfällt, aber vielleicht darf ich dich dann erst einmal nicht besuchen. Trotzdem musst du dir keine Sorgen machen. Dr. Sam wird sich gut um dich kümmern.« Noch während ich die Worte aussprach, wurde mir klar, dass ich nicht länger schweigen durfte. Ich hatte mich erpressen lassen. Es würde sowieso rauskommen, das taten schlechte Dinge immer. Besser wäre es, wenn ich vorher gestand. Kurz wallte die Hoffnung in mir auf, dass die Strafe dann milder ausfallen könnte, doch ich schob sie von mir. Ich würde alles akzeptieren müssen. Egal, was passierte.

Als ich fertig war, legte ich die Blume auf den Nachttisch neben ihrem Bett und atmete tief durch.

»Ich habe dich lieb.« Ein letztes Mal drückte ich ihre Hand, drückte ihr einen Kuss auf die Stirn und hörte das leise Klimpern meines Schmucks. Mir wurde klar, dass ich auch ihre Kette noch immer trug. Ich nahm sie ab und legte ihr sie vorsichtig um den Hals. Als ich den flachen, runden Anhänger auf ihrer blassen Haut sah, musste ich lächeln. »So ist es besser.«

Dann ging ich, ohne mich umzudrehen und zu riskieren, meine Entscheidung vielleicht doch zu überdenken. Bevor ich jedoch zum Direktor ging, hatte ich noch etwas anderes zu erledigen. Der Gedanke erwischte mich schlagartig. Ich musste Dean sagen, dass ich eine Idiotin war.

Die Akademie war mein Zuhause, und ich hatte sie verraten, hatte mich locken und erpressen lassen. Wie auch immer die Strafe ausfiel, ich wollte, dass Dean *vorher* erfuhr, dass ich keinen unserer Küsse bereute.

Meine Schritte beschleunigten sich, und ich rannte beinahe

die Treppen hoch. Meine Aufregung wuchs. Zweifel und Sehnsucht rangen miteinander, und als ich vor Deans Zimmertür stehen blieb, überwogen die Zweifel.

Dennoch klopfte ich, wartete ab, bis er mich hereinrief und öffnete dann die Tür.

Er stand am Fenster, sah über seine Schulter zu mir herüber, die Augenbrauen nachdenklich gesenkt. »Was ist los?«

»Du hattest Recht.« Ich schluckte schwer und schloss dabei die Tür hinter mir. Mein Herz klopfte fest und rhythmisch. Schmetterlinge flatterten auf einmal wie wild in meinem Bauch, und bei seinem Anblick spürte ich überall Wärme. Zum ersten Mal ließ ich all diese Empfindungen zu – und sie überrollten mich beinahe, so intensiv waren sie.

»Womit?« *Neugier. Hoffnung.* Er drehte sich zu mir um und betrachtete mich, wobei seine Augen viel zu lange auf meinen Lippen verweilten.

»Unsere Küsse waren … besonders«, stieß ich aus und schluckte, weil ich ihm so viel preisgab. Es fühlte sich richtig an, ihm das zu sagen. Dennoch machte es mir Angst, dieses Neue, was da zwischen uns war. Dieses Knistern. Die Schmetterlinge. Die Hitze.

Deans Zungenspitze trat zwischen seinen Lippen hervor, und die Art, wie er seine Lippen befeuchtete, ließ eine bisher ungekannte Unruhe in mir aufflammen.

»Etwas Besonderes?« Er wiederholte die Worte, als könnte er nicht glauben, dass gerade *ich* sie aussprach. »Und deshalb bist du hier? Um mir das zu sagen?«

»Nein.« Ich sammelte mich, atmete tief ein und ging auf ihn zu. Erst als ich direkt vor ihm stand und unsere Körper sich beinahe berührten, sprach ich weiter. »Ich bin hier, um es zu wiederholen. Um es besser zu machen.«

Sein plötzlich aufflammendes Verlangen war so stark, dass mir ein Seufzen entwich, und ich kurz meine Augen schloss. Dennoch behielt ich meinen Schild unten und sog all seine Gefühle in mich auf, während sich meine eigenen nur noch verstärkten. »Du willst mich küssen?«

»Ja«, hauchte ich, und plötzlich war ich mir sicher. Da waren keine Zweifel mehr, kein Zögern. Ich wollte Dean küssen, wollte seine Hände auf meinem Körper spüren. Ich wollte ihn so nah an mich heranlassen, wie es möglich war. Und sei es für ein allerletztes Mal. Doch jetzt zählten nur er und ich.

Meine Hände legten sich auf seine Schultern, und ich stellte mich auf meine Zehenspitzen, um ihm ganz nahe sein zu können.

Dean überwand die letzten Zentimeter. Er küsste mich. Ich küsste ihn. Hitze wallte zwischen uns auf, und ich ließ mich direkt in sie hineinfallen. Unsere Hände waren überall, strichen sanft über Haut, unter Stoff, durch die Haare, und nicht eine Sekunde lang lösten sich unsere Lippen voneinander. Wir drängten uns so fest aneinander, dass wir ins Wanken gerieten und uns gegenseitig festhalten mussten.

Ich packte sein Shirt und riss es entzwei.

Ein kehliges Knurren entfuhr ihm, und ich spürte seine Überraschung, seine Erregung und seine Zweifel daran, ob ich das hier wirklich ernst meinte.

Er wollte sich von mir losmachen, doch ich packte ihn noch fester, küsste ihn, als würde mein Leben davon abhängen.

Sein Stöhnen schien direkt in mich hineinzufahren und ließ mich erzittern.

Wir verloren uns beinahe ineinander, als Dean mich stoppte und sich schweratmend von mir löste. »Alexis …«

»Ich will dich«, flüsterte ich und lächelte schief, damit er sah, dass ich es auch so meinte. Dann schob ich meine Unterlippe vor, die von seinen Küssen prickelte. »Aber wenn du nicht willst, kann ich auch wieder gehen.«

Er schluckte, schüttelte seinen Kopf und lächelte unsicher. »Natürlich will ich, aber ...«

Dean entfuhr ein Stöhnen, und er strich sich über sein Gesicht, als könnte er nicht mehr klar denken. »Wieso jetzt?«

»Wieso wann anders?«, hauchte ich und machte Anstalten, mein T-Shirt loszuwerden. Es kostete mich all meinen Mut, auch wenn ich es mir nicht anmerken ließ.

Deans Augen fanden meine, und es stand ein Feuer in ihnen, das mir eine Gänsehaut bescherte. Seine Gefühle wurden immer intensiver, so stark, dass ich zitterte.

»Willst du mich hier jetzt so stehen lassen, oder-«

Dean ließ mich nicht zu Ende reden. Er überwand den letzten Abstand und küsste mich, während er mich langsam in Richtung Bett schob.

Sein Körper war über meinem. Haut an Haut. Ich zitterte vor Aufregung, ohne Angst und voller Erwartung. Meine Augen schlossen sich, als er federleichte Küsse auf meinem Körper verteilte. Auf meinen Lippen. Meinen Hals entlang. Immer tiefer.

Seine Emotionen waren offen, zum ersten Mal seitdem wir uns kannten. Ich spürte alles und sog es auf, inhalierte sein Verlangen, seine Wärme, seine Zuneigung.

»Du bist so schön«, murmelte er an meiner Haut und strich mit den Lippen über meine Seite.

Ich konnte nur seufzen, wohlig und mit einem staunenden Lächeln auf meinen Lippen. »Das fühlt sich so gut an.«

Erneut dieses warme Lachen, bevor er ernst wurde, seinen

Kopf hob und seine Augen mich fixierten. »Du bist dir wirklich sicher?«

»Ja.« Ein Wort, heiser und gehaucht.

Das Knistern zwischen uns wurde zu einem Inferno, allesverzehrend und unaufhaltsam.

Hitze sammelte sich auf meiner Haut, überall dort, wo er mich berührte. Seine Küsse wanderten über meine Haut, seine Lippen erkundeten mich.

Sein Name perlte über meine Lippen. Immer wieder, ein gemurmelter Hauch, der seine Küsse vibrieren ließ. Sein leises Lachen vermischte sich mit meinen Seufzern.

Ich konnte es nicht aufhalten, uns nicht aufhalten, denn es fühlte sich richtig an.

Doch bevor wir den letzten Schritt gingen, war es Dean, der aufhörte.

Er küsste meine Haut, schlang seine Arme um mich und legte sich neben mich.

»Was?« Verwirrt blinzelte ich ihn an, noch ganz benebelt von all der süßen Sehnsucht in meinem Unterbauch. Ich wollte mich losmachen, doch er zog mich fest an seine Seite und hielt mich fest. »Warum hörst du auf?«

»Weil es nicht richtig wäre, jetzt weiterzumachen.« Er drückte meinen Kopf an seine Halsbeuge und küsste sanft mein Haar. »Ich will nicht, dass wir uns überrollen lassen. Ich will es richtig machen. Von Anfang an.«

Ich schluckte. Das Verlangen ließ nach, und dennoch zitterte ich, wusste nicht, wohin mit mir. »Wie meinst du das?«

»Deine Schwester wurde entführt. Du darfst vielleicht nicht bei den Abschlussprüfungen dabei sein. Adam ist weg. Gerade ist so viel passiert.« Er seufzte. »Ich will keine Ablenkung für dich sein.«

»Du bist keine Ablenkung«, hörte ich mich sagen und gleichzeitig die Frage in meinem Kopf wiederhallen.

»Vielleicht nicht bewusst«, sagte er langsam. »Aber vielleicht wäre das hier der perfekte Moment, damit du mir sagst, wie es dir geht.«

»Wie es mir geht?«

»Ja.« Er lachte über meinen irritierten Tonfall. »Ich will, dass wir reden. Ich will mehr über dich wissen. Es ist so viel passiert in letzter Zeit.« Sein Griff um meine Schultern wurde fester. »Und glaub ja nicht, dass ich deine verkrampfte Haltung nicht bemerke.«

Als mir klar wurde, dass er Recht hatte, musste ich ebenfalls lachen. Ich entspannte mich, kuschelte mich an ihn und schloss meine Augen. »Meinst du das alles ernst?«

»Ja«, betonte er mit einem Lachen in seiner Stimme. »Cassie ist wieder da. Wie geht es dir damit?«

»Gut«, flüsterte ich, und im nächsten Moment brach ich in Tränen aus. Schluchzer schüttelten mich, doch ich zwang mich weiter zu reden. »Ich hatte solche Angst um sie.«

Dean hielt mich noch fester, sagte jedoch nichts, und deshalb redete ich weiter. »Als die Karten kamen … ich dachte, ich würde durchdrehen. Cassie ist alles, was ich noch habe. Sie ist meine Familie. Wenn ich sie verloren hätte …« Allein der Gedanke reichte, um mir körperliche Schmerzen zu bereiten. Zum ersten Mal seit Cassies Entführung sprach ich diese Angst laut aus. Selbst vor Adam hatte ich versucht stark zu bleiben. Doch hier bei Dean, geschützt in seinen Armen, ließ ich zum ersten Mal alles los.

»Du hast sie nicht verloren«, flüsterte er in meine Haare und strich mir sanft über den Rücken.

»Dank euch«, flüsterte ich und biss mir auf die Unterlippe, um mich zu beruhigen.

»Wir werden immer da sein. *Ich* werde immer für dich da sein. Wenn du mich lässt«, fügte er leise hinzu und drückte einen sanften Kuss auf meinen Scheitel.

Allein der Gedanke daran ließ mich lächeln, und ich gab mich dieser wunderschönen Vorstellung hin. »Das wäre schön.«

29. Kapitel

Als ich erwachte, prickelte mein gesamter Körper. Die aufgehende Sonne schien in Deans Zimmer und einzelne Staubkörner tanzten in der Luft. Ich spürte seinen Atem in meinem Nacken und seine Hand an meinem nackten Bauch, dort wo mein Shirt hochgerutscht war. Hitze sammelte sich in meinen Wangen, während ein Lächeln sich auf meinen Lippen ausbreitete. Die letzte Nacht war etwas Besonderes gewesen. Wir hatten nicht miteinander geschlafen, und dennoch hatten wir eine Intimität geteilt, die ich mir vorher nicht hätte vorstellen können. Alleine mich Dean zu öffnen, ihm all meine Ängste zu präsentieren, hatte mich eine enorme Überwindung gekostet. Ich hatte immer die coole und starke Agentin in Ausbildung sein wollen und niemals zugelassen, dass jemand mehr von meinen Ängsten erfuhr als nötig. Doch das mit Dean zu teilen, war wunderschön gewesen. Er hatte mich gehalten und mir zugehört, mir das Gefühl gegeben, dass nichts mich jemals mehr verletzen könnte, solange er an meiner Seite war.

Ich inhalierte die Wärme, die sein ruhender Körper mir schenkte. Seine Gefühle waren verschwommen, schlafend, und sein Atem ruhig und gleichmäßig.

Mein Blick fiel auf Deans Uhr, die auf dem Nachttisch lag. Es war bereits sechs Uhr.

Ich schluckte, und schlagartig wichen Wärme und Leichtigkeit aus meinem Körper. Ersetzt wurden sie von der Schwere meiner Schuld und der Gewissheit, dass ich nun dieses wohlig weiche Bett verlassen musste.

Langsam und lautlos stand ich auf. Deans Schlaf war tief, und ich hoffte, er würde noch eine Weile so weitergehen.

Schnell zog ich mir meine Kleidung an und warf ihm an der Tür einen letzten, langen Blick zu. Ich bereute nichts und lächelte ein letztes Mal, bevor ich sein Zimmer verließ.

Mit schnellen Schritten lief ich durch den Flur, rannte die Treppe hinunter, durchquerte die Eingangshalle und ging direkt auf das Büro des Direktors zu.

Als ich in den Vorraum kam, sah seine Sekretärin Pam auf. »Guten Morgen, Alexis.«

»Ist Direktor Roberts schon da?« Vor Aufregung und einer gehörigen Portion Angst zitterten meine Hände. »Entschuldigung. Hallo«, fügte ich schnell hinzu.

»Er ist zu einer kurzfristigen Besprechung gerufen worden. Wahrscheinlich dauert es ein wenig.«

»Oh.« Enttäuschung machte sich in mir breit, denn ich hatte gehofft, dass ich es schnell hinter mich bringen könnte.

»Er wird sicher später wieder da sein. Soll ich dir eine Nachricht schicken, sobald er da ist und Zeit hat?«, bot sie an, als würde sie merken, wie dringlich es für mich war.

»Das wäre wirklich nett. Danke.« Mein Blick wanderte zu der angelehnten Bürotür, durch die ich in Direktor Roberts Büro hineinsehen konnte. Mein Blick fiel auf das Gruppenfoto, das an der Wand hinter seinem Schreibtisch hing. So oft hatte ich es mir angesehen und mich nur auf die Gesichter meiner Eltern konzentriert. Doch nun nahm ich mir einen Moment Zeit und sah mir die übrigen Leute auf dem Foto an. Man sah noch drei Frauen und vier Männer, alle in einheitlicher Kleidung und-

Ich sog scharf Luft ein, als ich den Mann sah, der neben meinem Dad stand. Er sah genauso aus wie Adam. Bedeutete das, dass unsere Väter sich gekannt hatten?

Es erklärte auf jeden Fall, warum Adam mir am Anfang so bekannt vorgekommen war.

»Dann machen wir es so.« Sie lächelte und notierte sich etwas auf ihrer Schreibtischunterlage, bevor sie mich wieder ansah. »Bis später dann.«

»Bis später.« Ich ging, war aber in Gedanken nach wie vor bei dem Bild in Direktor Roberts Büro. Also hatte Adams Vater oder vielleicht auch Onkel ebenfalls der ersten Riege von Superagenten angehört. Ein Lächeln legte sich kurz auf meine Lippen, bevor ich wieder ernst wurde.

Während ich zurück zu den Schlafräumen im dritten Stock ging, versuchte ich, das Adrenalin runterzuschrauben, das durch meine Adern pumpte. Am liebsten hätte ich es direkt hinter mich gebracht, jetzt da ich endlich den Entschluss gefasst hatte, meine Feigheit zu überwinden. Das war nämlich meine Rechtfertigung mir selbst gegenüber. Feigheit. Ich hatte mich nicht getraut, mich zu stellen, aus Angst, dass sich etwas an meinem Leben verändern könnte. Das Leben, das ich so liebte. Doch es hatte sich bereits zu viel verändert. Thomas war tot. Cassie war hier und hatte etwas in sich, von dem niemand wusste, wie es sich auf sie auswirkte. Gottseidank war sie stabil. Dean und ich … Erneut lächelte ich.

Als ich meine Zimmertür öffnete, stoppte ich erschrocken, als ich Vivien an meinem Schreibtisch sitzen sah. Sie trug ihre Sportsachen, die sie immer zum Morgenlauf trug. Vor ihr aufgeschlagen lag der Bildband, den sie mir mal geschenkt hatte. Der, in dem ich die Karten und Fotos versteckt hatte.

Mein Herz schlug schneller, als ich mich umsah.

Mein Zimmer war das reinste Chaos. Meine frisch gewaschenen Klamotten, die ich bis jetzt immer noch nicht weggeräumt hatte, lagen auf dem Boden verteilt. Ebenso die Klamotten aus meinem Schrank. Meine Bücher waren aufgeschlagen und über die Kleidung verteilt worden. All meine Schubladen und auch meine Schränke waren geöffnet.

Ich trat ein und ließ die Tür offen, während ich Vivien ansah, die mir halb den Rücken zugewandt hatte. Von meiner Position aus konnte ich ihre Narbe sehen. »Ist hier jemand eingebrochen, oder warst du das?«

Sie stieß ein Schnauben aus und drehte sich samt Stuhl zu mir um. In ihren Händen hielt sie vier Karten und zwei Fotos. Ihr Blick war kalt und gleichzeitig voller Tränen. »Sag mir, dass ich das alles falsch verstehe.«

Ich öffnete meinen Mund, doch im nächsten Moment kam jemand in mein Zimmer.

Als ich mich umdrehte, stand Dean hinter mir.

Er sah zwischen mir, dem Chaos und Vivien hin und her. Er sah die Karten in ihren Händen und schluckte, bevor sein Blick an mir hängen blieb. »Ich habe Vivien von den Erpresserkarten erzählt.«

Mir wurde kalt, und in meinem Magen zog sich alles zusammen. Ich brachte kein Wort heraus.

»Du warst nicht da. Du bist einfach abgehauen, nachdem wir -« Er schluckte sichtlich und deutete auf Vivien. »Als ich dich gesucht habe, fand ich sie weinend im Flur. Sie hat es verdient, das alles zu erfahren, und ich bin mir sicher, sie versteht warum du-« Seine Stimme wurde immer leiser, als ihm das Chaos in meinem Zimmer bewusst wurde, das noch größer war als sonst. »Was ist hier passiert?«

»Es verstehen?«, stieß Vivien aus und stand nun auf. »Was genau gibt es denn da zu verstehen?«

»Sie haben Cassie entführt und alles deutete darauf hin, dass jemand aus der Akademie involviert war. Ich konnte es niemandem sagen«, erklärte ich ihr ruhig, obwohl ich innerlich zitterte. »Das war falsch von mir, und das ist mir jetzt bewusst.«

»Richtig«, zischte sie, und plötzlich loderte Wut in ihrem Gesicht auf. »Wärst du nicht so feige gewesen, würde Thomas jetzt noch leben! Wir hätten ihm helfen können!«

Dieser Vorwurf traf mich wie ein Schlag. Ich wusste nicht, was ich sagen sollte, fragte mich stattdessen, ob sie Recht hatte. Gleichzeitig spürte ich Entsetzen in mir. Dean hatte geglaubt, ich hätte ihn einfach zurückgelassen, hätte mich weggeschlichen. War das etwa seine … Rache gewesen? Ich traute mich nicht, diese Frage laut zu stellen. Nicht, solange Vivien mich des Mordes an Thomas beschuldigte.

»Was soll der Scheiß?«, fragte Dean, wobei seine Stimme vor Wut anschwoll. »Thomas war auch mein Freund! Unser aller! Wir alle trauern und werfen nicht mit Vorwürfen um uns.«

Vivien starrte ihn an, bevor ihr spöttisches Schnauben die Stille durchbrach. »Du hattest also auch keine Ahnung, dass sie uns alle verraten hat.«

Dean schüttelte seinen Kopf und runzelte seine Stirn. »Wirst du jetzt wahnsinnig? Wieso unterstellst du ihr sowas?«

Sie hielt eine Karte in die Höhe, und ihr kalter Blick wanderte zu mir. Mit der anderen Hand strich sie über ihre feuchten Augen und verschmierte damit ihre Wimperntusche. »Hast du Daten des MI20 gestohlen?«

»Das ist doch Unsinn!«, rief Dean. »Sie würde niemals-«

»Ja«, unterbrach ich ihn und atmete zittrig aus, sah aber Vivien dabei an. »Sie waren aber nicht wichtig.«

»Nein …«, hörte ich Dean leise sagen und widerstand dem Drang, ihn anzusehen und seine Enttäuschung mit eigenen Augen sehen zu müssen. Sein Entsetzen war so groß, dass ich mir auf die Unterlippe beißen musste, um ihn nicht persönlich um Entschuldigung zu bitten. Dabei hatte er mit alldem nichts zu tun.

»Das ist irrelevant«, zischte Vivien und griff nach ihrem Handy, das auf meinem Schreibtisch lag. »Haben Sie alles gehört?«, fragte sie ins Handy, ohne ihren Blick von mir zu nehmen. »Gut.« Dann legte sie auf.

»Vivien«, flüsterte Dean hinter mir mit einer Ungläubigkeit in seiner Stimme, die ich mit ihm teilte. »Was hast du getan?«

Sie hob ihr Kinn. »Das einzig Richtige.«

Im nächsten Moment ertönten schwere Schritte im Flur.

Dean trat neben mich, die Hände zu Fäusten geballt. »Wie konntest du das tun? Wieso konnten wir das nicht erst einmal untereinander klären?«

»So wie sie uns eingeweiht hat? Willst du es nicht verstehen? Sie hat uns alle hintergangen! Wahrscheinlich hat sie uns sogar alle verdächtigt! Sowas tun Freunde nicht!«

Dean drehte sich zu mir um. Seine Augen waren voller Zerrissenheit. »Du hast uns nicht verdächtigt, oder?« Obwohl er es bereits vermutet hatte, als er die Karte fand, schien ihm jetzt erst klar zu werden, dass ich auch ihn verdächtigt haben musste.

Ich schluckte. »Es tut mir so leid.« Mehr konnte ich nicht sagen, während so viele unausgesprochene Gedanken in meinem Kopf umherschwirrten.

Hast du mich aus Rache verraten? Selbst nach dieser Nacht?

Mein Blick war auf Dean geheftet, doch ich schwieg.

Schwere Schritte erklangen im Flur, und im nächsten Moment kamen Mr Turner und ein paar andere Agenten in mein Zimmer. »Alexis Young, wir müssen Sie mitnehmen.« Er blieb direkt vor mir stehen. »Kommen Sie freiwillig mit, oder müssen wir Ihnen Handfesseln anlegen?«

»Ich komme freiwillig mit«, sagte ich mit fester Stimme und sah weder Vivien, noch Dean an, als die Agenten mich flankierten und aus meinem Zimmer führten.

Kurz senkte ich meinen Schild, und die Emotionen um mich herum waren so stark, dass ich sie filtern musste, um sie auseinander halten zu können.

Viviens Gefühlssignatur war am stärksten und ließ Tränen in meine Augen schießen. In ihr rangen Schmerz, Wut und das starke Gefühl, das Richtige getan zu haben.

Dean hingegen war fassungslos, wütend und zutiefst verletzt. Gleichzeitig fühlte ich einen leisen Funken Schuld, weil er mein Geheimnis an Vivien verraten hatte.

Die Gefühle der fremden Agenten nahm ich nicht wahr. Doch die von Mr Turner waren eindeutig. Ihn als unzufrieden zu bezeichnen, wäre noch untertrieben gewesen. Er war wütend. So sehr, dass mein Magen sich zusammenzog und ich schnell meinen Schild wieder hob.

Gerade als wir Evas Zimmertür passierten, öffnete sie sich, und Eva kam in Sportkleidung heraus. »Was ist hier los?«

»Ich habe Mist gebaut«, gab ich zu und verzog meine Lippen zu einem gequälten Lächeln.

»Was?«, fragte sie verwirrt und wollte weitere Fragen stellen, doch Mr Turner schnitt ihr das Wort ab. »Das werden Sie noch früh genug erfahren!«

Ich spürte Evas Verwunderung im Rücken, als wir in Richtung Treppe gingen und sie hinter uns ließen.

Ein paar jüngere Trainees standen im Flur und beobachteten uns neugierig. Auch ohne Handschellen wurde schnell deutlich, dass ich gerade abgeführt wurde. Dennoch hielt ich mein Kinn erhoben und blickte nicht zu Boden.

Ich würde kooperieren.

Das war das Mindeste, was ich tun konnte.

Immerhin hatte ich alles und jeden verraten, der mir etwas bedeutete.

Dafür hatte ich meine Schwester gerettet. Und auch wenn es falsch war, wusste ich tief in mir, dass ich es jederzeit wieder tun würde.

30. Kapitel

Mr Turner und die anderen Agenten brachten mich in die Basis des MI20, wo ich in einen Verhörraum gesperrt wurde. Die Wände waren blendend weiß, und es gab ein Fenster, durch das ich nach draußen schauen konnte. Gegenüber davon befand sich ein Spiegel. Auf dessen anderer Seite standen mit Sicherheit Agenten und beobachteten mich, wie ich auf einem der beiden Stühle saß und nach draußen schaute.

Ich konnte sie nicht sehen, spürte aber ihre Blicke auf meiner Haut. Doch obwohl ich meinen Schild unten hatte, waren ihre Emotionen für mich nicht spürbar. Der Raum musste irgendwie extra abgeriegelt sein.

Während mein Blick die Bäume fixierte, deren Blätter im Wind wogen und über denen schwere, weißgraue Wolken hingen, fragte ich mich, wieso ich gerade in diesen Raum gebracht worden war.

Es war kein typischer Verhörraum. Dafür war er viel zu freundlich und hell.

Vielleicht war dieser Raum für diejenigen gedacht, von denen man glaubte, dass man sie noch retten konnte, deren Vergehen nicht die Schlimmsten waren, die man begehen konnte.

Ich betrachtete den Wald, der zu dem Gelände des MI20 gehörte. Zwischen seinen Bäumen war ich seit knapp vier Jahren jeden Tag hindurchgelaufen, hatte trainiert und war gewachsen. Der Wald trug einen Teil meiner Geschichte in sich, genauso wie dieses Gebäude.

Vielleicht war das der Grund, warum ich hier saß. Sie wollten mich daran erinnern, wer mich aufgenommen und mich stark gemacht hatte. Als ob ich das jemals vergessen könnte. Diese Einrichtung war das Beste, was mir jemals passiert war. Wäre all das nicht geschehen, hätte ich jeden ausgelacht, der behaupten würde, ich wäre des Verrates fähig. Immerhin war meinem Leben hier ein Ziel gegeben worden. Nach dem Tod meiner Eltern war ich orientierungslos und einsam gewesen. Das hatte sich an dem Tag geändert, an dem ich an der Akademie angekommen war und gesehen hatte, dass die anderen neuen Trainees noch genauso ungelenk waren wie ich. Ich hatte Freunde gefunden und war sicher gewesen, dass mein Leben genau in die richtige Richtung verlief.

Doch nun saß ich hier und wartete darauf, dass jemand kam und mich verhörte.

Ich schluckte schwer und versuchte ruhig zu bleiben. Alles würde gut gehen. Wenigstens war Cassie hier und in Sicherheit. Das musste ich mir einfach immer wieder sagen. Jetzt hatte niemand mehr etwas gegen mich in der Hand. Meine Schwester war hier, und all meine Fehler waren offengelegt.

Erleichterung überkam mich, als mir das klar wurde. Ab jetzt gab es keine Geheimnisse mehr, nichts, was ich verheimlichen musste.

*

Ich wusste nicht, wie lange ich in dem Verhörraum saß, da man mir meine Uhr abgenommen hatte. Meine Unterarme lagen auf dem dunklen Holztisch, an dem ich saß, und ich hatte meine Hände ineinander verschränkt. Die weiß gestrichenen Wände waren kahl, und der Boden war mit dunklen Fliesen ausgelegt worden. Immer wieder wanderte mein Blick zu den hauchzarten Blutspritzern an der gefliesten Sockelleiste neben mir. Die musste jemand übersehen haben. Oder sie waren absichtlich dort und sollten nervös machen.

Bei mir funktionierte es nicht. Ich würde gestehen. Es gab keinen Grund für Gewalt.

Vielleicht funktionierte es also doch ein bisschen.

Als die Tür sich irgendwann öffnete, ging die Sonne bereits unter, und ich hatte mich auf meinem Stuhl zurückgelehnt.

Bei Direktor Roberts Anblick setzte ich mich jedoch wieder kerzengerade hin und spürte tiefes Bedauern in mir aufkommen.

Er setzte sich mir wortlos gegenüber und legte eine Akte vor sich. Ohne mich anzusehen, öffnete er sie und holte die Erpresserkarten heraus, die nun in durchsichtigen Beweisstücktüten lagen.

Ich senkte meinen Schild, und seine Enttäuschung traf mich so hart, dass ich schluckte. Nicht ein Wort kam über meine Lippen. Ich wollte mich entschuldigen, konnte es aber nicht.

Wortlos breitete Direktor Roberts die Karten vor mir aus, verschränkte die Arme und sah mich auffordernd an. Er wollte keine Entschuldigung, sondern ein Geständnis.

Ich sperrte seine Enttäuschung weg und atmete zittrig ein. Dann nahm ich mir die erste Karte.

WIR HABEN DEINE SCHWESTER. KEIN WORT ZU IRGENDWEM, SONST KLEBT IHR BLUT AN DEINEN HÄNDEN.

»Als ich die fand, lag noch Cassies Kette dabei.« Ich griff nach meiner eigenen Kette, fühlte das von meiner Haut erwärmte

Metall. »Wir haben die gleichen Ketten von unseren Eltern bekommen. Bevor sie starben. Cassie hätte sie niemals freiwillig abgegeben.« Langsam fuhr ich über die Gravur, die Erinnerungen in mir hochkommen ließ und musste blinzeln, um sie fortzujagen. »Ich verdächtigte Adam, da er neu war, doch da ich ihn die ganze Zeit beobachtet hatte, auch als die zweite Karte auftauchte, konnte er es nicht gewesen sein.« Ein trauriges Lächeln umspielte meine Lippen, doch noch immer sah ich den Direktor nicht an. »Naja, am Ende hat sich der Kreis dann doch geschlossen, auch wenn ihn keine Schuld traf.«

Ich ließ die Karte sinken und nahm die zweite Karte.

SPEICHERE DIE DATEIEN AUS ORDNER TOPSECRET_01_001 AUF DEM BEILIEGENDEN STICK. PLATZIERE IHN NOCH HEUTE BIS NEUN UHR IN DER BIBLIOTHEK AUF DEN GESCHICHTSBÜCHERN. WIR BEOBACHTEN DICH.

»Als die kam, wurde mir bewusst, dass jemand von der Akademie involviert war. Ich wollte mit Ihnen sprechen, doch dann sah ich Cassies Akte auf Ihrem Tisch und wusste nicht, was ich denken sollte.«

»Du dachtest, ich wäre an Cassies Entführung beteiligt?«, entfuhr es ihm, und es war so viel echte Wut in seiner Stimme, dass ich zusammenfuhr.

Ohne ihn anzusehen, zuckte ich mit meinen Schultern. »Ich wollte einfach kein Risiko eingehen.« Zu dem Zeitpunkt war es mir richtig vorgekommen, und wie auch immer ich jetzt empfand, war unwichtig. Ich konnte es unmöglich rückgängig machen.

»Weiter«, befahl er hart, nachdem ich kurz schweigend darauf gewartet hatte, dass er etwas dazu sagte.

Ich legte die Karte vor mir auf den Tisch. »Dann habe ich den Stick an meinem Laptop nach Viren geprüft, bevor ich ihn im Computerraum angeschlossen und mit Beispieldaten bespielt habe. Gleichzeitig hatte ich ein Programm darauf installiert, das mir den späteren Standort nennen sollte. Das schlug leider fehl, aber die Entführer haben es auch nicht bemerkt.« Ich schluckte. »In der Bibliothek wurde ich aufgehalten und konnte deshalb nicht sehen, wer den Stick mitgenommen hat.«

Ich legte die Karte weg und griff zur nächsten. Nun sah ich Direktor Roberts an, dessen Gesicht keine Regung zeigte.

DU HAST DEN TEST BESTANDEN. FÜR DEIN SCHWEIGEN BEKOMMST DU EIN FOTO. IN WENIGEN TAGEN MEHR.

»Am Ende stellte sich heraus, dass sie nur testen wollten, wie weit ich zu gehen bereit war.« Ich räusperte mich, als sich ein Kloß in meinem Hals bildete, legte auch diese Karte an die Seite und wandte mich der letzten zu.

LIEFERE DICH UND DEN DIREKTOR MORGEN ABEND BEI DEN FLAMINGOS AUS, WÄHREND DAS GROSSE FEUERWERK DIE ZUSCHAUER ABLENKT. DAFÜR LASSEN WIR DEINE SCHWESTER FREI.

»Ich hatte nie vor, Sie auszuliefern«, sagte ich mit so viel Nachdruck wie möglich. »Mein Plan war, mich selbst auszuliefern und Cassie zu retten. Dann bemerkte ich, dass Thomas sich seltsam verhielt und folgte ihm.«

»Denkst du, er hat mit Cassies Entführern zusammengearbeitet?«, fragte der Direktor, und seine Stimme war ruhig. Ich prüfte seine Emotionen nicht, denn trotz seiner Ruhe sah ich die Gefühle in seinen Augen brodeln.

»Ja. Aber vielleicht wurde auch er gezwungen«, fügte ich hinzu, auch wenn ich mir selbst nicht sicher war, ob ich davon wirklich überzeugt war. »Ich wüsste nicht, wieso er das sonst hätte tun sollen.«

Direktor Roberts nickte und schob mir leere Zettel, die er aus der Akte nahm, sowie einen Stift entgegen. »Wir benötigen ein umfassendes Geständnis mit allen Details. Danach entscheiden wir, wie wir weiter vorgehen.«

Ich zog die Sachen zu mir heran. Mein Blick war noch immer auf ihn geheftet, und ich wollte ihm klarmachen, dass ich in jedem Fall kooperieren würde. Nach meinem Verrat war es das Mindeste, was ich tun konnte. »Natürlich.«

Er stand auf und ging zur Tür, blieb dann aber stehen und sah zu mir zurück. »Tut es dir leid?«

Als ich meinen Schild öffnete, spürte ich unter seiner Enttäuschung noch eine zarte Hoffnung. »Es tut mir leid, dass ich Ihnen nicht vertraut habe.«

»Würdest du es wieder tun?«

Ich antwortete nicht, sah ihn nur an und spürte, wie die Hoffnung zerbröckelte.

Er nickte, denn mein Schweigen war Antwort genug, und ließ mich dann zurück.

Als ich nach dem Stift griff, zitterten meine Hände nicht mehr. Jetzt war alles gesagt.

*

Draußen wurde es immer dunkler, und als die Sonne untergegangen war, machte jemand von außen das Licht an. »Danke«, sagte ich ohne aufzublicken und schrieb weiter an meinem Geständnis, das jetzt schon zehn Seiten umfing. Mit keinem Wort erwähnte ich Adam, dessen Hilfe für immer unser Geheimnis bleiben würde. Obwohl er die Entführer zu Cassie geführt hatte, gab ich ihm keine Schuld. Er hatte mir helfen wollen und mich nicht verraten. Das rechnete ich ihm hoch an.

Deans Wissen musste ich preisgeben, da Vivien nur durch ihn alles erfahren hatte. Aber auch seine Mithilfe spielte ich herunter, tat so, als hätte ich ihn durch Manipulation soweit gebracht, für mich zu schweigen. Dean hatte mir ohne zu zögern geholfen. Mehrmals. Ich presste meine Lippen zusammen. *Er hatte mir vertraut.* Darauf, dass ich wusste, was ich tat. Und ich? Blinzelnd verscheuchte ich die Bilder von ihm, die meinen Kopf fluteten und alles andere verdrängen wollten.

Tief atmete ich ein. Jetzt war es egal, denn nun wusste er Bescheid. Egal welche Gefühle zwischen uns gehangen hatten, sie waren nun vermutlich Geschichte.

Als ich Viviens Namen auf dem Papier sah, stockte ich beim Schreiben und kniff meine Augen zusammen. Vivien hatte alles richtig gemacht. Sie hatte eine Verräterin überführt und ausgeliefert. Wie es im Handbuch stand.

Dennoch. Meine beste Freundin hatte mich ausgeliefert.

Und Dean hatte sie eingeweiht. Obwohl er … nein, er hatte mir nie versprochen zu schweigen und wollte nur eine Freundin aufmuntern. Dean hatte mehr getan, als ich von ihm hätte erwarten dürfen. Mehr, als ein Agent tun sollte.

Ich schluckte den Brocken in meinem Hals herunter und schrieb weiter. Beide hatten richtig gehandelt. So wie es von uns erwartet wurde. *Ich* war diejenige, die unzählige Fehler begangen hatte. Es stand mir nicht zu, enttäuscht zu sein. Das wusste die Agentin mir. Doch das Mädchen, das an dieser Akademie zum ersten Mal wahre Freundschaft kennengelernt hatte, konnte es nicht verstehen.

Es konnte nicht verstehen, wieso Vivien nicht zuerst mit mir gesprochen hatte.

Es konnte nicht verstehen, dass Dean mein Geheimnis weitergab, nachdem ich mich ihm gegenüber geöffnet hatte.

Ich presste meine Lippen zusammen. Nun war es egal. Ich hatte mich für diesen Weg entschieden, und nun musste ich ihn zu Ende gehen. Es war allein meine Entscheidung gewesen, das Leben meiner Schwester über alles andere zu stellen. Ich würde mit allen Konsequenzen leben, die sie nach sich zog.

Als ich das Geständnis beendet hatte, legte ich den Stift auf das oberste Blatt Papier und schob den Stapel an den Rand des Tisches.

Es dauerte keine zwei Minuten, da kam Mr Turner herein und nahm mein Geständnis an sich. Er sah mich wie immer an. Streng und ungeduldig. Ich wollte nicht wissen, was er fühlte. »Du kommst für heute Nacht in eine der Zellen.«

Schweigend stand ich auf und folgte ihm nach draußen. Dort folgte uns ein weiterer Agent. Vermutlich passte er auf, dass ich nicht abhaute. Als hätte ich das vor. Alle, die ich liebte, waren hier. Es gab keinen Ort, an den ich verschwinden wollte.

Wir gingen einen schmalen Flur hinunter, bis wir bei einer Reihe Zellen ankamen. Eine Seite war jeweils völlig verglast.

Ohne ein Wort wurde ich in eine der Zellen geschoben. Die Tür aus Sicherheitsglas wurde hinter mir geschlossen, und dann war ich alleine. Und um mich herum war nichts als bedrückende Stille. Die drei Wände meines Gefängnisses bestanden aus kühlem Beton. Rechts in der Ecke war ein kleiner, hüfthoher Vorsprung, hinter der eine Toilette stand, sodass der Anschein von Privatsphäre gewahrt wurde. Daneben hing ein kleines Waschbecken.

Auf der linken Seite stand eine Pritsche mit einer dünnen Matratze. Ich betrachtete sie, entdeckte keine Flecken und setzte mich dann darauf. Sie quietschte unter meinem Gewicht. Mit dem Rücken und Hinterkopf lehnte ich mich gegen die kühle Betonwand und schloss dann meine Augen, als ich sah, dass der Agent und Mr Turner mich die ganze Zeit beobachteten.

Ich fühlte mich wie im Zoo. Natürlich nahm ich durch das Glas nichts wahr, genauso wie zuvor im Verhörraum.

Dennoch versuchte ich es, wenigstens um kurz der bedrückenden Stille zu entfliehen. Doch ich konnte ihr nicht entkommen.

Ich drehte der Glaswand den Rücken zu, spürte die kalte Betonwand an meiner linken Seite und schloss müde meine Augen.

Noch nie hatte ich mein altes Leben mehr vermisst.

Meine Eltern.

Sie wären enttäuscht von mir. Zu Recht.

Vielleicht hätte es noch eine andere Möglichkeit gegeben, Cassie zu retten. Doch darüber wollte ich nicht nachdenken. Nicht hier in dieser Zelle, die mir sagte, dass ich vermutlich nicht mehr so schnell zu den anderen zurückkehren würde.

*

Die Nacht verging in einem Wechsel aus wachen Momenten und trägem Halbschlaf. Das Licht vor der Zelle war gedämmt worden. Irgendwann hatte ich mich auf der Pritsche ausgebreitet und lag den Rest der Nacht flach auf dem Rücken.

Zwischendurch warf ich einen Blick durch das Glas, der von einem Agenten erwidert wurde. Ich kannte ihn nicht. Er schien mein persönlicher Aufpasser zu sein und starrte mich einfach regungslos an.

Als das Licht vor meiner Zelle wieder voll aufgedreht wurde, waren meine Augen offen und an die Decke gerichtet.

Jemand schloss die Glastür an der Glaswand auf. Mein Kopf fuhr herum, und ich sah Direktor Roberts mit einem Tablett hereinkommen.

Hinter ihm schloss ein Agent die Tür wieder ab.

Ich setzte mich auf. »Guten Morgen.«

»Guten Morgen«, erwiderte er ernst und hob das Tablett leicht an. »Ich bringe dir Frühstück.«

»Wieso?«, fragte ich neugierig, hoffnungsvoll.

Er kam mir entgegen und hielt es mir hin, damit ich es ihm abnahm. »Weil ich sowieso mit dir reden muss.« Er deutete auf das Fußende der Pritsche. »Darf ich?«

»Sicher.« Mit dem Tablett auf dem Schoß rückte ich bis nach hinten zur Wand. Er hatte mir Porridge, Tee und Orangensaft gebracht.

Da ich Hunger hatte, begann ich sofort zu essen.

»Wir haben uns deinen Bericht noch einmal durchgelesen. Zwar nimmst du beharrlich alle Schuld auf dich, dennoch müssen wir die anderen bestrafen. Auch sie haben falsch gehandelt, als sie keinen ausgebildeten Agenten informiert haben.«

Ich schluckte das Porridge runter. »Darf ich fragen, welche Strafe sie bekommen?«

»Zusätzliche Trainingseinheiten, Putzdienste, Punktabzüge

und vorerst Ausschluss vom aktiven Einsatz. Sie sind jedenfalls nicht glücklich.«

Ich nickte, ließ den Löffel sinken und wusste nicht, wieso er mir so viel erzählte. Ich würde mich aber auch ganz sicher nicht beschweren. »Das kann ich verstehen.«

»Ihre Abschlussprüfungen wurden zudem verschoben.«

Fragend sah ich ihn an. Ich hatte nicht gewusst, dass dies überhaupt möglich war.

Der Direktor sah sich um, als würde er die Zelle zum ersten Mal von Innen sehen. »Du jedoch hast alles gestanden. Es wird ein internes Verfahren geben, das aber mehr Zeit in Anspruch nehmen wird.«

»Was bedeutet das für mich?« Meine Hand umklammerte den Löffel, und die Vorstellung, die nächsten Wochen in dieser Zelle zu verbringen, ließ mich schlucken.

»Es wurde entschieden, dass du während dieser Zeit im Gefängnis des MI20 untergebracht wirst.«

Der Löffel fiel mir aus der Hand und landete scheppernd auf dem Tablett. »Das MI20 hat ein eigenes Gefängnis?«

Er nickte, und zum ersten Mal seit er sich gesetzt hatte, sah er mich an. »Das zu wissen liegt eigentlich außerhalb deiner Geheimhaltungsstufe.«

»Aber das MI20 wurde doch wegen des Serums gegründet. Wegen der Superagenten. Was für Leute sind da eingesperrt?«

Direktor Roberts sah wieder weg. »Du solltest dich zurückhalten und möglichst nicht auffallen. Die Verhandlung wird dauern. Vor allem, da andere Dinge momentan Priorität haben.« Seine ablehnende Antwort ließ mich das Schlimmste befürchten.

»Suchen Sie nach den Leuten, die an den Jugendlichen experimentiert haben?«, fragte ich, nur um mich abzulenken. Den *Numbers*, wie Adam sie genannt hatte.

»Auch«, sagte er leise und seufzte dann kaum hörbar. Ein Schatten legte sich über sein Gesicht. Er ließ sich nicht anmerken, ob er überrascht war, dass ich von den Experimenten wusste. »Versuche einfach keinen Ärger zu machen. Das könnte sich vielleicht positiv auf dein Urteil auswirken.«

»Dieses Gefängnis scheint übel zu sein«, schlussfolgerte ich, und meine Nasenflügel blähten sich auf, als ich tief einatmete. »Ich weiß, dass ich Mist gebaut habe, aber ist es nicht ein wenig radikal, mich direkt in so ein Gefängnis zu stecken?«

»Wir standen bisher nicht vor so einer Entscheidung. Aber wir haben nicht die Ressourcen, dich dauerhaft in dieser Zelle unterzubringen.« Es klang fast, als würde er sich bei mir entschuldigen wollen.

»Also muss ich in Untersuchungshaft«, schlussfolgerte ich langsam und versuchte ruhig zu bleiben. »Wieso geben Sie mir keinen Hausarrest? Mit einer elektrischen Fußfessel oder sowas.« Vivien könnte so ein Ding locker basteln und würde das vermutlich auch mit Freuden tun.

»Wir haben alles abgewogen. Du hast das MI20 hintergangen, Alexis.« Seine Stimme wurde leiser. »Deine Beweggründe sind vielleicht zum Teil verständlich, und wir rechnen dir auch an, dass du dich auf Beispieldaten beschränkt hast. Dennoch muss ich zugeben, dass mein Vertrauen zu dir stark gelitten hat.«

Ich nickte langsam und fühlte mich, als hätte er mich geboxt. »Kann ich mich noch von Cassie verabschieden?«

»Nein«, sagte er. »Sobald du aufgegessen hast, wirst du weggebracht.«

»Dann sollte ich diese Mahlzeit wohl genießen«, scherzte

ich halbherzig und nahm meinen Löffel wieder hoch. Auf meiner Zunge bildete sich ein bitterer Geschmack.

Direktor Roberts sagte nichts, sondern saß nun schweigend neben mir, während ich aß, obwohl mein Magen rebellierte. Da ich aber keine Ahnung hatte, wann ich das nächste Mal etwas zu essen bekommen würde, wollte ich nichts dem Zufall überlassen.

Während ich aß, schwiegen wir, und ich zwang mich, mir nicht extra Zeit zu lassen und die Geduld des Direktors herauszufordern.

Als ich fertig war, stand Direktor Roberts auf und gab dem Agenten draußen ein Zeichen. In der Zwischenzeit war auch Mr Turner aufgetaucht, der uns durch die Scheibe beobachtete.

»Mr Turner wird dich begleiten.«

Ich nickte und stellte das Tablett auf die Pritsche, als einer der Agenten verstärkte Handschellen rausholte.

»Leider muss auch das sein«, sagte der Direktor.

»Na dann«, murmelte ich und hielt dem Agenten meine Hände hin.

Die Handschellen waren aus widerstandsfähigem, extrem weichem Silikon gefertigt, das sich um meine Handgelenke spannte wie eine zweite Haut. Bisher war es angeblich noch nicht einmal einem Agenten des MI20 gelungen, sich davon zu befreien.

Ich zog ein wenig daran, und es schien sich noch fester um meine Haut zu spannend, weshalb ich damit aufhörte.

»Denk an meine Worte«, sagte Direktor Roberts, als ich hinausgeführt wurde.

»Danke.« Nicht, dass ich wirklich dankbar war. Immerhin

schickten sie mich in ein geheimes Gefängnis voller Straftäter, die scheinbar von der schlimmsten Sorte waren.

Mr Turner trat vor mich, und er hob kurz eine Augenbraue, während er mich musterte. Er sah aus, als würde er mich am liebsten bespucken. Stattdessen drehte er sich um und ging voraus.

Diverse Augen folgten uns, als er und noch zwei weitere Agenten mich quer durch die Basis des MI20 geleiteten.

Er führte uns direkt zum Hinterausgang, der Richtung Wald führte. Als wir hinaustraten, benetzte feiner Nieselregen meine Haut, und kalter Wind wehte mir ins Gesicht.

Doch das war es nicht, was mich frösteln ließ.

Es war der Anblick meiner Freunde, die in Trainingskleidung gerade aus dem Wald gejoggt kamen. Ich wusste nicht, wie Mr Turner dies angestellt hatte, aber ich war sicher, dass er dafür verantwortlich war. Er wollte, dass sie mich so sahen.

Dean entdeckte mich als erster. Als er die Fessel sah, riss er seine Augen auf und kam auf uns zu. »Was ist hier los?«

Mr Turner stellte sich ihm in den Weg. »Sie wird die Strafe bekommen, die sie verdient.«

Dean sah mich an, und in seinen Augen loderte Feuer. »Wo bringen sie dich hin?«

»Es ist okay«, sagte ich mit fester Stimme und schaffte es irgendwie zu lächeln. »Mach dir keine Sorgen um mich.« Mein Blick glitt zu den anderen. Sie alle sahen mir in die Augen, und ich spürte ihren Zwiespalt und ihre Verwirrung. Nur Vivien sah mich nicht an. Ihre Wut und ihre Trauer um Thomas waren zu groß.

»Es tut mir leid. Alles«, sagte ich und wollte weiterreden, als Mr Turner meinen Arm packte.

»Das reicht!« Er bugsierte mich zu einem SUV, der ein paar Meter weiter parkte.

Ein letztes Mal sah ich zurück zu Dean und schüttelte meinen Kopf, als er Anstalten machte, uns zu folgen. Er sollte seine Karriere, sein Leben nicht für mich aufs Spiel setzen. »Uns bereue ich nicht«, flüsterte ich, ohne nachzudenken, und musste mich wegdrehen, bevor ich Deans Reaktion wahrnehmen konnte. Ich hoffte, dass er verstand.

Mr Turner öffnete die hintere Tür, und ich zog schnell meinen Kopf ein, als er mich in das Auto schob. Ein anderer Agent schnallte mich an und schloss dann die Tür. Die Fenster um mich herum waren so abgedunkelt, dass man nicht rausgucken konnte, und vor mir war eine undurchsichtige Trennwand. Ich wusste erst, dass wir losfuhren, als ich das Rumpeln des Wagens unter mir spürte.

Ein Knistern ertönte. »Gewöhn dich schonmal daran«, ertönte Mr Turners Stimme durch die Lautsprecher. »So groß wird vermutlich deine Zelle sein.«

Ich holte zittrig Luft und verkniff mir eine Antwort. Dann schloss ich meine Augen und lehnte mich gegen den Rücksitz. Was auch immer das für ein Ort war, er würde mich nicht brechen. Das würde ich nicht zulassen.

Valentina Fast

SECRET ACADEMY

GEFÄHRLICHE LIEBE

erscheint im Mai 2021

Danksagung

Wenn ihr diese Worte lest, hat das Buch schon eine lange Reise hinter sich gebracht.

Zuallererst danke ich meiner Agentin, Christine Härle, denn ohne ihren Glauben an mich und meine Texte wäre »Secret Academy« vermutlich nicht bei diesem großartigen Verlag und einer der wundervollsten Lektorinnen gelandet.

Anni, ich liebe es, dass wir dieselbe Wellenlänge haben, und danke dir für das spontane Telefonat – in Coronazeiten, im Homeoffice, wenn meine Tochter während des Zahnens gerade gute Laune hat.

Ein besonderer Dank gilt meinen Testleserinnen, weil ihr euch die Zeit für mich und meinen Text genommen habt.

Karina, Michelle – ihr beide seid sowieso meine Crew, und ohne euch wäre ich wohl aufgeschmissen. Ganz viel Liebe für euch!

Auch meinem Mann danke ich, dass er mir die Zeit zum Arbeiten eingeräumt hat, die ich brauchte – auch wenn unsere Tochter darauf zwischendurch so gar keine Lust hatte.

Auch möchte ich all meinen wundervollen Kolleginnen danken, mit denen ich mich austauschen, diskutieren und einfach ein bisschen weniger einsam schreiben kann.

Der allergrößte Dank jedoch gilt euch – meinen Lesern. Ich möchte euch von Herzen danke sagen, dass ihr meine Bücher lest, sie in die Hand nehmt, darüber sprecht oder in die Kamera haltet, weil ich mal wieder so großes Glück mit meinen Covern hatte.

Ohne euch würde das Schreiben nur halb so viel Spaß machen.

Und vergesst nicht: die besonderen Kräfte schlummern alle tief in euch – das Serum verstärkt sie nur.

Eure Valentina

Isabell May
SHADOW TALES - DAS LICHT DER FÜNF MONDE
Band 1
DEU
400 Seiten
ISBN 978-3-8466-0096-2

Die verträumte Lelani wächst in einem kleinen Dorf im Königreich Vael auf. Schon immer spürt sie eine starke Verbindung zu den fünf Monden, die nachts am Himmel erstrahlen. Doch in der Nacht ihres 18. Geburtstags überschlagen sich die Ereignisse, und sie gerät in einen Strudel aus dunklen Geheimnissen und gefährlicher Magie. Zusammen mit ihrem besten Freund Haze macht sie sich auf, ihrer wahren Bestimmung zu folgen – und muss dabei alles infrage stellen, was sie je über sich und ihr Leben zu wissen schien …

ONE

Paris, die Stadt der … Götter!

Kira Licht
GOLD UND SCHATTEN
Das erste Buch der Götter
DEU
544 Seiten
ISBN 978-3-8466-0080-1

Gerade erst nach Paris gezogen, verliebt sich die Diplomatentochter Livia Hals über Kopf in Maél. Der draufgängerische Typ ist ein „Cataphile", deren Welt die Katakomben der Großstadt sind. In der aufregenden und gefährlichen Unterwelt kommen sich die beiden schnell näher, doch Maél geht immer wieder auf Abstand. Was hat er zu verbergen? Und warum, um alles in der Welt, kann Livia seit Neuestem mit Pflanzen kommunizieren? Als es ihr gelingt, die einzelnen Fäden miteinander zu verbinden, kann sie es nicht glauben. Denn dass sie ausgerechnet Maél kennengelernt hat, war alles andere als Zufall …

ONE

Mila Summers
VERLOREN SIND
WIR NUR ALLEIN
Roman
DEU
432 Seiten
ISBN 978-3-8466-0094-8

Nach einem schweren Schicksalsschlag zieht die 17-jährige Sky mit ihrer Mutter auf eine Ranch nach Texas – weit weg von ihrer alten Heimat Boston. Weit weg von allem, was ihr je etwas bedeutet hat. Sky fühlt sich so verloren wie nie zuvor und lässt niemanden mehr an sich heran. Vor allem nicht Jeff, der sich als ihr Beschützer aufspielt und ihr mit seiner guten Laune gehörig auf die Nerven geht. Und doch kommt mit jedem Moment, den die beiden zusammen verbringen, zaghaft wieder mehr Licht in Skys Leben. Aber schon bald merkt Sky, dass Jeff gar nicht der Sonnyboy ist, für den ihn alle halten – auch er trägt unsichtbare Narben. Können die beiden sich gegenseitig retten?

ONE